DER FLUCH DER
SPHINX

DER FLUCH DER SPHINX

ROMAN

Deutsch von
Horst Pukallus

Weltbild

Originaltitel: *Sphinx*

Besuchen Sie uns im Internet:
www.weltbild.de

Der Autor

Robin Cook, Jahrgang 1946, ist Absolvent der medizinischen Fakultät der Columbia University. Als es ihm schon mit seinem ersten Roman gelang, die internationalen Bestsellerlisten zu erobern, ließ er sich von seinen Aufgaben beim »Massachusetts Eye And Ear Institute« beurlauben. Einige seiner Bestseller wurden verfilmt. Heute lebt Robin Cook mit seiner Frau Barbara in Florida. Von Robin Cook erschienen im Weltbild Buchverlag bereits die Romane *Virus, Tödliche Nebenwirkung* und *Das andere Kind*.

*Diesmal werde ich ausführlicher über Ägypten berich-
ten, weil es viele Wunder beherbergt und im Vergleich
zu anderen Ländern einen großen Hort an Kunstschät-
zen besitzt.*   Herodot: Historien

Prolog

*1301 v. Chr.; Tutanchamuns Grab, Tal der Könige, To-
tenstadt bei Theben; im zehnten Jahr Seiner Majestät,
König des Oberen und Unteren Ägypten, Sohn des Rê,
Pharao Sethos I., im vierten Mond der Überschwem-
mung, zehnter Tag*

Emeni bohrte seinen kupfernen Meißel durch die gepreßt
aufeinanderliegenden Kalksteinsplitter und spürte, wie er
gegen Mauerwerk stieß. Noch einmal rammte er ihn durch,
nur um sicher zu sein. Zweifellos hatten sie die innere Tür
der Grabkammer erreicht. Dahinter lagen Schätze, wie er
sie sich kaum vorzustellen vermochte; denn hier befand sich
das Haus der Ewigkeit von Tutanchamun, des vor 51 Jahren begrabenen jungen Pharao.

Mit neuem Schwung wühlte Emeni sich in den harten
Kalksteinschutt. Der aufgewirbelte Staub erschwerte das
Atmen. Der Schweiß troff von seinem kantigen Gesicht. Er
lag bäuchlings in einem pechschwarzen Stollen, der kaum
seinen mageren, sehnigen Körper durchließ. Er mußte seine
Hände wie Schaufeln einsetzen, um dann den gebrochenen
Kalkstein unter sich nach rückwärts zu schieben, bis er ihn
mit den Füßen vollends wegstemmen konnte. Auf diese
Weise schob er wie ein Insekt beim Graben die Bruchstücke
weiter nach hinten, wo der Wasserträger Kemese die Split-
ter in einen Binsenkorb füllte. Emeni verspürte keinerlei
Schmerzen mehr, als seine aufgeschürfte Hand in der Dunkelheit das verputzte Mauerwerk ertastete. Seine Finger-

kuppen fühlten Tutanchamuns Siegel an der zugemauerten Tür, die seit der Beisetzung des jungen Pharao nie wieder berührt worden war.

Emeni stützte den Kopf mit dem linken Arm auf, und die Spannung wich aus seinem Körper. In den Schultern spürte er Schmerzen, während er hinter sich Kemeses mühevolles Atmen vernahm, der die Kalksteintrümmer in den Korb packte.

»Wir haben die innere Tür erreicht«, sagte Emeni in einer Mischung aus Furcht und Erregung. Emeni wünschte sich nichts sehnlicher, als daß diese Nacht endlich vorüber sei. Er war kein Räuber. Und doch lag er nun hier, grub sich ins ewige Heiligtum des wehrlosen Tutanchamun hinein. »Iramen soll meinen Fäustel durchgeben.«

Emeni bemerkte, daß seine Stimme in der Enge des Stollens einen seltsam hohlen Klang besaß. Kemese stieß einen Freudenschrei aus, als er das hörte, und kroch rückwärts aus dem Stollen.

Danach herrschte Stille. Emeni hatte das Gefühl, von den Wänden des Stollens erdrückt zu werden. Er kämpfte gegen die Beklemmung an, und seine Gedanken wanderten zu seinem Großvater Amenemheb, der die Anlage des kleinen Grabgewölbes geleitet hatte. Emeni fragte sich, ob Amenemheb die Wand vor ihm auch berührt hatte. Er wälzte sich herum, preßte seine Hände gegen den harten Stein, und jetzt wußte er es genau. Die Pläne von Tutanchamuns Grab, die Amenemheb seinem Sohn Per Nefer, Emenis Vater, vermacht hatte, waren richtig. Dieser hatte sie wiederum Emeni ausgehändigt. Er hatte nun von der äußeren Tür aus genau zwölf Ellen weit einen Stollen gegraben und so die innere Tür gefunden. Dahinter lag die Vorkammer. Zwei Nächte lang hatte Emeni schwer gearbeitet, aber am Morgen würde alles vorbei sein. Emeni wollte nur vier goldene Statuen aus dem Grab holen, deren Standorte in den Plänen ebenfalls eingezeichnet waren. Eine Statue sollte für ihn und eine für jeden seiner Mitverschwörer sein. Danach wollte er das Gewölbe wieder versiegeln. Emeni hoffte auf das Verständnis der Götter. Es lag nicht in seiner Absicht, für sich persönlich zu stehlen. Diese eine goldene Statue brauchte er, um die Einbalsamierung und die Beisetzungsfeierlichkeiten für seine Eltern bezahlen zu können.

Kemese kam durch den Stollen auf ihn zugekrochen, schob seinen Binsenkorb vor sich her, in dem der Fäustel und eine Öllampe lagen. Auch ein bronzener Dolch mit einem Griff aus Ochsenbein lag mit dabei. Kemese war ein regelrechter Verbrecher, und keinerlei Bedenken vermochten seine Gier nach Gold zu mindern. Mit dem kupfernen Meißel und dem Fäustel schlug Emeni mit geübter Hand rasch ein Loch in den Mörtel. Er wunderte sich über die Einfachheit von Tutanchamuns Grab, verglichen mit der riesigen Grabanlage für Pharao Sethos I., wo er gegenwärtig arbeitete. Aber diese simple Konstruktion von Tutanchamuns Grabstätte war in diesem Fall ein Segen, denn unter anderen Umständen hätte Emeni nie in das Grab eindringen können. Seit Pharao Haremhebs strengem Erlaß, jede Erinnerung an Tutanchamun zu tilgen, wachten nicht mehr die Ka-Priester des Amun an seinem Grab, und Emeni hatte lediglich den Nachtwächter der Arbeiterhütten mit Bier und zwei Maß Korn zu bestechen brauchen. Wahrscheinlich war selbst das überflüssig gewesen, denn Emeni hatte sich das Eindringen in Tutanchamuns Haus der Ewigkeit während des großen Ope-Festes vorgenommen. Alle Arbeitskräfte und Amtsträger der Totenstadt sowie die Mehrzahl der Einwohner von Emenis Dorf, Hort der Wahrheit, waren in der Stadt Theben am Ostufer des Nils zusammengekommen, um zu feiern. Dennoch war Emeni trotz aller Vorsichtsmaßnahmen so ruhelos wie nie zuvor in seinem Leben, und er trieb sich zu immer schnellerer Arbeit mit Fäustel und Meißel an. Die Steinplatte vor ihm neigte sich mit einem Knirschen nach hinten und fiel mit dumpfem Schlag auf den Boden der vorderen Grabkammer. Emenis Herz schien vor Schreck stillzustehen, denn halb befürchtete er, die Dämonen der Unterwelt könnten sich auf ihn stürzen. Statt dessen aber drangen aromastarke Gerüche von Zedernholz und Weihrauch an seine Nase, und das Schweigen der Unendlichkeit umgab ihn. Vor Angst und Ehrfurcht zitternd, kroch er vorwärts und schob seinen Kopf durch die Öffnung in die Gruft. Es herrschte undurchdringliche Finsternis. Er blickte zurück in den Tunnel und sah in der Ferne den Mondschein, vor dem sich Kemese schattengleich ihm näherte. Er tastete wie ein Blinder umher, versuchte, Emeni die Öllampe zu reichen.

»Kann ich hinein?« fragte Kemese in die Dunkelheit, nachdem er Lampe und Zunder weitergegeben hatte.

»Noch nicht«, flüsterte Emeni und machte sich ans Anzünden der Lampe. »Kehre um und sage Iramen und Amasis, daß es noch ungefähr die Hälfte einer Stunde dauern wird, bis wir mit dem Wiederauffüllen des Stollens beginnen können.«

Kemese murrte vor sich hin und kroch rückwärts wie ein Krebs durch den Gang wieder hinaus.

Ein Funke entsprang dem Feuerrad und brachte den Zunder zum Schwelen. Flink hielt Emeni ihn an den Docht der Öllampe. Licht flammte auf und durchdrang die Finsternis wie ein warmer Lufthauch ein kaltes Gemach.

Emeni stand wie versteinert; seine Knie drohten ihren Dienst zu versagen. Im unruhigen Zwielicht sah ihn das Antlitz eines Gottes an; es war Amnut, Verschlinger der Toten. Die Öllampe wackelte in seinen zitternden Händen, und er wich zurück. Aber der Gott trat nicht näher. Dann erkannte Emeni, als der Lichtschein über das goldene Haupt der Gottheit flackerte, die Elfenbeinzähne und die schlanke, stilisierte Gestalt erleuchtete, daß es sich um eine Grabfigur handelte. Noch zwei weitere Figuren waren zu sehen, eine hatte das Haupt einer Kuh, eine einen Löwenkopf. Zur Rechten befanden sich an der Wand zwei lebensgroße Standbilder des jungen Königs Tutanchamun, die den Eingang zur Grabkammer bewachten. Emeni hatte gesehen, daß man im Haus der Bildhauer bereits ähnliche Standbilder von Sethos I. schuf und vergoldete.

Beim Eintreten vermied Emeni sorgfältig, auf ein getrocknetes Blumengewinde zu treten, das auf der Schwelle lag. Er huschte geschwind umher und erspähte zwei vergoldete Schreine. Vorsichtig öffnete er einen nach dem anderen und hob die goldenen Statuen von ihren Sockeln. Die eine war eine auserlesen feine Darstellung Nekhbets, einer Geiergöttin Oberägyptens; die andere stellte Isis dar. Keine trug den Namen Tutanchamuns. Das war wichtig.

Emeni nahm Fäustel und Meißel, kroch unter das mit dem Abbild Amnuts verzierte Ruhebett und schlug schnell eine Öffnung in die Seitenkammer. Nach Amenemhebs Plänen waren die beiden anderen Statuen, die Emeni im Sinn hatte, in der kleineren Seitenkammer in einer Truhe. Eine Ahnung nahenden Unheils kroch in ihm hoch, doch er achtete nicht darauf. Emeni kroch mit vorgestreckter Öllampe hinein. Zu seiner Erleichterung gab es hier keine weiteren Kultgegenstände, die ihm Schrecken einjagen konnten. Die Wände bestanden aus grob behauenem Stein. Emeni erkannte sofort die Truhe, die er suchte, an dem schön geschnitzten Bildnis auf ihrer Oberseite. Es zeigte in erhaben gearbeitetem Schnitzwerk eine junge Königin, die Pharao Tutanchamun Sträuße aus Lotos, Papyrus und Mohnblumen darbot. Aber jetzt wurde es schwierig: Der Deckel war auf irgendeine besonders ausgeklügelte Weise verschlossen und ließ sich nicht ohne weiteres öffnen. Behutsam stellte Emeni die Öllampe auf ein rötlichbraunes Kästchen aus Zedernholz und unterzog die Truhe einer genaueren Begutachtung. Er war so vertieft und bemerkte nichts vom Treiben im Stollen.

Kemese kroch bereits durch die Öffnung in die vordere

Grabkammer, dicht gefolgt von Iramen. Amasis, ein hünenhafter Nubier, hatte große Mühe, seinen fülligen Leib durch den engen Gang zu zwängen, und kam weiter hinten nach. Doch die beiden konnten schon Emenis Schatten grotesk über den Boden und die Wände der Vorkammer tanzen sehen. Kemese nahm den bronzenen Dolch zwischen seine faulen Zähne und kroch, den Kopf voran, aus dem Tunnel in die Grabkammer. Lautlos half er dem nachkommenden Iramen, sich aufzurichten. Die beiden warteten, wagten kaum zu atmen, bis schließlich – begleitet von einem leisen Prasseln von kleinen Steinbrocken – auch Amasis ins Innere des Grabes gelangte. Ihre anfängliche Furcht verwandelte sich rasch in Gier, während sie den unerhörten Schatz begafften, dessen Anblick sich ihren vor Aufregung weit aufgerissenen Augen bot. Noch nie im Leben hatten sie so prunkvolle Gegenstände gesehen, und nun befand sich das alles in ihrer Reichweite. Wie ein Rudel Schakale stürzten sich die drei auf die sorgsam angeordneten Grabbeigaben. Vollgepackte Truhen wurden aufgebrochen und umgekippt. Sie rissen die goldenen Verzierungen von Möbelstücken und Streitwagen.

Als Emeni das erste Geräusch vernahm, setzte sein Herz für einen Augenblick aus. Zunächst glaubte er, ertappt worden zu sein. Dann hörte er die aufgeregten Rufe seiner Begleiter und begriff, was geschah. Ihm schien es wie ein Alptraum.

»Nein, nicht«, schrie er, griff nach der Öllampe und stieg durch das Loch im Gemäuer zurück in die Vorkammer. »Haltet ein, im Namen sämtlicher Götter, haltet ein!« Die drei Räuber hielten für einen Augenblick im Plündern inne. Dann aber packte Kemese seinen Dolch mit dem Griff aus Ochsenbein. Amasis sah die Bewegung und lächelte. Es war ein grausames Lächeln, und der Lichtschein der Öllampe flackerte über seine großen Zähne.

Emeni wollte nach seinem Fäustel fassen, aber Kemese

stellte den Fuß darauf. Jetzt packte Amasis zu und umklammerte eisern Emenis linkes Handgelenk, damit die Öllampe nicht ausginge. Die andere Faust schlug er gegen Emenis Schläfe. Danach bemächtigte er sich vollends der Öllampe, während der Steinmetz Emeni zusammenbrach und auf einem Stapel königlicher Leinentücher zusammensackte.

Emeni hatte keine Ahnung, wie lange er bewußtlos gewesen war, doch als er wieder klar denken konnte, kehrte auch der Alptraum wieder zurück. Zuerst hörte er nur gedämpfte Stimmen. Durch den Durchbruch im Gemäuer drang ein schwaches Licht, und als er den Kopf drehte – langsam, damit er nicht so schmerzte –, fiel sein Blick durch die Öffnung in die Grabkammer. Emeni sah Kemeses schattenhaften Umriß zwischen den mit Erdpech bestrichenen Statuen Tutanchamuns kauern. Diese Kerle verletzten die geweihte Stätte, das Heiligtum aller Heiligtümer!

Lautlos bewegte Emeni nacheinander alle seine Gliedmaßen. Sein linker Arm und die Hand waren taub, weil er darauf gelegen hatte, aber davon abgesehen schien er unversehrt. Er mußte Hilfe holen. Er schätzte den Abstand zur Öffnung des Stollens. Es war nicht weit, doch würde es schwierig sein, ohne ein Geräusch dorthin zu gelangen. Emeni zog die Beine an und hockte sich vorsichtig hin; dann wartete er, bis das Pochen in seinem Schädel nachließ. Plötzlich wandte Kemese, in den Händen eine kleine goldene Horus-Statue, sich um. Er sah Emeni und stutzte. Dann sprang er mit einem Aufschrei in die Vorkammer und warf sich auf den noch benommenen Steinmetz.

Ohne auf seine Schmerzen zu achten, kroch Emeni hastig in den Tunnel, schrammte sich Brust und Unterleib an den schartigen Steinen auf. Aber Kemese war schnell und bekam seinen Knöchel zu fassen. Er hielt ihn fest und rief dabei nach Amasis. Emeni wälzte sich im Tunnel auf den Rükken und trat wuchtig mit dem freien Fuß zu, traf Kemese

11

an der Wange. Der eiserne Griff löste sich, und Emeni robbte im Stollen keuchend vorwärts, ohne sich um die zahllosen Schnitt- und Rißwunden, die er sich auf den Kalksteinsplittern zuzog, zu kümmern. Er krabbelte in die trockene Nachtluft und lief zu der an der Straße nach Theben gelegenen Wärterstation der Totenstadt.

Hinter ihm entstand in Tutanchamuns Gruft ein heilloses Durcheinander. Die drei Räuber wußten, daß sie sofort fliehen mußten, falls sie entkommen wollten, obwohl sie erst in einer der zwei Grabkammern waren.

Amasis wankte mit einer schweren Armladung goldener Statuen widerwillig aus dem Grab. Kemese wickelte eine Anzahl von Ringen aus massivem Gold in einen Lumpen, um dann das Bündel aus Versehen auf den mit zerbrochenem Gerät übersäten Fußboden fallen zu lassen. In fieberhafter Hast warfen sie ihren Raub in Binsenkörbe. Iramen löschte die Öllampe, schob seinen Korb in den Tunnel und kletterte hinterdrein. Kemese und Amasis schlossen sich ihm an. Auf der Schwelle blieb eine als Lotosblüte gearbeitete Schale aus Alabaster liegen. Sobald die Diebe die Grabstätte verlassen hatten, eilten sie nach Süden, um die Entfernung zwischen sich und den Wächtern der Totenstadt zu vergrößern. Amasis hatte sich zuviel Beute aufgeladen, und um seine rechte Hand frei zu bekommen, verbarg er einen blauen Fayencebecher unter einem Felsbrocken; dann rannte er weiter, die beiden anderen Männer einzuholen. Sie kreuzten die Straße zum Tempel der Hatschepsut, wandten sich nach Westen und tauchten in den weiten Landstrichen der Libyschen Wüste unter. Sie waren frei und reich; sogar sehr reich.

Emeni hatte die Folter nie am eigenen Körper gespürt, sich aber bisweilen schon gefragt, ob er sie wohl ertragen könne. Er konnte es nicht. Der Schmerz steigerte sich schnell von einem noch erträglichen Maß ins unerträgliche. Man hatte ihm gesagt, er werde mit dem Stock verhört. Er besaß keine

Vorstellung davon, was das bedeutete, bis vier stämmige Wächter der Totenstadt ihn auf eine niedrige Bank drückten; er wurde von ihnen an Armen und Beinen festgehalten, und ein fünfter begann Emeni unbarmherzig auf die Fußsohlen zu schlagen.

»Halt, ich will ja alles sagen«, keuchte Emeni. Aber er hatte, bereits alles erzählt, schon fünfzigmal. Er wünschte, er verlöre die Besinnung, aber dazu kam es nicht. Seine Füße brannten wie Feuer und schienen mit weißglühender Kohle versengt zu werden. Die heiße nachmittägliche Sonne verstärkte noch die Qual. Emeni heulte wie ein aufgespießter Hund. Er versuchte die Hand zu beißen, die sein rechtes Handgelenk umklammerte, aber jemand riß seinen Kopf am Haar zurück.

Als Emeni schließlich glaubte, den Verstand zu verlieren, winkte Prinz Maja, Oberhaupt der Wächter über die Totenstadt, lässig mit der vornehm gepflegten Hand, um anzudeuten, daß man die Prügel beenden solle. Der Mann mit dem Stock versetzte Emeni noch einen letzten Streich, ehe er den Befehl befolgte. Prinz Maja, der wie üblich an einer duftenden Lotosblüte roch, drehte sich seinen Gästen zu: Nebmare-nahkt, Stadtherr des Westlichen Theben, und Nenephta, Oberster Hofbaumeister und Bauaufseher Seiner Majestät Pharao Sethos' I. Niemand sprach ein Wort. Nun wandte sich Maja an Emeni, der am Boden lag, weil seine Füße glühten.

»Sage mir nochmals, Steinmetz, woher du den Weg in Pharao Tutanchamuns Gruft wußtest.«

Man riß Emeni zu einer Sitzhaltung hoch; vor seinen Augen verschwammen die drei Edelleute, und nur allmählich klärte sich sein Blickfeld. Er erkannte den erhabenen Baumeister Nenephta.

»Von meinem Großvater«, stammelte Emeni mühsam. »Er gab die Pläne für die Gruft meinem Vater, der sie wiederum an mich weiterreichte.«

»Dein Großvater war Steinmetz beim Bau von Pharao Tutanchamuns Grab?«

»Ja«, antwortete Emeni. Er erläuterte noch einmal, daß er bloß so viel Geld hatte erlangen wollen, um seine Eltern einbalsamieren zu lassen. Er bat um Gnade und betonte dabei nachdrücklich, daß er sich freiwillig gestellt hatte, nachdem er seine Gefährten die Grabkammer schänden sah.

Nenephta beobachtete einen Falken, der sich in einiger Entfernung mühelos in den saphirblauen Himmel emporschraubte. Seine Gedanken schweiften vom unmittelbaren Verhör ab. Dieser Grabschänder machte ihm zu schaffen, denn er hatte bewiesen, wie leicht alle seine Anstrengungen, das Haus der Ewigkeit Seiner Majestät Sethos' I. zu schützen, zunichte werden konnten. Plötzlich unterbrach er Emeni.

»Du bist also Steinmetz und arbeitest mit am Grabmal von Pharao Sethos I.?«

Emeni nickte und unterbrach seine flehentlichen Bitten. Er fürchtete sich vor Nenephta. Jedermann fürchtete Nenephta.

»Glaubst du, daß das Grab, das wir errichten, auch ausgeraubt werden kann?«

»Man vermag jedes Grab auszurauben, solange es nicht bewacht wird.«

Nenephta verspürte, wie die Wut in ihm hochstieg. Nur mit Mühe hielt er sich zurück, diese menschliche Hyäne, die alles verkörperte, was er verabscheute, höchstpersönlich niederzuschlagen. Emeni spürte seine plötzliche Gereiztheit und duckte sich unwillkürlich zwischen seinen Folterknechten.

»Und wie sollten wir nach deiner Meinung den Pharao und seine Schätze behüten?« erkundigte sich Nenephta endlich mit vor Wut zitternder Stimme.

Emeni wußte nicht, was er sagen sollte. Er senkte das Haupt, und es herrschte beklommenes Schweigen. Ihm fiel nichts Besseres ein als die Wahrheit. »Es ist unmöglich, den Pharao zu schützen«, antwortete er zuletzt. »Wie es in der Vergangenheit war, so wird es in der Zukunft sein. Man wird die Grabstätten plündern.«

Mit einer Behendigkeit, die im Gegensatz zu seiner Leibesfülle stand, sprang Nenephta von seinem Platz auf und gab Emeni mit dem Handrücken eine Maulschelle. »Du Abschaum! Wie kannst du so respektlos vom Pharao reden?« Nenephta machte Anstalten, Emeni noch einen Hieb zu versetzen, aber der Schmerz in seiner Hand noch vom ersten Schlag her veranlaßte ihn, darauf zu verzichten. Statt dessen ordnete er sein leinenes Gewand, bevor er Emeni von neuem ansprach. »Da du ein so tüchtiger Grabräuber bist, wie kommt's dann, daß dein Abenteuer so kläglich fehlgeschlagen ist?«

»Ich bin kein tüchtiger Grabräuber. Wäre ich's, ich hätte die Wirkung wohl vorausgesehen, welche die Schätze Pharao Tutanchamuns auf meine Komplizen ausübten. Ihre Gier verwirrte ihren Geist.«

Nenephtas Augen weiteten sich plötzlich trotz des hellen Sonnenscheins. Sein Antlitz erschlaffte. Diese Veränderung wirkte so erschreckend, daß sogar der eher schläfrige Nebmare-nahkt sie bemerkte und eine Dattel zwischen der Schüssel und seinem schon aufgesperrten Mund in der Schwebe hielt.

»Sind Euer Gnaden wohlauf?« Nebmare-nahkt beugte sich vor, um Nenephta besser ins Gesicht schauen zu können.

Aber trotz seiner unvermittelten Schwäche arbeitete Nenephtas Verstand auf Hochtouren. Emenis Worte waren für ihn eine Enthüllung. Ein halbes Lächeln zeigte sich auf seinem welken Gesicht. Er wandte sich zum Tisch und fragte erregt Maja. »Ist Pharao Tutanchamuns Grab neu versiegelt worden?«

»Natürlich«, entgegnete Maja. »Ohne Verzug.«

»Es soll noch einmal geöffnet werden«, befahl Nenephta und drehte sich wieder Emeni zu.

»Erneut geöffnet?« meinte überrascht Maja. Nebmarenahkt ließ die Dattel fallen.

»Ja. Ich wünsche das geschändete Grab selbst zu besichtigen. Dank der Worte dieses Steinmetzen hatte ich eine Eingebung, die vom großen Imhotep stammen könnte. Nun weiß ich, wie ich Pharao Sethos' Schätze in alle Ewigkeit behüten kann. Ich vermag kaum zu glauben, daß ich nicht früher daran gedacht habe.«

Emeni verspürte erstmals seit seiner Festnahme einen Anflug von Hoffnung. Doch als Nenephta sich von neuem an den Gefangenen wandte, war das Lächeln schlagartig aus seinem Antlitz verschwunden. Seine Lider verengten sich, seine Miene wurde finster wie der Himmel bei einem Sommergewitter.

»Deine Äußerungen waren hilfreich«, sprach Nenephta, »doch wiegen sie nicht dein Verbrechen auf. Du wirst abgeurteilt, und ich werde dein Ankläger sein. Du sollst auf die vorgesehene Weise sterben. Du wirst lebendigen Leibes vor aller Augen gepfählt, und dein Leichnam wird den Hyänen zum Fraß vorgeworfen.« Nenephta winkte seinen Trägern, daß sie die Sänfte bringen sollten, und trat zu den beiden anderen Edelleuten. »Ihr habt dem Pharao heute vorzüglich gedient.«

»Das ist mein sehnlichster Wunsch, Euer Gnaden«, erwiderte Maja. »Aber ich begreife Eure Absichten nicht.«

»Es ist nicht Eure Sache, sie zu begreifen. Die Eingebung, die mir heute widerfuhr, wird das bestgehütete Geheimnis der Welt sein. Es wird Ewigkeiten überdauern.«

26. November 1922

Tutanchamuns Grab, Tal der Könige,
Nekropolis Theben

Die Erregung steckte an. Selbst die heiße Saharasonne, die
vom wolkenlosen Himmel herabstach, konnte die allgemeine Spannung nicht mindern. Die Fellachen beschleunigten ihren Schritt, während sie Korb um Korb, gefüllt mit
Kalksteinbrocken, vom Eingang zu Tutanchamuns Grab
fortschleppten. Hinter der ersten Tür war am Ende eines
Gangs von zehn Meter Länge eine zweite Tür entdeckt worden. Auch sie war seit dreitausend Jahren versiegelt. Was
mochte wohl dahinter sein? War das Grab leer? War es wie
alle anderen bereits in der Antike ausgeplündert worden?
Niemand wußte es.

Sarwat Raman, der Vorarbeiter mit dem Turban, stieg die
sechzehn Stufen aus dem Grabungsfeld herauf. Er war so
mit Staub bedeckt, daß sein Gesicht wie mit Mehl bestäubt
aussah. Er raffte seine Galabiya zusammen und strebte hinüber zum Zeltplatz, dem einzigen Fleck im unerbittlich sonnenheißen Tal, wo es ein wenig Schatten gab.

»Erlaube mir, Exzellenz zu melden, daß der Eingangsstollen vom Schutt geräumt ist«, sagte Raman und verbeugte sich knapp. »Die zweite Tür liegt nun völlig frei.«

Howard Carter schaute von seiner Limonade auf, kniff
unter dem schwarzen Homburger, den er trotz der gleißenden Hitze halsstarrig trug, die Augen zusammen. »Ausgezeichnet, Raman. Wir werden die Tür untersuchen, sobald
sich der Staub gelegt hat.«

»Ich erwarte Ihre achtbaren Anweisungen.« Raman
machte kehrt und entfernte sich.

»Sie sind wirklich kaltschnäuzig, Howard«, meinte Lord Carnarvon, den man George Edward Stanhope Molyneux Herbert getauft hatte. »Wie bringen Sie es nur fertig, hier zu sitzen und Ihre Limonade auszutrinken, ohne gleich wissen zu wollen, was hinter der Tür liegt?« Carnarvon lächelte und winkte seiner Tochter zu, Lady Evelyn Herbert. »Ich kann gut verstehen, warum Belzoni einen Rammbock benutzte, als er das Grab Sethos' I. fand.«

»Meine Methoden sind denen Belzonis direkt entgegengesetzt«, verteidigte sich Carter. »Und Belzonis brutale Methoden sind auch entsprechend mit einem leeren Grab belohnt worden; wenn man vom Sarkophag absieht.« Unwillkürlich schweifte Carters Blick hinüber zur nahen Öffnung der Gruft von Sethos I. »Carnarvon, ich bin mir nicht sicher, ob wir hier etwas finden werden. Ich glaube, wir sollten keine großen Erwartungen hegen. Ich bin nicht einmal davon überzeugt, daß es sich wirklich um ein Grab handelt. Die Anlage ist nicht typisch für einen Pharao der achtzehnten Dynastie. Es könnte sich vielleicht um ein Versteck von Tutanchamuns Schätzen handeln, die man aus Achetaton hergeschafft hat. Außerdem sind uns Grabräuber zuvorgekommen, nicht nur einmal, sondern zweimal. Meine einzige Hoffnung ist, daß die Plünderung in der Antike stattgefunden hatte und jemand der Anlage genug Bedeutung beigemessen hat, um sie wieder versiegeln zu lassen. Ich mache mir also wirklich keine große Hoffnung, daß wir viel vorfinden werden.«

Äußerlich wirkte er sehr gefaßt, sehr englisch, wenn Carter wie jetzt seinen Blick durch das trostlose Tal der Könige wandern ließ. Aber sein Magen hatte sich schmerzhaft zusammengekrampft. Noch nie war er in seinen neunundvierzig Jahren so erregt gewesen. Bei den sechs vorherigen Ausgrabungsunternehmen hatte er überhaupt nichts gefunden. Zweihunderttausend Tonnen Kies und Sand waren bewegt und durchgesiebt worden, vollkommen umsonst. Die Plötzlichkeit dieses Funds nach nur fünf Tagen Graben war schlichtweg ein überwältigendes Erlebnis. Er schwenkte seine Limonade im Glas langsam im Kreise und versuchte, weder zu denken noch zu hoffen. Sie warteten. Die ganze Welt wartete.

Eine feine Staubschicht lag auf dem sich leicht abwärts neigenden Gang. Die Mitglieder der Gruppe bemühten sich, beim Eintreten die Luft möglichst wenig in Bewegung zu versetzen. Carter ging als erster, gefolgt von Carnarvon und dessen Tochter; zum Schluß kam A. R. Callender, Carters Mitarbeiter. Raman blieb am Eingang zurück, nachdem er Carter noch ein Brecheisen zugereicht hatte. Callender trug eine große Stablampe und Kerzen.

»Wie ich schon erwähnt habe, wir sind nicht die ersten, die in diese Gruft eindringen«, erklärte Carter und deutete nervös in die obere linke Ecke. »Die Tür ist schon einmal geöffnet und anschließend dort wieder versiegelt worden.« Dann beschrieb er einen größeren Kreis in mittlerer Höhe. »Später noch einmal, an dieser Stelle. Das ist sehr merkwürdig.« Lord Carnarvon beugte sich vor, um das königliche Totenstadtsiegel näher zu betrachten, das einen Schakal mit neun gefesselten Gefangenen zeigte.

»Am unteren Rand der Tür befinden sich Abdrücke des ursprünglichen Tutanchamun-Siegels«, erläuterte Carter weiter. Der Lichtkegel aus der Stablampe erhellte die winzigen Staubteilchen, die in der Luft schwebten, ehe er die uralten Siegel im Gipsmörtel anstrahlte. »Und nun«, sagte Carter so gleichmütig, als bäte er zum Tee, »wollen wir einmal sehen, was sich hinter der Tür befindet.« Sein Magen jedoch zog sich zu einem steinartigen Gebilde zusammen, reizte damit sein Magengeschwür zu noch ärgeren Schmerzen. Seine Hände waren feucht, weniger von der Hitze, sondern infolge seiner unterdrückten Nervosität. Er zitterte am ganzen Körper, als er das Brecheisen hob und zur Vorbereitung ein paar Kerben in den uralten Gipsmörtel schabte. Kleine Steine und Staubkörnchen rieselten ihm auf die Füße. Diese Arbeit verlieh seiner aufgestauten Erregung ein Ventil, und jeder Stoß fiel etwas heftiger als der vorherige aus. Plötzlich durchdrang das Brecheisen den Mörtel, und Carter torkelte gegen die Tür. Aus dem kleinen Loch drang ein warmer Luftstrom; Carter begann mit den Zündhölzern zu hantieren, er zündete eine Kerze an und hielt die Flamme ans Loch. Das war ein primitiver Test, um das Vorhandensein von Sauerstoff festzustellen. Die Kerze brannte weiter.

Niemand wagte zu sprechen, als Carter die Kerze Callender gab und die Arbeit mit dem Brecheisen fortsetzte. Vorsichtig erweiterte er das Loch, sorgte dafür, daß der Mörtel und die herausgebrochenen Steine in den Gang fielen und nicht in den dahinterliegenden Raum. Carter nahm wieder die Kerze zur Hand und hielt sie durch die jetzt größere Öffnung. Sie brannte mit ruhiger Flamme. Dann drückte er sein Gesicht an den Durchbruch, spähte angestrengt in die Dunkelheit.

Für einen Moment schien die Zeit stillzustehen. Als sich Carters Augen der Dunkelheit angepaßt hatten, meinte er, um dreitausend Jahre zurückversetzt worden zu sein. Aus der Schwärze tauchte golden das Haupt Amnuts hervor, mit entblößten Zähnen aus Elfenbein. Andere vergoldete Tiergestalten lauerten daneben im Dunkeln, und der Kerzenschein warf ihre fremdartigen Umrisse unstet an die Wand.

»Können Sie etwas sehen?« fragte aufgeregt Carnarvon.

»Ja«, antwortete Carter schließlich, und erstmals konnte man seiner Stimme die Aufregung anmerken »Wunderbare Dinge.« Er tauschte die Kerze gegen die Stablampe aus, und dann konnten auch jene hinter ihm die sagenhaft schönen Gegenstände im Innern der Gruft erkennen. Die goldenen Häupter waren Bestandteile von Grabbeigaben, drei prunkvollen Betten. Carter richtete den Lichtkegel nach links und sah in einer Ecke einen Wirrwarr auf einem mit Gold und

20

Einlegearbeiten verzierten Streitwagen. Er schwenkte das Licht nach rechts und begann sich über das sonderbare Chaos in der Gruft zu wundern. Statt in der vorschriftsmäßigen würdevollen Anordnung aufgebaut zu sein, wirkten alle Gegenstände gedankenlos durcheinandergeworfen. Gleich an der rechten Seite standen zwei lebensgroße Bildnisse Tutanchamuns, jede mit goldenem Schurz, goldenen Sandalen und versehen mit Geißel und Zepter.

Zwischen den beiden Standbildern befand sich eine weitere versiegelte Tür.

Carter verließ die Öffnung, um auch den anderen einen Einblick zu gestatten. Er fühlte sich versucht, den Stein mit den bloßen Händen niederzureißen und in die Gruft zu stürzen, wie Belzoni es getan hatte; doch statt dessen gab er mit ruhiger Stimme bekannt, man werde den Rest des Tages damit zubringen, die verschlossene Tür zu fotografieren. Erst morgen wollten sie die jenseitige Räumlichkeit, anscheinend eine Vorkammer zum eigentlichen Grab, betreten.

27. November 1922

Carter brauchte über drei Stunden, um die Tür zur Vorkammer aufzubrechen. Raman und einige Fellachen standen ihm bei dieser Arbeit tatkräftig zur Seite. Callender hatte eine improvisierte elektrische Leitung verlegt, und der Gang wurde so hell ausgeleuchtet. Als die Türöffnung fast bloßgelegt war, kamen Lord Carnarvon und Lady Evelyn hinzu. Man schaffte noch die letzten Körbe voller Mörtel und Steine hinaus, und dann war der Zeitpunkt gekommen, um die Grabstätte zu betreten. Draußen, vor der Grabstätte, warteten mehrere hundert Reporter von Zeitungen aus der ganzen Welt auf die Möglichkeit der ersten Besichtigung.

Einen kleinen Moment zögerte Carter. Als Wissenschaftler interessierte ihn alles, auch die allerkleinste Einzelheit im Innern der Gruft, als Mensch jedoch war es ihm peinlich, in die ehrwürdige Ruhestätte eines Toten einzudringen. Aber weil er bis ins Mark Brite war, rückte er lediglich den Knoten seiner Krawatte zurecht und überschritt die Schwelle, wobei er seinen Blick auf die Gegenstände auf dem Boden geheftet hatte. Wortlos wies er auf eine schöne, wie eine Lotosblüte geformte Schale aus durchscheinendem Alabaster, damit Carnarvon nicht auf sie trete. Dann begab er sich zu der versiegelten Tür zwischen den beiden lebensgroßen Standbildern Tutanchamuns. Sorgfältig untersuchte er die angebrachten Siegel. Seine Freude schwand, als er bemerkte, daß auch diese Tür von den Grabräubern bereits aufgebrochen und später wieder versiegelt worden war.

Jetzt betrat Carnarvon die Vorkammer, und seine Sinne waren ganz benommen angesichts der Schönheit der so achtlos verstreut liegenden Gegenstände. Er wandte sich um und reichte seiner Tochter die Hand, um ihr beim Einsteigen behilflich zu sein. Da bemerkte er, daß rechts von der Alabasterschale eine Papyrusrolle an der Wand lehnte. Links lag ein Gewinde aus vertrockneten Blumen, als habe Tutanchamuns Beisetzung erst gestern stattgefunden, und daneben stand eine geschwärzte Öllampe. Lady Evelyn umklammerte die Hand ihres Vaters und folgte ihm über die Schwelle. Callender schloß sich an. Raman beugte sich nur ins Innere der Vorkammer, denn er konnte aus Platzmangel nicht hinein.

»Unglücklicherweise ist auch die Grabkammer aufgebrochen und dann neu versiegelt worden«, sagte Carter und deutete auf die Tür, vor der er stand. Vorsichtig gesellten sich Carnarvon, Lady Evelyn und Callender zu dem Archäologen, lenkten ihre Blicke in die Richtung, wohin sein Finger zeigte. Raman betrat jetzt auch die Vorkammer.

»Seltsam ist allerdings«, fügte Carter hinzu, »daß die Tür

nur einmal geöffnet worden ist, nicht zweimal wie die zum Vorraum. Also besteht noch Hoffnung, daß die Mumie unversehrt ist.« Carter drehte sich um und erblickte Raman.

»Raman, ich habe dir nicht erlaubt, die Vorkammer zu betreten.«

»Exzellenz mögen mir verzeihen. Ich dachte, ich könne nützlich sein.«

»Kannst du auch. Du kannst dich nützlich machen, indem du dafür sorgst, daß niemand diese Kammern ohne meine persönliche Erlaubnis betritt.«

»Selbstverständlich, Exzellenz.« Lautlos schlüpfte Raman hinaus.

»Howard«, sagte Carnarvon, »Raman ist sicherlich ebenso beeindruckt von dieser Entdeckung wie wir. Vielleicht könnten Sie etwas großzügiger verfahren.«

»Die Arbeiter werden das Grab später besichtigen dürfen; wann, das bestimme ich«, entgegnete Carter. »Weswegen ich bezüglich der Mumie noch Hoffnung habe, will ich Ihnen erklären. Ich nehme an, daß die Räuber mitten bei der Grabschändung überrascht worden sind, denn es ist rätselhaft, weshalb alle diese unermeßlich kostbaren Gegenstände hier herumliegen. Es sieht aus, als hätte jemand sich nur wenig Zeit dafür genommen, sie nach dem Durcheinander, das die Räuber angerichtet hatten, wieder einigermaßen aufzuräumen; jedenfalls nicht so viel, um alles wieder in die vorgeschriebene Ordnung zu bringen. Warum nicht?«

Carnarvon hob die Schultern.

»Beachten Sie diese wunderschöne Schale auf der Schwelle«, ergänzte Carter. »Warum ist sie nicht an ihren Platz zurückgestellt worden? Und dort dieser offenstehende goldene Schrein, aus dem offenbar eine Statue entwendet worden ist. Wieso hat sich beim Aufräumen niemand die Mühe gemacht, ihn zu schließen?« Carter ging zurück zur Tür. »Und diese ganz gewöhnliche Öllampe. Warum hat man sie im Grab zurückgelassen? Ich schlage vor, die genaue Lage aller Gegenstände in diesem Raum mit größter Sorgfalt aufzuzeichnen. Diese Spuren haben uns irgend etwas zu sagen. Das ist wirklich sehr sonderbar.«

Carnarvon spürte Carters Erregung und versuchte seinerseits, das Grab mit den geübten Augen seines Freundes zu betrachten. Gewiß, es war merkwürdig, daß eine Öllampe im Innern zurückgeblieben war, und auch die allgemeine Unordnung verblüffte den Beschauer. Aber Carnarvon war von der Schönheit der Fundstücke so überwältigt, daß ihn das alles nicht berührte. Als er die Schale aus durchscheinendem Alabaster besah, die man so achtlos auf der Schwelle hinterlassen hatte, drängte es ihn, sie aufzuheben, sie in seinen Händen zu halten. Doch plötzlich fiel ihm eine kaum merkliche Veränderung ihrer Lage zwischen dem vertrockneten Blumengewinde und der Öllampe auf. Er wollte sich diesbezüglich äußern, aber da tönte erneut Carters erregte Stimme durch die Vorkammer.

»Da ist noch eine Kammer. Alles hierher.« Carter kauerte sich nieder und leuchtete mit der Stablampe unter eines der Prunkbetten. Carnarvon, Lady Evelyn und Callender eilten hinzu. Im Lichtkreis der Lampe konnten sie in das Innere einer weiteren Kammer sehen, gefüllt mit Gold und edelsteinverzierten Kostbarkeiten. So wie in der Vorkammer waren auch diese wertvollen Gegenstände chaotisch durcheinandergeworfen. Jedoch war die Ehrfurcht der Ägyptologen so groß, daß sie nicht danach zu fragen wagten, was hier vor dreitausend Jahren geschehen sein mochte.

Später, als sie bereit gewesen wären, sich mit diesem Geheimnis zu befassen, war Carnarvon bereits an einer Blutvergiftung tödlich erkrankt. Am 5. April 1923 um 2 Uhr morgens, keine zwanzig Wochen nach der Öffnung von Tutanchamuns Grabkammer, starb Lord Carnarvon in Kairo während eines unerklärlichen, fünf Minuten dauernden Stromausfalls in der Stadt. Es hieß, seine Erkrankung sei auf einen Insektenstich zurückzuführen gewesen, aber dem stellten sich viele Fragen entgegen.

Binnen einiger Monate starben vier weitere Personen, die mit der Ausgrabung der Gruft zu tun hatten, unter rätselhaften Umständen. Ein Mann verschwand vom Deck seiner Jacht, die auf den trägen Wassern des Nils vor Anker lag. Das Geheimnis um die einstige Plünderung der Grabstätte trat allmählich in den Hintergrund und wurde von dem Interesse am Okkultismus abgelöst.

Doch aus den Schatten der Vergangenheit erhob sich der »Fluch der Pharaonen« als Schreckgespenst. Die New Yorker »Times« sah sich dazu veranlaßt, über die Todesfälle wie folgt zu schreiben: »Sie bergen ein tiefes Geheimnis, das der Skeptizismus nur allzu leicht abtut.« Furcht begann sich in die Welt der Wissenschaft einzuschleichen. Es waren zuviel der Zufälle.

Erster Tag

Kairo 15 Uhr

Erica Barons Reaktion beruhte auf reinem Reflex. Die Muskeln ihres Rückens und ihrer Schenkel strafften sich, sie richtete sich auf und wirbelte herum, um den Flegel zu stellen. Sie hatte sich vorgebeugt, um eine gravierte Messingschale zu betrachten, als sich eine ausgestreckte Hand zwischen ihre Beine schob und sie durch ihre Baumwollhose betastete. Zwar war sie schon der Gegenstand vieler lüsterner Blicke und auch einiger Bemerkungen offensichtlich sexueller Art gewesen, seit sie das Hotel Hilton verlassen hatte, aber sie hatte nicht damit gerechnet, angefaßt zu werden. Das versetzte ihr einen Schock. Es wäre an jedem anderen Ort auch ein Grund zum Erschrecken gewesen, aber an ihrem ersten Tag in Kairo schien es ihr irgendwie schlimmer vorzukommen.

Der Täter war ungefähr fünfzehn und sah sie mit spöttischem Lächeln an, das zwei regelmäßige Reihen gelber Zähne enthüllte. Die zudringliche Hand war noch ausgestreckt.

Erica ließ ihre Einkaufstasche aus Segeltuch stehen und schlug den Arm des Jungen mit ihrer Linken beiseite. Dann ballte sie die Rechte zu einer festen Faust und hieb sie ihm in das höhnische Gesicht, indem sie ihr ganzes Gewicht in den Schwung legte.

Die Wirkung war erstaunlich. Der Treffer bewährte sich wie ein meisterhaft ausgeführter Karateschlag, schleuderte den verblüfften Jungen rücklings gegen die klapprigen Tische des Messinghändlers. Tischbeine brachen, ausgelegte Waren schepperten aufs Kopfsteinpflaster der Straße. Ein anderer Junge, der auf einem metallenen Tablett mit drei

Beinen Kaffee und Wasser vorbeitrug, geriet ebenfalls dazwischen und kam zu Fall, wobei er das Durcheinander noch vergrößerte.

Erica war entsetzt. Sie stand allein auf dem von Menschen gedrängten Kairoer Basar und preßte ihre Tasche an sich, unfähig zu begreifen, daß sie tatsächlich jemanden geschlagen hatte. Sie fing an zu zittern, weil sie mit Sicherheit erwartete, die Umstehenden würden sich auf sie stürzen, doch ringsum erhob sich nur lautes Gelächter. Selbst der Händler, dessen Ware noch auf der Straße umherrollte, hielt sich den Bauch vor Lachen. Der Junge rappelte sich aus dem Durcheinander hoch und brachte, eine Hand aufs Gesicht gepreßt, ein Lächeln zustande.

»*Maareisch*«, sagte der Händler, und später erfuhr Erica, daß das soviel hieß wie »da kann man nichts machen« oder »macht nichts«. Dann täuschte er Ärger vor, fuchtelte mit einem Hämmerchen herum und verscheuchte den Jungen. Danach grinste er Erica mit einem gutmütigen Lächeln an und begann, sein Eigentum wieder einzusammeln.

Erica ging weiter, ihr Herz schlug nach diesem Erlebnis heftiger, aber ihr war bewußt geworden, daß sie über Kairo und das moderne Ägypten noch viel lernen mußte. Sie hatte zwar Ägyptologie studiert, doch unglücklicherweise bekam man dabei nur Kenntnisse der Zivilisation des alten, nicht aber auch des modernen Ägyptens vermittelt. Ihr Spezialwissen über die Hieroglyphenschrift des Neuen Reiches hatte sie auf keine Weise auf das Kairo des Jahres 1980 vorbereitet. Seit ihrer Ankunft vor vierundzwanzig Stunden drangen die neuen Eindrücke pausenlos auf sie ein. Zuerst war da der Geruch: Bis in den hintersten Winkel der Stadt roch es durchdringend nach gebratenem Lamm. Dann der Lärm: ein pausenloses Hupkonzert, vermischt mit den Mißtönen arabischer Musik, die aus zahllosen Kofferradios drang. Und schließlich der Schmutz, Staub und Sand, wovon die Stadt überzogen war wie ein mittelalterliches Kupferdach mit Grünspan, was die allgemeine Armut noch unterstrich.

Der Zwischenfall mit dem Jungen hatte Ericas Selbstvertrauen untergraben. Das Lächeln all dieser Männer mit ihren Käppchen und weiten Galabiyas schien in ihrer Vorstellung nur lüsterne Gedanken auszudrücken. Sie fand es schlimmer als in Rom. Jungen, die noch nicht einmal zehn waren, liefen ihr nach, kicherten und stellten ihr Fragen in einem Kauderwelsch aus Englisch, Französisch und Arabisch. Kairo war fremdartig, viel fremdartiger, als sie es sich ausgemalt hatte. Selbst die Straßenschilder trugen nur die zwar dekorative, aber völlig unverständliche arabische Schrift. Während sie über ihre Schulter die Shari el Muski hinauf zum Nil blickte, spielte Erica mit dem Gedanken, in den westlichen Teil der Stadt zurückzukehren. Vielleicht war der ganze Einfall, allein nach Ägypten zu reisen, wirklich albern gewesen. Richard Harvey, seit drei Jahren ihr Freund, und auch Janice, ihre Mutter, hatten diese Meinung geäußert. Sie drehte sich wieder nach vorn und schaute ins Herz der Altstadt. Die Straßen verengten sich, das Gewimmel der Menschen bot einen überwältigenden Eindruck.

»Bakschisch«, sagte ein kleines Mädchen von nicht mehr als sechs Jahren. »Bleistift für Schule.« Das Englisch klang flüssig, fast ohne Akzent.

Erica blickte auf das Kind hinunter, dessen Haar vom gleichen Staub wie dem der Straße dick bedeckt war. Es trug ein zerfleddertes, orangenfarbenes Kleid aus bedrucktem Stoff, aber keine Schuhe. Erica bückte sich, um das Mädchen anzulächeln. Sie stöhnte auf: An den Wimpern des Kindes saßen in dicken Trauben zahlreiche grünlich schillernde Stubenfliegen. Die Kleine unternahm keine Anstrengung, um sie fortzujagen. Sie stand nur da, ohne zu blinzeln, und hielt die Hand auf. Erica war starr vor Schreck.

»Safer!« Ein Polizist in weißer Uniform mit blauem Abzeichen, auf dem in deutlichen Buchstaben TOURIST PO-

LICE zu lesen war, bahnte sich einen Weg zu Erica. Das Kind tauchte in der Menge unter. Die vorlauten Bürschlein verschwanden. »Kann ich Ihnen behilflich sein?« erkundigte er sich in gebrochenem Englisch. »Sie sehen aus, als hätten Sie sich verirrt.«

»Ich suche den Khan-el-Khalili-Basar«, sagte Erica.

»*Tout à droite*«, sagte der Polizist und deutete voraus. Dann schlug er sich mit der Handfläche auf die Stirn. »Entschuldigung. Das liegt an der Hitze. Ich bin mit den Sprachen durcheinandergekommen. Geradeaus, wollte ich sagen. Dies ist die El-Muski-Straße, und wenn Sie dort vorn die Hauptdurchgangsstraße Shari Port Said überqueren, sehen Sie links den Khan-el-Khalili-Basar. Ich wünsche Ihnen viel Vergnügen beim Bummel, aber vergessen Sie nicht, zu feilschen. Das gehört hier in Ägypten mit dazu.«

Erica dankte ihm und schob sich weiter durchs Gedränge. Sobald der Polizist außer Sicht war, fanden sich die dreisten Knaben wie durch Zauberei wieder ein, und die unzähligen Straßenhändler bestürmten sie erneut mit ihren Waren. Sie kam an einem offenen Fleischerladen vorüber, vor dem lange Reihen frisch geschlachteter Lämmer hingen, das Fell bis unter die Köpfe abgezogen, gekennzeichnet mit Flecken von roter Tinte und amtlichen Stempeln. Die Tiere baumelten kopfüber herab, der Anblick ihrer toten Augen ließ Erica zusammenzucken, und die Ausdünstung von Fleischabfällen verursachte ihr Übelkeit. Der Geruch des Fleisches mischte sich mit dem leicht fauligen Duft überreifer Mangofrüchte von einem benachbarten Obstkarren und dem Gestank frischen Maultierkots auf der Straße. Ein paar Schritte weiter erholte sie sich wieder bei dem Geruch von scharfen Gewürzen und Kräutern sowie dem Duft frischgekochten arabischen Kaffees.

Die Menschenmenge wirbelte in der engen Straße unablässig Staub auf, der wie ein Schleier vor der Sonne hing und den wolkenlosen Himmel zu einem fahlen Blau verdunkelte.

Als Erica immer tiefer ins Gewirr des Basars eindrang, dem Knarren alter Holzräder auf Granitsteinen des Pflasters lauschte, fühlte sie sich zusehends in die mittelalterliche Epoche Kairos zurückversetzt. Sie empfand das Chaos, die Armut, die Härte des Daseins. Der rohe, ungehemmte Pulsschlag des Lebens, den die westliche Zivilisation so sorgfältig zu übertünchen und zu verdecken pflegt, erregte und ängstigte sie gleichzeitig. Das war das nackte Leben, durchsetzt mit menschlichen Gefühlen; dem Schicksal begegnete man mit Resignation und sogar Gelächter.

»Zigarette?« fragte ein etwa zehn Jahre alter Junge. Er steckte in einem grauen Hemd und einer ausgebeulten Hose. Ein Freund schubste ihn vorwärts, so daß er auf Erica zustolperte. »Zigarette?« fragte er nochmals, verfiel in eine Art von arabischem Stehtanz, mit übertriebenen Gesten deutete er an, eine imaginäre Zigarette zu rauchen. Ein Schneider, der flink mit einem Bügeleisen voll Holzkohle bügelte, grinste breit, und eine Anzahl Männer, die an fein ziselierten Wasserpfeifen schmauchten, musterten Erica aus starren Augen.

Erica bereute es, so offensichtlich ausländische Kleidung angezogen zu haben. Anhand ihrer Hose aus Baumwolle und der vorn verknoteten Bluse war sie eindeutig als Touristin zu erkennen. Die anderen Frauen in westlicher Kleidung, die Erica gesehen hatte, waren alle in Kleidern herumgelaufen, nicht in Hosen, und die meisten Frauen auf dem Basar waren noch in die traditionellen schwarzen Meliyas gehüllt. Sogar in ihrem Körperbau unterschied sich Erica von den einheimischen Frauen. Obwohl sie einige Kilo mehr wog, als es ihr lieb war, war sie erheblich schlanker als die ägyptischen Frauen. Und ihr Gesicht besaß viel zierlichere Züge als die runden, trägen Mienen, die den Basar bevölkerten. Sie hatte große graugrüne Augen, üppiges nußbraunes Haar und einen feingeschwungenen Mund mit voller Unterlippe, die ihrem Gesicht einen schmollenden Ausdruck verlieh. Sie konnte schön sein, wenn sie sich ein bißchen Mühe gab, und sobald sie es tat, reagierten die Männer auch darauf.

Nun jedoch, während sie sich ihren Weg durch den belebten Basar bahnte, bedauerte sie es, daß sie so attraktiv aussah. Durch ihre Kleidung fiel sie sehr auf, und das war um so schlimmer, weil sie allein unterwegs war. Sie regte die Phantasie aller Männer an, die sie angafften.

Erica drückte die Tasche fester an sich und eilte weiter, so gut es ging, doch die Straße wurde noch enger. Die Seitenwege strotzten vor Schmutz, auf ihnen drängten sich dicht an dicht Menschen, die allen möglichen Arbeiten nachgingen. Über ihren Köpfen hingen Teppiche und Stoffbahnen, um das Marktviertel vor der Sonne zu schützen, aber gleichzeitig wurde dadurch der Lärm größer und die Luft stickiger. Erica zögerte wieder, betrachtete die stark unterschiedlichen Gesichter. Die Fellachen erkannte man an ihren ausgeprägten Backenknochen, den breiten Mündern und dicken Lippen, ihren herkömmlichen Käppchen und Galabiyas. Die Beduinen verkörperten den eigentlichen arabischen Typus. Sie besaßen schlanke, drahtige Körper und scharfgeschnittene Gesichtszüge. Die Nubier waren dunkel wie Ebenholz, sie hatten kraftvolle, muskulöse Oberkörper, und häufig waren sie bis zur Hüfte nackt.

Das Gewoge der Menschenmasse schob Erica vorwärts und drängte sie tiefer in den Khan-el-Khalili-Basar hinein. Sie wurde regelrecht zwischen den Leuten eingekeilt. Jemand kniff sie ins Gesäß, aber als sie sich umdrehte, konnte sie nicht mit Sicherheit feststellen, wer sich das erlaubt hatte. Mittlerweile folgte ihr ein Anhang von fünf oder sechs besonders hartnäckigen jungen Burschen.

Sie spürten ihr nach wie junge Hunde.

Ericas Ziel im Basar waren die Stände der Goldschmiede

gewesen; sie hatte dort ein paar Geschenke kaufen wollen. Aber sie kam immer mehr von dieser Absicht ab, besonders, nachdem dreckige Finger ihr durchs Haar gefahren waren. Sie hatte die Nase voll. Sie wollte zurück ins Hotel. Ihre Leidenschaft für Ägypten betraf die alte ägyptische Kultur mit ihren Kunstwerken und Rätseln. Das moderne städtische Ägypten war an einem Tag ein bißchen zuviel für sie. Sie wollte lieber zu den Denkmälern hinausfahren, zum Beispiel nach Saqqara. Vor allem aber wollte sie sich in Oberägypten umschauen, auf dem Land. Sie wußte, daß es dort so sein würde, wie sie es sich erträumte.

An der nächsten Ecke bog sie nach rechts ab und mußte um einen Maulesel herumgehen, der entweder schon tot war oder im Sterben lag. Jedenfalls regte er sich nicht, und niemand schenkte dem armen Vieh Aufmerksamkeit. Bevor sie das Hilton verlassen hatte, hatte sie sich den Stadtplan genau angesehen, und in ihrer Erinnerung müßte sie, wenn sie sich weiterhin südöstlich hielt, vor der El-Azhar-Moschee anlangen. Erica zwängte sich zwischen einer Horde Händler hindurch, die lauthals um ihre dürren Täubchen in Rohrkäfigen feilschten, und verfiel in Laufschritt. Voraus sah sie ein Minarett und einen vom Sonnenschein erhellten Platz.

Plötzlich blieb Erica wie angewurzelt stehen. Der Junge, der von ihr eine Zigarette schnorren wollte und nach wie vor ihr dicht auf den Fersen folgte, prallte gegen sie; er jedoch kam ungeschoren davon. Ericas Blick war von der Auslage eines Schaufensters festgehalten worden. Sie hatte eine Töpferarbeit in Form einer flachen Urne entdeckt. Mitten im Schund moderner Stücke ragte hier ein kleines Stückchen der ägyptischen antiken Pracht heraus. Der Rand war zwar leicht angeschlagen, aber sonst war das Gefäß unbeschädigt. Sogar die tönernen Ösen, die anscheinend zum Aufhängen dienten, waren noch vorhanden. Sich sehr wohl dessen bewußt, daß es auf dem Basar nur so von Fälschungen wimmelte, die man in den höchsten Tönen und Preisen anbot, um Touristen damit anzulocken, verblüffte Erica die offensichtliche Echtheit dieses Stückes. Die meisten Fälschungen waren bei den leicht fabrizierbaren Mumienfiguren zu finden. Das hier jedoch war ein prachtvolles Beispiel der prädynastischen ägyptischen Töpferkunst, so gut wie die besten Ausstellungsstücke, die sie aus dem Bostoner Museum der Schönen Künste kannte. Falls die Urne wirklich echt war, mußte sie über sechstausend Jahre alt sein.

Erica trat etwas vom Laden in die Gasse zurück und blickte zu dem frisch gemalten Schild überm Schaufenster hoch. In der oberen Hälfte sah sie das merkwürdige Geschnörkel der arabischen Schrift. Darunter stand für sie lesbar *Antica Abdul*. Dichte Reihen schwerer Perlenschnüre verhingen die Tür links vom Ladenfenster. Das Zupfen eines ihrer Verfolger an ihrer Einkaufstasche genügte Erica als Ansporn zum Betreten des Geschäfts.

Die bunten Perlen klackerten hell, als sich die Schnüre hinter ihr wieder einpendelten. Der Laden war klein, etwa drei Meter breit und ungefähr doppelt so tief, und es war darin überraschend kühl. Die Wände waren weiß verputzt, der Fußboden mit mehreren abgetretenen orientalischen Teppichen ausgelegt. Ein L-förmiger Ladentisch mit gläserner Oberfläche nahm den Großteil des Geschäftsraums ein.

Da niemand erschien, um sie zu bedienen, hing sich Erica ihre Tasche über die Schulter und beugte sich vor, um die schöne Töpferarbeit, die sie durchs Schaufenster bemerkt hatte, aus der Nähe zu betrachten. Das Gefäß war von hellem Braungelb und wies zart gemalte Verzierungen in Farbschattierungen zwischen Braun und Anilinrot auf. Das Innere hatte man mit zusammengeknülltem arabischem Zeitungspapier ausgestopft.

Der schwere rotbraune Vorhang im Hintergrund des Ladens teilte sich, und Abdul Hamdi, der Besitzer, schlurfte zur Ladentheke. Erica sah den Mann an, und Erleichterung überkam sie. Er mußte ungefähr fünfundsechzig sein und war in seinen Bewegungen und der Ausdrucksweise sanft und angenehm.

»Ich interessiere mich sehr für diese Urne«, sagte sie. »Wäre es wohl möglich, daß ich sie mir mal näher anschaue?«

»Natürlich«, erwiderte Abdul und kam um den Ladentisch. Er nahm das Gefäß auf und drückte es ohne viel Umstände Erica in die zitternden Hände. »Stellen Sie es auf die Theke, wenn Sie wollen.« Er knipste eine kahle Glühbirne an.

Behutsam setzte Erica die Urne auf den Ladentisch und ließ die Tasche von ihrer Schulter gleiten. Dann griff sie erneut nach dem Gefäß, drehte es langsam zwischen ihren Fingern, um die Verzierungen genauer zu betrachten. Neben rein ornamentalen Mustern waren Tänzer, Antilopen und plumpe Schiffe abgebildet. »Wieviel soll sie kosten?« Erica widmete der Bemalung ihre ganze Aufmerksamkeit.

»Zweihundert Pfund«, sagte Abdul mit leiser Stimme, als verriete er ein Geheimnis. Seine Augen blickten sie leicht verschmitzt an.

»Zweihundert Pfund!« wiederholte Erica und rechnete im Kopf die Währungen um. Das waren rund dreihundert Dollar. Sie beschloß, ein wenig zu handeln, während sie herauszubringen versuchte, ob das Gefäß eine Fälschung war oder nicht. »Ich kann bloß hundert Pfund ausgeben.«

»Einhundertachtzig ist mein letztes Angebot«, stöhnte Abdul, als brächte er ein größeres Opfer.

»Ich glaube, bis hundertzwanzig kann ich gehen«, sagte Erica und betrachtete weiter die Malerei.

»Na gut, für Sie will ich…« Er verstummte und berührte ihren Arm. Sie kümmerte sich nicht darum. »Sie sind Amerikanerin?«

»Ja.«

»Gut. Ich mag Amerikaner. Viel lieber als Russen. Für

Sie will ich einen Sonderpreis festsetzen. Ich bin bereit, beim Verkauf draufzuzahlen. Ich brauche Geld, weil ich meinen Laden erst vor kurzem eröffnet habe. Für Sie soll der Preis einhundertsechzig Pfund betragen.« Abdul streckte die Arme aus, nahm Erica das Gefäß ab und stellte es auf die Glasplatte des Ladentischs. »Ein prächtiges Stück, meine Beste. Das ist mein letztes Angebot.«

Erica musterte Abdul. Er besaß das grobe Gesicht eines Fellachen. Sie bemerkte, daß er unter der abgewetzten Jacke seines Anzugs nach westlicher Mode eine braune Galabiya trug.

Erica drehte das Gefäß um und besah sich die spiralenförmige Bemalung des Bodens, rieb ihren etwas angefeuchteten Daumen leicht über das aufgetragene Muster. Etwas vom eingebrannten Ockerfarbstoff blieb haften. In diesem Moment stand für Erica fest, daß es sich bei diesem Gefäß um eine Fälschung handelte. Sie war zwar sehr geschickt ausgeführt worden, aber unzweifelhaft war es kein antikes Stück.

Erica stellte das Gefäß enttäuscht auf die Theke zurück und hob ihre Tasche auf. »Na ja, dann vielen Dank«, sagte sie und vermied es, Abdul anzusehen.

»Ich habe noch andere Stücke«, dienerte Abdul und öffnete an der Wand einen hohen hölzernen Schrank. Seine levantinischen Instinkte hatten auf Ericas anfängliche Begeisterung angesprochen, doch jetzt merkte er, daß ihre Stimmung umgeschlagen war. Er war unsicher geworden, aber er wollte keine Kundin verlieren, ohne sich um sie bemüht zu haben. »Vielleicht gefällt Ihnen dieses Stück?« Er holte eine ähnliche Töpferarbeit aus dem Schrank und brachte sie zur Ladentheke.

Erica legte keinen Wert darauf, eine längere Diskussion herbeizuführen, wenn sie dem anscheinend freundlichen Alten ins Gesicht sagte, daß er sie übers Ohr hauen wollte. Widerwillig nahm sie das zweite Gefäß in die Hand. Es war bauchiger als die andere Urne und stand auf kleinerer

Grundfläche. Die Muster auf dem Gefäßboden waren alle linksgedrehte Spiralen.

»Ich habe noch viele Exemplare dieser Töpfereien«, erklärte Abdul und brachte fünf weitere Gefäße zum Vorschein.

Während er ihr den Rücken zukehrte, feuchtete Erica wieder ihren Zeigefinger an und strich damit über die Bemalung des zweiten Stücks. Der Farbstoff blieb fest.

»Was soll das hier kosten?« fragte sie und versuchte, ihre Erregung zu verbergen. Möglicherweise war das Gefäß sehr alt.

»Die Preise sind unterschiedlich und richten sich nach der Kunstfertigkeit der Arbeit und dem Zustand«, erwiderte Abdul und wich damit einer klaren Antwort aus. »Warum sehen Sie sich nicht erst einmal alles in aller Ruhe an und suchen aus, was Ihnen gefällt? Dann können wir weiter über die Preise sprechen.«

Indem sie ein Gefäß nach dem anderen sorgfältig untersuchte, fand Erica unter sieben zwei heraus, für deren echt antike Herkunft eine gewisse Wahrscheinlichkeit bestand. »Diese beiden würden mir gefallen«, sagte sie; ihr Selbstvertrauen kehrte wieder. Zum ersten Mal hatten ihre ägyptologischen Kenntnisse einen praktischen Wert. Sie wünschte, Richard wäre dabei.

Abdul sah die beiden Gefäße an, dann Erica. »Das sind keineswegs die schönsten. Weshalb ziehen Sie sie den anderen vor?«

Erica musterte Abdul und zögerte. »Weil die anderen Fälschungen sind«, gestand sie schließlich trotzig.

Abduls Gesicht blieb für einen Moment ausdruckslos. Er kniff die Augen zusammen und verzog den Mund zu einem schiefen Lächeln. Dann brach er in ein Gelächter aus, bis ihm die Tränen in die Augen traten. Angesteckt, fing Erica ebenfalls zu lachen an.

»Sagen Sie mir ...«, begann Abdul, sich mühsam fassend,

36

ehe er weitersprechen konnte. »Sagen Sie mir, woran Sie erkennen, daß es sich um Fälschungen handelt.« Er wies auf die Gefäße, die Erica beiseite gestellt hatte.

»Ganz einfach. Der Farbstoff der Bemalung ist nicht abriebfest. Er färbt auf einen feuchten Finger ab. Bei echt antiken Stücken gibt es das nicht.«

Abdul befeuchtete einen Finger und versuchte den Test ebenfalls. Der Finger färbte sich rotbraun. »Sie haben vollkommen recht.« Er wiederholte den Test an weiteren Gefäßen. »Der Betrüger wird zum Betrogenen. So ist das Leben.«

»Wieviel sollen diese beiden *echten* antiken Töpfe kosten?« fragte Erica.

»Sie sind nicht verkäuflich. Später vielleicht, aber jetzt noch nicht.«

An die Unterseite der gläsernen Thekenplatte war eine Urkunde geklebt. Sie sah höchst amtlich aus und wies Stempel der für die Überwachung des Antiquitätenhandels zuständigen Behörden auf. *Antica Abdul* war ein offiziell zugelassener Antiquitäten-Shop. Neben der Lizenz befand sich eine Notiz mit dem Hinweis, daß man auf Wunsch für Antiquitäten Expertisen ausstelle.

»Was machen Sie«, fragte Erica, »wenn ein Kunde eine Expertise verlangt?«

»Ich gebe sie ihm. Den Touristen ist es egal. Sie sind zufrieden mit ihren Andenken und überprüfen nie etwas.«

»Haben Sie deswegen kein schlechtes Gewissen?«

»Nein, ich habe kein schlechtes Gewissen. Ehrlichkeit ist ein Luxus der Reichen. Der Händler versucht immer, für seine Waren den höchsten Preis zu erzielen, um sich und seine Familie durchzubringen. Die Touristen, die hier hereinkommen, wollen Souvenirs haben. Wenn sie echte Antiquitäten wünschen, müssen sie schon auch etwas davon verstehen. Ich bin dafür nicht verantwortlich. Wie kommt es, daß Sie sich mit den Farbstoffen alter Töpferwaren auskennen?«

»Ich bin Ägyptologin.«

»Sie sind Ägyptologin? Allah sei gepriesen! Warum ist eine so schöne Frau wie Sie bloß Ägyptologin geworden? Ach, die Welt ist an Abdul Hamdi vorübergezogen. Ich werde wirklich alt. Sie waren schon oft in Ägypten?«

»Nein, ich bin zum erstenmal da. Ich wollte immer schon nach Ägypten, aber es war mir zu teuer. Aber seit langer Zeit war es mein großer Traum.«

»Nun, dann hoffe ich, daß der Aufenthalt Ihnen große Freude bereitet. Sie wollen bestimmt Oberägypten anschauen? Luxor?«

»Natürlich.«

»Ich gebe Ihnen die Anschrift des Antiquitätenladens meines Sohnes.«

»Damit er mir ein paar falsche Töpfe verkauft?« meinte Erica mit einem Lächeln.

»Nein, nein, aber er kann Ihnen einige sehr schöne Sachen zeigen. Ich habe auch ein paar wirklich wunderbare Stücke hier. Was halten Sie hiervon?«

Abdul hob eine mumienförmige Figur aus dem Schrank und stellte sie auf den Ladentisch. Sie war aus Holz geschnitzt, mit einer Gipsschicht versehen und außerordentlich kunstvoll bemalt. Vorn befanden sich eine Reihe Hieroglyphen.

»Das ist eine Fälschung«, sagte Erica unverzüglich.

»Nein«, rief Abdul bestürzt.

»Die Hieroglyphen sind nicht echt. Sie sagen nichts aus, sondern sind nur eine sinnlose Aneinanderreihung von Schriftzeichen.«

»Sie können auch die geheimnisvolle Schrift lesen?«

»Das ist meine Spezialität, vor allem Schriften aus dem Neuen Reich.«

Abdul drehte die Statue um und studierte die Hieroglyphen. »Ich habe viel für dieses Stück bezahlt. Ich bin davon überzeugt, es ist echt.«

»Vielleicht ist die Statue echt, aber die Schriftzeichen sind es auf keinen Fall. Vielleicht ist die Schrift später angebracht worden, um dem Stück ein noch wertvolleres Aussehen zu verleihen.« Erica rieb leicht an der schwarzen Farbe auf der Statue. »Anscheinend ist der Farbstoff reibfest.«

»Na gut. Dann möchte ich Ihnen etwas anderes zeigen.« Abdul langte in den oberen verglasten Teil des Schranks und entnahm ihm eine kleine Pappschachtel. Er entfernte den Deckel, suchte eine Anzahl von Skarabäen heraus und setzte sie nebeneinander auf den Ladentisch. Mit dem Zeigefinger schob er einen Skarabäus Erica zu.

Sie nahm ihn auf und begutachtete ihn genau. Er bestand aus porösem Material; die Figur des Mistkäfers, den die alten Ägypter verehrt hatten, war besonders fein geschnitten. Als sie ihn umdrehte, sah Erica überrascht die Kartusche von Pharao Sethos I. Die eingekerbten Hieroglyphen waren wirklich wunderschön. »Ein bemerkenswertes Stück«, sagte sie und legte es zurück auf die Glasplatte.

»Dies antike Stück wäre nach Ihrem Geschmack?«

»Durchaus. Was soll es kosten?«

»Es gehört Ihnen. Ich schenke es Ihnen.«

»So ein Geschenk kann ich unmöglich annehmen. Wieso wollen Sie mir überhaupt ein Geschenk machen?«

»Das ist arabischer Brauch. Aber lassen Sie sich von mir warnen, es ist kein Original.«

Überrascht ging Erica mit dem Skarabäus ans Licht. Ihr anfänglicher Eindruck blieb unverändert. »Ich halte ihn für echt.«

»Nein, er ist es nicht. Ich weiß es, weil mein Sohn ihn angefertigt hat.«

»Er ist jedenfalls außergewöhnlich schön«, sagte Erica, die nochmals die Hieroglyphen betrachtete.

»Mein Sohn ist sehr tüchtig. Er kopiert die Hieroglyphen nach echten Vorlagen.«

»Woraus ist der Skarabäus gemacht?«

»Aus alten Knochen. In Luxor und Aswan gibt es in den alten Katakomben, die der Öffentlichkeit zur Besichtigung freigegeben sind, große Haufen zerbrochener Mumien. Mein Sohn verwendet die Knochen, um daraus die Skarabäen zu schnitzen. Damit die Oberfläche auch wirklich alt aussieht, füttert er sie unseren Truthähnen, denn eine Wanderung durch einen Truthahnmagen verleiht ihnen ein wirklich ehrwürdiges Aussehen.«

Erica schluckte beim Gedanken an diese biologische Reise des Skarabäus, und ihr wurde leicht übel. Aber sie fing sich gleich wieder und drehte den Skarabäus interessiert zwischen ihren Fingern. »Ich gebe zu, daß ich hereingefallen bin, und ich würde immer wieder darauf hereinfallen.«

»Regen Sie sich nicht auf. Mehrere davon sind in Paris von berühmten Gelehrten untersucht worden.«

»Wahrscheinlich mit dem Karbontest«, bemerkte Erica.

»Irgendwie eben. Auf jeden Fall hat man sie für einwandfrei antik erklärt. Nun, der Knochen war ja auch uralt. Jetzt sind die Skarabäen meines Sohnes in Museen der ganzen Welt zu finden.«

Erica lachte bitter auf. Ihr war nun klar, daß sie es hier mit einem Experten zu tun hatte.

»Mein Name ist Abdul Hamdi, aber nennen Sie mich bitte Abdul. Wie lautet Ihr Name?«

»Oh, entschuldigen Sie. Erica Baron.« Sie legte den Skarabäus auf den Ladentisch zurück.

»Erica, ich würde mich sehr geehrt fühlen, wenn Sie mit mir eine Tasse Pfefferminztee trinken würden.«

Abdul räumte die anderen Stücke seines Angebots wieder an ihre ursprünglichen Plätze, dann zog er den schweren rotbraunen Vorhang beiseite. Erica hätte sich gern mit Abdul unterhalten, aber sie zögerte einen Moment lang, bevor sie ihre Tasche aufhob und sich dem Durchlaß in das Hinterzimmer näherte. Es war etwa so groß wie der Ge-

40

schäftsraum des Ladens, besaß anscheinend aber weder Türen noch Fenster. Die Wände und der Boden waren mit Orientteppichen bedeckt, so daß es wie im Innern eines Zelts aussah. In der Mitte des Zimmers befanden sich Kissen, ein niedriger Tisch und eine Wasserpfeife.

»Einen Augenblick«, sagte Abdul. Der Vorhang fiel herab, und Erica blieb allein; sie betrachtete mehrere große, völlig von Tüchern verhüllte Gegenstände. Sie hörte das Klackern der Perlenschnüre am Ladeneingang, dann gedämpfte Rufe, als Abdul Tee bestellte.

»Bitte, setzen Sie sich«, bat Abdul, als er zurückkam, und deutete auf die Kissen am Boden. »Es kommt nicht oft vor, daß mir das Vergnügen widerfährt, eine so schöne und gebildete junge Dame zu Gast zu haben. Aus welcher Gegend Amerikas kommen Sie?«

»Ursprünglich bin ich aus Toledo in Ohio«, antwortete Erica leicht nervös. »Heute wohne ich allerdings in Boston, das heißt, eigentlich in Cambridge, aber das liegt gleich neben Boston.« Ericas Blick wanderte langsam durch das kleine Zimmer. Die einzelne trübe Birne, die mitten unter der Zimmerdecke brannte, verlieh dem dunklen Rot der Orientteppiche das weiche Aussehen von rotem Samt.

»Boston, aha, ja. In Boston muß es schön sein. Ich habe dort einen Bekannten. Wir schreiben uns gelegentlich. Das heißt, mein Sohn schreibt für mich. Ich kann nicht englisch schreiben. Hier habe ich einen Brief von ihm.« Abdul kramte im Sitzen in einer kleine Truhe, die neben seinem Kissen stand, und holte einen maschinengeschriebenen Brief heraus, adressiert an Abdul Hamdi, Luxor, Ägypten. »Kennen Sie ihn vielleicht?«

»Boston ist eine ziemlich große Stadt…«, begann Erica, bevor sie den Absender las: Dr. Herbert Lowery. Es war ihr Chef. »Sie kennen Dr. Lowery?« fragte sie ungläubig.

»Zweimal haben wir uns getroffen, und wir schreiben

uns dann und wann. Er hatte großes Interesse an einem Kopf von Ramses II., den ich vor ungefähr einem Jahr anbieten konnte. Ein hervorragender Mann. Sehr klug.«

»Ja, wahrhaftig«, sagte Erica sehr erstaunt darüber, daß Abdul mit einer so herausragenden Persönlichkeit wie Dr. Herbert Lowery zu korrespondieren pflegte, dem Leiter der Abteilung Nahost beim Bostoner Museum der Schönen Künste. Irgendwie fühlte sie sich dadurch sofort erheblich wohler.

Als spürte er Ericas Gedanken, entnahm Abdul der kleinen Truhe aus Zedernholz weitere Briefe. »Und das hier sind Briefe von Dubois im Louvre und Caufield vom Britischen Museum.«

Vorn im Laden klackerten die Perlenschnüre. Abdul streckte den Arm aus und zog den Vorhang zur Seite, sprach ein paar arabische Worte. Ein junger Bursche in einmal weiß gewesener Galabiya und mit bloßen Füßen trat lautlos ein. Er trug eines jener Tabletts mit dem Dreibeingestell. Stumm stellte er die mit Metallhenkeln ausgestatteten Gläser neben die Wasserpfeife. Er blickte bei seiner Tätigkeit nicht auf. Abdul warf ein paar Münzen auf das Tablett des Jungen und hielt ihm, als er ging, den Vorhang auf. Mit einem Lächeln wandte er sich wieder Erica zu und rührte in seinem Tee.

»Ist es ungefährlich für mich, davon zu trinken?« fragte Erica und betastete ihr Glas.

»Ungefährlich?« Abdul war verblüfft.

»Ich bin häufig davor gewarnt worden, in Ägypten Wasser zu trinken.«

»Ach, Sie meinen, wegen der Verdauung. Es ist völlig ungefährlich. Im Teeladen kocht das Wasser ständig. Genießen Sie den Tee ohne Sorge. Dies ist ein heißes, ausgedörrtes Land. Es ist arabischer Brauch, mit seinen Freunden Tee oder Kaffee zu trinken.«

Wortlos tranken sie. Von dem Geschmack war Erica an-

genehm überrascht, und das Getränk hinterließ in ihrem
Mund eine angenehme Frische.

»Verraten Sie mir, Erica…«, sagte Abdul, indem er das
Schweigen brach. Er sprach ihren Namen auf eine seltsame
Weise aus, betonte die zweite Silbe. »Das heißt, wenn meine
Fragerei Sie nicht stört. Verraten Sie mir, warum Sie Ägyp-
tologin geworden sind.«

Erica starrte in ihren Tee. Langsam kreisten die Minze-
teilchen in der warmen Flüssigkeit. Sie war bereits daran
gewöhnt, daß man ihr diese Frage stellte. Sie war ihr schon
tausendmal gestellt worden, vor allem von ihrer Mutter, die
nicht verstehen konnte, warum ein hübsches junges jü-
disches Mädchen, das »doch alles hatte«, Ägyptologie studieren wollte, statt Lehrerin zu werden. Ihre Mutter hatte
sie umzustimmen versucht, anfangs durch nachsichtige
Überzeugungsmanöver (»Was sollen denn meine Bekannten denken?«), dann durch aufgezwungene Diskussionen
(»Du wirst dich niemals selbst ernähren können!«) und
zum Schluß durch die Drohung, die finanzielle Unterstützung einzustellen. Alles vergeblich. Erica setzte ihr Studium
fort, zum Teil vielleicht gerade wegen des Widerstands ihrer
Mutter, aber hauptsächlich, weil ihr das Studium der Ägyptologie gefiel.

Es stimmte, daß sie nicht praktisch dachte, sich nicht die
Frage stellte, welche Stellung sie am Ende ihres Studiums
antreten sollte. Sie hatte eben Glück gehabt, als das Bostoner Museum der Schönen Künste sie einstellte, während die
meisten ihrer Studienkollegen arbeitslos blieben und für die
nähere Zukunft auch keine günstigen Aussichten hatten.
Trotz aller Schwierigkeiten hatte Erica an ihrem Studium
viel Freude. Das Abseitige und Rätselhafte dieser Kultur,
zusammen mit dem unglaublichen Reichtum und der Kost-
barkeit der Funde, zog sie unwiderstehlich an. Besonders die Liebesdichtungen machten ihr die Vergangenheit
wieder lebendig. Diese Dichtungen sprachen über Jahrtau-

sende hinweg unmittelbar zu ihr, als wären sie in der Gegenwart geschrieben, so daß sie sich manchmal fragte, ob die menschliche Gesellschaft sich überhaupt weiterentwickelt hatte.

»Ich habe Ägyptologie studiert«, sagte Erica schließlich und sah zu Abdul auf, »weil sie mich so faszinierte. Als ich ein kleines Mädchen war, fuhr unsere Familie einmal nach New York, und das einzige, an was ich mich später von diesem Besuch noch erinnerte, war eine Mumie, die ich im Metropolitan Museum sah. Als ich dann aufs College ging, belegte ich ein Seminar in Altertumsgeschichte. Es hat mir richtigen Spaß gemacht, die alten Kulturen zu erschließen.« Erica zuckte mit den Schultern und lächelte. Sie wußte, sie würde nie eine vollständig einleuchtende Erklärung abgeben können.

»Sehr sonderbar«, sagte Abdul. »Für mich ist das ein Geschäft und viel besser, als wenn ich mich auf dem Feld krummschuften müßte... aber für Sie...« Er zuckte die Achseln. »Solange Sie damit zufrieden sind, ist es ja gut. Wie alt sind Sie eigentlich?«

»Achtundzwanzig.«

»Und Ihr Mann, wo ist er?«

Erica lächelte und war sich völlig darüber im klaren, daß der Alte den Grund ihres Lächelns nicht ahnen konnte. Alle Probleme, die mit Richard zusammenhingen, kamen ihr plötzlich wieder zu Bewußtsein, als sei eine Schleuse geöffnet worden. Sie wollte schon ihre Gedanken diesem einfühlsamen Fremden auseinandersetzen, aber sie tat es nicht. Sie war nach Ägypten gereist, um einmal von allem loszukommen und ihre ägyptologischen Kenntnisse anzuwenden. »Ich bin noch nicht verheiratet«, sagte sie nach kurzem Zögern. »Interessiert Sie das, Abdul?« Sie lächelte ihn an.

»Ich, interessiert? Ich bin immer interessiert.« Abdul lachte. »Immerhin erlaubt der Islam dem Gläubigen ja vier

44

Frauen. Doch ich könnte die Freude, die ich an meiner einzigen Frau habe, viermal nicht verkraften. Aber achtundzwanzig Jahre und noch nicht verheiratet? Die Welt ist seltsam geworden.«

Während sie Abdul beim Teetrinken beobachtete, sann sie darüber nach, wieviel Vergnügen sie an dieser Begegnung im Antiquitätenladen hatte. Sie wollte daran eine Erinnerung haben.

»Abdul, darf ich ein Foto von Ihnen machen?«

»Sie ehren mich.«

Abdul setzte sich auf den Kissen zurecht und glättete seine Jacke. Erica zückte ihre kleine Polaroidkamera und steckte den Blitzlichtwürfel auf. Einen Moment, nachdem das Blitzlicht das Zimmer mit unnatürlicher Helligkeit erfüllt hatte, schob der Apparat das noch unentwickelte Foto aus.

»Ach, hätten die russischen Raketen bloß so gut funktioniert wie Ihre Kamera«, sagte Abdul und setzte sich wieder bequemer. »Da Sie die schönste und jüngste Ägyptologin sind, die je meinen Laden betreten hat, möchte ich Ihnen etwas ganz Außergewöhnliches zeigen.«

Langsam erhob sich Abdul. Erica betrachtete das Foto. Es schien gelungen.

»Sie haben großes Glück, daß Sie die Möglichkeit haben, dieses Stück zu sehen«, sagte Abdul und zog das Tuch von einem ungefähr eins achtzig hohen Gegenstand.

Erica hob den Blick; und sie stöhnte auf. »Mein Gott«, sagte sie ungläubig. Vor ihr erhob sich ein lebensgroßes Standbild. Sie raffte sich hoch, um es genauer anzuschauen. Stolz trat Abdul einen Schritt zurück, wie ein Künstler, der sein Werk vorzeigt. Das Antlitz war aus gehämmertem Gold und erinnerte an die Goldmaske Tutanchamuns, war jedoch feiner gearbeitet.

»Das ist Pharao Sethos I.«, sagte Abdul. Er ließ das Tuch auf den Boden sinken und setzte sich wieder; Erica schwelgte im Anblick des Kunstwerks.

»Das ist die schönste Statue, die ich jemals gesehen habe«, flüsterte Erica, während sie das schöne ruhige Antlitz musterte. Die Augen bestanden aus weißem Alabaster mit Einlagen aus grünem Feldspat. Die Augenbrauen hatte man aus durchscheinendem Karneol gefertigt, und die übliche altägyptische Kopfbedeckung war aus Gold mit Reihen von eingelegten Lapislazuli. Um den Hals hing eine prachtvoll gearbeitete Brustplatte in Form eines Geiers, der die ägyptische Göttin Nekhbet darstellte. Der Halsschmuck aus Gold war mit mehreren hundert Steinen aus Türkis, Jaspis und Lapislazuli besetzt. Der Schnabel des Geiers und die Augen waren aus Obsidian. Am Gürtel trug die Statue einen goldenen Dolch mit Scheide, dessen unerhört fein gearbeiteter Griff ebenfalls mit Edelsteinen übersät war. Die ausgestreckte linke Hand hielt ein mit Juwelen verziertes Zepter. Alles war überwältigend. Erica war sprachlos vor Bewunderung. Bei dieser Statue handelte es sich um keine Fälschung, ihr Wert mußte geradezu unvorstellbar hoch sein. Schon jedes einzelne Attribut der Figur war sehr kostbar. Inmitten des behaglichen roten Schimmers der Orientteppiche strahlte das Standbild eine so klare, reine Helligkeit wie ein Diamant aus. Langsam ging Erica um das Standbild herum und fand allmählich wieder Worte.

»Um alles in der Welt, woher kommt die Statue? So etwas habe ich noch nie gesehen.«

»Aus dem Sand der Libyschen Wüste, wo alle unsere Schätze verborgen liegen«, antwortete Abdul und gurrte wie ein stolzgeschwellter Pfau. »Sie wurde hier nur für ein paar Stunden abgestellt, bevor sie auf die große Reise geht. Ich dachte, Sie würden sie gerne sehen.«

»O Abdul, sie ist so schön, daß ich schier sprachlos bin, ehrlich.« Erica trat wieder an die Vorderseite der Statue und bemerkte erstmals die in den Sockel eingeschnittenen Hieroglyphen. Im Handumdrehen entzifferte sie den Namen von Pharao Sethos I., kenntlich in der »Kartusche« genannten Umrahmung einer Zeichengruppe. Dann sah sie eine Kartusche mit einem anderen Namen. Zunächst dachte sie an einen anderen Namen für Sethos I. und bemühte sich um eine Interpretation. Doch zu ihrem Staunen lautete der Name Tutanchamun. Das ergab keinen Sinn. Sethos I. war ein außergewöhnlich bedeutender und mächtiger Pharao gewesen, der ungefähr fünfzig Jahre nach dem bedeutungslosen jungen König Tutanchamun geherrscht hatte. Die beiden Pharaonen kamen aus verschiedenen Dynastien und völlig separaten Familien. Erica meinte, ihr sei ein Fehler unterlaufen, und sie besah sich die Hieroglyphen nochmals. Aber sie hatte recht: Die Hieroglyphen enthielten beide Namen.

Beim hellen Klackern der Perlenschnüre vorn im Laden sprang Abdul augenblicklich hoch. »Entschuldigen Sie bitte, Erica, aber ich muß vorsichtig sein.« Er breitete wieder das dunkle Tuch über die herrliche Statue. Es schien Erica, als erwache sie vorzeitig aus einem wundervollen Traum. Sie sah vor sich nur noch ein undefinierbares, formloses Gebilde. »Erlauben Sie, daß ich mich erst um die Kunden kümmere. Ich bin sofort wieder da. Genießen Sie den Tee… soll ich Ihnen vielleicht noch welchen bringen lassen?«

»Nein, danke«, sagte Erica, die noch einmal die Statue sehen wollte, nicht aber noch mehr Tee trinken.

Als Abdul zum Vorhang schlurfte und verstohlen in den Laden spähte, nahm Erica das inzwischen entwickelte Polaroidfoto zur Hand. Abgesehen davon, daß ein Teil von Abduls Kopf fehlte, war der Schnappschuß gelungen. Sie dachte daran, die Statue zu fotografieren, falls sich Abdul damit einverstanden erklärte.

Anscheinend hatten die Kunden vorn im Laden keine Eile, denn Abdul kehrte dem Vorhang den Rücken zu und beugte sich nochmals über seine Truhe aus Zedernholz. Erica lehnte sich gegen ihr Kissen.

»Haben Sie einen Führer für Ägypten?« erkundigte sich leise Abdul.

»Ja«, antwortete Erica, »es ist mir gelungen, einen Reiseführer von Nagel aufzutreiben.«

»Ich habe hier was Besseres für Sie«, sagte Abdul und klaubte aus seinem gesammelten Schriftwechsel ein kleines, abgewetztes Buch. »Hier ist ein Baedeker von 1929, der beste Führer, den man für ägyptische Sehenswürdigkeiten haben kann. Ich würde mich freuen, wenn Sie ihn während Ihres Aufenthalts in meiner Heimat benutzten. Er ist dem Nagel weit überlegen.«

»Sie sind sehr freundlich«, sagte Erica und nahm das Buch. »Ich werde ganz vorsichtig damit umgehen. Vielen Dank.«

»Es ist mir ein Vergnügen, Ihnen den Besuch bei uns so schön wie möglich zu gestalten«, sagte Abdul und begab sich wieder zum Vorhang, vor dem er erneut zögerte. »Sollten Sie das Buch mir nicht wiedergeben können, wenn Sie Ägypten verlassen, dann stellen Sie es dem Mann zu, dessen Name und Anschrift auf dem Deckblatt stehen. Ich reise viel und bin zu der Zeit vielleicht nicht in Kairo.« Er lächelte und betrat den Geschäftsraum. Hinter ihm fiel der schwere Vorhang zu.

Erica blätterte den Führer durch und war erstaunt über die zahllosen Abbildungen und ausklappbaren Karten. Die Beschreibung des Tempels zu Karnak, ausgezeichnet mit vier Sternen, umfaßte allein vierzig Seiten. Sie wirkte sehr sachkundig. Das nächste Kapitel beschäftigte sich mit einer Reihe von Kupferstichen im Tempel der Königin Hatschepsut, und am Schluß des Kapitels befand sich eine ausführliche Beschreibung, die zu lesen Erica besonders interessierte. Sie schob den von Abdul gemachten Schnappschuß ins Buch, sowohl um die Stelle zu kennzeichnen wie auch zur sicheren Aufbewahrung der Fotografie, und packte beides in ihre Tasche.

Da sie noch allein im Zimmer saß, betrachtete sie nochmals das verhüllte Standbild Sethos' I. Sie mußte alle Willenskraft aufbieten, um nicht das Tuch hochzuheben und die sonderbaren Hieroglyphen noch einmal zu studieren. Sie überlegte, ob es wirklich ein Vertrauensbruch wäre, die Statue in Abduls Abwesenheit anzuschauen. Widerwillig gestand sie sich ein, daß es das tatsächlich wäre, und sie wollte sich gerade nochmals den Führer vornehmen, als sie eine auffällige Veränderung in der Art und Weise der gedämpften Unterhaltung, die vorn im Laden stattfand, bemerkte. Die Stimmen klangen nicht lauter, aber eindeutig zorniger. Zuerst dachte sie, das läge nur am Feilschen. Dann durchdrang das Klirren einer splitternden Glasplatte die Stille des trübe erhellten Zimmers, dem sich ein erstickter Schrei anschloß. In Erica stieg Panik auf, und in ihren Schläfen hämmerte es. Eine einzelne Stimme sprach weiter, leiser, drohend.

So lautlos wie möglich trat Erica an den Vorhang und öffnete, wie sie es vorhin bei Abdul gesehen hatte, kaum merklich einen Spalt, um in den vorderen Raum zu spähen. Als erstes sah sie den Rücken eines Arabers in zerlumpter, schmutziger Galabiya, der am Eingang die Perlenschnüre zur Seite hielt, anscheinend achtgab, ob jemand in den Laden kommen wollte. Als sie dann nach links schaute, mußte sie einen Aufschrei unterdrücken. Ein anderer Araber, ebenfalls bekleidet mit einer abgerissenen, dreckigen Galabiya, drückte Abdul rücklings über die zerbrochene Ladentheke. Vor Abdul stand ein dritter Araber, der ein sauberes, in Weiß und Braun gestreiftes Gewand und einen weißen Turban trug und nun einen blanken Krummsäbel zückte. Das Licht der einzelnen Glühbirne unter der Decke spiegelte sich auf der rasiermesserscharfen Klinge, die sich Abduls entsetzt verzerrtem Gesicht näherte.

Bevor Erica sich den gräßlichen Anblick durchs Loslassen des Vorhangs ersparen konnte, riß der eine Araber Ab-

49

duls Kopf heftig nach hinten, und der andere schnitt ihm mit dem Säbel die Kehle bis zur Wirbelsäule auf. Ein Pfeifen drang aus der zertrennten Luftröhre, ehe ein Schwall hellroten Blutes den gesamten Hals überschwemmte.

Ericas Beine gaben nach, und sie sackte auf die Knie nieder; die dicken Teppiche dämpften das Geräusch ihres Sturzes. Voller Entsetzen starrte sie im Zimmer umher, suchte nach irgendeiner Möglichkeit, um sich zu verstecken. Die Schränke? Sie hatte keine Zeit, diese Möglichkeit auszuprobieren. Mühsam richtete sie sich auf und zwängte sich in die hinterste Ecke zwischen dem letzten Schrank und der Wand. Man konnte den Winkel kaum ein Versteck nennen. Günstigstenfalls versperrte sie sich das eigene Blickfeld, so wie ein Kind sich im Dunkeln die Augen zuhält. Aber das hakennasige Gesicht des Mannes, der Abdul niedergedrückt hatte, hatte sich ihr unauslöschlich eingeprägt. Ständig sah sie vor sich die grausamen schwarzen Augen, unterm Schnurrbart den aufgerissenen Mund, der spitze, goldgekrönte Zähne zeigte.

Weitere Geräusche ertönten aus dem Vorderteil des Ladens, einige Male klang es, als rücke man Möbel hin und her, dann trat eine tiefe Stille ein. Die Zeit verstrich qualvoll langsam. Schließlich hörte Erica Stimmen näherkommen. Männer betraten das Hinterzimmer. Sie wagte kaum mehr zu atmen, und vor Furcht bekam sie eine Gänsehaut. Sie hatte den Eindruck, als fände die auf arabisch geführte Unterhaltung direkt neben ihr statt. Sie spürte die Gegenwart von Menschen, hörte ihre Bewegungen. Schritte waren vernehmbar, ein dumpfer Stoß dröhnte. Jemand fluchte arabisch. Dann entfernten sich die Schritte, und Erica vernahm das schon vertraute Klackern der Perlenschnüre am Eingang.

Erica atmete auf, blieb jedoch in den Winkel gepreßt, als stünde sie auf einem Felssims mit einem dreihundert Meter tiefen Abgrund zu ihren Füßen. Weitere Zeit verging, aber sie hatte keine Vorstellung, ob sie fünf oder fünfzehn Minuten lang wartete. Endlich zählte sie bis fünfzig. Dann drehte sie langsam den Kopf und schob sich ein Stück weit aus der Ecke. Das Zimmer war verlassen, ihre Einkaufstasche lag unberührt auf dem Teppich, ihr Teeglas stand noch bereit. Aber die prachtvolle Statue Sethos' I. war fort!

Das Klackern der Perlenschnüre, die am Eingang gegeneinanderprallten, jagte ihr einen neuen Schauder über den Rücken. Als sie sich in panischer Angst wieder in den Winkel flüchtete, warf sie mit dem Fuß ihren stehengebliebenen Tee um. Das Glas löste sich aus der metallenen Henkelhalterung. Der Teppich dämpfte das Geräusch und sog die Flüssigkeit auf, doch dann rollte das Glas mit einem dumpfen Klirren gegen den Tisch. Erica quetschte sich zurück in die Ecke. Sie hörte, wie jemand den schweren Vorhang zur Seite riß. Obwohl sie die Augen geschlossen hatte, nahm sie das Eindringen natürlichen Tageslichts ins Hinterzimmer wahr. Die Helligkeit wich wieder. Sie war allein mit demjenigen, der das Zimmer betreten hatte. Leise Geräusche waren zu hören, Schritte kamen näher. Erneut hielt sie den Atem an.

Plötzlich packte eine Hand sie mit eisenhartem Griff am Arm und zerrte sie mit einem Ruck aus ihrem Versteck und zog sie mitten ins Zimmer. Sie taumelte.

Boston 8 Uhr

Das Schrillen des Weckers riß Richard Harvey aus seinem Traum, zwang ihn dazu, sich damit abzufinden, daß ein neuer Tag anbrach. Die ganze Nacht lang hatte er sich ruhelos herumgeworfen, unruhig gedreht und gewendet. Als er das letzte Mal auf die Uhr gesehen hatte, erinnerte er sich, war es kurz vor fünf gewesen. Für heute hatten sich in der

Praxis siebenundzwanzig Patienten angemeldet, und er fühlte sich wie gerädert.

»Herrgott«, stieß er verärgert hervor, als er mit der Faust auf den Wecker einschlug. Die Kraft des Hiebs verklemmte nicht nur die Abstelltaste, sondern sprengte auch den durchsichtigen Plastikeinsatz überm Zifferblatt heraus. Das geschah nicht zum ersten Mal, und das Plastikstück ließ sich leicht wieder ins Gehäuse setzen, aber trotzdem neigte Richard dazu, dieses kleine Mißgeschick typisch für seinen derzeitigen Zustand zu finden. Die Dinge gerieten außer Kontrolle, und so etwas war er nicht gewöhnt.

Er schwang seine Beine über die Bettkante und setzte sich auf, betrachtete den Wecker. Diesmal verzichtete er darauf, sich mit der Tücke des Objekts auseinanderzusetzen, er beugte sich vor und riß einfach den Stecker aus der Dose. Das nahezu unhörbare Ticken der elektrischen Uhr verstummte. Der Sekundenzeiger stand still. Neben der Uhr stand ein Foto Ericas, das sie beim Skilaufen zeigte. Statt in die Kamera zu lächeln, hatte sie wieder ihren Schmollmund gemacht, der Richard abwechselnd ärgerte und mit Verlangen erfüllte. Er griff hinüber und drehte das Bild um, brach damit seinen Bann. Wie konnte ein so schönes Mädchen wie Erica in eine Kulturepoche vernarrt sein, nach der seit dreitausend Jahren kein Hahn krähte?Dennoch fehlte sie ihm schrecklich, und dabei war sie erst seit zwei Tagen fort. Wie sollte er nur vier Wochen ohne sie aushalten?

Richard stand auf und lief splitternackt in die Toilette. Mit seinen vierunddreißig Jahren war er gut in Form. Er war immer sportlich gewesen, auch während des Medizinstudiums, und auch heute, obwohl er nun schon seit drei Jahren eine eigene Praxis führte, spielte er noch regelmäßig Tennis und Squash. Sein Körper, eins neunzig groß, war sehnig und muskulös. Wie Erica einmal gesagt hatte, besaß sogar sein Hintern Format.

Vom Bad begab er sich in die Küche, setzte Wasser zum Kochen auf und goß sich ein Glas Orangensaft ein. Im Wohnzimmer öffnete er die Rolläden. Die Fenster blickten auf den Louisburg Square. Die Oktobersonne durchdrang das goldgelbe Laub der Ulmen, vertrieb die Kälte aus der Morgenluft. Richard lächelte matt, wodurch sich die Fältchen in seinen Augenwinkeln vertieften und Grübchen sich in seinen Wangen bildeten. Er war ein gutaussehender Mann mit gleichmäßigen, etwas verschmitzten Gesichtszügen unter dichtem honigblonden Haar. Seine tiefliegenden blauen Augen blinzelten häufig schalkhaft.

»Ägypten«, stöhnte Richard trostlos vor sich hin. »Herrgott, das ist ja fast wie eine Reise zum Mond. Zum Teufel, warum mußte sie nach Ägypten?«

Er duschte, rasierte sich und kleidete sich an, frühstückte, alles geschah nach einem längst eingefleischten, durchrationalisierten Schema. Die einzige Störung seiner gewohnten Routine entstand durch die Sockenfrage. Die sauberen Socken waren ihm ausgegangen, und er mußte sich wieder welche aus der Wäschetruhe klauben. Der Tag drohte fürchterlich zu werden. Unterdessen konnte er an nichts anderes denken als an Erica. Schließlich ließ er sich in seiner Verzweiflung mit Ericas Mutter in Toledo verbinden, mit der er sich bestens verstand. Da es erst acht Uhr dreißig war, wußte er, daß er sie noch erwischen konnte, bevor sie zur Arbeit ging.

Nach einem kurzen allgemeinen Geplauder kam Richard zur Sache.

»Hast du inzwischen von Erica gehört?«

»Mein Gott, Richard, sie ist doch erst seit einem Tag fort.«

»Sicher, aber es hätte ja sein können. Ich mache mir Sorgen um sie. Ich kapiere nicht, was mit ihr los ist. Alles war in schönster Ordnung, bis wir begannen, vom Heiraten zu reden.«

»Na, du hättest eben vor einem Jahr damit anfangen sollen.«

»Vor einem Jahr war das noch nicht drin. Meine Praxis war ja gerade erst richtig angelaufen.«

»Natürlich hättest du schon vor einem Jahr vom Heiraten sprechen können. Aber damals wolltest du's eben nicht. So einfach ist das nun mal. Und wenn du dir jetzt um sie Sorgen machst, hättest du sie davon abhalten sollen, nach Ägypten zu reisen.«

»Ich hab's ja versucht.«

»Hättest du's wirklich versucht, Richard, wäre sie noch in Boston.«

»Janice, ich habe es wirklich ernsthaft versucht. Ich habe zu ihr gesagt, wenn sie nach Ägypten reist, wüßte ich nicht, was aus unserer Beziehung würde. Nachher könne alles anders sein.«

»Und was hat sie darauf erwidert?«

»Es tue ihr leid, aber diese Reise sei für sie sehr wichtig.«

»Das ist sicher nur so eine vorübergehende Stimmung, Richard, sie kommt bestimmt bald darüber hinweg. Du mußt ganz einfach die Ruhe bewahren.«

»Wahrscheinlich hast du recht, Janice. Ich hoffe es jedenfalls. Sobald du etwas von ihr hörst, gib mir Nachricht.«

Richard legte auf und gestand sich ein, daß er sich jetzt nicht wesentlich wohler fühlte als vorher. Vielmehr hatte er die unbestimmte Ahnung, daß Erica ihm bereits entgleiten würde. Aus einer plötzlichen Anwandlung heraus rief er die TWA an und versuchte, eine Verbindung nach Kairo zu bekommen, als könne er allein dadurch ihr näher sein. Doch er hatte keinen Erfolg, und er war für die Praxis allmählich recht spät dran. Ihn ärgerte die Vorstellung, daß Erica sich jetzt einen schönen Tag machte, während er hier moralisch völlig am Boden lag. Aber leider konnte er so gut wie gar nichts daran ändern.

Kairo 15 Uhr 30

Erica brachte anfangs kein Wort hervor. Als sie aufblickte, in der Erwartung, einem arabischen Mörder gegenüberzustehen, hatte sie statt dessen einen Europäer vor sich in teurem beigen Anzug mit Weste. Sie starrten sich gegenseitig an. Der Augenblick dehnte sich zu einer Ewigkeit aus, beide waren verwirrt. Aber Erica steckte außerdem noch das Entsetzen in den Knochen. Yvon Julien de Margeau brauchte eine Viertelstunde, um sie davon zu überzeugen, daß er nicht beabsichtige, ihr irgend etwas anzutun. Selbst danach hatte Erica noch mit dem Sprechen Schwierigkeiten, weil sie so stark zitterte. Zuletzt schaffte sie es doch, obwohl mit viel Mühe, Yvon klarzumachen, daß vorn im Laden Abdul entweder schon tot sei oder im Sterben liege. Yvon erklärte zwar sofort, das Geschäft sei leer gewesen, als er es betreten hatte, fand sich jedoch bereit, nochmals nach dem Rechten zu sehen, aber erst, nachdem er lautstark darauf bestanden hatte, daß Erica sich unterdessen ruhig hinsetzte. Er kam wenige Augenblicke später zurück.

»Es ist niemand im Laden«, sagte Yvon. »Die Glastheke ist zerbrochen, und auf dem Fußboden sieht man Blutspuren. Aber ein Leichnam fehlt.«

»Ich möchte von hier fort«, sagte Erica. Das war ihr erster zusammenhängender Satz.

»Natürlich«, besänftigte Yvon sie. »Aber zuerst erzählen Sie mir einmal, was passiert ist.«

»Ich muß zur Polizei«, beharrte Erica. Sie fing erneut zu zittern an. Als sie die Augen schloß, sah sie wieder, wie die Klinge Abduls Kehle durchschnitt. »Ich habe gesehen, wie man jemanden ermordet hat. Erst vor ein paar Minuten. Es war entsetzlich. Ich habe noch nie gesehen, wie jemand tätlich angegriffen worden ist. Ich möchte zur Polizei, bitte!«

Während ihr Verstand langsam wieder klar zu arbeiten anfing, betrachtete Erica den Mann näher, der vor ihr stand. Hochgewachsen und dürr war er, Ende der Dreißig, mit sonnengebräuntem, eckigem Gesicht. Er verbreitete eine gewisse Autorität, verstärkt durch das eindringliche Blau seiner Augen. Nach dem Anblick der zerlumpten Araber flößte vor allem seine tadellose Kleidung Erica neuen Mut ein.

»Ich Unglückliche mußte mit ansehen, wie man einen Menschen ermordete«, ergänzte sie nach kurzem Schweigen. »Ich habe durch den Vorhang geschaut, und da sah ich drei Männer. Einer stand an der Tür, einer hielt den Alten fest, und der dritte...« Erica konnte nur mit Mühe weitersprechen. »... und der dritte schnitt dem Alten die Kehle durch.«

»Verstehe«, sagte Yvon nachdenklich. »Was hatten diese drei Männer an?«

»Ich bin nicht sicher, ob Sie wirklich richtig verstehen«, sagte Erica mit erhöhter Lautstärke. »Was sie anhatten? Ich rede nicht von Taschendieben. Ich versuche die ganze Zeit, Ihnen begreiflich zu machen, daß ich Zeugin eines Mordes geworden bin. Eines Mordes!«

»Ich glaube es Ihnen ja. Aber waren diese Männer Araber oder Europäer?«

»Sie waren Araber und in Galabiyas gekleidet. Zwei waren ziemlich abgerissen, der andere wirkte, als sei er wesentlich besser dran. Mein Gott, und dabei wollte ich hier Urlaub machen.« Erica schüttelte den Kopf und wollte aufstehen.

»Konnten Sie die Gesichter erkennen?« fragte Yvon sachlich. Er legte eine Hand auf Ericas Schulter, teils um sie zu beruhigen, teils um sie zum Sitzenbleiben zu veranlassen.

»Ich bin mir nicht sicher. Es ging so schnell. Vielleicht würde ich den Mann mit dem Säbel wiedererkennen. Ich weiß es nicht. Das Gesicht des Kerls an der Tür habe ich gar nicht gesehen.« Als sie ihre Hand hob, stellte sie mit Erstaunen fest, daß sie heftig zitterte. »Ich weiß nicht ein-

56

mal, ob ich mir selber Glauben schenken soll. Ich hatte mich mit Abdul unterhalten, dem Besitzer des Ladens. Wir sprachen schon eine ganze Zeit lang miteinander, tranken dabei Tee. Er war ein gewitzter Geschäftsmann, ein richtiges Original. Mein Gott…« Erica fuhr sich mit den Fingern durchs Haar. »Und Sie sagen, es ist keine Leiche da?« Sie deutete zum Vorhang. »Aber es ist wirklich ein Mord geschehen.«

»Ich glaube Ihnen ja«, betonte Yvon. Seine Hand ruhte noch auf Ericas Schulter, und die Berührung beruhigte sie sonderbarerweise.

»Aber warum haben sie die Leiche auch weggeschleppt?«

»Was meinen Sie damit, ›auch‹?«

»Eine Statue ist mitgenommen worden, die hier stand«, sagte Erica und zeigte auf die Stelle. »Es handelte sich um eine sensationelle Statue eines alten ägyptischen Pharao…«

»Sethos' I.«, unterbrach Yvon. »Der verrückte Alte hatte die Sethos-Statue hier im Laden!« Ungläubig verdrehte Yvon die Augen himmelwärts.

»Sie wußten von der Statue?« fragte Erica.

»Allerdings. Ich bin sogar hergekommen, um über eben diese Statue mit Hamdi zu reden. Wie lange ist es jetzt her, daß sich das alles hier abgespielt hat?«

»Das weiß ich nicht genau. Fünfzehn, zwanzig Minuten. Als Sie eintraten, dachte ich, die Mörder kämen zurück.«

»*Merde*«, sagte Yvon, trat von Erica zurück und begann, durchs Zimmer zu schreiten. Er zog seine beige Jacke aus und warf sie über ein Kissen. »So dicht davor.« Er blieb stehen und wandte sich an Erica. »Haben Sie die Statue selbst gesehen?«

»Ja, habe ich. Ein unglaublich schönes Stück, bei weitem das bedeutendste Kunstwerk dieser Art, das ich je zu sehen bekommen habe. Nicht einmal die herrlichsten Schätze Tutanchamuns lassen sich damit vergleichen. Sie zeigte ganz deutlich das Niveau, welches die Handwerkskunst des

Neuen Reiches während der neunzehnten Dynastie erreichte.«

»Neunzehnte Dynastie? Woher wissen denn Sie das?«

»Ich bin Ägyptologin«, antwortete Erica und gewann allmählich ihre Fassung zurück.

»Ägyptologin? Sie sehen nicht aus wie eine Ägyptologin.«

»Und wie sollte eine Ägyptologin aussehen?« entgegnete Erica interessiert.

»Na schön, sagen wir mal, ich hätte in Ihnen keine vermutet«, sagte Yvon. »Hat die Tatsache, daß Sie Ägyptologin sind, Hamdi dazu bewogen, Ihnen das Standbild zu zeigen?«

»Das nehme ich an.«

»Trotzdem idiotisch von ihm. Eine Riesendummheit. Ich kann nicht begreifen, warum er leichtsinnig ein solches Risiko eingegangen ist. Haben Sie eine Vorstellung vom Wert dieser Statue?« Yvons Frage klang fast erbittert.

»Sie ist unermeßlich wertvoll«, erwiderte Erica. »Das ist ein Grund mehr, um schnellstens die Polizei aufzusuchen. Als Ägyptologin ist mir zwar bekannt, daß es für Antiquitäten einen Schwarzmarkt gibt, aber ich hatte keine Ahnung, daß man auch mit derart wertvollen Stücken handelt. Es muß etwas geschehen!«

»Es muß etwas geschehen!« Yvon lachte spöttisch. »Amerikanische Selbstgerechtigkeit! Amerika ist der größte Markt für Antiquitäten. Ließen die Gegenstände sich nicht verkaufen, gäbe es keinen Schwarzmarkt. Letztendlich sind die Käufer daran schuld.«

»*Amerikanische* Selbstgerechtigkeit?« rief Erica entrüstet. »Und was ist mit den Franzosen? Wie können Sie so etwas sagen, obwohl jeder weiß, daß der Louvre von unschätzbaren Kostbarkeiten regelrecht überquillt, hauptsächlich zusammengeraubt, zum Beispiel der Zodiakus aus dem Tempel von Dendera? Tausende von Kilometern legen

58

die Menschen zurück, die nach Ägypten reisen, um dann zum Schluß vor einem Gipsabguß zu stehen.«

»Es war sicherer für den Zodiakstein, ihn zu entfernen«, sagte Yvon.

»Ach was, Yvon. Eigentlich müßten Ihnen bessere Ausreden einfallen. In der Vergangenheit mag es sich ja so verhalten haben, aber nicht heute.« Erica vermochte kaum zu glauben, daß sie sich schon soweit erholt hatte, um sich in eine sinnlose Meinungsverschiedenheit verwickeln zu lassen. Außerdem fiel ihr auf, daß Yvon ungemein attraktiv war und ihr daran lag, ihm eine spontane Reaktion zu entlocken.

»Nun gut«, meinte er kühl wie zuvor, »im Prinzip stimmen wir überein. Der Schwarzmarkt muß unter Kontrolle gebracht werden. Aber bezüglich der Methoden sind wir unterschiedlicher Auffassung. Ich zum Beispiel glaube nicht, daß wir unverzüglich zur Polizei rennen sollten.« Erica war entsetzt.

»Sie sind also gegenteiliger Meinung?«

»Ich weiß nicht recht«, stammelte Erica und war enttäuscht, wie leicht man sie durchschauen konnte.

»Ich verstehe Ihre Betroffenheit. Lassen Sie sich aber von mir erklären, wo Sie sich befinden. Ich versuche nicht, Sie zu bevormunden, ich bin bloß realistisch. Sie sind hier in Kairo, nicht in New York, Paris oder bloß Rom. Ich sage das, weil Italien im Vergleich zu Ägypten hervorragend verwaltet wird, und das will etwas heißen. Kairo leidet unter einer gewaltigen Bürokratie. Orientalische Intrigen und Bestechlichkeit sind die Regel, nicht die Ausnahme. Wenn Sie mit Ihrer Geschichte zur Polizei gehen, sind Sie selbst sofort der Hauptverdächtige. Infolgedessen würden Sie eingesperrt oder wenigstens unter Hausarrest gestellt werden. Zwischen sechs Monate und ein Jahr können vergehen, ehe bloß die Anklageschrift aufgesetzt ist. Ihr Leben wäre zwischenzeitlich die reine Hölle.« Yvon schwieg einen Moment lang. »Drücke ich mich klar genug aus? Ich sage Ihnen das zu Ihrem eigenen Wohl.«

»Wer sind Sie überhaupt?« fragte Erica und langte nach ihrer Einkaufstasche, um sich eine Zigarette herauszuholen. Sie rauchte eigentlich nicht; Richard konnte es nicht ausstehen, wenn sie es tat, aus reiner Opposition hatte sie im zollfreien Shop eine ganze Stange Zigaretten gekauft. Doch im Augenblick wollte sie nur irgend etwas in den Händen haben. Als Yvon sie in der Tasche herumkramen sah, holte er ein goldenes Zigarettenetui hervor und hielt es ihr aufgeklappt hin. Mit einem gewissen Schuldgefühl nahm sich Erica eine Zigarette. Er gab ihr mit einem goldenen Dior-Feuerzeug Feuer und nahm sich dann auch eine. Für ein Weilchen rauchten sie beide und schwiegen. Erica paffte, ohne zu inhalieren.

»Ich habe mich, wie man so sagt, aus Betroffenheit engagiert«, sagte Yvon endlich und strich sich über das ohnehin tadellos frisierte dunkelblonde Haar. »Mich hat die Zerstörung von Antiquitäten und archäologischen Denkmälern schon immer gestört, und ich habe mich schließlich entschlossen, selber etwas dagegen zu tun. Die Nachricht von dieser Statue Sethos' I. war der beste... wie sagt man...« Yvon suchte nach einem bestimmten Wort.

»Fund«, versuchte Erica nachzuhelfen.

Yvon schüttelte den Kopf, vollführte aber mit seinen Händen Gesten in der Luft, um sie zu weiterer Mithilfe zu ermuntern. Erica zuckte die Achseln. »Durchbruch«, schlug sie vor.

»Um ein Geheimnis aufzudecken«, sagte Yvon, »braucht man einen...«

»Eine Spur oder einen Anhaltspunkt«, sagte Erica.

»Ach, Anhaltspunkt, ja. Das war ein guter Anhaltspunkt. Aber jetzt, jetzt weiß ich natürlich nicht weiter. Vielleicht bleibt die Statue für immer verschwunden. Möglicherweise hilft es weiter, wenn Sie den Mörder identifizieren können, aber hier in Kairo dürften Nachforschungen sehr schwierig sein. Nur, wenn Sie zur Polizei gehen, werden sie ganz unmöglich.«

»Wie haben Sie denn von der Statue erfahren?« fragte Erica.

»Durch Hamdi selbst«, antwortete Yvon. »Ich bin sicher, daß er außer mir noch einer ganzen Anzahl anderer Leute geschrieben hat.« Er schaute sich im Hinterzimmer um. »Ich habe mich so schnell wie möglich auf den Weg zum Laden gemacht. Nebenbei bemerkt, ich bin erst vor wenigen Stunden in Kairo eingetroffen.« Er trat vor einen der großen hölzernen Schränke und öffnete die Tür. Er war mit kleineren Artefakten angefüllt. »Es könnte ganz nützlich sein, wenn wir seinen Schriftwechsel durchsehen«, sagte Yvon und nahm eine kleine Mumienfigur aus Holz zur Hand. »Die meisten dieser Stücke«, fügte er hinzu, »sind Fälschungen.«

»In dieser Kiste sind Briefe«, sagte Erica und deutete auf die kleine Truhe.

Yvons Blick folgte ihrem Finger, er ging hin und öffnete die Truhe.

»Ausgezeichnet«, rief Yvon erfreut aus. »Vielleicht befindet sich darunter etwas, das uns weiterhilft. Aber ich möchte doch gerne genau wissen, ob hier nicht noch mehr Korrespondenz zu finden ist.« Er begab sich zum Vorhang und schob ihn beiseite. Tageslicht drang ins Hinterzimmer. »Raoul«, rief Yvon laut hinaus. Die Perlenschnüre am Eingang klackerten. Yvon hielt den Vorhang hoch, und Raoul trat ein.

Er war jünger als Yvon, Ende Zwanzig, dunkelhäutig, schwarzhaarig und mit der Unbekümmertheit selbstbewußter Männlichkeit. Er erinnerte Erica an Jean-Paul Belmondo.

Yvon stellte ihn vor und erläuterte, daß er aus Südfrankreich stamme und zwar flüssiges, wegen seines starken Akzents jedoch manchmal etwas schwer verständliches Englisch spreche. Raoul schüttelte Erica die Hand und lächelte sie breit an. Dann unterhielten sich die beiden Männer, ohne auf Erica zu achten, in schnellem Französisch, ehe sie den Laden nach weiteren schriftlichen Unterlagen zu durchsuchen begannen.

»Es dauert nur ein paar Minuten, Erica«, erklärte ihr Yvon, während er einen der hohen Schränke durchsah.

Erica ließ sich auf ein großes Kissen in der Mitte des Zimmers sinken. Sie fühlte sich durch die vorangegangenen Erlebnisse wie betäubt. Sie wußte, daß es unzulässig war, fremdes Eigentum zu durchsuchen, aber sie erhob keinen Einspruch. Statt dessen beobachtete sie gedankenverloren die zwei Männer. Sie waren inzwischen mit den Schränken fertig und nahmen jetzt der Reihe nach die Teppiche ab, die an den Wänden hingen.

Bei ihrer Tätigkeit offenbarten sich die unterschiedlichen Charaktere der beiden Männer. Sie waren nicht nur von verschiedenartigem Aussehen, sondern hatten auch ihre eigene Art, sich zu bewegen und zu arbeiten. Raoul packte die Dinge ohne Umschweife und direkt an, verließ sich manchmal auf die pure Kraft. Yvon ging umsichtig und sorgsam vor. Raoul befand sich unaufhörlich in Bewegung, bückte sich häufig, den Kopf zwischen den kräftigen Schultern leicht eingezogen. Yvon blieb aufrecht und betrachtete alles distanziert. Er hatte sich die Ärmel hochgekrempelt und sehnige Unterarme entblößt, die seine schmalen, wie gemeißelten Hände in ihrer Feinheit noch betonten. Und da erkannte Erica urplötzlich, was so anders war an Yvon. Er zeichnete sich durch das zurückhaltende, verwöhnte Gebaren eines Aristokraten des 19. Jahrhunderts aus. Ein Hauch vornehmen Dünkels umgab ihn wie ein Heiligenschein.

Erica empfand es auf einmal als unerträglich, noch länger untätig herumzusitzen, während ihr Puls noch aufgeregt klopfte. Sie stand auf und ging über die dicken Teppiche. Sie hatte das Bedürfnis nach frischer Luft, mochte aber den Kundenraum nicht betreten, obwohl der Leichnam verschwunden war, wie ihr Yvon versichert hatte. Schließlich zog sie den Vorhang doch zur Seite.

Erica schrie auf. Nur einen halben Meter von ihr entfernt wandte sich ihr ein Gesicht ruckartig zu, als sie den Vorhang geöffnet hatte. Die Töpfe zerschellten krachend auf dem Fußboden, als die Gestalt im Laden die zusammengerafften Töpferwaren fallen ließ, offenbar ebenso erschrocken wie Erica.

Raoul reagierte augenblicklich und drängte sich an Erica vorbei in den Verkaufsraum. Yvon folgte ihm. Der Dieb stolperte über die Scherben dem Ausgang zu, aber Raoul war flink wie eine Katze und brachte den Eindringling mit einem kurzen Karateschlag zwischen die Schulterblätter zu Fall. Er stürzte und wälzte sich auf den Rücken, ein Junge von ungefähr zwölf Jahren.

Yvon schenkte ihm nur einen Blick und kehrte dann zurück zu Erica.

»Sind Sie in Ordnung?« erkundigte er sich leise.

Erica schüttelte den Kopf. »Ich bin derartige Abenteuer nicht gewöhnt.« Sie klammerte sich noch an den Vorhang, den Kopf gesenkt.

»Schauen Sie sich den Jungen mal an«, bat Yvon. »Ich möchte sichergehen, daß er nicht zu den dreien gehört, die Sie hier gesehen haben.« Er legte seinen Arm um sie, aber sie entwand sich behutsam seiner Umarmung.

»Mir geht's gut«, erklärte sie verspätet. Ihr war klargeworden, daß ihre Reaktion bei diesem zweiten Schreck so übertrieben ausgefallen war, weil sie ihre Furcht vorher so unterdrückt hatte.

Sie atmete einmal tief durch, betrat den Kundenraum und warf einen Blick auf das niedergeduckte Kind.

»Nein«, sagte sie bloß.

Yvon sagte in scharfem Ton etwas in arabischer Sprache

zu dem Jungen, der sich daraufhin aufrappelte und wie der Blitz hinausrannte, so daß die Perlenschnüre hinter ihm wild tanzten. »Die Armut hierzulande verleitet manche Menschen dazu, sich wie Aasgeier zu benehmen. Irgendwie riechen sie's, wenn irgendwo was nicht stimmt.«

»Ich möchte gehen«, sagte Erica so ruhig wie möglich. »Ich weiß nicht genau, wohin ich jetzt will, aber ich will weg von hier. Und ich bin immer noch der Ansicht, wir sollten die Polizei verständigen.«

Yvon hob den Arm und legte die Hand auf Ericas Schulter. »Die Polizei kann ja verständigt werden«, sagte er in väterlichem Ton, »aber ohne Sie in die ganze Sache zu verwickeln. Die Entscheidung liegt selbstverständlich bei Ihnen, aber glauben Sie mir, ich weiß, wovon ich rede. Ägyptische Gefängnisse können sich mit denen der Türkei messen.«

Erica sah in Yvons Augen, die sie fest anschauten, dann senkte sie ihren Blick auf ihre noch zitternden Hände. Angesichts der Armut und überwältigenden Unordnung, die sie bisher schon in Kairo gesehen hatte, klangen Yvons Ratschläge sehr vernünftig. »Ich möchte zurück in mein Hotel.«

»Verständlich«, sagte Yvon. »Aber bitte erlauben Sie uns, Sie dorthin zu begleiten, Erica. Lassen Sie mich nur noch die Briefe holen, die wir gefunden haben. Es dauert nur einen Moment.« Beide Männer verschwanden hinterm schweren Vorhang.

Erica trat zur beschädigten Ladentheke und starrte in das Durcheinander von Glasscherben und geronnenem Blut. Es fiel ihr schwer, ihre Übelkeit zu unterdrücken, aber mit etwas Glück fand sie schließlich, was sie suchte – den falschen Skarabäus, den Abdul ihr geschenkt und den sein Sohn so kunstfertig geschnitzt hatte. Sie schob den Skarabäus in die Tasche und berührte zugleich behutsam mit der Fußspitze die Scherben am Boden. Unter den Trümmern befanden sich auch die beiden echten Altertümer. Nachdem sie sechstausend Jahre lang gehalten hatten, waren sie hier sinnlos zerschlagen worden, von einem zwölfjährigen Dieb auf dem Fußboden dieses jämmerlichen Ladens zerbrochen. Diese Sinnlosigkeit machte ihr direkt physisch Schwierigkeiten. Ihr Blick fiel wieder auf das Blut, und sie mußte die Augen schließen, um die Tränen zurückzuhalten. Aus reiner Gier hatte man das Leben eines feinfühligen Menschen ausgelöscht. Vergeblich versuchte Erica, sich genauer auf das Aussehen des Mannes mit dem Säbel zu besinnen. Seine Gesichtszüge waren scharf geschnitten gewesen, wie bei einem typischen Beduinen, seine Haut dunkel wie gebrannte Bronze. Aber es gelang ihr nicht, sich ein genaues Bild von dem Mann zu machen. Sie schlug die Lider wieder auf und sah sich im Laden um. Zorn begann die unterdrückten Tränen vollends zu verdrängen. Sie wäre gerne zur Polizei gegangen, damit Abdul Hamdis Mörder der Gerechtigkeit nicht entkamen. Aber Yvons Warnung vor der Kairoer Polizei war zweifellos angebracht. Und wenn sie sich nicht einmal sicher war, ob sie den Mörder wiedererkannte, sobald sie ihn sah, lohnte sich das Risiko, zur Polizei zu gehen, nicht.

Erica beugte sich hinab und hob eines der größeren Bruchstücke auf. Ihre Sachkenntnisse lagen auf dem Gebiet der fernen Vergangenheit, und sie versuchte im Geiste, sich das Bild der Sethos-Statue mit ihren Augen aus Alabaster und Feldspat genauestens einzuprägen. Sie hegte nicht den geringsten Zweifel daran, daß die Statue gerettet werden mußte. Ihr war nicht bekannt gewesen, daß Objekte von solcher Bedeutung auf den Schwarzmarkt gerieten.

Erica trat an den Vorhang und schob ihn zur Seite. Yvon und Raoul rollten gerade die Teppiche am Fußboden auf. Yvon blickte auf und gab mit einem Wink zu verstehen, daß es nur noch einen Moment dauern werde. Erica sah ihnen bei ihrer Tätigkeit zu. Yvon versuchte anscheinend ernst-

65

haft, etwas gegen den Schwarzmarkt zu unternehmen. Die Franzosen taten allerhand, um die Plünderung von ägyptischen Schätzen zu drosseln, jedenfalls soweit sie sie nicht selbst dem Louvre einverleibt hatten. Falls wirklich Aussicht bestand, das Standbild zu retten, wenn sie sich nicht an die Polizei wandte, war es vielleicht am besten, darauf zu verzichten. Erica entschied, Yvons Ratschlag zu beherzigen, aber sie wußte, daß sie sich damit in gewissem Maße seinen Vernunftgründen unterordnete.

Yvon überließ es Raoul, die Teppiche wieder zu ordnen, und geleitete Erica aus dem *Antica Abdul*. Mit Yvon durch die Khan el Khalili zu gehen, war ein völlig anderes Erlebnis als ihr Versuch, es allein zu schaffen. Niemand belästigte sie. Wie um sie von den Vorfällen der letzten Stunde abzulenken, redete Yvon pausenlos über den Basar und Kairo. Offenbar kannte er sich in der Geschichte der Stadt gut aus. Er hatte seine Krawatte abgebunden und das Hemd am Kragen aufgeknöpft.

»Wie wäre es mit einer Bronzebüste der Nofretete?« fragte er und hielt ihr eines der scheußlichen Touristensouvenirs vom Karren eines Straßenhändlers entgegen.

»Niemals!« stieß Erica entsetzt aus. Sie entsann sich der peinlichen Situation, als jener junge Flegel sie behelligt hatte.

»Sie müssen unbedingt so ein Ding haben«, beschwor Yvon sie und begann in arabischer Sprache zu feilschen. Erica versuchte einzugreifen, aber er kaufte die kleine Statue und überreichte sie ihr mit großartig feierlicher Geste. »Ein Andenken an Ägypten, an dem Sie lange Freude haben werden. Der einzige Fehler ist, daß die Figur meines Wissens in der Tschechoslowakei hergestellt worden ist.«

Erica lächelte und steckte die kleine Büste ein. Trotz Hitze, Staub und Armut begann Kairos Charme auf sie zu wirken, und sie entkrampfte sich ein wenig.

Die schmale Gasse, die sie durchquert hatten, verbreiterte sich, und sie traten in den hellen Sonnenschein auf dem El-Azhar-Platz. Der Verkehr war zusammengebrochen, und ein wildes Getöse zahlloser Autohupen erfüllte den Platz. Yvon deutete nach rechts zu einem exotischen Gebäude mit einem eckigen Minarett und fünf Zwiebeltürmen. Dann wies er in die Gegenrichtung. Links befand sich, durch den Verkehr und einen dahinterliegenden Markt kaum zu sehen, der Eingang zur berühmten El-Azhar-Moschee. Sie schlugen die Richtung zur Moschee ein, und je näher sie kamen, um so besser war der kunstvolle Eingang mit seinen zwei Torbogen und den verschnörkelten Verzierungen zu erkennen. Hier machte Erica zum erstenmal seit ihrer Ankunft Bekanntschaft mit der mittelalterlichen islamischen Architektur. Über den Islam wußte sie nicht sonderlich viel, und die Bauten wirkten auf sie nur exotisch und fremdartig. Yvon ahnte ihr Interesse und erklärte ihr die verschiedenen Minarette, vor allem die mit Kuppeln und steinernen Filigranarbeiten. Dazu lieferte er Erläuterungen zur Entstehungsgeschichte der Moschee sowie einzelne Daten über jene Sultane, die zu ihrem Bau beigetragen hatten.

Erica bemühte sich, Yvons Monolog konzentriert zuzuhören, aber es war ihr schier unmöglich. Der Platz unmittelbar vor dem Bauwerk war in das lebhafte Marktgeschehen mit einbezogen, in das lautstarke Gewimmel von Menschen. Außerdem kehrten ihre Gedanken immer wieder zu Abdul und den schrecklichen Einzelheiten seines plötzlichen Todes zurück. Als Yvon das Thema wechselte, reagierte Erica nicht. Er wiederholte noch einmal: »Hier ist mein Auto. Darf ich Sie ins Hotel fahren?« Der Wagen war ein schwarzer, in Ägypten gebauter Fiat, relativ neu, aber rundum mit Beulen und Kratzern übersät. »Kein Citroën, aber die Kiste läuft.«

Im ersten Moment fühlte sich Erica geschmeichelt. Einen Privatwagen hatte sie nicht erwartet; ein Taxi hätte es auch getan. Sie konnte Yvon gut leiden, aber er war ein Fremder in einem fremden Land. Ihr Blick verriet ihre Überlegungen.

»Bitte verstehen Sie meine Einstellung«, ergänzte Yvon. »Ich habe den Eindruck, daß Sie in eine mißliche Situation geraten sind. Ich bin froh, daß ich noch eingreifen konnte, bloß hätte ich zwanzig Minuten eher zur Stelle sein sollen. Ich möchte Ihnen ja nur helfen. Kairo kann einem Besucher unendliche Schwierigkeiten bereiten, und nach den Aufregungen, die Sie durchgemacht haben, könnte alles zuviel für Sie werden. Um diese Tageszeit werden Sie außerdem kein Taxi kriegen. Es gibt einfach zu wenig. Lassen Sie sich von mir ins Hotel fahren.«

»Und was ist mit Raoul?« fragte Erica, die Zeit zum Nachdenken zu gewinnen versuchte.

Yvon schloß die Beifahrertür auf und öffnete sie. Statt Erica zu drängen, ging er zu einem Araber mit einem Turban auf dem Kopf, der anscheinend auf den Wagen achtgegeben hatte, wechselte einige Worte auf arabisch mit ihm, drückte ihm ein paar Münzen in die ausgestreckte Hand. Dann machte er die Tür an der Fahrerseite auf und stieg ins Auto, lehnte sich herüber und lächelte zu Erica auf. In der nachmittäglichen Sonne wirkten seine blauen Augen jetzt sanfter. »Um Raoul brauchen Sie sich nicht zu sorgen. Er kommt allein zurecht. Sie sind es, um die ich mich sorgen muß. Wenn Sie so viel Mut besitzen, um allein durch Kairo zu laufen, dann müßte Ihre Courage wohl auch für eine Autofahrt mit mir bis zu Ihrem Hotel reichen, oder? Aber falls nicht, sagen Sie mir, wo Sie sich einquartiert haben, dann treffen wir uns dort im Foyer. Ich bin nicht bereit, die Sethos-Statue so leicht aufzugeben, und Sie können mir vielleicht helfen.«

Yvon widmete sich seinem Sicherheitsgurt. Erica ließ ihren Blick über den Platz schweifen, seufzte und bestieg den Wagen. »Zum Hilton«, sagte sie.

Die Fahrt war kein Vergnügen. Ehe er losfuhr, zog Yvon

sich weiche Autofahrerhandschuhe aus Glaceleder an, strich dabei sorgfältig das Leder an jedem einzelnen Finger glatt. Als er das Fahrzeug startete, geschah es so ungestüm, und das kleine Auto schoß so in den Verkehrsstrom, daß die Reifen quietschten. Wegen des starken Verkehrsaufkommens mußte er sofort wieder auf die Bremse treten, und Erica war gezwungen, sich mit aller Kraft gegen das Armaturenbrett zu stemmen. Und genauso, mit plötzlichem Anfahren und Bremsen, wobei Erica hin- und hergeworfen wurde, ging die Fahrt weiter. Sie glaubte jedesmal, daß es zu einem Unfall kommen würde, wenn sie andere Autos, Lastfahrzeuge, Eselskarren und sogar Häuser oftmals nur um Millimeter passierten. Tiere und Menschen flohen beiseite, wenn Yvon, der mit beiden Händen das Lenkrad umklammerte, auf sie zuschoß wie auf einer Rennbahn. Er fuhr unerbittlich und aggressiv, obwohl das Verhalten der übrigen Verkehrsteilnehmer ihn weder anreizte noch in Wut brachte. Wenn ein anderes Fahrzeug sich vor ihm einfädelte, regte er sich nicht auf. Er wartete geduldig, bis sich wieder eine Lücke ergab, dann fuhr er blitzartig hinein.

Sie fuhren aus der belebten Stadtmitte nach Südwesten, kamen unterwegs an den Resten der alten Stadtmauer und der prachtvollen Zitadelle Saladins vorbei. Im Innern der Zitadelle ragten die Kuppeln und Minarette der Mohammed-Ali-Moschee in stolzer Verkörperung der weltlichen Macht des Islams gen Himmel. In der Höhe des nördlichen Zipfels der Insel Roda gelangten sie zum Nil. Dort bogen sie nach rechts ab und fuhren auf die breite Avenue am Ostufer des gewaltigen Stroms. Das glitzernde kühle Blau des Wassers, das den Schein der Nachmittagssonne wie mit einer Million Diamanten widerspiegelte, bildete einen erfrischenden Kontrast zu dem Lärm und der Hitze der Kairoer Innenstadt. Als Erica am Vortag den Nil zum ersten Mal erblickt hatte, war sie von seiner Geschichte und der Tatsache, daß seine Fluten aus dem fernen Äquatorialafrika kamen, tief beeindruckt gewesen. Aber heute erst konnte sie richtig begreifen, daß Kairo und das gesamte bewohnte Ägypten ohne den Fluß nicht existieren konnten. Die ständige drückende Hitze und der Staub kündeten von der Kraft und Härte der Wüste, die sozusagen immerzu an Kairos Hintertür lauerte.

Yvon parkte direkt vorm Haupteingang des Hilton. Er ließ die Autoschlüssel stecken und kam dem Türsteher des Hotels, einem Turbanträger, beim Öffnen der Beifahrertür zuvor. Er half Erica ritterlich aus dem Wagen. Erica, die erst vor kurzem die grauenvollsten Szenen ihres Lebens mitansehen mußte, lächelte angesichts dieser unerwarteten Höflichkeit. Da sie aus Amerika kam, war sie es nicht gewöhnt, daß sich ein so offenkundig männlicher Zeitgenosse mit derart unwesentlichen Artigkeiten befaßte. Diese Kombination gab es nur in Europa, und Erica konnte trotz ihrer allgemeinen Erschöpfung nicht anders, als sie einfach zauberhaft finden.

»Ich warte hier auf Sie, falls Sie sich erst auf Ihrem Zimmer etwas frisch machen wollen«, meinte Yvon, als sie das von regem Betrieb erfüllte Foyer betraten. Die Nachmittagsmaschinen der internationalen Fluglinien waren eingetroffen.

»Ich glaube, ich muß erst mal etwas trinken«, sagte Erica nach kurzem Zögern.

Die Temperatur im klimatisierten, mit einer Cocktailbar ausgestatteten Gesellschaftsraum des Hotels war direkt eine Erfrischung; es war, als gleite man in ein Becken mit kristallklarem, kühlem Wasser. Sie setzten sich in eine Ecknische und gaben ihre Bestellungen auf. Als die Drinks kamen, hielt sich Erica ihr von Kälte beschlagenes Glas mit Wodka und Tonic für einen Moment an die Wange, um die Kälte des Getränks richtig zu genießen.

Während sie Yvon musterte, der gelassen von seinem Pernod trank, erkannte sie, wie rasch er sich seiner Umgebung anpaßte. Er fühlte sich in den entlegensten Winkeln der

Khan el Khalili ebenso wohl wie im Hilton. Immer zeigte er das gleiche Selbstvertrauen, die gleiche Selbstbeherrschung. Bei näherer Betrachtung seiner Kleidung bemerkte Erica, wie peinlich genau sie auf ihn zugeschnitten war, und ein Vergleich dieser Eleganz mit Richards ewig getragenen Freizeitklamotten veranlaßte sie zu einem Lächeln. Doch sie wußte, daß Richard nichts an Kleidern lag, und insofern war der Vergleich unfair.

Erica nippte an ihrem Drink und begann sich allmählich zu entspannen. Sie trank noch einen, diesmal größeren Schluck aus ihrem Glas und holte tief Atem, bevor sie ihn durch die Kehle laufen ließ. »Mein Gott, was für ein Erlebnis«, sagte sie. Den Kopf in ihre Hände gestützt, massierte sie sich die Schläfen. Yvon schwieg. Nach ein paar Minuten setzte sie sich wieder aufrecht hin. »Was gedenken Sie hinsichtlich der Sethos-Statue zu unternehmen?«

»Ich will versuchen, sie aufzuspüren«, erwiderte Yvon. »Ich muß sie finden, ehe sie aus Ägypten verschwindet. Hat Abdul Hamdi etwas erwähnt, wohin sie gehen sollte?«

»Nur, daß sie lediglich für einige Stunden im Laden abgestellt sei und bald ihre Reise anträte. Sonst nichts.«

»Vor einem Jahr ist eine ähnliche Statue aufgetaucht...«

»Was meinen Sie mit ›ähnlich‹?« fragte Erica erregt.

»Eine vergoldete Statue Sethos' I.«, sagte Yvon.

»Haben Sie sie persönlich gesehen, Yvon?«

»Nein. Andernfalls befände sie sich jetzt nicht in Houston. Ein Ölfritze hat sie durch eine Schweizer Bank erworben. Ich habe versucht, ihre Wanderschaft nachzuvollziehen, aber die Banken in der Schweiz sind sehr unzugänglich.«

»Wissen Sie, ob die Statue, die nach Houston geliefert wurde, am Sockel Hieroglyphen aufwies?«

Yvon schüttelte den Kopf, während er sich eine Gauloise anzündete.

»Nicht die leiseste Ahnung. Warum fragen Sie?«

»Weil die Statue, die ich gesehen habe, am Sockel Hieroglyphen hatte«, antwortete Erica mit steigendem Interesse an diesem Thema. »Und ganz besonders hat die Tatsache meine Aufmerksamkeit erregt, daß sie die Namen von gleich zwei Pharaonen trug. Nämlich von Sethos I. und Tutanchamun.«

Yvon inhalierte tief den Rauch seiner Zigarette und betrachtete Erica sichtlich verwundert. Seine schmalen Lippen waren zusammengepreßt, als er den Rauch durch die Nase ausblies.

»Hieroglyphen sind mein Spezialgebiet«, fügte Erica trotzig hinzu.

»Es ist ausgeschlossen«, sagte Yvon rundheraus, »daß sich die Namen Sethos' I. und Tutanchamuns auf ein und derselben Statue befinden.«

»Es ist zwar merkwürdig«, gab Erica zu, »aber ich bin vollkommen sicher, daß ich richtig gesehen habe. Unglücklicherweise hatte ich keine Zeit, um auch den Rest noch zu übersetzen. Anfangs dachte ich, das Standbild wäre eine Fälschung.«

»Sie war keine Fälschung«, sagte Yvon. »Wegen einer Fälschung hätte man Hamdi nicht umgebracht. Könnte Ihnen nicht ein Fehler bei der Übersetzung des Namens Tutanchamun unterlaufen sein?«

»Niemals«, widersprach Erica. Sie holte einen Kugelschreiber aus ihrer Tasche und schrieb den Krönungsnamen Tutanchamuns auf den Serviettenring ihres Drinks. Sie schob das Papier Yvon hinüber. »Das stand am Sockel der Statue, die ich gesehen habe.«

Yvon betrachtete die Zeichnung nachdenklich und rauchte wortlos weiter. Erica beobachtete ihn.

»Warum hat man den Alten ermordet?« fragte sie schließlich. »Es kommt mir so sinnlos vor. Wenn man die Statue wollte, man hätte sie sich doch einfach nehmen können. Hamdi war schließlich allein im Laden.«

72

»Ich habe keine Ahnung«, antwortete Yvon und hob den Blick von den Schriftzeichen, die Tutanchamuns Namen darstellten. »Vielleicht hängt es irgendwie mit dem Fluch der Pharaonen zusammen.«

Er lächelte. »Vor rund einem Jahr hatte ich einen Schmuggelweg für ägyptische Antiquitäten bis zu einem Mittelsmann in Beirut verfolgt, der die Stücke von ägyptischen Pilgern erhielt, die Mekka aufsuchten. Kaum war ich mit diesem Gentleman in Kontakt getreten, ist er getötet worden. Allmählich frage ich mich, ob das nicht vielleicht an mir liegt.«

»Glauben Sie, daß jener Mann aus gleichartigen Gründen umgebracht worden ist wie Abdul Hamdi?« erkundigte sich Erica.

»Nein. Tatsächlich geriet er in eine Schießerei zwischen Christen und Moslems. Aber immerhin war ich, als ihm das passierte, gerade auf dem Weg zu ihm.«

»Was für eine unsinnige Tragödie«, sagte Erica traurig, in Gedanken wieder bei Abdul.

»Das ist es«, stimmte Yvon zu. »Aber berücksichtigen Sie, daß Hamdi kein harmloser Unbeteiligter war, sondern genau wußte, was auf dem Spiel stand. Das Standbild war von unschätzbarem Wert, und inmitten all dieser Armut hier kann Geld Berge versetzen. Das ist der Hauptgrund, weshalb es ein Fehler wäre, sich an die Behörden zu wenden. Selbst unter den günstigsten Umständen ist es schwierig, jemanden zu finden, dem man trauen kann, und wenn es um solche Summen geht, darf man auch von der Polizei keine Ehrlichkeit verlangen.«

»Ich bin mir nicht darüber im klaren, was ich tun soll«, sagte Erica. »Welche Absichten verfolgen Sie jetzt, Yvon?«

Yvon zog von neuem an seiner Gauloise und ließ seinen Blick durch die geschmacklos eingerichtete Halle schweifen. »Ich hoffe, daß wir Hamdis Schriftwechsel einige Informationen entnehmen können. Das ist nicht viel, aber ein

73

Anfang. Ich muß herausfinden, wer ihn umgebracht hat.«
Er wandte sich wieder Erica zu; seine Miene war nun ernster. »Es könnte sich ergeben, daß die letztendliche Identifizierung des Täters Ihnen zufällt. Wären Sie dazu bereit?«

»Natürlich, wenn ich's kann«, sagte Erica. »Ich habe die Mörder wirklich nicht besonders gut erkennen können, aber ich bin gerne bereit, Ihnen zu helfen.« Erica dachte über ihre Äußerung nach. Sie hatte so abgedroschen geklungen. Doch anscheinend hatte Yvon es nicht bemerkt. Statt dessen streckte er einen Arm aus und umfaßte sanft ihr Handgelenk.

»Das freut mich sehr«, sagte er herzlich. »Ich muß mich nun leider verabschieden. Ich wohne im Meridien Hotel, Suite 800. Das Hotel steht auf der Insel Roda.« Yvon schwieg, ließ jedoch Ericas Hand nicht los. »Ich würde mich freuen, wenn Sie heute abend mit mir essen würden. Der heutige Tag muß Ihnen einen fürchterlichen Eindruck von Kairo vermittelt haben, und ich möchte Ihnen gern die schönen Seiten der Stadt zeigen.«

Dieses unerwartete Angebot schmeichelte Erica. Yvon war ungewöhnlich charmant und konnte wahrscheinlich mit tausend anderen Frauen zu Abend essen. Sein Interesse galt zwar der Statue, aber Erica fühlte sich doch verwirrt.

»Danke, Yvon, aber ich bin vollkommen erschöpft. Ich leide noch an dem Zeitunterschied durch den Flug und habe schon gestern nicht allzu gut geschlafen. Vielleicht an einem anderen Abend.«

»Wir könnten früh essen. Ich würde Sie spätestens um zehn wieder hier absetzen. Ich glaube, nach dem heutigen Erlebnis sollten Sie nicht allein im Hotelzimmer herumhocken.«

Erica schaute auf ihre Armbanduhr und stellte fest, daß es erst kurz vor sechs Uhr war; sie empfand zehn Uhr als nicht zu spät, und etwas essen mußte sie sowieso.

»Wenn's Ihnen wirklich nichts ausmacht, mich um zehn wieder hier abzuliefern, dann esse ich gerne mit Ihnen.«

Yvon drückte für einen Moment ihr Handgelenk etwas fester und gab es dann frei. »*Entendu*«, sagte er und winkte, um zu zahlen.

Boston 11 Uhr

Richard Harvey blickte auf die korpulenten Umrisse von Henrietta Olsons Unterleib hinab. Die beiden Laken, die die obere und die untere Körperhälfte bedeckten, waren auseinandergeschoben worden, um den Bereich der Gallenblase freizulegen. Der Rest von Henriettas Körper blieb zwecks Bewahrung ihrer Würde zugedeckt.

»So, Mrs. Olson«, sagte Richard, »nun zeigen Sie mir bitte, wo Sie den Schmerz gespürt haben.«

Eine Hand tastete sich aus den Laken hervor. Henrietta deutete mit dem Zeigefinger gleich unter der rechten Hälfte des Brustkorbs auf ihren Leib.

»Und hier hinten auch, Doktor«, sagte Henrietta, wälzte sich auf die rechte Seite und wies mit dem Finger mitten auf ihren Rücken. »Genau hier«, bekräftigte Henrietta und bohrte ihren Finger in Richards Nieren.

Richard verdrehte die Augen, aber so, daß nur Nancy Jacobs, seine Praxishelferin, es sehen konnte, aber diese schüttelte den Kopf, weil sie das Gefühl hatte, daß er heute mit seinen Patienten zu schroff umsprang.

Richard hob den Blick zur Uhr. Er wußte, daß bis zum Mittagessen noch drei Patienten auf ihn warteten. Während sich seine nunmehr dreijährigen internistischen Erfahrungen bemerkenswert gut bewährten und er seinen Beruf auch schätzte, belastete doch an manchen Tagen die Arbeit in ungewöhnlichem Maße seine Nerven. Neunzig Prozent aller Fälle, die er zu behandeln hatte, hatten ihren Ursprung im

Rauchen und in Fettleibigkeit, und das war ein wenig dürftig vom hohen intellektuellen Anspruch des Ärztestandes. Und jetzt, zu diesem Problem, kam noch die Sache mit Erica. Sie machte es ihm fast unmöglich, sich auf Angelegenheiten wie Henriettas Gallenblase zu konzentrieren.

Von der Tür ertönte ein hastiges Pochen, und Sally Marinski, die in der Anmeldung saß, schob den Kopf herein. »Doktor, Ihr Gespräch ist da.« Richards Miene hellte sich auf. Er hatte Sally gebeten, ihn mit Janice Baron, Ericas Mutter, zu verbinden.

»Entschuldigen Sie mich, Mrs. Olson«, sagte Richard. »Ich muß unbedingt ans Telefon. Ich bin aber gleich wieder da.« Er gab Nancy ein Zeichen, daß sie bei der Patientin bleiben solle.

Er schloß die Tür seines Sprechzimmers hinter sich und nahm den Hörer vom Telefon, drückte den Knopf.

»Hallo, Janice.«

»Richard, Erica hat noch nicht geschrieben.«

»Danke, ich weiß, daß sie noch nicht geschrieben hat. Der Grund meines Anrufs ist ein anderer: Ich glaube wirklich, ich werde verrückt. Sag mir, was ich nach deiner Ansicht tun soll.«

»Ich bezweifle, daß dir gegenwärtig viele Möglichkeiten zur Auswahl stehen, Richard. Du wirst eben abwarten müssen, bis Erica zurückkommt.«

»Was glaubst du, warum sie überhaupt gereist ist?«

»Ich habe nicht die leiseste Ahnung. Ich konnte diesen Ägyptenfimmel noch nie begreifen, schon seitdem es für sie feststand, daß sie sich hauptberuflich damit abgeben wolle. Wäre ihr Vater nicht so früh gestorben, vielleicht hätte er ihr noch ein bißchen Vernunft eintrichtern können.«

Richard schwieg für einen Moment, ehe er weitersprach. »Ich bin ja froh, daß sie ein Hobby hat, aber ich finde, sie sollte sich nicht das ganze Leben damit verpfuschen.«

»Ich bin völlig deiner Meinung, Richard.«

Wieder schwiegen beide, und Richard spielte gedankenverloren mit seiner Schreibzeugschale. Er hatte eine Frage an Janice, aber er fürchtete sich davor, sie zu stellen.

»Was hieltest du davon«, fragte er schließlich doch, »wenn ich zu ihr nach Ägypten fliege?«

Schweigen.

»Janice?« rief Richard, schon besorgt, die Verbindung könnte unterbrochen sein.

»Ägypten! Richard, du kannst doch nicht einfach deine Praxis im Stich lassen!«

»Schwierig wäre es, aber es ließe sich einrichten, wenn's sein muß. Ich kann mir ja einen Vertreter besorgen.«

»Tja ... vielleicht ist das eine ganz gute Idee. Aber ich bin mir nicht sicher. Erica hat immer ihren eigenen Willen gehabt. Hast du einmal mit ihr über so was gesprochen?«

»Nein, niemals. Ich glaube, sie nahm einfach an, ich könnte nicht ohne weiteres fort.«

»Vielleicht würde das ihr deutlich machen«, sagte Janice nachdenklich, »daß du dich um sie sorgst.«

»Um sie sorgen! Mein Gott, sie weiß, daß ich eine Anzahlung auf das Haus in Newton geleistet habe.«

»Na, das ist vielleicht nicht unbedingt das, was Erica sich vorstellt, Richard. Ich glaube, das Problem liegt darin, daß du eure Beziehung zu lange hast schleifen lassen, und deshalb ist es möglicherweise ein guter Einfall, nach Ägypten zu fliegen.«

»Ich weiß noch nicht, was ich tun werde. Aber jedenfalls danke ich dir, Janice.«

Richard legte den Hörer zurück auf den Apparat und blickte auf die Liste der für den Nachmittag angemeldeten Patienten. Der Tag sollte sich noch lange hinziehen.

Kairo 21 Uhr 30

Erica lehnte sich zurück, als die beiden beflissenen Kellner das Geschirr abräumten. Yvon war so barsch und kurzangebunden zu den beiden gewesen, daß es ihr direkt peinlich war. Aber offensichtlich war Yvon an tüchtigeres Personal gewöhnt. Sie hatten bei Kerzenlicht ausgiebig von den stark gewürzten einheimischen Gerichten gegessen, die Yvon mit großer Sachkunde ausgewählt hatte. Das Restaurant trug unangebrachterweise den romantischen Namen Casino de Monte Bello und stand auf dem Kamm der Mukattamhöhen. Von ihrem Platz auf der Veranda aus konnte Erica ostwärts ins zerklüftete Bergland Arabiens schauen, das über die arabische Halbinsel bis nach China verlief. Im Norden sah sie die vielen Arme des Nildeltas sich verästeln, mit denen sich der Fluß seinen Weg in das Mittelmeer suchte, und im Süden kam der Strom wie eine flache, schimmernde Schlange aus dem Herzen. Die eindrucksvollste Aussicht jedoch hatte man nach Westen, wo die Minarette und Kuppeldächer Kairos die Dunstglocke der Stadt durchbrachen. Am dunklen Himmel erschienen nacheinander die Sterne, im gleichen Maße, wie unten in der Stadt die Lichter angingen. Bilder von arabischen Nächten stiegen in Erica auf. Die Stadt besaß eine exotische, sinnliche und rätselvolle Ausstrahlung, die alle Scheußlichkeiten des Tages in den Hintergrund drängten.

»Kairo hat seinen eigenen sehr starken und herben Charme«, sagte Yvon. Sein Gesicht blieb im Dunkel. Erst als die Glut seiner Zigarette beim Inhalieren hellrot aufleuchtete, traten seine scharfgeschnittenen Gesichtszüge hervor. »Die Stadt hat eine wahrhaft unglaubliche Geschichte. Korruption, Brutalität und Gewalt haben so fantastische Ausmaße angenommen, daß es grotesk ist.«

»Hat sie sich seit früher denn sehr verändert?« fragte Erica und dachte an Abdul Hamdi.

»Weniger, als die Leute meinen. Die Unredlichkeit gehört hier zur Lebensweise, und die Armut ist die gleiche geblieben.«

»Und die Bestechlichkeit?« fragte Erica.

»Daran hat sich überhaupt nichts geändert«, antwortete Yvon und tippte behutsam die Asche seiner Zigarette in den Aschenbecher.

Erica trank einen Schluck Wein. »Sie haben mich davon überzeugt, daß es besser ist, sich nicht an die Polizei zu wenden. Ich bin mir wirklich nicht sicher, ob ich die Mörder Mr. Hamdis identifizieren könnte, und es wäre das Allerletzte, was ich mir wünschte, in den Sumpf kleinasiatischer Intrigen zu geraten.«

»Das ist eine kluge Entscheidung. Glauben Sie mir.«

»Trotzdem bin ich unruhig. Ich kann mir nicht helfen. Ich habe das Gefühl, meine Verantwortung als Mensch zu vernachlässigen, wenn man Zeuge eines Mordes wird und dann überhaupt nichts unternimmt. Aber Sie glauben, es wird Ihren Kreuzzug gegen den Schwarzmarkt begünstigen, wenn ich nicht zur Polizei gehe?«

»Selbstverständlich. Falls die Behörden von der Sethos-Statue erfahren, bevor ich sie finde, ist jede Chance dahin, mit ihr als Hilfsmittel auf dem Schwarzmarkt Kontakte zu knüpfen.« Yvon beugte sich vor und drückte ihr ermutigend die Hand.

»Werden Sie bei der Suche nach der Statue auch nach den Mördern Abdul Hamdis forschen?« fragte Erica.

»Natürlich«, erwiderte Yvon. »Doch Sie dürfen mich nicht mißverstehen. Mein Hauptanliegen ist die Statue und eine gewisse Kontrolle über den Schwarzmarkt. Ich bin nicht so dumm, zu glauben, ich könnte die Moral hier in Ägypten beeinflussen. Aber wenn ich auf die Mörder stoße, werde ich die Behörden verständigen. Beruhigt das Ihr Gewissen?«

»Das genügt«, sagte Erica.

Unmittelbar unter ihnen flammten Lichter auf, erhellten die Zitadelle. Die Festung faszinierte Erica, beschwor Gedanken an die Kreuzzüge herauf.

»Etwas hat mich heute nachmittag stutzig gemacht«, bemerkte Erica. »Sie erwähnten den ›Fluch der Pharaonen‹. Sie glauben doch nicht im Ernst an solchen Unfug.«

Yvon lächelte, ließ jedoch erst den Kellner den arabischen Kaffee servieren, der stark duftete, bevor er antwortete. »Fluch der Pharaonen! Sagen wir mal, ich verwerfe solche Geschichten nicht uneingeschränkt. Die alten Ägypter verwendeten große Mühe darauf, ihre Toten zu bewahren. Sie waren für ihr Interesse am Okkulten bekannt und Experten in allen Arten von Giften. *Alors...*« Yvon nippte am Kaffee. »Es sind viele Leute, die mit Schätzen aus Pharaonengräbern zu tun hatten, auf rätselhafte Weise gestorben. Daran besteht kein Zweifel.«

»Die Wissenschaft hegt daran viele Zweifel«, entgegnete Erica.

»Gewiß, die Presse hat, wie immer, verschiedene Gerüchte maßlos übertrieben! Aber im Zusammenhang mit Tutanchamuns Grab sind einige höchst merkwürdige Todesfälle eingetreten, angefangen bei Lord Carnarvon selbst. Irgend etwas muß es damit auf sich haben. Was, das weiß ich nicht. Der Grund, warum ich den sogenannten Fluch erwähnt habe, war nur, daß zwei Händler, die für mich, wie Sie sagen würden, gute ›Anhaltspunkte‹ waren, umgekommen sind, kurz bevor ich mich mit ihnen unterhalten konnte. Zufall? Wahrscheinlich.«

Nach dem Kaffee schlenderten sie über den Hügelrücken zu einer verfallenen, gespenstisch schönen Moschee. Sie sprachen unterwegs kein Wort. Schönheit umgab sie und flößte ihnen ehrfürchtige Scheu ein. Yvon bot Erica zur Unterstützung die Hand an, als sie über einige Felsen kletterten, die zwischen den hohen, seit langem ohne Dach stehenden Mauern des einst stolzen Bauwerks lagen. Über ihnen sprenkelte die Milchstraße den mitternachtsblauen Himmel. Für Erica lag der magische Reiz Ägyptens in seiner Vergangenheit, und hier in der Düsterkeit der mittelalterlichen Ruine vermochte sie ihn fast körperlich zu spüren.

Auf dem Rückweg zum Wagen schlang Yvon seinen Arm um sie, aber er plauderte nur sachlich über die Moschee und setzte sie, wie versprochen, kurz vor zweiundzwanzig Uhr vorm Hilton ab. Trotzdem mußte sich Erica eingestehen, als sie im Lift hinauffuhr, daß er ihr gut gefiel. Yvon war ein charmanter und teuflisch attraktiver Mann.

Vor ihrem Zimmer angelangt, schob sie den Schlüssel ins Schlüsselloch, öffnete die Tür, knipste das Licht an und warf ihre Tasche auf das Abstellregal im kleinen Flur. Sie drückte die Tür hinter sich zu und schloß zweimal ab. Die Klimaanlage arbeitete mit voller Kraft, und da sie es vorzog, nicht in einem künstlich gekühlten Raum zu schlafen, ging sie zum Schalter in der Nähe des Balkons hinüber, um die Anlage auszuschalten.

Doch auf halbem Wege blieb sie stehen und unterdrückte einen Aufschrei. Im Sessel in der Ecke des Zimmers saß ein Mann. Er schwieg und bewegte sich nicht. Er hatte das Gesicht eines Beduinen, war jedoch akkurat angezogen mit einem europäischen Anzug aus grauer Seide mit weißem Hemd und schwarzer Krawatte. Seine völlige Reglosigkeit und sein durchdringender Blick schienen Erica zu lähmen. Er wirkte wie eine furchteinflößende Bildhauerarbeit aus dunkler Bronze. Obwohl Erica sich daheim schon vielfältig ausgemalt hatte, wie heftig sie sich bei einer möglichen Vergewaltigung wehren würde, tat sie nun gar nichts. Ihre Stimme versagte den Dienst; ihre Arme hingen schlaff herab.

»Mein Name ist Achmed Khazzan«, sagte die Gestalt endlich mit tiefer, gleichmäßiger Stimme. »Ich bin Generaldirektor des Amtes für Altertümer der Ägyptischen Arabischen Republik. Entschuldigen Sie mein Eindringen, aber es ist notwendig.« Er langte in seine Jackentasche und brachte eine schwarze Brieftasche aus Leder zum Vorschein. Er klappte sie mit ausgestreckter Hand auf. »Meine Dienstausweise, falls Sie sie zu sehen wünschen.«

Ericas Gesicht wurde bleich. Sie hatte beabsichtigt, zur Polizei zu gehen. Sie wußte, sie hätte es tun sollen. Nun fing der Ärger schon an. Warum hatte sie bloß auf Yvon gehört? Durch den fast hypnotischen Blick des Mannes war sie wie versteinert und bekam kein Wort heraus.

»Erica Baron, leider müssen Sie mit mir kommen«, Achmed stand auf und trat auf sie zu. Noch nie hatte Erica so stechende Augen gesehen. Objektiv betrachtet, sah er gut aus, wie Omar Sharif, aber sein Blick schien sie zu verzehren und jagte ihr Entsetzen ein.

Erica stammelte zusammenhanglos irgend etwas, und schließlich schaffte sie es, ihren Blick abzuwenden. Auf ihrer Stirn hatten sich kalte Schweißperlen gebildet. Sie spürte, wie es unter ihren Achseln feucht wurde. Nie zuvor hatte sie mit Behörden Ärger bekommen, und daher war sie nun völlig mit ihren Nerven am Ende. Widerstandslos streifte sie einen Sweater über und nahm ihre Handtasche.

Achmed sagte kein Wort, als sie die Tür zum Korridor aufschloß; seine strenge Miene änderte sich nicht. Während sie neben ihm das Foyer durchquerte, standen vor Ericas geistigem Auge die Bilder dumpfiger, gräßlicher Gefängniszellen. Boston war auf einmal sehr weit entfernt.

Vor dem Eingang des Hilton winkte Achmed, und eine schwarze Limousine fuhr vor. Er öffnete Erica die Tür zum Rücksitz und nickte ihr zu; sie folgte der Aufforderung rasch, in der Hoffnung, durch ihr Entgegenkommen ein wenig wettmachen zu können, daß sie den Mond an Abdul nicht angezeigt hatte. Auch als der Wagen sich wieder in Bewegung gesetzt hatte, bewahrte Achmed noch das beklemmende, einschüchternde Schweigen und blickte nur ab und zu Erica finster an.

Ericas Gedanken drehten sich blitzschnell im Kreis. Sie dachte an den Botschafter der Vereinigten Staaten, das Konsulat. Sollte sie darauf bestehen, daß man ihr Gelegenheit gab, dort anzurufen? Und falls sie es durfte, was sollte sie sagen? Sie blickte durchs Seitenfenster und stellte fest, daß in der Stadt noch ein reger Verkehr von Fahrzeugen und Passanten herrschte, obwohl der Fluß breit und still wie ein schwarzer Tintensee dalag.

»Wohin bringen Sie mich?« fragte Erica; ihre Stimme kam ihr selbst fremdartig vor.

Achmed antwortete nicht sofort. Erica wollte ihre Frage schon wiederholen, als er sprach. »In mein Büro im Ministery of Public Works. Es ist nicht weit.«

Zur Bestätigung seiner Worte bog die Limousine gleich darauf von der Hauptstraße in eine betonierte Auffahrt zu einem Amtsgebäude ab, vor dem viele Säulen standen. Als sie die Treppe hinaufstiegen, öffnete ein Nachtwächter die schwere Eingangstür.

Dahinter begannen sie eine Wanderung, die Erica ebenso lang vorkam wie die Fahrt vom Hilton hierher. Zum hohlen Widerhall ihrer Schritte auf dem verschmutzten Marmorfußboden durchquerten sie eine Unzahl menschenleerer Korridore, drangen immer tiefer ins irrgartenartige Reich einer ungeheuren Bürokratie ein. Endlich erreichten sie Achmeds Büro. Er schloß die Tür auf und ging durch ein Vorzimmer voller Tische mit alten Schreibmaschinen voraus in ein geräumiges Zimmer, wo er Erica einen Stuhl zuwies. Der Stuhl stand vor einem alten Schreibtisch aus Mahagoni, auf dem in peinlich genauer Anordnung gespitzte Bleistifte und ein neuer grüner Notizblock lagen. Achmed schwieg noch immer, während er sich seiner seidenen Jacke entledigte.

Erica fühlte sich wie ein in die Enge getriebenes Tier. Sie hatte damit gerechnet, in einen Raum voller vorwurfsvoller Gesichter gebracht und dem üblichen Bürokratismus ausgesetzt zu werden, wie beispielsweise die Abnahme von Fingerabdrücken oder die übliche Strafpredigt zu hören, weil sie ihren Paß nicht bei sich führte, den man ihr an der Anmeldung im Hotel abverlangt hatte. Es fehlte irgendein Stempel, für den man – entsprechenden Auskünften zufolge – ihr den Paß für mindestens vierundzwanzig Stunden entziehen mußte. Doch diesen stillen Büroraum empfand sie als viel furchterregender. Wer wußte eigentlich, wo sie sich befand? Sie dachte an Richard und ihre Mutter und überlegte, ob sie nicht versuchen sollte, ein Auslandsgespräch anzumelden. Nervös sah sie sich in dem Raum um. Er war spartanisch eingerichtet und außergewöhnlich sauber. An den Wänden hingen eingerahmte Fotos verschiedener archäologischer Denkmäler sowie ein modernes Poster mit der Totenmaske Tutanchamuns. Zwei große Karten bedeckten die rechte Wand. Es handelte sich einmal um die Landkarte Ägyptens, auf welcher zahlreiche Stellen mit kurzen roten Stecknadeln bezeichnet waren; bei der anderen handelte es sich um eine Karte der Nekropolis Theben, hier waren die Grabstätten durch Malteserkreuze gekennzeichnet.

Erica biß sich auf die Lippen, um ihre Unruhe zu verbergen, und blickte wieder Achmed an. Zu ihrer Verblüffung sah sie ihn mit einem elektrischen Kocher hantieren.

»Möchten Sie Tee?« fragte er und drehte sich um.

»Nein, vielen Dank«, erwiderte Erica, regelrecht benommen durch die seltsamen Umstände. Sollte sie vielleicht doch voreilige Schlußfolgerungen gezogen haben? Sie war heilfroh, daß sie noch kein überstürztes Geständnis herausgeplappert hatte, bevor sie überhaupt erfuhr, was der Araber von ihr wollte.

Achmed füllte sich eine Tasse mit Tee und stellte sie auf den Schreibtisch. Er tat zwei Zuckerwürfel hinein und rührte langsam um. Unterdessen heftete er seinen intensiven Blick erneut auf Erica. Hastig senkte sie ihre Augen, um sich dem Bann zu entziehen. »Ich möchte gerne wissen, warum Sie mich hergebracht haben.« Sie sprach, ohne aufzusehen.

Achmed gab keine Antwort. Erica schaute hoch, um sich zu vergewissern, daß er sie überhaupt gehört hatte, und als sich ihre Blicke kreuzten, traf sie Achmeds Stimme wie ein Peitschenschlag.

»Und ich möchte wissen, was Sie in Ägypten machen!« Er schrie sie praktisch an.

Seine Wut überraschte Erica, und sie verhaspelte sich bei der Antwort. »Ich bin… ich bin hier… ich bin Ägyptologin.«

»Sie sind doch Jüdin, oder?« schnauzte Achmed.

Erica war gescheit genug, um zu ahnen, daß Achmed sie aus dem Gleichgewicht zu bringen versuchte, aber sie wußte nicht, ob sie stark genug war, um sich gegen ihn zu behaupten. »Ja«, sagte sie bloß.

»Ich möchte wissen, warum Sie sich in Ägypten herumtreiben«, wiederholte Achmed und hob erneut seine Stimme.

»Ich bin hergekommen…«, begann Erica in trotzigem Ton.

»Ich will wissen, was der Zweck Ihrer Reise ist und für wen Sie arbeiten.«

»Ich arbeite für niemanden«, sagte Erica nervös, »und meine Reise dient keinem besonderen Zweck.«

»Soll ich vielleicht glauben, Ihre Reise sei mit keinem besonderen Zweck verbunden?« spottete Achmed. »Nun hören Sie aber auf, Erica Baron.« Er lächelte, und seine schwärzliche Haut kontrastierte stark mit dem Weiß seiner Zähne.

»Natürlich hat sie einen Zweck«, sagte Erica, deren Stimme zu versagen drohte, »jedenfalls keinen, den ich verheimlichen müßte.« Ihre Stimme versiegte, als sie an die komplizierte Problematik mit Richard dachte.

85

»Sie machen gar keinen überzeugenden Eindruck«, stellte Achmed fest. »Ganz und gar nicht.«

»Das ist schade«, antwortete Erica. »Ich bin Ägyptologin. Seit acht Jahren befasse ich mich mit dem alten Ägypten. Ich arbeite in der ägyptologischen Abteilung eines Museums. Immer schon wollte ich mal nach Ägypten. Vor Jahren hatte ich bereits die Absicht, einmal Ägypten zu bereisen, aber der Tod meines Vaters machte mir einen Strich durch die Rechnung. Erst in diesem Jahr habe ich es geschafft. Ich habe mich darauf eingestellt, hier ein bißchen zu arbeiten, aber in der Hauptsache sollte es ein Urlaub sein.«

»Was für Arbeit?«

»Ich möchte in Oberägypten an Ort und Stelle die Übersetzung von Hieroglyphen aus der Zeit des Neuen Reiches vornehmen.«

»Sie sind nicht hier, um Altertümer zu kaufen?«

»Um Himmels willen, nein«, antwortete Erica.

»Seit wann kennen Sie Yvon Julien de Margeau?« wollte Achmed wissen; er beugte sich vor und fixierte Erica.

»Ich habe ihn erst heute kennengelernt«, sprudelte Erica hervor.

»Wie haben Sie ihn kennengelernt?«

Ericas Pulsschlag beschleunigte sich, und der Schweiß trat ihr erneut auf die Stirn. Wußte Achmed schon von dem Mord? Einen Moment zuvor hatte sie noch daran gezweifelt, aber nun war sie wieder vollkommen verunsichert. »Wir sind uns auf dem Basar begegnet«, stotterte Erica. Sie hielt den Atem an.

»Wußten Sie, daß Monsieur de Margeau dafür bekannt ist, mit wertvollen ägyptischen Nationalschätzen gehandelt zu haben?«

Erica hatte Angst, ihre Erleichterung könne allzu offensichtlich sein. Offenbar wußte Achmed nichts von dem Mord. »Nein«, sagte sie. »Davon hatte ich keine Ahnung.«

»Haben Sie eine Ahnung«, fragte Achmed weiter, »welchen Problemen wir gegenüberstehen, wenn wir den Schwarzhandel stoppen wollen?« Er stand auf und trat vor die Landkarte Ägyptens.

»Ich kann es mir denken«, sagte Erica, verwirrt durch den wiederholten Themenwechsel in ihrer Unterhaltung. Sie verstand noch immer nicht, warum Achmed sie in sein Büro gebracht hatte.

»Die Lage ist sehr schlecht«, erklärte Achmed. »Denken Sie an den beispiellosen Diebstahl der zehn Steintafeln voller Hieroglyphen vom Relief des Tempels von Dendera im Jahre 1974. Eine Tragödie, eine nationale Schande.« Achmeds Zeigefinger ruhte auf dem roten Kopf der Nadel, die auf der Karte die Lage des Tempels von Dendera anzeigte. »Es müssen mit den dortigen Verhältnissen vertraute Leute daran beteiligt gewesen sein. Aber der Fall ist nie aufgeklärt worden. Hier in Ägypten arbeitet die Armut gegen uns.« Achmeds Stimme verlor sich. In seiner Miene spiegelten sich Verdruß und Engagement. Sachte berührte sein Zeigefinger die Köpfe weiterer Nadeln. »Jede dieser Nadeln bezeichnet den Tatort eines kapitalen Raubs von Altertümern. Hätte ich genügend Personal zur Verfügung, und wäre Geld vorhanden, um den Wächtern angemessene Gehälter zu zahlen, dann könnte man dagegen etwas tun.« Achmed sprach nun beinahe mehr zu sich selbst als zu Erica. Als er sich umdrehte, schien er fast überrascht, sie vor sich in seinem Büro zu sehen. »Was treibt Monsieur de Margeau in Ägypten?« fragte er.

»Ich weiß es nicht«, sagte Erica. Sie dachte an die Sethos-Statue und Abdul Hamdi. Ihr war klar, daß sie, falls sie von der Statue sprach, auch über den Mord reden mußte.

»Wie lange bleibt er?«

»Ich habe nicht die entfernteste Ahnung. Der Mann ist mir doch heute erst begegnet.«

»Aber Sie haben heute schon mit ihm zu Abend gegessen.«

»Das stimmt«, sagte Erica trotzig.

Achmed begab sich wieder hinter seinen Schreibtisch. Er lehnte sich über die Tischplatte und starrte bedrohlich in Ericas graugrüne Augen. Sie spürte die Eindringlichkeit seines Blicks und versuchte, ihm standzuhalten, aber ohne viel Erfolg. Sie war ein wenig zuversichtlicher geworden, als sie gemerkt hatte, daß Achmeds Interesse Yvon galt, nicht ihr. Aber sie hatte noch immer Angst. Außerdem hatte sie gelogen. Sie wußte, daß Yvon es auf die Statue abgesehen hatte.

»Was haben Sie während des Essens über Monsieur de Margeau herausgefunden?«

»Daß er ein charmanter Mann ist«, wich Erica seiner Frage aus.

Achmed hieb mit der Faust auf die Tischplatte, so daß einige der sorgfältig gespitzten Bleistifte durchs Zimmer flogen.

»Ich interessiere mich nicht für seine Persönlichkeit«, sagte Achmed langsam und nachdrücklich. »Ich will wissen, warum Yvon de Margeau sich in Ägypten aufhält.«

»Na, warum fragen Sie ihn dann nicht selbst?« meinte schließlich Erica. »Ich habe mit dem Mann bloß zu Abend gegessen.«

»Gehen Sie oft mit Männern zum Abendessen, die Sie kurz vorher kennengelernt haben?« fragte Achmed.

Erica musterte sehr aufmerksam seine Miene. Diese Frage überraschte sie, aber bis jetzt hatte sie hierzulande noch alles überrascht. Ihr war, als habe in seiner Stimme eine Spur von Enttäuschung aufgeklungen, aber sie sagte sich, das sei wohl ein lächerlicher Irrtum. »Ich gehe äußerst selten mit Fremden essen«, verteidigte sie sich trotzig. »Aber ich hatte sofort Vertrauen zu Yvon de Margeau gefaßt und fand ihn charmant.«

88

Achmed nahm seine Jacke und zog sie bedächtig an. Er leerte mit einem letzten Schluck seine Tasse und sah Erica an. »In Ihrem eigenen Interesse bitte ich Sie, über unsere Unterhaltung Schweigen zu bewahren. Ich bringe Sie jetzt zurück ins Hotel.«

Jetzt war Erica total verwirrt. Während sie Achmed zusah, wie er die vom Schreibtisch gefallenen Bleistifte einsammelte, verspürte sie plötzlich ein Schuldgefühl. Diesem Mann war offenbar aufrichtig darum zu tun, des Schwarzhandels mit Altertümern Herr zu werden, und sie hielt Informationen zurück. Doch zugleich war die Begegnung mit Achmed für sie ein Anlaß zur Furcht; genau wie Yvon vorausgesagt hatte, verhielt er sich nicht so, wie sie es von amerikanischen Beamten gewohnt war. Sie beschloß, sich von ihm zum Hotel befördern zu lassen, ohne irgend etwas auszusagen. Immerhin konnte sie ja jederzeit mit ihm Verbindung aufnehmen, wenn ihr Gewissen sie drängte.

Kairo 23 Uhr 15

Yvon Julien de Margeau war in einen Bademantel aus roter Seide von Christian Dior hineingeschlüpft und hatte ihn in Hüfthöhe locker verknotet, wodurch ein Großteil seiner silbrig behaarten Brust entblößt blieb. Die Glasschiebetüren von der Suite 800 waren ausnahmslos offen und ließen den kühlen Wind, der aus der Wüste herüberwehte, leise durch die Räume ziehen. Ein Tisch war auf den breiten Balkon geschoben worden, und von seinem Platz aus konnte Yvon nordwärts über den Nil und das Delta blicken. In mittlerer Entfernung konnte man die Insel Gezira mit ihrem schlanken, phallischen Aussichtsturm erkennen. Auf dem rechten Ufer sah Yvon das Hilton, und seine Gedanken beschäftigten sich wieder einmal mit Erica. Sie unterschied sich in vielem von allen Frauen, die er bisher kennengelernt hatte. Er war gleichzeitig unangenehm überrascht und doch fasziniert von ihrem leidenschaftlichen Interesse an der Ägyptologie, und ihre berufsbedingten Reden verwirrten ihn. Er zuckte die Achseln, bemühte sich, sie auf seine Art zu verstehen. Sie war nicht die schönste Frau, mit der er in letzter Zeit Umgang gepflegt hatte, und doch gab es an ihr irgend etwas, das auf eine subtile, aber starke Sinnlichkeit hindeutete.

Yvon hatte seinen Diplomatenkoffer, der die umfangreichen Papiere enthielt, die er und Raoul bei Abdul Hamdi erbeutet hatten, auf den Tisch gestellt. Raoul lag auf der Couch und prüfte nochmals den von Yvon bereits durchgesehenen Schriftwechsel.

»*Alors*«, sagte Yvon plötzlich und schlug mit der freien Hand auf den Brief, den er gerade las. »Stephanos Markoulis. Hamdi hat mit Markoulis korrespondiert! Dem Reiseunternehmer in Athen.«

»Das könnte die Spur sein, die wir suchen«, rief Raoul erwartungsvoll aus. »Glaubst du, damit kommen wir weiter?«

Yvon las den Text vollends zu Ende. Einige Sekunden später blickte er auf. »Es ist nicht sicher, ob wir eine Spur haben. Hier steht bloß, daß er an der betreffenden Sache interessiert ist und sie ganz gerne mit einer Art von Kompromiß regeln würde. Welche Sache wohl?«

»Er kann damit nur die Sethos-Statue gemeint haben«, überlegte Raoul.

»Möglich, aber mein Gefühl spricht dagegen. Ich kenne Markoulis, es hätte ihm nichts ausgemacht, die Statue wörtlich zu erwähnen, ginge es bloß darum. Aber hier muß es sich um etwas anderes handeln. Hamdi dürfte ihm gedroht haben.«

»Wenn das der Fall ist, war Hamdi kein Dummkopf.«

»Er war der allergrößte Dummkopf«, entgegnete Yvon, »denn jetzt ist er tot.«

»Markoulis stand auch in Schriftwechsel mit unserem Kontaktmann, der in Beirut getötet worden ist«, bemerkte Raoul.

Yvon hob ruckartig den Kopf. Er hatte Markoulis' einstige Verbindung zur damaligen Beiruter Kontaktperson vergessen. »Ich glaube, wir machen mit Markoulis den Anfang. Wir wissen, daß er mit ägyptischen Antiquitäten handelt. Kümmere dich mal darum, ob wir ein Auslandsgespräch nach Athen durchkriegen können.«

Raoul erhob sich von der Couch und gab den Wunsch an die Telefonzentrale des Hotels weiter. »Das Telefonnetz ist heute erstaunlich wenig beansprucht. Sagt jedenfalls die Telefonzentrale. Die Vermittlung soll ausnahmsweise reibungslos klappen.«

»Gut«, sagte Yvon und langte nach vorn, um seinen Diplomatenkoffer zuzuklappen. »Hamdi hat mit jedem bedeutenden Museum der Welt korrespondiert, und Markoulis ist erst einmal ein Versuchsballon. Die einzige wirkliche Hoffnung, die wir haben, ist Erica Baron.«

»Ich kann nur nicht denken, daß sie uns eine große Hilfe ist«, gestand Raoul.

»Ich habe eine Idee.« Yvon zündete sich eine Zigarette an. »Erica hat die Gesichter von zweien der drei Männer gesehen, die an dem Mord beteiligt waren.«

»Mag ja sein, aber sie zweifelt ja selber daran, sie wiederzuerkennen.«

»Gewiß. Ich finde jedoch, das ist egal, solange die Mörder glauben, daß sie es könnte.«

»Verstehe ich nicht«, bekannte Raoul.

»Wäre es machbar, der Kairoer Unterwelt die Information zuzuspielen, daß Erica Baron den Mord beobachtet hat und die Mörder ohne weiteres identifizieren kann?«

»Ah«, meinte Raoul, dessen Miene plötzliches Begreifen aufhellte. »Jetzt kapiere ich. Du willst Erica Baron als Köder benutzen, um die Mörder aus ihren Verstecken zu locken.«

»Haargenau. Die Polizei wird wegen Hamdis Verschwinden nichts unternehmen. Das Amt für Altertümer wird sich nicht einmischen, solange man dort nichts von der Sethos-Statue weiß. Also erregen wir nicht Achmed Khazzans Aufmerksamkeit. Er ist der einzige Beamte, der uns Ärger bereiten könnte.«

»Ein solches Vorgehen hat nur einen großen Haken«, gab Raoul ernsthaft zu bedenken.

»Was meinst du?« erkundigte sich Yvon und zog an seiner Zigarette.

»Es wird außerordentlich gefährlich für Mademoiselle Erica Baron werden. Wahrscheinlich kommt es einem Todesurteil gleich. Ich bin sicher, daß die Täter alles daransetzen werden, sie um die Ecke zu bringen.«

»Könnte man sie nicht davor schützen?« fragte Yvon und dachte an Ericas schmale Taille, ihre Warmherzigkeit, ihre Natürlichkeit.

»Wahrscheinlich, aber nur, wenn wir die richtige Person einsetzen.«

»Denkst du an Khalifa?«

»Richtig.«

»Der ist ein Problemfall für sich.«

»Ja, aber dafür der beste Mann. Wenn du das Mädchen schützen und zugleich die Mörder schnappen willst, brauchst du Khalifa. Das einzige Problem ist, er ist teuer. Sehr teuer.«

»Das stört mich nicht. Ich will und muß die Statue finden. Sie ist der Angelpunkt, dessen ich bedarf. Außerdem haben wir zum gegenwärtigen Zeitpunkt gar keine andere Wahl. Ich habe jetzt fast alle Unterlagen Abdul Hamdis durchgeschaut, die uns hier vorliegen. Unglücklicherweise läßt sich daraus so gut wie nichts über den Schwarzmarkt erfahren.«

»Hast du wirklich geglaubt, so etwas darin zu entdecken?«

»Es war vielleicht ein bißchen zuviel verlangt, zugegeben. Aber nach Hamdis Andeutungen in seinem Brief an mich

92

hielt ich es wenigstens für möglich. Aber nimm mit Khalifa Verbindung auf. Ich möchte, daß er schon morgen früh mit der Beschattung Erica Barons anfängt. Außerdem werde auch ich mich ein bißchen um sie kümmern. Ich bezweifle, daß sie mir schon alles gesagt hat.«

Raoul musterte Yvon mit ungläubigem Lächeln.

»Na schön«, sagte Yvon. »Ich geb's ja zu. Irgend etwas fasziniert mich an der Frau.«

Athen 23 Uhr 45

Stephanos Markoulis griff über die Schulter nach hinten und löschte die Lampe. Der sanfte, bläuliche Lichtschein des Mondes fiel durch die hohen Glastüren des Balkons.

»Athen ist eine so romantische Stadt«, sagte Deborah Graham und rückte etwas aus Stephanos' Umarmung ab. Im Halbdunkel schimmerten ihre Augen. Die Stimmung hatte sie ebenso berauscht wie die Flasche Demestica, die leer auf dem nahen Tisch lag. Ihr glattes blondes Haar war ihr auf die Schultern gefallen, und mit kokettem Ruck des Kopfes warf sie es nach hinten. Ihre Bluse war aufgeknöpft, und das Weiß ihrer Brüste stand in kräftigem Gegensatz zu ihrer tiefen Mittelmeerbräune.

»Das ist auch meine Meinung«, sagte Stephanos. Seine breite Hand streichelte ihre Brüste. »Deshalb habe ich Athen zum Wohnsitz gewählt. Athen ist für die Liebenden da.« Stephanos hatte diese Bemerkung an einem anderen Abend von einem anderen Mädchen gehört und beschlossen, sie künftig selber zu verwenden. Stephanos' Hemd war ebenfalls offen, aber bei ihm war das ein Dauerzustand. Er besaß einen breiten Brustkorb mit schwarzer Behaarung, die seiner beachtlichen Sammlung massiver goldener Ketten und Münzen als Polster diente.

Stephanos brannte darauf, Deborah in sein Bett zu lokken. Er hatte seit jeher festgestellt, daß australische Mädchen ungewöhnlich leicht zu haben waren und es sich trotzdem lohnte. Zwar hatte man ihm erzählt, daß sie sich in Australien ganz anders verhielten, aber das scherte ihn nicht. Er begnügte sich damit, sein Glück der romantischen Atmosphäre Athens und seiner eigenen Männlichkeit zuzuschreiben, vorwiegend letzterem.

»Vielen Dank für die Einladung, Stephanos«, sagte Deborah ernsthaft.

»Gern geschehen«, erwiderte Stephanos und lächelte.

»Hast du etwas dagegen, wenn ich für einen Moment auf den Balkon gehe?«

»Keineswegs«, antwortete Stephanos, während er innerlich die neue Verzögerung verwünschte.

Deborah hielt die Ränder ihrer Bluse zusammen und schlüpfte zu den Glastüren hinüber. Stephanos beobachtete das aufregende Schaukeln ihres Hinterteils in der verblichenen Jeans. Er schätzte sie auf ungefähr neunzehn. »Komm mir da draußen nicht abhanden«, rief er.

»Stephanos, dieser Balkon ist ja nur einen Meter breit.«

»Sei nicht sarkastisch«, sagte Stephanos. Unvermittelt kamen ihm Zweifel, ob Deborah mitspielen würde. Ungeduldig entzündete er sich eine Zigarette, blies den Rauch mit Nachdruck an die Zimmerdecke.

»Stephanos, komm raus und sag mir, was ich von hier aus alles sehen kann.«

»Meine Güte«, stöhnte Stephanos gedämpft. Widerwillig erhob er sich und gesellte sich zu ihr. Deborah lehnte sich so weit über die Brüstung, wie es ging, und deutete die Ernonstraße hinab.

»Ist das der Platz der Verfassung, den man dort sieht?«

»Richtig.«

»Und das ist die Ecke des Parthenon.« Deborah zeigte in die entgegengesetzte Richtung.

»Du blickst voll durch.«

»O Stephanos, es ist herrlich.« Sie sah zu ihm auf, schlang die Arme um seinen Hals und schaute ihm ins breitflächige Gesicht.

Vom ersten Moment an, als er sie auf der Plaka ange-sprochen hatte, hatte er – ihr gefallen. Tiefe Lachfalten ver-liehen seinem Gesicht Charakter, und er trug einen dichten Bart, der nach Deborahs Empfinden seine Männlichkeit er-höhte.

Es beunruhigte sie noch etwas, mit diesem Fremden in seine Wohnung gegangen zu sein, aber irgendwie fand sie es – weil es in Athen geschah und nicht in Sydney – gar nicht so schlimm. Außerdem verstärkte die leichte Unruhe das Aufregende an diesem Erlebnis.

»Was tust du eigentlich, Stephanos?« erkundigte sie sich; das Hinauszögern steigerte noch ihre Erwartung.

»Spielt das eine Rolle?«

»Es interessiert mich bloß. Aber du mußt es mir nicht ver-raten.«

»Ich bin Inhaber eines Reisebüros, Aegean Holidays, und nebenbei betätige ich mich ein bißchen als Schmuggler. Aber hauptsächlich lauere ich den Frauen auf.«

»Oh, Stephanos, bleib ernst.«

»Bin ich. Mein Reisebüro läßt sich ganz bequem leiten, aber zusätzlich schmuggle ich Maschinenteile nach Ägyp-ten hinein und Antiquitäten heraus. Aber meistens, wie ge-sagt, schaue ich schönen Frauen nach. Das ist die einzige Tätigkeit, deren ich nie müde werde.«

Deborah sah in Stephanos' dunkle Augen. Zu ihrer Über-raschung erhöhte die Tatsache, daß er eingestand, ein Frau-enheld zu sein, die verbotene Lust ihrer Bekanntschaft. Sie preßte sich an ihn.

Stephanos gelang eigentlich fast alles, was er in die Hand nahm. Er spürte, wie ihre Hemmungen schwanden. Zu-frieden hob er sie auf seine Arme und trug sie zurück in die Wohnung. Er schritt am Wohnzimmer vorbei, direkt ins

Schlafzimmer. Ohne auf Gegenwehr zu stoßen, zog er ihr die Kleidung aus. Im blauen Licht sah sie in ihrer vollkommenen Nacktheit entzückend aus.

Stephanos stieg aus seinen Hosen, beugte sich über Deborah und küßte zärtlich ihre Lippen. Sie breitete die Arme aus, um ihn an sich zu drücken.

Plötzlich begann das Telefon gleich neben dem Bett erschreckend laut zu klingeln. Stephanos schaltete die Beleuchtung ein und schaute auf die Uhr. Es war fast Mitternacht. Irgend etwas stimmte nicht.

»Geh du dran«, befahl Stephanos.

Erstaunt blickte Deborah ihn an, aber folgsam nahm sie den Hörer ab. Sie meldete sich nach englischer Art mit »Hallo?« und wollte dann sofort Stephanos den Hörer reichen; sie flüsterte ihm zu, es sei ein Auslandsgespräch. Stephanos winkte ab und raunte, sie solle erst feststellen, wer anrufe. Gehorsam lauschte Deborah, erfragte den Namen des Anrufers und legte eine Hand über den Hörer.

»Aus Kairo. Ein Monsieur Yvon Julien de Margeau.«

Stephanos riß den Hörer an sich, und in seiner Miene vollzog sich ein schneller Wechsel von anscheinender Fröhlichkeit zu reiner Berechnung. Deborah schrak zurück, bedeckte ihre Nacktheit. Als sie sein Gesicht nun so sah, erkannte sie, daß es ein Fehler gewesen war, sich mit diesem Mann einzulassen. Sie versuchte, ihre Kleidungsstücke einzusammeln, aber Stephanos saß auf ihrer Jeans.

»Du wirst mir nicht einreden können, du wolltest mitten in der Nacht mit mir bloß ein bißchen plaudern«, sagte Stephanos gereizt.

»Du hast recht, Stephanos«, entgegnete ruhig Yvon. »Ich möchte von dir einiges über Abdul Hamdi erfahren. Kennst du ihn?«

»Natürlich kenne ich den Scheißkerl. Was ist mit ihm?«

»Hast du mit ihm Geschäfte gemacht?«

»Das ist eine reichlich persönliche Frage, Yvon. Worauf willst du hinaus?«

»Hamdi ist heute ermordet worden.«

»Das ist aber bedauerlich«, bemerkte Stephanos hämisch. »Aber was geht das mich an?«

Deborah bemühte sich noch immer um ihre Jeans. Zaghaft stemmte sie eine Hand gegen Stephanos' Rücken und zog mit der anderen an einem Hosenbein. Stephanos spürte die Störung, doch entging ihm der Zweck. Schwungvoll schlug er aus und traf Deborah mit dem Handrücken so kräftig, daß sie hinter das Bett purzelte. Mit zitternden Händen zog sie die Kleidungsstücke an, die sich greifen ließen.

»Hast du eine Ahnung, wer für den Mord an Hamdi verantwortlich ist?« fragte Yvon.

»Es gibt viele Leute, die sich schon seit langem gewünscht haben, daß der alte Lumpenhund krepiert«, sagte Stephanos verärgert. »Mich eingeschlossen.«

»Hat er dich zu erpressen versucht?«

»Hör mal, de Margeau, ich denke nicht daran, derartige Fragen zu beantworten. Ich meine, was hätte ich davon?«

»Ich bin bereit, dir gewisse Informationen zu liefern. Ich weiß etwas, das dich bestimmt interessieren wird.«

»Dann versuch mal dein Glück.«

»Hamdi hatte eine Statue Sethos' I. So wie die in Houston.«

Stephanos' Gesicht färbte sich knallrot. »Kreuzdonnerwetter«, schrie er und sprang auf, nackt wie er war. Deborah erkannte ihre Chance und bemächtigte sich ihrer Jeans. Endlich angezogen, kauerte sie sich auf der anderen Seite des Betts zusammen, mit dem Rücken gegen die Wand gelehnt.

»Wie ist er an die Sethos-Statue gekommen?« fragte er und unterdrückte seine Wut.

»Keine Ahnung«, erwiderte Yvon.

»Weiß die Öffentlichkeit schon davon?« fragte Stephanos.

»Nein, nicht. Zufällig kreuzte ich kurz nach dem Mord am Tatort auf. Ich habe mir alle Papiere und den Schriftwechsel Hamdis gekrallt, darunter auch deinen letzten Brief an ihn.«

»Und was willst du damit machen?«

»Vorerst gar nichts.«

»Hast du irgend etwas über den Schwarzmarkt im allgemeinen dabei gefunden? Hatte er vielleicht irgendeine größere Enthüllung vor?«

»Hm, also hat er dich tatsächlich erpreßt«, triumphierte Yvon.

»Nein, ich habe nichts in dieser Hinsicht feststellen können. Hast du ihn umbringen lassen, Stephanos?«

»Und wenn, glaubst du ernsthaft, ich würde es dir auf die Nase binden, de Margeau? Sei mal ein bißchen realistisch.«

»Ich dachte ja nur. Fragen kostet ja nichts. Übrigens haben wir eine gute Spur. Der Mord ist aus der Nähe von einem gewissermaßen sachverständigen Zeugen beobachtet worden.«

Stephanos stand in der Nähe der Tür, blickte durchs Wohnzimmer auf den Balkon hinaus und überlegte. »Kann dieser Zeuge denn die Mörder identifizieren?«

»Freilich. Es handelt sich um eine hübsche junge Dame, die zudem noch Ägyptologin ist. Ihr Name lautet Erica Baron, und sie wohnt im Hilton.«

Stephanos unterbrach das Gespräch mit einem Knopfdruck und wählte eine örtliche Nummer. Während er auf die neue Verbindung wartete, klopften seine Finger ungeduldig auf den Apparat. »Evangelos, pack deinen Koffer. Wir reisen morgen früh nach Kairo.« Er legte auf, ehe Evangelos etwas sagen konnte. »Scheiße!« brüllte er in die Nacht hinaus. In diesem Moment fiel sein Blick auf Deborah. Im ersten Augenblick verwirrte ihn ihre Gegenwart, da er sie mittlerweile vergessen hatte. »Raus mit dir«, schnauzte er sie an. Deborah rappelte sich hoch und stürzte aus dem Zimmer. Anscheinend war das Freisein in Griechenland genauso gefährlich und unberechenbar, wie man ihr daheim gesagt hatte.

Kairo 24 Uhr

Erica kam aus der Taverne, einem von Tabakqualm verräucherten Gesellschaftsraum des Hotels, und blinzelte ins helle Licht des Foyers. Durch das Erlebnis mit Achmed und den Aufenthalt im Ministeriumsgebäude, der sie eingeschüchtert hatte, waren ihre Nerven dermaßen ins Flattern geraten, daß sie sich hinterher noch einen Drink genehmigen mußte. Sie hatte sich etwas ablenken wollen, aber die Bar war dafür nicht der richtige Ort gewesen. Sie hatte ihren Drink nicht in Ruhe genießen können; mehrere amerikanische Architekten waren der Auffassung, daß sie genau das richtige Mittel gegen einen langweiligen Abend sei. Keiner wollte glauben, daß sie lieber allein bliebe. Deshalb hatte sie rasch ausgetrunken und war gegangen.

Sie stand abseits im Foyer und spürte die körperliche Wirkung des Scotch; sie war stehengeblieben, weil ihr schwindlig war. Dummerweise wirkte der Alkohol nicht gegen ihre Angst und innere Unruhe. Im Gegenteil, er hatte sie noch verstärkt, und die aufmerksamen Blicke der Männer an der Bar lösten bei ihr allmählich einen Verfolgungswahn aus. Sie fragte sich, ob man sie verfolgte. Langsam ließ sie ihren Blick durch das weiträumige Foyer schweifen. Von einer Couch starrte ein Europäer sie über den Rand seiner Lesebrille aufdringlich an. Ein bärtiger Araber in weitem weißem Gewand, der vor einer Vitrine mit Schmuckauslagen stand, musterte sie ebenfalls unverwandt mit starrem Blick aus kohlschwarzen Augen. Vom Schaltertisch

99

der Anmeldung lächelte ein riesenhafter Schwarzer zu ihr herüber, der aussah wie Idi Amin.

Erica schüttelte den Kopf. Sie sah ein, daß die Übermüdung ihre Phantasie so verwirrte. Liefe sie in Boston allein um Mitternacht durch die Gegend, würde man sie genauso angaffen. Sie atmete tief durch und strebte auf die Aufzugtüren zu.

Als Erica vor ihrer Zimmertür ankam, erinnerte sie sich daran, wie sie Achmed im Zimmer angetroffen hatte. Ihr Puls schlug schneller, als sie die Tür aufstieß. Ängstlich knipste sie das Licht an. Der Sessel, in dem Achmed gesessen hatte, war leer. Als nächstes schaute sie ins Bad; auch dort befand sich niemand. Während sie die Tür zweifach verschloß, bemerkte sie im Flur auf dem Fußboden einen Briefumschlag.

Es handelte sich um einen Umschlag des Hotels. Auf dem Weg zum Balkon öffnete sie ihn und fand eine Mitteilung, daß Monsieur Yvon Julien de Margeau angerufen habe und sie ihn zurückrufen möge, egal um welche Uhrzeit. Der Text war mit dem Hinweis DRINGEND gestempelt.

Erica atmete die kühle Nachtluft ein und begann sich zu entspannen. Dabei half ihr die herrliche Aussicht. Sie war noch nie in einem Wüstenland gewesen, so daß es sie überraschte, am Horizont genauso viele Sterne zu sehen wie über sich. Gleich vor ihr verlief das breite schwarze Band des Nils wie feuchter schwarzer Asphalt einer großen Autobahn. In der Ferne sah sie die angestrahlte geheimnisvolle Sphinx stumm die Rätsel der Vergangenheit bewachen. In unmittelbarer Nachbarschaft des mythischen Geschöpfs ragten die steinernen Kolosse der Pyramiden zum Himmel auf. Trotz ihres Alters wirkte ihre kantige Geometrie eher modern. Links konnte Erica die Insel Roda erkennen, die wie ein Ozeandampfer im Nil lag. Auf der diesseitigen Landspitze schimmerten die Lichter des Meridien, und ihre Gedanken wanderten erneut zu Yvon. Sie las noch einmal die Mitteilung und überlegte, ob Yvon wohl von Achmeds Besuch wußte, und sie erwog, ob sie ihm davon, falls er nichts wußte, erzählen sollte. Doch sie wollte sich auf keinen Fall in Angelegenheiten einmischen, die Sache der Behörden waren. Wenn es zwischen Achmed und Yvon irgend etwas zu regeln gab, dann war das deren Sache. Yvon war dafür alt genug.

Erica setzte sich auf die Bettkante und bat um eine Verbindung mit dem Meridien Hotel, Suite 800. Den Telefonhörer zwischen Kopf und Schulter geklemmt, streifte sie ihre Bluse ab. Die kühle Nachtluft tat ihr gut. Es dauerte fast eine Viertelstunde, ehe das Gespräch zustande kam, und Erica begriff, daß das ägyptische Telefonnetz tatsächlich so katastrophal war, wie sein Ruf besagte.

»Hallo?« Raoul meldete sich.

»Hallo. Hier ist Erica Baron. Kann ich Yvon sprechen?«

»Einen Moment.« Stille folgte, und Erica zog ihre Schuhe aus. Auf dem Rist der Füße lag ein Streifen Kairoer Staub.

»Guten Abend«, sagte wohlgelaunt Yvon.

»Hallo, Yvon. Ich habe eine Mitteilung vorgefunden, daß ich Sie anrufen soll. ›Dringend‹ stand darauf.«

»Na, ich wollte Sie so schnell wie möglich sprechen, aber ein Notfall liegt nicht gerade vor. Ich fand den Abend heute bloß so wunderschön und wollte Ihnen danken.«

»Das ist sehr nett von Ihnen«, sagte Erica geschmeichelt.

»Sie sahen heute abend so schön aus, und ich bin ganz wild darauf, Sie wiederzusehen.«

»Tatsächlich?« meinte Erica, ohne nachzudenken.

»Ehrenwort. Ich wäre außer mir vor Freude, könnten wir morgen zusammen frühstücken. Hier im Meridien gibt es wundervolle Eier.«

»Vielen Dank, Yvon«, sagte Erica. Sie hatte sich in Yvons Gesellschaft wohl gefühlt, aber es lag nicht in ihrer Absicht, ihre Zeit in Ägypten mit einem Flirt zu verschwenden. Sie wollte die Gegenstände ihrer Studienjahre an Ort und Stelle mit eigenen Augen sehen und wünschte dabei keinerlei Ablenkung. Und was noch mehr zählte: Sie hatte sich noch immer nicht endgültig entschieden, wie sie ihr Verhalten gegenüber dem Raub der Statue Sethos' I. verantworten sollte.

»Raoul kann Sie abholen, wann immer Sie wollen«, bot ihr Yvon an und unterbrach ihre Gedankengänge.

»Danke, Yvon, aber ich bin völlig erschöpft. Ich möchte zu keiner bestimmten Zeit aufstehen.«

»Verständlich. Sie können mich ja anrufen, sobald Sie aufgewacht sind.«

»Yvon, der Abend hat mir gut gefallen, vor allem nach dem greulichen Nachmittag. Aber ich glaube, ich brauche einige Zeit für mich allein. Ich möchte Besichtigungen machen.«

»Es wäre mir eine Freude, Ihnen noch mehr von Kairo zeigen zu dürfen«, sagte Yvon hartnäckig.

Erica wollte den Tag nicht mit Yvon verbringen. Ihr Interesse an Ägypten war zu sehr persönlicher Natur, um es mit jemandem zu teilen. »Yvon, wie wäre es, wenn wir wieder zusammen zu Abend essen würden? Das wäre für mich die beste Lösung.«

»Ein gemeinsames Essen hätte sowieso dazugehört, aber ich kann Sie verstehen, Erica. Ein gemeinsames Abendessen soll mir recht sein, ich freue mich jetzt schon sehr darauf. Aber lassen Sie uns eine Uhrzeit verabreden. Sagen wir, morgen abend um neun.«

Nach ein paar freundlichen Abschiedsworten legte Erica den Hörer auf. Yvons Beharrlichkeit überraschte sie. Sie selber hatte nicht den Eindruck, an diesem Abend sonderlich gut ausgesehen zu haben. Sie stand auf und trat vor den Frisierspiegel. Sie war achtundzwanzig, aber manche Leute hielten sie für jünger. Erneut fielen ihr die kaum wahrnehmbaren Fältchen auf, die sich nach ihrem letzten Geburtstag heimlich an ihren Augen gebildet hatten. Dann bemerkte sie, daß sie an ihrem Kinn einen kleinen Pickel bekam. »Mist«, sagte sie und versuchte, ihn auszudrücken. Aber es klappte nicht. Erica betrachtete sich und wunderte sich über die Männer. Sie fragte sich, was ihnen nun wirklich an Frauen gefiel.

Sie legte ihren Büstenhalter ab, dann den Rock. Während sie darauf wartete, daß das Wasser aus der Dusche warm kam, musterte sie sich nochmals im Badezimmerspiegel. Sie betrachtete ihr Profil, berührte den leichten Höcker auf ihrer Nase und überlegte, ob sie etwas zu seiner Beseitigung unternehmen solle. Sie trat zurück, um sich in ganzer Größe zu sehen, und war einigermaßen zufrieden mit ihrer körperlichen Erscheinung, obwohl sie fand, daß etwas mehr Bewegung ihr nicht schaden könnte. Plötzlich fühlte sie sich sehr einsam. Sie dachte an das Leben in Boston, das sie hinter sich gelassen hatte. Sie dachte an Richard. Die Dusche lief, aber Erica ging zurück ins Schlafzimmer und starrte das Telefon an. Kurzentschlossen verlangte sie eine Verbindung mit Richard Harvey und war enttäuscht, als die Telefonistin ihr erklärte, sie müsse mindestens zwei Stunden lang warten, vielleicht auch länger. Erica nörgelte, und die Telefonistin meinte, sie könnte darüber froh sein, weil gegenwärtig nicht viel los sei; normalerweise verstrichen in Kairo Tage, bis man ein Auslandsgespräch durchbekäme. Von außerhalb in der Stadt anzurufen sei leichter. Erica bedankte sich und legte auf. Während sie das stumme Telefon anstarrte, überwältigte sie plötzlich eine Aufwallung von Trauer. Sie kämpfte ihre Tränen nieder, die keinen konkreten Anlaß hatten, im Bewußtsein dessen, daß sie viel zu erschöpft war, um noch klar denken zu können. Sie brauchte jetzt erst einmal Schlaf.

Kairo 0 Uhr 30

Achmed beobachtete die Spiegelungen der Lichter, die auf dem Nil Muster bildeten, als sein Wagen die Brücke des 26. Juli zur Insel Gezira überquerte. Sein Fahrer hupte pausenlos, aber Achmed hatte aufgegeben, es ihm abzugewöhnen. In Kairo hielten Fahrer das Hupen für genauso notwendig wie das Lenken.

»Ich bin um acht Uhr abholbereit«, sagte Achmed, als er vor seiner Wohnung in der Shari Ismail Muhammad im Stadtteil Zamalek aus dem Auto stieg. Der Fahrer nickte, vollführte eine schwungvolle Wendung und verschwand in die Nacht.

Mit langsamen Schritten betrat Achmed seine kahle Kairoer Wohnung. Sein kleines Haus am Nil in seiner Heimatstadt Luxor in Oberägypten war ihm lieber. Dorthin zog er sich zurück, wann immer es sich einrichten ließ. Aber die Bürde, die mit seinem Amt als Direktor der Altertümerbehörde einherging, hielt ihn mehr in der Stadt fest, als es ihm paßte. Vielleicht mehr als jeder andere war sich Achmed über die nachteiligen Folgen der umfangreichen Bürokratie im klaren, die Ägypten sich selbst geschaffen hatte. Um den allgemeinen Bildungswillen zu fördern, garantierte die Regierung jedem Studienabgänger einen Posten im Verwaltungsapparat. Infolgedessen gab es darin zu viele Leute, die nichts oder wenig zu tun hatten. In einem solchen System war Unsicherheit ein chronischer Faktor, und die meisten Beamten verbrachten ihre Zeit damit, mit Intrigen ihre Posten zu sichern. Ohne die Subventionen aus Saudi-Arabien wäre die ganze kopflastige Mißgeburt wohl zusammengebrochen.

Solche Überlegungen deprimierten Achmed, der alles geopfert hatte, um in seine gegenwärtige Position zu gelangen. Er hatte beschlossen, die Kontrolle über die Altertümer und alles, was damit zusammenhing, in einem Ressort zusammenzufassen – und nun, da er an dieser wichtigen Stelle saß, stand er den großen Unzulänglichkeiten des Ministeriumsbetriebs gegenüber. Bis jetzt waren alle seine Versuche, wenigstens die eigene Abteilung zu reorganisieren, auf entschlossenen Widerstand gestoßen.

Er setzte sich auf seine ägyptische Rokoko-Couch und entnahm seinem Diplomatenkoffer einige Memoranden. Er las die Überschriften: »Verbesserte Sicherheitsvorkehrungen für die Nekropole Luxor einschl. Tal der Könige« und »Unterirdische bombensichere Lagerräume für Tutanchamuns Schätze«. Er schlug den ersten Aktendeckel auf, da ihn das Thema besonders interessierte. Den Schutz der Nekropole Luxor hatte er erst vor kurzem völlig umgestaltet. Das war sein dringlichstes Hauptziel gewesen, als er sein Amt antrat.

Achmed las den obersten Absatz zweimal, ehe er sich eingestand, daß seine Gedanken nicht beim Thema blieben. Immer wieder dachte er an Erica Barons feingeschnittenes Gesicht. Ihre Schönheit hatte ihn verblüfft, als er sie in ihrem Hotelzimmer zum erstenmal sah. Er hatte die Absicht gehabt, sie aus dem Gleichgewicht zu bringen, aber er selbst war derjenige, der unsicher wurde. Es bestand eine Ähnlichkeit – nicht in der Erscheinung, aber im Auftreten – zwischen Erica und einer Frau, die Achmed während seines dreijährigen Studiums an der Harvard-Universität geliebt hatte. Das war Achmeds einzige echte Liebesbeziehung gewesen; und die Erinnerung an den Kummer, den er empfand, als er nach Oxford abreiste, schmerzte ihn noch heute. Er wußte, daß er sie niemals wiedersehen würde, und die Trauer der Trennung war so nachhaltig gewesen, daß er von da an Liebesabenteuer mied, um die ihm von seiner Familie gesteckten Ziele erreichen zu können.

Achmed lehnte sich zurück an die Wand und ließ vor seinem geistigen Auge ein Bild Palema Nelsons erstehen, des Mädchens aus Radcliffe. Er konnte sie durch die Schleier der vergangenen vierzehn Jahre deutlich sehen; er erinnerte sich jener Augenblicke des Erwachens an einem Sonntagmorgen, wo die Liebe sie gegen die Bostoner Kälte schützte. Er entsann sich, wie er es genossen hatte, sie schlafen zu sehen, wie er sehr sanft ihre Stirn und die Wangen streichelte, bis sie sich rührte und ihn anlächelte.

Achmed erhob sich und ging in die Küche. Er beschäftigte sich mit Teekochen, um den Erinnerungen zu entfliehen, die Erica in ihm so nachhaltig geweckt hatte. Es kam ihm vor, als wäre es erst gestern gewesen, daß er nach Amerika reiste. Seine Eltern hatten ihn mit Verhaltensmaßregeln und Aufmunterungen überhäuft, waren sich aber über die Ängste ihres Sohnes im unklaren, als sie ihn zum Flugplatz gebracht hatten. Die Vorstellung, nach Amerika zu gehen, war für einen Jungen aus Oberägypten ein aufregendes Ereignis gewesen, aber in Boston war er schlichtweg gräßlich einsam gewesen. Auf jeden Fall, bis er Pamela kennenlernte. Danach war alles zauberhaft geworden. Während seiner Freundschaft mit Pamela hatte er fleißig studiert, Harvard in drei Jahren absolviert.

Achmed kehrte mit dem Tee zurück ins Wohnzimmer und setzte sich auf seine steinharte Couch. Das warme Getränk beruhigte seinen verkrampften Magen. Nach langen Überlegungen begriff er, warum Erica Baron ihn so an Pamela Nelson erinnerte. Er hatte an Erica die gleiche Intelligenz und persönliche Großzügigkeit gespürt, hinter denen Pamela ihre Sinnlichkeit zu verbergen pflegte. Die verborgene Frau war es gewesen, in die sich Achmed verliebt hatte. Achmed schloß die Lider und erinnerte sich an Pamelas nackten Körper. Er saß vollkommen reglos. Das einzige Geräusch war das Ticken der marmornen Uhr auf dem Büfett.

Ruckartig öffnete er die Augen wieder. Das offizielle Lächelporträt Sadats verdrängte die schönen Erinnerungen. Die Gegenwart hatte ihn wieder, und Achmed seufzte. Dann lachte er über sich selbst. Für ihn war es ungewöhnlich, in Erinnerungen zu schwelgen. Er wußte, daß die Verantwortung in Behörde und Familie ihm wenig Raum für sentimentale Stimmungen ließen. Es hatte einen harten Kampf gekostet, um die jetzige Position zu erreichen, und nun stand er dicht vor seinem größten Ziel.

Achmed nahm erneut die Studie über das Tal der Könige zur Hand und versuchte weiterzulesen. Aber sein Verstand zog nicht mit; seine Gedanken schweiften immer wieder zu Erica Baron ab. Er dachte an ihre Durchschaubarkeit bei der Vernehmung. Er wußte, daß eine solche Reaktion kein Zeichen von Schwäche war, sondern vielmehr von Empfindsamkeit. Zugleich war er der festen Überzeugung, daß Erica nichts Wichtiges wußte.

Plötzlich fielen Achmed die Worte seines Mitarbeiters ein, von dem er wußte, daß Yvon de Margeau mit Erica zu Abend gegessen hatte. Der Mann hatte berichtet, daß de Margeau mit ihr ins Casino de Monte Bello gegangen sei und es dort sehr romantisch sei.

Achmed stand auf und spazierte durchs Zimmer. Er fühlte sich verärgert, ohne zu begreifen, warum. Was tat de Margeau in Ägypten? Beabsichtigte er, weitere Antiquitäten zu erwerben? Bei seinen bisherigen Aufenthalten in Ägypten war Achmed nicht dazu in der Lage gewesen, ihn angemessen überwachen zu lassen. Diesmal gab es vielleicht eine Möglichkeit. Wenn Ericas Bekanntschaft mit de Margeau inniger wurde, konnte er den Mann durch Erica im Augenmerk behalten.

Er ging ans Telefon und rief seinen Stellvertreter an, Zaki Riad, um ihn anzuweisen, er solle Erica Baron vierundzwanzig Stunden täglich beschatten lassen, angefangen am heutigen Morgen. Außerdem teilte er Riad mit, daß die mit der Beobachtung beauftragten Mitarbeiter direkt ihm persönlich Bericht erstatten sollten. »Ich will wissen, wohin sie geht und mit wem sie zusammenkommt. Alles.«

Kairo 2 Uhr 45

Ein ungewohnter Bimmelton ließ Erica aufschrecken. Sie saß kerzengerade im Bett. Zuerst hatte sie überhaupt keine Ahnung, wo sie sich befand: Sie hörte Wasser rauschen und hatte bloß ihren Schlüpfer an. Das energische, metallische Läuten wiederholte sich, und da begriff sie endlich, daß sie im Hotel war und das Telefon klingelte. Das Wasserrauschen kam von der Dusche, die immer noch lief. Sie war auf der Überdecke des Betts eingeschlafen, obwohl noch die gesamte Beleuchtung brannte.

Ihr Verstand arbeitete noch nicht richtig, als sie den Hörer abhob. Die Telefonistin sagte ihr, das Gespräch mit Amerika sei zustande gekommen. Nach einigen fernen Geräuschen herrschte jedoch vollkommene Stille im Hörer. Erica rief mehrmals in die Muschel, aber umsonst; sie zuckte mit den Schultern, legte auf und lief ins Bad, um die Dusche abzustellen. Ein flüchtiger Blick in den Spiegel kostete sie beinahe den letzten Nerv. Sie sah gräßlich aus. Ihre Augen waren gerötet, die Lider geschwollen, und der Pickel an ihrem Kinn war zu einer richtigen Beule angewachsen.

Das Telefon klingelte erneut, und sie eilte zurück ins Schlafzimmer, um abzuheben.

»Ich bin ja so froh, daß du anrufst, Liebling! Wie ist deine Reise bis jetzt verlaufen?« Richards Stimme am anderen Ende der Verbindung klang erfreut.

»Entsetzlich«, sagte Erica.

»Entsetzlich? Was ist denn nicht in Ordnung?« Richards Stimme klang besorgt. »Bist du wohlauf?«

»Es geht mir gut«, sagte Erica. »Es war bloß nicht unbedingt so, wie ich's mir vorgestellt hatte.« Als sie Richards stets übertriebenes Beschützertum spürte, dachte sie sich, daß es wahrscheinlich ein Fehler gewesen war, ihn anzurufen. Aber da sie sich nun schon einmal darauf eingelassen

108

hatte, erzählte sie ihm von der Statue und dem Mord, den ausgestandenen Schrecken, von Yvon und Achmed.

»Mein Gott«, rief Richard, offenkundig außer sich vor Entsetzen. »Erica, ich möchte, daß du unverzüglich heimkehrst, mit dem nächsten Flugzeug!« Schweigen. »Erica, hast du mich gehört?«

Erica strich sich das Haar nach hinten. Richards Befehlston übte eine negative, völlig gegenteilige Wirkung aus. Er konnte ihr keine Anweisungen erteilen, welcher gute Wille ihnen auch zugrunde liegen mochte.

»Ich bin nicht bereit«, sagte sie fest, »Ägypten einfach wieder so zu verlassen.«

»Hör zu, Erica, du hast mir nun klargemacht, worauf es dir ankommt, aber jetzt besteht doch kein Grund mehr, es noch weiter auszudehnen, zumal wenn du in Gefahr schwebst.«

»Ich schwebe nicht in Gefahr«, widersprach Erica rundheraus. »Und was meinst du damit, ›worauf es dir ankommt‹?«

»Deine Unabhängigkeit. Ich habe ja Verständnis. Aber du brauchst doch dein demonstratives Verhalten nicht zu übertreiben.«

»Richard, ich bezweifle, daß du verstehst, worum es geht. So einfach ist das nicht. Das ist kein ›demonstratives Verhalten‹ von mir. Das alte Ägypten bedeutet mir sehr viel. Seit ich ein Kind war, habe ich immer davon geträumt, die Pyramiden zu besichtigen. Ich bin hier, weil ich hier sein will.«

»Nun, ich glaube, du machst eine Dummheit.«

»Ehrlich gesagt, ich finde, das ist nicht der richtige Gesprächsstoff für ein Überseetelefonat. Du vergißt immer wieder, daß ich nicht bloß eine Frau bin, sondern auch Ägyptologin. Dafür habe ich acht Jahre lang studiert, und ich habe an meiner Tätigkeit großes Interesse. Sie ist für mich ungeheuer wichtig.« Erica spürte eine grenzenlose Verärgerung in sich aufsteigen.

»Wichtiger als unsere Beziehung?« fragte Richard in einem Ton, der irgendwo zwischen Gekränktsein und Zorn schwankte.

»So wichtig wie dir die Medizin.«

»Medizin und Ägyptologie sind zwei sehr unterschiedliche Dinge.«

»Natürlich, aber du übersiehst, daß Menschen an der Ägyptologie mit der gleichen Leidenschaft interessiert sein können wie an der Medizin. Aber ich gedenke jetzt nicht weiter mit dir darüber zu diskutieren, und ich fliege auch nicht zurück nach Boston. Noch nicht.«

»Dann komme ich zu dir nach Ägypten«, bot Richard im Tonfall größten Edelmuts an.

»Nein«, sagte Erica bloß.

»Nein?«

»Genau das habe ich gesagt – nein. *Komm nicht nach Ägypten*. Bitte. Wenn du etwas für mich tun willst, dann ruf meinen Chef an, Dr. Herbert Lowery, und bitte ihn, mich so schnell wie möglich hier anzurufen. Anscheinend ist es erheblich leichter, von Amerika nach Ägypten zu telefonieren, als umgekehrt.«

»Ich werde Lowery gerne benachrichtigen, aber bist du auch wirklich sicher, daß du mich nicht bei dir haben willst?« meinte Richard, über die Abfuhr merklich erstaunt.

»Ganz sicher«, sagte Erica, ehe sie sich verabschiedete und das Gespräch beendete.

Als das Telefon kurz nach vier Uhr wieder klingelte, schrak Erica nicht mehr so heftig auf wie beim ersten Mal. Allerdings befürchtete sie, Richard könnte wieder anrufen, und sie ließ es einige Male läuten, dieweil sie sich überlegte, was sie ihm entgegnen wollte. Aber der Anrufer war nicht Richard. Es war Dr. Herbert Lowery.

»Erica, geht's Ihnen gut?«

»Mit mir ist alles o. k., Dr. Lowery. Alles.«

»Als Richard vor etwa einer Stunde anrief, machte er einen ziemlich fassungslosen Eindruck. Er richtete mir aus, ich solle Sie anrufen.«

»Das ist richtig, Dr. Lowery«, sagte Erica und setzte sich auf die Bettkante, um richtig wach zu werden. »Ich kann es Ihnen sofort erklären. Ich möchte Ihnen von einer ganz erstaunlichen Angelegenheit berichten, und wie man mir gesagt hat, ist es viel leichter, in Ägypten anzurufen, als von hier aus zu telefonieren. Hat Richard Ihnen erzählt, was mir an meinem ersten Tag hier passiert ist?«

»Nein. Er sagte bloß, Sie hätten Ärger gehabt. Sonst nichts.«

»Ärger ist wohl nicht das richtige Wort«, berichtigte Erica. Rasch klärte sie Dr. Lowery zusammengefaßt über die Ereignisse des vorherigen Tages auf. Dann beschrieb sie so detailliert, wie sie es noch konnte, die Sethos-Statue.

»Unglaublich«, bemerkte Dr. Lowery, als Erica fertig war. »Ich hatte Gelegenheit, mir die Statue in Houston anzusehen. Der Käufer ist ein unanständig reicher Mann, und er hat sowohl Leonard vom Metropolitan wie auch mich in seiner privaten 707 nach Houston fliegen lassen, damit wir die Echtheit bescheinigen. Wir stimmten beide darin überein, daß es sich um die schönste Skulptur handelt, die jemals in Ägypten gefunden wurde. Ich nehme an, daß sie wahrscheinlich aus Abydos oder Luxor kommt. Der Zustand ist erstaunlich gut. Kaum zu glauben, daß sie dreitausend Jahre lang in einem Grab gestanden haben soll. Jedenfalls, was Sie mir da beschreiben, klingt ganz nach einem entsprechenden Gegenstück.«

»Sind auf dem Sockel der Statue in Houston Hieroglyphen gehauen?« fragte Erica.

»Ja«, antwortete Dr. Lowery. »Es steht ein sehr typischer religiöser Mahnspruch darauf, aber außerdem sind am Sockel noch weitere Hieroglyphen von merkwürdiger Zusammenstellung.«

»So ähnlich wie an der Statue, die ich gesehen habe«, rief aufgeregt Erica.

»Es war schwierig, sie zu übersetzen«, sagte Lowery, »aber der Text lautete ungefähr so: ›Ewiger Friede sei Sethos I. gewährt, der nach Tutanchamun herrschte.‹«

»Phantastisch«, freute sich Erica. »Die Statue hier trug ebenfalls beide Namen, sowohl Sethos’ wie auch Tutanchamuns. Ich war von Anfang an sicher, aber sonderbar ist es nebenbei auch.«

»Ich gebe zu, daß das Erscheinen von Tutanchamuns Namen keinen rechten Sinn ergibt. Als wir das herausgefunden hatten, zweifelten Leonard und ich natürlich auch erst einmal an der Echtheit des Standbilds. Aber es ist kein Zweifel möglich. Haben Sie sich gemerkt, welcher Name Sethos’ I. verwendet worden ist?«

»Ich glaube, es war sein mit dem Gott Osiris verbundener Name«, überlegte Erica. »Einen Moment, das kann ich nachprüfen.« Erica hatte sich plötzlich des von Abdul Hamdi erhaltenen Skarabäus erinnert. Sie eilte zu ihrer Hose, die sie über einen Stuhl gelegt hatte. Der Skarabäus befand sich noch in der Hosentasche.

»Ja, es war sein Osiris-Name«, bekräftigte Erica. »Ich weiß es, weil es die gleichen Hieroglyphen waren wie auf einem sehr geschickt gefälschten Skarabäus, den ich hier habe. Auf jeden Fall, Dr. Lowery, könnten Sie mir vielleicht ein Foto von den Hieroglyphen an der Statue in Houston besorgen und mir herschicken?«

»Aber sicher. Ich entsinne mich noch genau an den Mann, der sie gekauft hat, ein gewisser Jeffrey Rice. Er dürfte sehr an der Nachricht interessiert sein, daß es noch so eine zweite Statue wie seine gibt, und er wird uns sicher behilflich sein.«

»Es ist eine Tragödie«, sagte Erica, »daß die Statue nicht an ihrem Fundort untersucht werden konnte.«

»Das kann man wohl sagen«, pflichtete Dr. Lowery bei.

»Das ist ja das eigentliche Problem mit dem Schwarzhandel. Die Schatzsucher bringen uns um so viele Informationen.«

»Ich wußte natürlich vom Schwarzhandel, aber das ganze Ausmaß war mir nie klar«, sagte Erica. »Man müßte wirklich etwas dagegen unternehmen.«

»Das ist löblich. Aber dabei steht viel auf dem Spiel, und wie Abdul Hamdi zu spät gemerkt hat, ist es auch lebensgefährlich.«

Erica dankte Dr. Lowery für seinen Rückruf und äußerte, sie werde sich bald in Luxor an die beabsichtigten Übersetzungen machen. Dr. Lowery riet ihr zur Vorsicht und empfahl, sie solle sich nebenbei auch noch Spaß und Erholung gönnen.

Als sie den Hörer auflegte, fühlte Erica neuen Forscherdrang in sich. Sie wußte wieder, warum sie überhaupt Ägyptologie studiert hatte. Während sie sich ausstreckte, um weiterzuschlafen, spürte sie ihre ganze ursprüngliche Begeisterung für diese Reise wiederkehren.

Zweiter Tag

Kairo 7 Uhr 55

Kairo erwachte früh. Aus den umliegenden Dörfern hatten die Eselskarren, beladen mit landwirtschaftlichen Erzeugnissen, ihren Zug in die Stadt begonnen, ehe der Himmel im Osten auch nur wenig von seiner nächtlichen Schwärze verlor. Die ersten Geräusche des Morgens kamen von hölzernen Rädern, dem Klirren der Zuggeschirre und dem Bimmeln der Glöckchen von Lämmern und Ziegen, die auf die Märkte trotteten. Als die Sonne am Horizont aufging, kamen zu den von Tieren gezogenen Wagen die verschiedensten Benzinfahrzeuge. In den Bäckereien fing man an zu arbeiten, und der köstliche Duft frisch gebackenen Brots breitete sich aus. Um sieben Uhr erschienen wie Insektenschwärme die Taxis im Verkehrsbild, und das allgemeine pausenlose Hupkonzert setzte ein. Menschen betraten die Straßen, und die Temperatur stieg.

Erica hatte die Balkontür offengelassen, so daß der Verkehrslärm auf der El-Tahrir-Brücke und dem breiten Boulevard Korneish el Nil, der vorm Hilton am Nil entlangführte, bald zu ihr drang. Sie wälzte sich herum und starrte hinaus ins fahle Blau des morgendlichen Himmels. Sie fühlte sich viel besser, als sie erwartet hatte. Als sie auf die Uhr sah, überraschte es sie, nicht länger geschlafen zu haben. Es war noch nicht einmal acht Uhr.

Erica stemmte sich hoch. Auf dem Nachttisch lag neben dem Telefon der falsche Skarabäus. Sie nahm ihn in die Hand, als wollte sie seine Realität prüfen. Nach der genossenen Nachtruhe wirkten die Ereignisse des gestrigen Tages wie ein Traum, Erica bestellte sich das Frühstück aufs Zimmer und begann, ihren Tagesablauf zu planen. Sie beschloß,

114

dem Ägyptischen Museum einen Besuch abzustatten und sich einige Ausstellungsstücke aus dem Alten Reich anzuschauen, dann nach Saqqara hinauszufahren, der Nekropole von Mennofer, der Hauptstadt des Alten Reiches. Sie wollte nicht wie alle anderen Touristen gleich zu den Pyramiden von Giseh hinausfahren.

Das Frühstück war schlicht: Orangensaft, Melone, frische Croissants und Honig, dazu süßer arabischer Kaffee. Man servierte es ihr angesichts der prachtvollen Aussicht auf dem Balkon. Während der Nil lautlos vorüberfloß und die Sonne sich in der Ferne auf den Pyramiden spiegelte, geriet Erica in Hochstimmung.

Nachdem sie ihre Tasse erstmals nachgefüllt hatte, holte Erica Nagels Reiseführer heraus und schlug das Kapitel über Saqqara auf. Es gab viel zuviel zu sehen, so daß ein einzelner Tag gar nicht ausreichte, und sie beschloß, ihre Ausflüge gut zu organisieren. Plötzlich fiel ihr Abdul Hamdis Führer ein. Er lag noch ganz unten in der Einkaufstasche aus Segeltuch. Vorsichtig klappte sie ihn auf – der Einband saß schon ein wenig locker –, um Name und Anschrift auf dem Deckblatt zu lesen: Nasef Malmud, 180 Shari el Tahrir. Sie mußte an die grausame Ironie von Abdul Hamdis letzten Worten denken: ›Ich reise viel und bin zu der Zeit vielleicht nicht in Kairo.‹ Sie schüttelte den Kopf, als sie begriff, auf welche tragische Weise der Alte recht behalten hatte. Sie begann den alten Baedeker mit dem neueren Nagel zu vergleichen.

In der Höhe schwebte ein schwarzer Falke im Wind, der sich plötzlich auf eine Ratte herabstürzte, die durch eine Gasse lief.

Neun Stockwerke tiefer drückte Khalifa Khalil in einem Mietwagen, einem ägyptischen Fiat, auf den Zigarettenanzünder. Geduldig wartete er, bis der Knopf wieder heraussprang. Er lehnte sich zurück und zündete sich seine Zigarette mit sichtlichem Behagen an, inhalierte tief. Er war ein muskulöser, knochiger Mann mit großer Hakennase, die seinem Mund einen höhnisch grinsenden Zug verlieh, und er bewegte sich mit der Geschmeidigkeit einer Großkatze. Er spähte hinauf zum Balkon von 932 und beobachtete die Frau, die er zu verfolgen hatte. Mit seinem starken Feldstecher konnte er Erica ausgezeichnet erkennen, und er freute sich am Anblick ihrer Beine. Sehr hübsch, fand er und beglückwünschte sich zu einem so angenehmen Auftrag. Erica stellte ihm ahnungslos ihre Beine noch vorteilhafter zur Schau, und er grinste; das allerdings gab ihm ein wahrhaft erschreckendes Aussehen, denn ein oberer Schneidezahn war schräg abgebrochen und lief spitz zu. Da er gewöhnlich einen schwarzen Anzug mit schwarzer Krawatte trug, fanden manche Leute, er ähnele einem Vampir.

Khalifa war ein ungewöhnlich erfolgreicher Glücksritter, der sich im turbulenten Mittleren Osten nicht über Arbeitsmangel zu beklagen brauchte. In Damaskus war er zur Welt gekommen und in einem Waisenhaus aufgezogen worden. Im Irak sollte er in einem Kommandotrupp ausgebildet werden, aber man siebte ihn aus, weil er nicht zur Teamarbeit fähig war. Aber darüber hinaus hatte er auch kein Gewissen. Er war ein asozialer Mörder, der nur auf Geld reagierte. Khalifa amüsierte sich köstlich bei dem Gedanken, daß er als Babysitter einer schönen amerikanischen Touristin genausoviel Geld erhielt wie für den Schmuggel von AK-Sturmgewehren in die Türkei.

Als er die benachbarten Balkone von Ericas Zimmer mit dem Fernglas absuchte, vermochte er nichts Verdächtiges festzustellen. Seine vom Franzosen erhaltenen Anweisungen waren simpel gewesen. Er sollte Erica Baron vor jedem möglichen Mordversuch beschützen und die Täter in Gewahrsam nehmen. Er richtete sein Fernglas vom Hilton hinüber zum Fluß und besah sich die Leute am Ufer des Nils genauer. Ihm war klar, daß es äußerst schwierig sein konnte, jemanden vor einem Schuß aus einem Gewehr mit Zielfernrohr zu bewahren. Aber niemand sah verdächtig aus. Reflexartig tastete seine Hand nach der halbautomatischen Stechkin-Pistole unter seinem linken Arm. Sie war sein liebstes Stück. Er hatte sie einem KGB-Agenten abgenommen, den er für die Mossad in Syrien ermordet hatte.

Als Khalifa seine Aufmerksamkeit wieder Erica zuwandte, konnte er sich nur schwer vorstellen, daß irgend jemand ein so blühendes Mädchen umbringen könnte. Es glich einem zum Pflücken reifen Pfirsich, und er fragte sich, ob Yvons Beweggründe tatsächlich rein geschäftlicher Natur sein mochten.

Plötzlich stand das Mädchen auf, packte seine Bücher zusammen und verschwand in seinem Zimmer. Khalifa senkte den Feldstecher, um den Eingang des Hilton zu beobachten. Dort stand die übliche Reihe von Taxis, und geschäftig eilten Menschen hinein und heraus.

Gamal Ibrahim raschelte mit der heutigen Ausgabe der *Al Ahram*, darum bemüht, die erste Seite umzufalten. Er saß auf dem Rücksitz des Taxis, das er für diesen Tag gemietet hatte und nun auf der dem Eingang gegenüberliegenden Seite der Zufahrt zum Hilton parkte. Der Pförtner hatte sich zwar beschwert, aber schließlich nachgegeben, als Gamal ihm seinen Dienstausweis des Department of Antiquities zeigte. Auf dem Platz neben Gamal lag ein vergrößertes Paßfoto Erica Barons. Jedesmal, wenn eine Frau das Hotel verließ, verglich Gamal ihr Gesicht mit der Fotografie.

Gamal war achtundzwanzig. Er war knapp über eins sechzig groß und etwas korpulent. Verheiratet, zwei Kinder, eines war ein Jahr, das andere drei Jahre; das Department of Antiquities hatte ihn eingestellt, kurz bevor er im Frühjahr an der Kairoer Universität seinen Doktor in Verwaltungswissenschaft machte. Mitte Juli hatte er seinen Posten angetreten, aber seither waren die Dinge nicht so glatt gelaufen, wie er es gerne gesehen hätte. Das Department besaß so viele Mitarbeiter, daß er bis jetzt bloß die seltsamsten Aufträge erhalten hatte, so wie der jetzt zum Beispiel, nämlich diese Erica Baron zu beschatten und zu melden, wohin sie ging. Gamal nahm Ericas Foto zur Hand, als zwei Frauen aus dem Hotel kamen und in ein Taxi stiegen. Gamal hatte noch nie jemanden beschattet, und er empfand die Aufgabe als Erniedrigung, aber er konnte es sich nicht leisten, sie abzulehnen, zumal er direkt bei Achmed Khazzan, dem Direktor, Bericht erstatten mußte. Gamal hatte viele gute Ideen für das Department und jetzt das Gefühl, als könne sich eine Gelegenheit ergeben, sie einmal an maßgeblicher Stelle zu äußern.

Um sich für die Hitze, mit der sie in Saqqara rechnete, vernünftig zu kleiden, zog Erica eine leichte beigefarbene Bluse mit kurzen Ärmeln und eine etwas dunklere Hose mit Zugkordelbund an, beides aus Baumwolle. In ihre Segeltuchtasche packte sie ihre Polaroidkamera, das Blitzlichtgerät und den 1929er Baedeker. Nach sorgfältigem Vergleich hatte sie Abdul Hamdis Urteil zustimmen müssen. Der alte Baedeker war ein weit besserer Führer als der Nagel.

An der Anmeldung durfte sie endlich wieder ihren Paß in Empfang nehmen, der inzwischen ordnungsgemäß bearbeitet worden war. Außerdem stellte man ihr ihren Führer für den heutigen Tag vor, Anwar Selim. Erica hatte eigentlich kein Interesse an einem Fremdenführer, aber das Hotel empfahl ihn, und nachdem sie am Vortag so viele Flegel belästigt hatten, willigte sie zum Schluß ein, erklärte sich zur Zahlung von sieben ägyptischen Pfund für den Führer sowie zehn weiterer Pfund für Taxi und Fahrer bereit. Anwar Selim war ein hagerer Mittvierziger, der am Aufschlag seines grauen Anzugs eine Metallnadel mit der Nummer 113 trug, wodurch er sich als regierungsamtlich zugelassener Fremdenführer auswies.

»Ich kenne eine wundervolle Route«, sagte Selim, der die eigentümliche Angewohnheit besaß, mitten im Satz zu lächeln. »Zuerst besuchen wir in der morgendlichen Kühle die Große Pyramide. Dann…«

»Vielen Dank«, unterbrach ihn Erica. Sie wich zurück. Selims Zähne waren in beklagenswerter Verfassung, und vor seinem Atem wäre sogar ein wildgewordenes Rhinozeros zurückgeprallt. »Ich habe bereits einen Plan für den heutigen Tag. Zuerst will ich dem Ägyptischen Museum einen kurzen Besuch abstatten, dann nach Saqqara fahren.«

»Aber Saqqara wird tagsüber sehr heiß sein«, wandte Selim ein. Sein Mund war in einem verkrampften Lächeln erstarrt, seine Gesichtshaut straff von der ägyptischen Sonne.

»Sicherlich«, fiel ihm Erica ins Wort. »Aber das ist eine Route, die mir entschieden besser gefällt.«

Ohne daß sich sein Gesichtsausdruck änderte, öffnete Selim ihr die Tür des verbeulten Taxis, das für sie bereitstand. Der Fahrer war noch jung, und sein Kinn zierten die Bartstoppeln von drei Tagen.

Als das Taxi für die kurze Fahrt zum Museum startete, legte Khalifa seinen Feldstecher auf den Boden seines Wagens. Er ließ Ericas Taxi auf die Straße fahren, ehe er den Motor anwarf, dabei überlegte er, ob es irgendwie möglich sei, an Informationen über den Fremdenführer und den Taxifahrer zu gelangen. Als er den ersten Gang einlegte, bemerkte er, daß unmittelbar hinter Ericas Auto ein zweites Taxi vom Hilton abfuhr. Beide Autos bogen an der ersten Kreuzung nach rechts ab.

Gamal hatte Erica, als sie vor dem Hotel erschien, sofort erkannt, ohne sich anhand des Fotos nochmals vergewissern zu müssen. Hastig notierte er sich die Nummer des Fremdenführers – 113 – am Rand seiner Zeitung, ehe er den Fahrer anwies, Ericas Taxi zu folgen.

Vor dem Ägyptischen Museum half Selim Erica aus dem Wagen, und der Fahrer parkte das Fahrzeug im Schatten einer nahen Platane, um zu warten. Gamal ließ seinen Fahrer unter einem anderen Baum halten, von wo aus er Ericas Taxi im Blickfeld behielt. Danach schlug er wieder die Zeitung auf und las einen langen Artikel über Sadats Vorschläge fürs Westufer weiter.

Khalifa parkte außerhalb des Museumsgeländes und schlenderte an Gamals Taxi vorbei, um festzustellen, ob er den Mann kenne. Das war nicht der Fall. Für Khalifas Begriffe war Gamals Verhalten ziemlich verdächtig, aber unter Einhaltung seiner Anweisungen folgte er Erica und ihrem Fremdenführer ins Museum.

Erica hatte das berühmte Museum voller Enthusiasmus betreten, aber nicht einmal ihre Sachkenntnis und ihre Begeisterung konnten etwas gegen die bedrückende Atmosphäre ausrichten. Die kostbaren Fundgegenstände wirkten in den staubigen Räumen ebenso fehl am Platze wie die im Bostoner Museum in der Huntington Avenue. Die geheimnisvollen Standbilder und steinernen Gesichter spiegelten eher den Tod wider als die Unsterblichkeit. Die Museumswärter trugen weiße Uniformen mit schwarzen Baretts, welche stark an die Kolonialzeit erinnerten. Personal mit Reisigbesen fegte den Staub von Raum zu Raum, ohne ihn jemals zu beseitigen. Die einzigen Beschäftigten des Hauses, die wirklich arbeiteten, waren Restauratoren, die in kleinen, mit Tauen abgesperrten Bereichen neu gipsten oder zimmerten, wobei sie Werkzeuge verwendeten, die jenen auf den altägyptischen Wandgemälden glichen.

Erica versuchte, auf die Umgebung nicht weiter zu achten und sich nur auf die berühmten Kunstwerke zu konzentrieren. In Raum 32 bestaunte sie die Lebensechtheit der Kalksteinstatuen von Rahotep, dem Bruder Khufus, und seiner Gemahlin Nofritis. Sie sahen wie Menschen von heute

120

aus. Erica war vollkommen zufrieden, die Gesichter zu betrachten, aber ihr Führer fühlte sich dazu veranlaßt, sie pausenlos mit seinem Wissen zu berieseln. Er erzählte Erica, was Rahotep zu Khufu gesagt haben sollte, als er seine Statue erstmals gesehen hatte. Erica wußte, daß es sich um reine Erfindung handelte. Höflich bat sie Selim, nur ihre Fragen zu beantworten, und machte ihn darauf aufmerksam, daß sie sich mit der Mehrzahl der Ausstellungsgegenstände selber gut auskannte.

Als Erica um das Rahotep-Standbild herumging, schweifte ihr Blick zum Zugang zum Museumsflur, ehe sie sich den Rücken der Statue besah. Sie glaubte, eine finstere Männergestalt mit einem Zahn, der einem spitzen Fang ähnelte, gesehen zu haben, aber als sie neugierig nochmals hinschaute, stand dort niemand. Die Erscheinung kam und ging so schnell, daß Erica ein unbehagliches Gefühl überkam. Die Vorfälle des gestrigen Tages hatten sie gelehrt, vorsichtig zu sein, und sie schritt noch einige Male um die Rahotep-Statue und blickte dabei hinüber zum Eingang. Aber die Gestalt ließ sich nicht wieder blicken; statt dessen betrat eine Gruppe sehr lautstarker französischer Touristen den Raum.

Erica winkte Selim, weil sie gehen wollte, und trat aus Raum 32 auf den langen Flur, der sich über die gesamte Westseite des Gebäudes erstreckte. Im Korridor hielten sich keine Leute auf, aber als sie durch einen Doppelbogen hinüber zur nordwestlichen Ecke schaute, sah Erica erneut eine schemenhafte, dunkle Gestalt.

Mit Selim an den Fersen, der sie unterwegs vergeblich auf mehrere berühmte Fundgegenstände hinzuweisen versuchte, schritt Erica eilig den langen Flur entlang bis zu der Stelle, wo ein gleichartiger Gang von der Nordseite des Museums einmündete. Erbost folgte Selim der schnellfüßigen Amerikanerin, die das Museum anscheinend mit Lichtgeschwindigkeit zu besichtigen gedachte.

Ruckartig blieb sie dicht vor der Kreuzung der Korridore stehen. Selim verharrte ebenfalls und blickte umher, daran interessiert, was nun ihre Aufmerksamkeit erregt haben mochte. Sie stand zwar neben einer Statue Senmuts, des Mundschenks der Königin Hatschepsut, betrachtete jedoch nicht sie, sondern spähte statt dessen vorsichtig um die Ecke in den Nordgang.

»Falls Sie ein bestimmtes Kunstwerk zu sehen wünschen«, begann Selim, »bitte...«

Verärgert bedeutete ihm Erica zu schweigen. Erica trat in den jenseitigen Flur und spähte nach der düsteren Gestalt. Sie sah nichts und kam sich allmählich ein bißchen albern vor. Ein deutsches Paar näherte sich Arm in Arm und tauschte seine Meinungen über die Anlage des Museums aus.

»Miss Baron«, sagte Selim, nur mühsam seine Ungeduld unterdrückend, »ich kenne mich in diesem Museum hervorragend aus. Wenn Sie ein bestimmtes Kunstwerk sehen möchten, brauchen Sie nur zu fragen.«

Erica hatte nun Mitleid mit dem Mann und versuchte krampfhaft, sich irgend etwas auszudenken, wonach sie ihn fragen könne, damit er sich nicht so überflüssig fühlte.

»Gibt's hier im Museum Artefakte Sethos' I.«

Selim legte einen Zeigefinger an seine Nase und dachte nach. Dann hob er den Finger wortlos in die Luft und gab Erica ein Zeichen, sie möge sich ihm anschließen. Er führte sie ins zweite Stockwerk in Raum 47, der sich genau oberhalb der Eingangshalle befand. Dort zeigte er ihr einen großen, schön bearbeiteten Quarzit, mit 388.1 numeriert. »Der Deckel zu Sethos' I. Sarkophag«, verkündete er stolz.

Erica besah sich den schweren Klotz und verglich ihn insgeheim mit der wunderbaren Statue, die sie gestern gesehen hatte. An einen Vergleich war gar nicht zu denken. Außerdem fiel ihr ein, daß der eigentliche Sarkophag von Sethos I. nach London gebracht worden war und dort in einem kleinen Museum stand. Wie sehr der Schwarzhandel dem Ägyptischen Museum schadete, wurde wieder einmal schmerzlich offenkundig.

Selim wartete, bis Erica aufschaute. Dann zog er sie am Arm zum Eingang eines anderen Raums und ließ sie dem Wärter vor der Tür weitere fünfzehn Piaster zahlen, damit sie eintreten durften. Sobald sie drin waren, führte Selim sie zwischen langen, flachen Glasbehältern bis zu einem an der Wand. »Die Mumie Sethos' I.«, sagte er.

Während sie das vertrocknete Antlitz musterte, fühlte sich Erica nicht besonders wohl. Es ähnelte durchaus der Art von Maske, die Make-up-Spezialisten in Hollywood schon für zahllose Horrorfilme zurechtgemacht hatten, und sie bemerkte, daß die Ohren sich bereits zersetzt hatten, der Kopf nicht länger in fester Verbindung mit dem Rumpf war. Statt die Unsterblichkeit zu verherrlichen, verliehen diese Überreste lediglich dem Schrecken des Todes Dauerhaftigkeit. Bei einem Rundblick auf die übrigen königlichen Mumien, die man in dem Raum aufbewahrte, fand Erica, daß die versteinerten Leichname nicht das alte Ägypten lebendiger machten, sondern vielmehr den gewaltigen Zeitraum zwischen damals und heute noch vertieften und das ägyptische Altertum noch weiter in die Vergangenheit rückten. Nochmals betrachtete sie das Gesicht Sethos' I. Es ähnelte der wunderschönen Statue, die ihr gestern unter die Augen geriet, in keiner Weise. Das Standbild hatte ein schmales Kinn und eine gerade Nase gezeigt, wogegen die Mumie ein sehr breites Kinn und eine krumme Habichtnase aufwies. Der Anblick flößte ihr Grauen ein, und sie schauderte, ehe sie sich abwandte. Sie winkte Selim, damit er ihr folge, und eilte hinaus.

Ericas Taxi brachte sie ins Freie aufs ägyptische Land, ließ Kairo mit Lärm und Aufregungen hinter sich. Sie fuhren am Westufer des Nils südwärts. Selim hatte die Konversation anfangs mit einer Wiedergabe dessen fortzusetzen versucht, was Ramses II. alles zu Moses gesagt haben sollte, aber schließlich, da er so wenig Resonanz fand, schwieg er. Erica hatte mit ihm, weil sie ihn nicht kränken wollte, über seine Familie zu reden versucht, aber das war anscheinend andererseits ein Thema, an dem der Fremdenführer kein Interesse verspürte. Folglich fuhren sie hauptsächlich in eisigem Schweigen dahin, und Erica durfte so wenigstens in Ruhe die Aussicht genießen. Besonders gefiel ihr der Kontrast zwischen dem Saphirblau des Nils und dem leuchtenden Grün der bewässerten Felder. Die Zeit für die Datelernte war angebrochen. Massenhaft trotteten Esel vorüber, hochauf mit Palmzweigen beladen, die schwer waren von den rötlichen Früchten. Gegenüber der Industriestadt Hilwan am Ostufer des Nils gabelte sich die asphaltierte Straße. Ericas Taxi nahm die rechte Fahrbahn und hupte mehrmals, obwohl sich weit und breit kein Fahrzeug sehen ließ.

Gamal folgte bloß fünf oder sechs Fahrzeuglängen dahinter. Er hockte buchstäblich auf dem vordersten Rand des Rücksitzes, um mit dem Fahrer besser plaudern zu können. Wegen der Hitze hatte er seine graue Anzugjacke abgestreift; er wußte, die Temperatur würde noch erheblich steigen.

Fast einen halben Kilometer hinter Gamal lärmte Khalifas Radio, und die schrille Musik erfüllte das ganze Auto. Mittlerweile war er davon überzeugt, daß man Erica bereits verfolgte, aber ihm schienen die Methoden des Verfolgers ziemlich sonderbar. Das Taxi hing viel zu dicht hinter Ericas Wagen. Vor dem Museum hatte er sich den Insassen gut ansehen können; er sah aus wie ein Student, aber Khalifa hatte auch schon mit studentischen Terroristen zu schaffen gehabt. Er wußte, daß ihr schlichtes Äußeres oft die Tarnung für Gnadenlosigkeit und Wagemut abgab.

Ericas Taxi durchfuhr einen Palmenhain, dessen Palmen so eng beieinanderstanden, daß sie den Eindruck eines Nadelholzwaldes erweckten. Sie tauchten aus der unerbittlichen Sonnenglut in kühlen Schatten ein und hielten vor einem kleinen Dorf aus Ziegelbauten. Auf einer Seite stand eine putzige Moschee, auf der anderen Seite erstreckte sich eine freie Fläche mit einer vielleicht achtzig Tonnen schweren Sphinx aus Alabaster, zahlreichen Bruchstücken von Statuen sowie einem großen, aber umgekippten Kalksteinstandbild Ramses' II. Am Rande dieser Lichtung stand eine kleine Erfrischungsbude, die sich Café Sphinx nannte.

»Die sagenhafte Stadt Memphis«, sagte Selim feierlich.

»Sie meinen Mennofer«, verbesserte Erica und betrachtete die kümmerlichen Überreste. Memphis war der griechische Name. Der altägyptische Name lautete Mennofer. »Ich spendiere uns einen Kaffee oder Tee«, meinte Erica, als sie sah, wie beleidigt er war.

Auf dem Wege zur Erfrischungsbude war Erica darüber froh, auf diese kläglichen Reste der einstmals gewaltigen Hauptstadt des alten Ägyptens vorbereitet gewesen zu sein, denn andernfalls hätte sie jetzt eine bittere Enttäuschung erlitten. Eine Horde zerlumpter Halbwüchsiger kam mit umfangreichen Angeboten gefälschter Altertümer angestürmt, aber Selim und der Taxifahrer vertrieben sie lautstark. Sie gingen zu einer kleinen Veranda mit runden Metalltischen und bestellten Getränke. Die beiden Männer nahmen Kaffee. Erica zog Orangenlimonade vor.

Mit seiner *Al Ahram* unterm Arm entstieg Gamal dem Taxi, das Gesicht schweißüberströmt. Anfangs hatte er sich nicht recht entschließen können, aber zuletzt gelangte er doch zu der Überzeugung, daß er auch dringend etwas zu trinken brauchte. Er vermied es, zu Erica und ihrer Begleitung hinüberzublicken, und setzte sich an einen Tisch hinterm Kiosk. Sobald man ihm einen Kaffee serviert hatte, versteckte er sich wieder hinter seiner Zeitung.

Khalifa hielt sein Zielfernrohr auf Gamals stämmigen Rumpf gerichtet, lockerte jedoch die Finger seiner rechten

Hand. Er hatte ungefähr achtzig Meter vor der Lichtung geparkt, wo einst Memphis stand, und rasch sein israelisches FN-Scharfschützengewehr ausgepackt. Er hockte geduckt auf der Rückbank des Wagens, und der Gewehrlauf ruhte im offenen Fenster der Fahrertür. Von dem Moment an, da Gamal sein Auto verließ, behielt Khalifa ihn ununterbrochen im Visier. Bei der erstbesten schnellen Bewegung zu Erica hinüber hätte ihn Khalifa in den Hintern geschossen. Daran stirbt man nicht, war Khalifas Überlegung, aber es würde ihn beträchtlich aufhalten.

Erica konnte ihre Limonade wegen der vielen Fliegen auf der Veranda nicht recht genießen. Das Gefuchtel mit der Hand vertrieb sie nicht, und einige Male hatten sich besonders unverschämte Fliegen schon auf ihre Lippen gesetzt. Sie erhob sich vom Tisch, mahnte die beiden Männer zur Eile und schritt hinaus auf die Lichtung. Ehe sie wieder ins Taxi stieg, blieb Erica bei der alabasternen Sphinx stehen, um sie zu bewundern. Sie fragte sich, welche Rätsel sie wohl – könnte sie sprechen – aufgeben würde; sie war sehr alt. Ihre Entstehung datierte im Alten Reich.

Als alle wieder im Wagen saßen, fuhren sie durch den dichten Palmenhain weiter, bis er sich merklich lichtete. Erneut gerieten sie zwischen bestellte Felder, durchzogen von Bewässerungskanälen, die durch die vielen Algen und Wasserpflanzen nur träge flossen. Plötzlich ragte hinter den Palmenwipfeln der vertraute Umriß der Stufenpyramide des Pharao Zoser auf. Erica zitterte vor Erregung. Nicht lange, und sie durfte das älteste von Menschenhand errichtete steinerne Bauwerk besichtigen, zugleich für Ägyptologen die bedeutendste archäologische Stätte in ganz Ägypten. Hier hatte der berühmte Architekt Imhotep eine Himmelstreppe aus sechs riesigen Stufen erbaut, die bis zu einer Höhe von sechzig Metern aufstieg. Mit ihr wurde das Zeitalter der Pyramiden eingeleitet.

Erica war zumute wie einem ungeduldigen Kind auf dem

Weg zum Zirkus. Daß sie erst noch durch ein kleines Dorf aus Lehmziegeln holpern mußten, ehe sie den letzten breiten Bewässerungskanal überquerten, verdroß sie. Kurz hinter der Brücke endete das kultivierte Land, begann die unfruchtbare Libysche Wüste. Es gab keine Übergangszone. Es war, als geriete man ohne Sonnenuntergang vom Mittag zur Mitternacht. Plötzlich sah Erica auf beiden Seiten der Straße bloß noch Sand und Stein und das Flimmern der Hitze.

Sobald das Taxi im Schatten eines großen Touristenbusses hielt, sprang Erica als erste hinaus. Selim mußte laufen, um nicht den Anschluß zu verlieren. Der Fahrer öffnete alle vier Schläge des Wagens, um ihn während der Wartezeit gründlich zu lüften.

Khalifa war durch Gamals Verhalten total verunsichert. Ohne sonderlich auf Erica zu achten, hatte der Mann sich mit seiner Zeitung in den Schatten der Umfassungsmauer der Pyramide verzogen. Er machte sich nicht einmal die Mühe, Erica ins Innere der Pyramide zu folgen. In Anbetracht der Möglichkeit, daß Gamals Anwesenheit ein raffiniertes Ablenkungsmanöver sein konnte, zog Khalifa es vor, auf Ericas Umgebung achtzugeben. Er streifte die Jacke ab, nahm seine halbautomatische Stechkin in die Rechte und legte die Jacke darüber, um die Waffe zu verbergen.

Für die nächste Stunde war Erica von den Ruinen geradezu berauscht. Das war das Ägypten, von dem sie geträumt hatte. Sie erblickte nicht nur die Steintrümmer der Nekropole; in ihrer Phantasie erkannte sie die umstürzende Idee, die vor fünftausend Jahren diese stolzen Bauwerke geschaffen hatte. Sie wußte, daß sie nicht an einem Tag alles sehen konnte, und gab sich damit zufrieden, in Höhepunkten zu schwelgen und sich am Unerwarteten zu erfreuen, zum Beispiel den Kobrareliefs, von denen sie noch nie etwas gelesen hatte. Selim fand sich am Ende mit seiner Rolle als Begleiter ab und blieb hauptsächlich im Schatten. Aller-

127

dings war er froh, als Erica ungefähr um die Mittagszeit sich zum Gehen bereit zeigte.

»Es gibt in der Nähe ein kleines Café-Rasthaus«, bemerkte Selim hoffnungsvoll.

»Jetzt will ich noch ein paar Gräber von Edelleuten besichtigen«, sagte Erica. Sie war zu aufgekratzt, um jetzt schon aufhören zu können.

»Das Rasthaus ist gleich neben der Mastaba des Ti und dem Serapeum«, erklärte ihr Selim.

Ericas Augen leuchteten auf. Das Serapeum war eines der außergewöhnlichsten altägyptischen Grabdenkmäler. In seinen Katakomben waren die mumifizierten Leiber von Apisstieren mit einem Pomp und Gepränge beigesetzt worden, die dem Aufwand für Könige gleichkamen. Es mußte eine ungeheure Arbeit gewesen sein, das Serapeum aus dem harten Fels zu hauen. Erica leuchteten diese Anstrengungen für den Bau von Menschengräbern ein, aber für ein Stiergrab verstand sie das nicht. Sie war davon überzeugt, daß sich mit der Grabstätte der Apisstiere ein bislang unenthülltes Geheimnis verband. »Gut, gehen wir zum Serapeum«, sagte sie.

Infolge seines Übergewichts fühlte sich Gamal in der Hitze nicht allzu wohl. Selbst in Kairo ging er mittags selten ins Freie. Sakkara zur Mittagszeit ging nahezu über seine Kräfte. Während sein Fahrer Ericas Taxi folgte, machte er sich Gedanken, wie er das überhaupt aushalten sollte. Vielleicht konnte er sich irgendwo in den Schatten legen und Erica dem Fahrer überlassen, bis sie die Rückfahrt nach Kairo antrat. Vor ihm bog Ericas Taxi ab und parkte vor dem Rasthaus von Saqqara. Als er umherschaute, erinnerte sich Gamal, daß er diese Gegend als Kind einmal mit seinen Eltern besucht hatte, und damals waren sie durch schaurige unterirdische Ställe für Stiere gewandert. Die Höhle hatte ihm Angst eingejagt, aber sie war, wie er sich entsann, auch köstlich kühl gewesen.

»Befindet sich hier nicht irgendwo das Serapeum?« fragte er und tippte dem Fahrer auf die Schulter.

»Gleich da drüben«, antwortete dieser und deutete auf eine Art Hohlweg, der zum Eingang des Serapeums führte.

Gamal spähte hinüber zu Erica, die aus ihrem Taxi gestiegen war und nun die Sphinxallee besichtigte, die zum Zugang führte. Jetzt wußte er, wo er sich abkühlen konnte. Außerdem fand er, es könne vielleicht ganz lustig sein, nach so vielen Jahren wieder mal das Serapeum zu sehen.

Khalifa dagegen fand sein Benehmen gar nicht lustig und durchwühlte mit der Hand nervös sein schmieriges Haar. Inzwischen war er zu dem Schluß gekommen, daß Gamal absolut kein Amateur war, obwohl er sich so anstellte. Er war viel zu abgebrüht. Hätte er die genauen Absichten des Burschen durchschaut, hätte er jetzt gehandelt und ihn lebend bei Yvon de Margeau abgeliefert. Aber er mußte stillhalten, bis Gamal sich bloßstellte. Die Lage war erheblich komplizierter und gefährlicher als erwartet. Khalifa schraubte den Schalldämpfer auf den Lauf seiner Automatik und stieg aus dem Auto, als er Gamal in einem Graben verschwinden sah, der in eine unterirdische Anlage führte. Er schaute auf einer Landkarte nach. Es handelte sich um das Serapeum. Khalifa blickte zu Erica hinüber, die überglücklich eine Sphinx aus Kalkstein fotografierte, und reimte sich zusammen, daß es nur einen Grund geben konnte, warum Gamal daran lag, das Serapeum vor Erica zu betreten. In einem finsteren Grabgewölbe oder einem der schmalen Gänge würde er im Hinterhalt lauern und zuschlagen, wenn man am wenigsten damit rechnete.

Trotz seiner langjährigen Erfahrungen war Khalifa unschlüssig, was er unternehmen solle. Er konnte ebenfalls vor Erica Baron in das Gewölbe schleichen und Gamal in seinem Versteck aufstöbern, aber das war riskant. Er beschloß, mit Erica hineinzugehen und dann dem Anschlag zuvorzukommen.

Erica schritt den Abweg zum Eingang hinab. Für Höhlen hatte sie nicht gerade viel übrig, in Wahrheit liebte sie überhaupt keine geschlossenen Räume. Noch ehe sie das Serapeum betrat, spürte sie die feuchte Kühle, und sie bekam eine Gänsehaut auf ihren Schenkeln. Sie mußte sich regelrecht zum Weitergehen zwingen. Ein verlotterter Araber mit scharfgeschnittenem Gesicht kassierte. Das Serapeum wirkte unheimlich.

Sobald sie sich im düsteren Eingangsschacht befand, begriff Erica die Faszination, die das Geheimnisvolle der altägyptischen Kultur über Jahrhunderte hinweg auf die Menschen ausgeübt hatte. Die finsteren Tunnel wirkten wie Gänge in die Unterwelt, verstärkten den Eindruck von gespenstischen, okkulten Kräften. Indem sie Selim folgte, drang sie immer weiter in die bizarre Grabanlage vor. Sie strebten einen scheinbar endlos langen Korridor mit unregelmäßigen, nur grob gehauenen Wänden hinunter, unzureichend beleuchtet durch in ungleichmäßigen Abständen angebrachte schwache Glühbirnen. Auf den Strecken zwischen den einzelnen Lampen erschwerten dunkle Schatten die Sicht. Da und dort erschienen urplötzlich andere Touristen aus der Düsternis; Stimmen klangen hohl und hallten mehrfach wider. Im rechten Winkel zum Hauptstollen zweigten die Grabkammern ab; in jeder stand ein ungeheuer großer schwarzer Sarkophag mit Hieroglyphen darauf. Nur in wenigen Grabkammern gab es Licht. Schon nach kurzem hatte Erica das Gefühl, genug gesehen zu haben, aber Selim zeigte sich wieder einmal halsstarrig und behauptete, der beste Sarkophag sei ganz am anderen Ende. Dort habe man ein hölzernes Treppengerüst aufgebaut, so daß sie die Bildhauerarbeiten im Innern betrachten könne. Widerwillig ließ sich Erica von ihm führen. Endlich kamen sie zu der erwähnten Grabkammer, und Selim trat beiseite, um Erica den Vortritt zu lassen. Sie griff nach dem hölzernen Geländer.

Khalifa war unterdessen bloß noch ein Nervenbündel. Er hielt sich dicht hinter Erica, hatte den Sicherungshebel seiner Halbautomatik umgelegt und hielt sie wieder in der Rechten unter seinem Jackett versteckt. Mehrmals hätte er um Haaresbreite Touristen erschossen, als sie aus der Dunkelheit traten.

Als er um die Ecke zur letzten Grabkammer bog, trennten ihn von Erica nur vier Meter. In dem Moment, als er Gamal sah, handelte er wie im Reflex. Erica erklomm die kurze Holztreppe, die an der Seite des polierten Granitsarkophags auf das Gerüst führte. Oben stand bereits Gamal und schaute Erica beim Aufsteigen zu. Er war vom Rand zurückgetreten. Zum Unglück für Khalifa bewegte sich Erica genau zwischen ihm und Gamal, behinderte seine Sicht und machte einen schnellen Schuß unmöglich. Panikartig sprang Khalifa vorwärts, stieß Selim zur Seite. Er stürzte die kurze Treppe empor, schleuderte Erica vornüber auf die Knie und warf sich dem verblüfften Gamal entgegen.

Khalifas verborgene Pistole spie Feuerzungen, und die tödlichen Geschosse zerrissen Gamals Brust, drangen ihm ins Herz. Er versuchte die Hand zu heben. Sein harmlosgutmütiges Gesicht verzerrte sich in Schmerz und Verwirrung. Er schwankte und stürzte dann nach vorn, sackte auf Erica zusammen. Khalifa sprang über das hölzerne Geländer und riß sein Messer heraus. Selim stieß einen Schreckensschrei aus, ehe er einen Fluchtversuch unternahm. Die Touristen auf dem Gerüst hatten nicht begriffen, was geschah. Khalifa hastete über den Gang zu den Elektrokabeln, die für die primitive Beleuchtung gelegt worden waren. Er biß die Zähne gegen einen möglichen Elektroschock zusammen und zerschnitt die Kabel mit einem Ruck, setzte dadurch das gesamte Serapeum in absolute Finsternis.

Kairo 12 Uhr 30

Stephanos Markoulis bestellte nochmals zwei Scotch für sich und Evangelos Papparis. Beide Männer trugen offene Strickhemden und saßen in einer Ecknische des La Parisienne Salon im Meridien Hotel. Stephanos war noch immer schlechter Laune und nervös dazu, und Evangelos kannte seinen Chef gut genug, um zu wissen, daß man ihn nicht anreden durfte.

»Gottverdammter Franzmann«, stöhnte Stephanos und schaute auf seine Armbanduhr. »Er käme sofort, hat er gesagt, und jetzt sitzen wir hier schon seit zwanzig Minuten herum.«

Evangelos zuckte mit den Achseln. Er schwieg, weil er wußte, daß er mit allem, was er auch äußerte, die Wut seines Chefs nur noch mehr anheizen würde. Schweigend betastete er sein Bein und rückte die kleine Pistole zurecht, die er im rechten Stiefel um die Wade geschnallt trug. Evangelos war ein kraftvoll gebauter Mann mit groben Gesichtszügen, dichten Brauen, der ein wenig einem Neandertaler glich, wenn man übersah, daß er eine Glatze hatte.

Genau in diesem Moment erschien mit seinem Diplomatenkoffer Yvon de Margeau auf der Schwelle. Er trug einen blauen Blazer, eine breite Krawatte, und auf den Fersen folgte ihm Raoul. Die zwei Männer hielten im Raum Umschau.

»Diese reichen Kerle sehen immer aus, als wären sie gerade auf dem Wege zum Polo«, bemerkte sarkastisch Stephanos. Er winkte, um Yvons Aufmerksamkeit auf sich zu ziehen. Evangelos verschob ein bißchen den Tisch, um seiner rechten Hand bessere Bewegungsfreiheit zu verschaffen. Yvon sah sie und kam herüber. Er schüttelte Stephanos die Hand und stellte Raoul vor, ehe er sich an den Tisch setzte.

»Wie war der Flug?« erkundigte sich Yvon ohne große Herzlichkeit, nachdem sie ihre Bestellungen aufgegeben hatten.

»Scheußlich«, sagte Stephanos. »Wo sind die Papiere des Alten?«

»Du machst keine Umschweife, Stephanos«, meinte Yvon und lächelte. »Vielleicht ist es so am besten. Aber auf jeden Fall will ich wissen, ob Abdul Hamdi auf deine Veranlassung hin umgebracht worden ist.«

»Hätte ich Hamdi umbringen lassen, glaubst du wirklich, daß ich dann hierher in dieses Höllenloch gefahren wäre?« erwiderte Stephanos erbost. Er verabscheute Männer wie Yvon, die in ihrem Leben noch keinen Tag richtig gearbeitet hatten.

In der Annahme, daß Schweigen die einzig richtige Antwort für einen Typ wie Stephanos war, ließ sich Yvon sehr viel Zeit mit dem Öffnen einer neuen Schachtel Gauloises. Er bot sie rundum an, aber der einzige Abnehmer war Evangelos. Er griff nach einer Zigarette, nur hielt Yvon die Pakkung etwas außerhalb seiner Reichweite, so daß der Grieche sich vorbeugen mußte und Yvon die Tätowierung auf Evangelos' haarigem, muskulösem Unterarm erkennen konnte. Es war eine Hulatänzerin mit der Unterschrift »Hawaii«. »Sind Sie regelmäßig in Hawaii?« fragte Yvon, als Evangelos endlich eine Zigarette in den Fingern hatte.

»Ich habe als Junge viel auf Frachtern gearbeitet«, sagte Evangelos. Er zündete sich die Gauloise an einer kleinen Kerze auf dem Tisch an und lehnte sich wieder zurück.

Yvon wandte sich Stephanos zu, dem man seine Ungeduld ansah. Mit bedächtigen Bewegungen zündete Yvon sich die eigene Zigarette mit seinem goldenen Feuerzeug an, ehe er weitersprach. »Nein«, bemerkte Yvon. »Nein, ich glaube nicht, daß du nach Kairo gekommen wärst, wenn du Abdul Hamdi hättest umbringen lassen. Es sei denn, du hättest einen Grund zur Beunruhigung, irgend etwas ist schiefgelaufen. Aber um ehrlich zu sein, Stephanos, ich weiß selber nicht, was ich eigentlich glauben soll. Du bist ziemlich schnell hergekommen. Das ist verdächtig. Außerdem habe ich erfahren, daß Hamdis Mörder nicht aus Kairo stammten.«

»Aha«, brauste Stephanos wütend auf. »Das heißt also, wenn ich dich richtig verstehe, du glaubst – nachdem du rausgekriegt hast, daß die Mörder nicht aus Kairo waren –, daß sie aus Athen gekommen sein müssen. Ist das deine Überlegung?« Stephanos wandte sich an Raoul. »Wie können Sie nur für so einen Menschen arbeiten?« Er tippte sich mit dem Zeigefinger an die Stirn.

Raouls dunkle Augen blinzelten nicht einmal. Seine Hände ruhten auf seinen Knien. Wenn er wollte, konnte er innerhalb eines Sekundenbruchteils reagieren.

»Ich bedaure, daß ich dich enttäuschen muß, Yvon«, sagte Stephanos, »aber du mußt dich woanders nach Hamdis Mördern umschauen. Ich war's nicht.«

»Schade«, sagte Yvon. »Das hätte mir viele Fragen beantwortet. Hast du irgendeine Ahnung, wer dahinterstekken könnte?«

»Ich habe nicht die leiseste Vorstellung«, erklärte Stephanos, »aber das untrügliche Gefühl, daß sich Hamdi eine Menge Feinde gemacht hat. Wie wäre es, wenn du mich nun seine Unterlagen einsehen ließest?«

Yvon hob seinen Diplomatenkoffer auf die Tischplatte und legte seine Finger ans Schloß. Er hielt inne. »Eine Frage noch. Hast du eine Ahnung, wo die Statue Sethos' I. hingeraten sein könnte?«

»Bedauerlicherweise nicht«, antwortete Stephanos, der erwartungsvoll den Koffer anstarrte.

»Ich will diese Statue haben«, sagte Yvon.

»Wenn ich diesbezüglich etwas höre«, meinte Stephanos, »gebe ich dir Bescheid.,«

»Ich hatte nicht einmal die Gelegenheit«, gab Yvon zu bedenken und musterte Stephanos aufmerksam, »die Statue zu sehen, die nach Houston gegangen ist.«

Als Stephanos vom Koffer aufblickte, schien er überrascht. »Was veranlaßt dich zu glauben, ich hätte etwas mit der Statue in Houston zu tun gehabt?«

»Sagen wir mal, ich weiß es eben«, erwiderte Yvon.

»Etwa aus Hamdis Akten?« fragte Stephanos verärgert.

Statt einer Antwort ließ Yvon das Schloß des Diplomatenkoffers aufschnappen und klatschte Hamdis Korrespondenz auf den Tisch. Er lehnte sich zurück und trank gemächlich seinen Pernod, während Stephanos die Briefe eilig durchblätterte. Er fand seinen Brief an Abdul Hamdi und legte ihn beiseite. »Ist das alles?« erkundigte er sich.

»Alles, was wir gefunden haben«, gab Yvon Auskunft und wandte sich wieder den anderen zu.

»Habt ihr seine Bude auch gut durchsucht?« wollte Stephanos wissen.

Yvon sah Raoul an, der bestätigend nickte. »Sogar sehr gut«, bekräftigte Raoul.

»Es muß noch mehr existieren«, sagte Stephanos. »Ich kann mir nicht vorstellen, daß der alte Schweinehund bloß bluffte. Er wollte fünftausend Dollar in bar von mir, sonst würde er die Papiere den Behörden aushändigen.« Stephanos sah die Unterlagen nochmals durch, diesmal langsamer.

»Was meinst du, was mit der Statue Sethos' I. passiert ist?« fragte Yvon, nachdem er sich einen weiteren Pernod hatte kommen lassen.

»Weiß ich nicht«, erwiderte Stephanos, ohne seinen Blick von einem Brief zu heben, den ein Händler in Los Angeles an Hamdi geschickt hatte. »Aber wenn's dir was nützt, kann ich dir versichern, daß sie noch hier in Ägypten ist.«

Ein peinliches Schweigen entstand. Stephanos las unverdrossen in dem Schriftwechsel. Raoul und Evangelos belauerten einander über ihre Drinks hinweg. Yvon schaute zum Fenster hinaus. Er vermutete ebenfalls, daß sich die Sethos-Statue noch in Ägypten befand. Von seinem Sitzplatz aus konnte er das Hafenbecken und dahinter das Flußbett des Nils sehen. Mitten im Strom war die Nilfontäne in Betrieb, ein Wasserstrahl, der senkrecht in die Luft schoß. An den Seiten der riesigen Wassersäule funkelten zahllose Miniaturregenbogen. Yvon dachte an Erica Baron und hoffte, daß Khalifa Khalil wirklich so gut war, wie Raoul behauptete. Falls Stephanos doch etwas mit Hamdis Ermordung zu tun hatte und nun etwas gegen Erica im Schilde führte, konnte Khalifa in die Verlegenheit kommen, für sein Geld wirklich etwas tun zu müssen.

»Was ist mit dieser Amerikanerin?« fragte Stephanos, als habe er Yvons Gedanken gelesen. »Ich möchte sie sprechen.«

»Sie wohnt im Hilton«, teilte Yvon ihm mit. »Aber sie ist jetzt natürlich etwas nervös geworden. Also geh mit ihr vorsichtig um. Sie ist meine einzige Verbindung zur Sethos-Statue.«

»Gegenwärtig gilt mein Interesse nicht der Statue«, sagte Stephanos und schob den Schriftwechsel von sich. »Aber ich muß unbedingt mit ihr reden. Ich verspreche dir, daß ich sehr taktvoll auftreten werde. Aber noch eines: Hast du sonst irgend etwas über Abdul Hamdi in Erfahrung gebracht?«

»Wenig. Ursprünglich kam er aus Luxor. Erst vor ein paar Monaten war er nach Kairo gezogen, um hier einen neuen Antiquitätenladen aufzumachen. Sein Sohn handelt in Luxor mit Antiquitäten.«

»Hast du seinen Sohn schon besucht?« fragte Stephanos.

»Nein«, antwortete Yvon und stand auf. Er hatte jetzt genug von Stephanos. »Denk daran, mich zu benachrichtigen, solltest du irgend etwas über die Statue erfahren. Ich kann's mir leisten.« Mit vielsagendem Lächeln wandte Yvon sich ab. Raoul erhob sich und schloß sich ihm an.

»Glaubst du ihm?« fragte Raoul, als sie draußen waren.

»Ich weiß nicht, was ich davon halten soll«, sagte Yvon, ohne stehenzubleiben. »Ob ich ihm glaube, ist die eine

136

Frage, ob ich ihm vertraue, eine andere. Er ist der größte Opportunist, dem ich je begegnet bin, einfach beispiellos. Khalifa muß unterrichtet werden, daß er besonders gut aufpassen muß, wenn Stephanos sich mit Erica trifft. Falls er ihr was anzutun versucht, soll er ihn sofort abknallen.«

Saqqara 13 Uhr 48

Eine Fliege befand sich im Raum, die im Zickzack zwischen den beiden Fenstern hin- und herflog. Innerhalb der sonst totenstillen vier Wände wirkte sie direkt laut, vor allem, wenn sie gegen das Glas klatschte. Erica sah sich in dem kleinen Zimmer um. Wände und Zimmerdecke waren weiß gekalkt. Der einzige Schmuck bestand aus einem Poster mit Anwar Sadat, der wie üblich lächelte. Die einzige hölzerne Tür war verschlossen.

Erica hockte auf einem Stuhl mit kerzengerader Rückenlehne. Über ihr schwebte eine Glühbirne, die an einem zerfransten schwarzen Kabel von der Decke hing. Neben der Tür standen ein kleiner metallener Tisch und noch so ein Stuhl wie jener, auf dem sie saß. Erica selbst sah fürchterlich aus. Ihre Hose war am rechten Knie zerrissen, und darunter wies ihre Haut eine Abschürfung auf. Ein großer Fleck geronnenen Blutes klebte auf dem Rücken ihrer beigen Bluse.

Sie streckte ihre Hand aus, um festzustellen, ob ihr Zittern bereits nachgelassen habe. Es war schwer zu entscheiden. Zuerst hatte sie geglaubt, sie müsse sich erbrechen, aber die Übelkeit ging wieder vorüber. Nun litt sie bloß noch unter zeitweisen Schwindelanfällen, aber dagegen konnte sie ankämpfen, indem sie die Lider zusammenkniff. Zweifellos stand sie noch unter Schockeinwirkung, doch mittlerweile konnte sie schon wieder klarer denken. Beispielsweise wußte sie, daß man sie auf die Polizeiwache in Saqqara gebracht hatte.

Erica rieb ihre Hände und bemerkte, daß sie feucht wurden, sobald sie sich an die Vorfälle im Serapeum erinnerte. Als Gamal auf sie stürzte, hatte sie zuerst gedacht, die Höhle bräche über ihr zusammen. Sie hatte verzweifelte Anstrengungen unternommen, um sich zu befreien, aber wegen der Enge auf der hölzernen Treppe hatte sie damit keinen Erfolg. Außerdem herrschte eine derart totale Finsternis, daß sie nicht einmal wußte, ob ihre Augen überhaupt offen waren; und dann hatte sie die warme, klebrige Flüssigkeit auf ihrem Rücken gespürt. Erst später merkte sie, daß es sich dabei um das Blut eines Sterbenden gehandelt hatte.

Erica schüttelte sich, um einen neuen Schwindelanfall abzuwehren, und blickte auf, als jemand die Tür aufschloß. Derselbe Mann, der schon vorher dreißig Minuten gebraucht hatte, um mit einem brüchigen Bleistift irgendein amtliches Formular auszufüllen, kam wieder. Er sprach schlecht Englisch, forderte Erica radebrechend auf, ihm zu folgen. Die altertümliche Pistole an seiner Hüfte flößte ihr nicht gerade Mut ein. Sie hatte bereits genügend Erfahrung mit dem bürokratischen Chaos gemacht, vor dem es Yvon so grauste: Offensichtlich betrachtete man sie nicht als unschuldiges Opfer, sondern als Verdächtige. Von dem Moment an, da die »Behörden« am Ort des Geschehens aufkreuzten, schien ein Pandämonium die Herrschaft angetreten zu haben. Beispielsweise waren zwei Polizisten über ein Beweisstück dermaßen in Streit geraten, daß sie beinahe eine Prügelei angefangen hätten. Man hatte Erica den Paß abgenommen und sie in einem geschlossenen brutheißen Lieferwagen nach Saqqara gefahren. Mehrmals hatte sie gefragt, ob sie das amerikanische Konsulat anrufen dürfe, aber die Männer zuckten nur die Achseln und setzten ihre Diskussionen darüber fort, was sie mit ihr machen sollten.

Erica folgte dem Mann mit der alten Pistole durch die verwahrloste Polizeiwache auf die Straße. Dasselbe Lieferauto, das sie vom Serapeum ins Dorf befördert hatte, stand draußen bereit, sein Motor tuckerte. Erica nahm einen Anlauf und erkundigte sich nach ihrem Paß, aber statt zu antworten, drängte der Mann sie in das Fahrzeug. Er knallte die Hecktür zu und schloß sie ab.

Drinnen saß bereits Anwar Selim zusammengekauert auf der hölzernen Sitzbank. Seit der Katastrophe im Serapeum hatte sie ihn nicht mehr gesehen, und als sie ihm nun wieder begegnete, war sie über seinen Anblick so froh, daß sie fast die Arme um ihn geschlungen und ihn angefleht hätte, ihr zu versichern, daß alles sich zum Guten wenden werde. Aber als sie den Laderaum bestieg, blickte er sie mit finsterer Miene an und drehte dann den Kopf weg.

»Ich habe geahnt«, sagte er, ohne sie anzuschauen, »daß man mit Ihnen Schwierigkeiten bekommt.«

»Ich, Schwierigkeiten?« Sie bemerkte, daß er Handschellen trug, und schrak zurück.

Der Lieferwagen ruckte vorwärts, und die beiden Fahrgäste mußten sich festhalten. Erica fühlte Schweiß an ihrem Rücken hinabrinnen.

»Sie haben sich vom ersten Augenblick an sonderbar verhalten«, sagte Selim, »vor allem im Museum. Sie hatten irgendwas vor. Aber ich werde alles sagen.«

»Ich...«, begann Erica. Aber sie sprach nicht weiter. Furcht hinderte sie am Denken. Sie hätte den Mord an Hamdi doch anzeigen sollen.

Selim starrte sie an und spie auf den Boden des Lieferwagens.

Kairo 15 Uhr 10

Als Erica aus dem Lieferwagen stieg, erkannte sie die Ecke am El-Tahrir-Platz. Sie wußte, daß es von hier aus nicht weit zum Hilton war, und wünschte, sie könnte jetzt auf ihr Zimmer gehen, einige Telefonate führen und Hilfe suchen. Der Anblick von Selim in Handschellen hatte ihre Angst noch verstärkt, und sie fragte sich, ob sie jetzt verhaftet war.

Man geleitete sie und Selim ins Polizeipräsidium, in dem es geradezu von Menschen wimmelte. Hier wurden sie getrennt. Man nahm Ericas Fingerabdrücke, fotografierte sie und brachte sie zuletzt in ein Zimmer ohne Fenster. Dort salutierten ihre Bewacher zackig vor einem Araber, der an einem schlichten Holztisch in einer Akte las. Ohne aufzublicken, winkte er mit der rechten Hand, und Ericas Begleiter gingen hinaus, schlossen leise die Tür. Erica blieb stehen. Das Schweigen wurde nur vom Rascheln der Akten unterbrochen. Die grelle Beleuchtung ließ seinen Kahlkopf glänzen wie einen blankgeputzten Apfel. Seine Lippen waren dünn und bewegten sich andeutungsweise beim Lesen. Er trug eine peinlich saubere, weiße Dienstuniform mit hohem Stehkragen. Ein schwarzer Lederriemen verlief unter dem linken Schulterstück über die Schulter und war in Hüfthöhe an einem breiten braunen Gürtel befestigt, an dem ein Halfter mit automatischer Pistole hing. Der Mann wendete die letzte Seite um, und Erica sah, daß hinten am Schriftstück ein amerikanischer Paß angeheftet war. Sie hoffte, daß sie es mit einem vernünftigen Menschen zu tun hatte.

»Bitte nehmen Sie Platz, Miss Baron«, begann der Polizist; er blickte noch immer nicht auf. Seine Stimme klang unbeteiligt und fest. Er trug einen Schnurrbart, schmal wie ein Messerrücken, und seine lange Nase bog sich an ihrer Spitze nach innen.

Wortlos setzte sich Erica auf den hölzernen Stuhl vor dem Tisch. Darunter sah sie, gleich neben den polierten Stiefeln des Polizisten, ihre Segeltuchtasche. Sie hatte sich schon gesorgt, daß sie diese nie wiedersehen würde.

Der Polizist legte die Akte auf die Tischplatte und nahm den Paß zur Hand. Er klappte ihn auf und betrachtete das Foto, sein Blick wanderte mehrmals zwischen Erica und ihrer Fotografie hin und her. Dann legte er den Paß neben das Telefon auf den Tisch.

»Ich bin Leutnant Iskander«, stellte sich der Polizist vor und faltete auf der Tischplatte die Hände. Er schwieg für einen Moment und sah Erica eindringlich an. »Was ist im Serapeum passiert?«

»Ich weiß es nicht«, stammelte Erica. »Ich kletterte gerade auf ein Gerüst, um einen Sarkophag von oben zu besichtigen, als mich jemand von hinten umrannte. Dann fiel jemand auf mich drauf, und das Licht erlosch.«

»Haben Sie gesehen, wer sie niedergeworfen hat?« Er sprach mit leicht britischem Akzent.

»Nein«, antwortete Erica. »Es ging alles viel zu schnell.«

»Das Tatopfer ist erschossen worden. Haben Sie Schüsse gehört?«

»Nein, eigentlich nicht. Ich habe zwar Geräusche gehört, als ob jemand einen Teppich klopfte, aber keine richtigen Schüsse.«

Leutnant Iskander nickte und schrieb etwas in die Akte. »Was geschah dann?«

»Ich kam nicht unter dem Mann hervor, der auf mich gefallen war«, berichtete Erica und entsann sich wieder an ihr Entsetzen. »Ich hörte Schreie, aber ganz sicher bin ich mir nicht. Ich erinnere mich noch, daß irgend jemand mit Kerzen kam. Dann half man mir beim Aufstehen, und ich hörte, daß der Mann tot sei.«

»Ist das alles?«

»Erst kamen die Wärter, dann traf die Polizei ein.«

»Haben Sie den Mann gesehen, der erschossen worden ist?«

»Nicht richtig. Ich fürchtete mich, hinzusehen.«

»War er Ihnen vorher schon einmal begegnet?«

»Nein«, antwortete Erica.

Iskander griff unter den Tisch, hob die Segeltuchtasche hoch und schob sie Erica zu. »Schauen Sie nach, ob irgend etwas fehlt.«

Erica schaute in die Tasche. Fotoapparat, der Reiseführer, Brieftasche – alles wirkte gänzlich unangetastet. Sie zählte ihr Geld und überprüfte ihre Reiseschecks. »Anscheinend ist noch alles da.«

»Dann sind Sie also nicht bestohlen worden.«

»Nein«, sagte Erica, »ich glaube nicht.«

»Sie sind Ägyptologin, stimmt's?« fragte Leutnant Iskander.

»Ja«, erwiderte Erica.

»Überrascht es Sie, daß der Mann, den man ermordet hat, im Dienst des Department of Antiquities stand?«

Unter Iskanders kaltem Blick blickte Erica auf ihre Hände und bemerkte dabei zum erstenmal, daß sie sie die ganze Zeit gerungen hatte. Sie hielt sie gewaltsam ruhig und überlegte. Sie fand es ratsam, Iskanders Fragen schnell zu beantworten. Die Frage, die er soeben gestellt hatte war wichtig, vielleicht die wichtigste Frage der gesamten Vernehmung. Sie mußte an Achmed Khazzan denken. Er hatte gesagt, er sei der Direktor des Department of Antiquities. Vielleicht konnte er ihr helfen.

»Ich weiß nicht, was ich darauf antworten soll«, sagte sie schließlich. »Es überrascht mich eigentlich nicht, daß der Mann für dieses Department arbeitete. Er hätte alles mögliche sein können. Jedenfalls kannte ich ihn nicht.«

»Warum haben Sie das Serapeum aufgesucht?« erkundigte sich Leutnant Iskander.

Erica erinnerte sich an Selims Vorwürfe und Drohungen

142

im Lieferwagen und überlegte sich ihre Antwort genau. »Mein Fremdenführer hat den Besuch vorgeschlagen«, sagte Erica.

Leutnant Iskander schlug wieder die Akte auf und schrieb erneut etwas hinein.

»Darf ich eine Frage stellen?« wollte Erica mit zittriger Stimme wissen.

»Selbstverständlich.«

»Ist Ihnen Achmed Khazzan bekannt?«

»Natürlich«, sagte Leutnant Iskander. »Kennen Sie Mr. Khazzan?«

»Ja, und ich möchte ihn sehr gerne sprechen«, sagte Erica.

Leutnant Iskander griff nach dem Telefon und hob den Hörer ab. Er musterte Erica, während er wählte. Er lächelte nicht.

Kairo 16 Uhr 05

Die Wanderung durch das Gebäude schien kein Ende nehmen zu wollen. Vor ihr erstreckten sich Korridore von solcher Länge, daß die Perspektive sie in der Entfernung beinahe zu Millimeterbreite zusammenlaufen ließ. Und es wimmelte von Menschen. Ägypter in seidenen Anzügen ebenso wie in zerlumpten Galabiyas standen vor den Türen Schlange oder kamen in Massen aus Büros geströmt. Manche schliefen auf dem Boden, so daß Erica und der Beamte, der sie begleitete, darüber steigen mußten. Die Luft war dick von Zigarettenqualm, Knoblauchgestank und dem fettigen Geruch von Lamm.

Als Erica endlich in dem Büro des Department of Antiquities ankam, erkannte sie die vielen Tische mit den alten Schreibmaschinen wieder, die ihr am vergangenen Abend aufgefallen waren. Allerdings bestand nun der Unterschied dazu, daß jetzt anscheinend stark beschäftigte Mitarbeiter des Amtes dahinter saßen. Nach kurzer Wartezeit durfte Erica in den dahinter liegenden Büroraum. Dort lief die Klimaanlage, und die kühle Zimmertemperatur war eine willkommene Erleichterung.

Achmed stand hinter seinem Schreibtisch und starrte zum Fenster hinaus. Zwischen dem Hilton und dem Rohbau des neuen Intercontinental Hotel konnte man ein Stück des Nils erkennen. Er drehte sich um, als Erica eintrat.

Sie glaubte, daß sie ihre ganzen Probleme wie ein überlaufendes Becken hervorsprudeln und Achmed inständig um Hilfe bitten würde, aber irgend etwas in seiner Miene ließ sie zögern. Sein Gesicht war traurig. Seine Augen blickten sie trübe an, und sein dichtes schwarzes Haar war zerzaust, als sei er mehrmals mit den Fingern durchgefahren.

»Geht es Ihnen gut?« fragte Erica in aufrichtiger Besorgnis.

»Ja«, sagte Achmed bedächtig. Seine Stimme klang bedrückt und widerwillig. »Ich habe mir nie vorgestellt, welche Belastungen es mit sich bringt, diese Behörde zu leiten.« Er ließ sich schwerfällig in seinen Sessel sinken und machte die Augen zu.

Bislang hatte Erica seine Empfindsamkeit nur geahnt. Nun wäre sie am liebsten hinter den Schreibtisch gegangen und hätte den Mann getröstet.

Achmed öffnet die Lider. »Entschuldigen Sie«, sagte er. »Nehmen Sie bitte Platz.«

Erica setzte sich.

»Ich bin über das, was sich im Serapeum zugetragen hat, unterrichtet worden, aber ich würde die Geschichte gerne aus Ihrem Munde hören.«

Erica begann ganz von vorn. Sie wollte nichts auslassen und erwähnte auch die flüchtige, düstere Männergestalt im Museum, die sie so irritiert hatte.

Achmed lauschte aufmerksam. Er unterbrach sie kein

einziges Mal. Er ergriff erst wieder das Wort, als sie schwieg. »Der Mann, der erschossen worden ist, hieß Gamal Ibrahim und war hier im Amt für Altertümer tätig. Er war ein anständiger junger Mann.« Tränen schimmerten in Achmeds Augen. Einen so offenkundig starken Mann so aufgewühlt zu sehen, völlig anders als die amerikanischen Männer, die sie kannte, verhalf Erica dazu, ihre eigenen Sorgen völlig zu vergessen. Diese Fähigkeit, Gefühle zu zeigen, war eine ihr unbekannte Eigenschaft. Achmed senkte den Blick und riß sich zusammen, bevor er weitersprach. »Hatten Sie Gamal denn überhaupt im Laufe des Vormittags bemerkt?«

»Ich glaube, nein«, sagte Erica, aber sie merkte, daß sie schwankte. »Es ist möglich, daß ich ihn in Memphis an einer Erfrischungsbude gesehen habe, aber sicher bin ich nicht.«

Achmed wühlte in seinem dichten Haar. »Sagen Sie mal«, fragte er, »Gamal hielt sich doch schon droben auf dem Holzgerüst auf, als Sie die Treppe hinaufstiegen?«

»Stimmt«, sagte Erica.

»Das finde ich sonderbar«, sagte Achmed.

»Warum?« wollte Erica erfahren.

Achmed wirkte leicht nervös. »Ich habe den Eindruck«, wich er aus, »als ob das alles keinen richtigen Sinn ergibt.«

»Ich bin der gleichen Ansicht, Mr. Khazzan. Und ich möchte Ihnen versichern, daß ich mit der ganzen Angelegenheit nichts zu schaffen habe. Überhaupt nichts. Außerdem bitte ich Sie, mich mit der amerikanischen Botschaft in Verbindung zu setzen.«

»Sie dürfen die amerikanische Botschaft gern anrufen«, sagte Achmed, »obwohl dazu sicher keine Veranlassung besteht.«

»Ich glaube, ich brauche Hilfe.«

»Miss Baron, ich bedaure es, daß Sie heute Unannehmlichkeiten hatten. In Wahrheit jedoch sind all das allein unsere Probleme. Aber sobald Sie wieder in Ihrem Hotel sind, können Sie selbstverständlich anrufen, wen Sie wollen.«

»Ich werde nicht hier festgehalten?« fragte Erica und glaubte, ihren Ohren nicht zu trauen.

»Natürlich nicht«, antwortete Achmed.

»Das ist eine erfreuliche Neuigkeit«, sagte Erica. »Aber ich muß Ihnen noch etwas erzählen. Ich hätte es Ihnen schon gestern abend mitteilen müssen, aber da hatte ich mich gefürchtet. Auf jeden Fall...« Sie holte tief Luft. »Ich habe zwei sehr merkwürdige und aufregende Tage hinter mir. Ich weiß nicht, welcher von beiden schlimmer war. Gestern nachmittag bin ich schon einmal unbeabsichtigt Zeugin eines Mordes geworden, so unglaublich das auch klingen mag.« Unwillkürlich schauderte Erica zusammen. »Zufällig mußte ich mitansehen, wie drei Männer einen alten Mann namens Abdul Hamdi ermordeten...«

Achmeds Stuhlbeine bumsten zurück auf den Fußboden. Er hatte sich zurückgelehnt und mit dem Stuhl geschaukelt. »Haben Sie die Gesichter gesehen?« Seine Verblüffung und sein Interesse waren offenkundig.

»Zwei von ihnen, ja«, sagte Erica. »Das dritte nicht.«

»Könnten Sie die Männer identifizieren, deren Gesichter Sie gesehen haben?« fragte Achmed.

»Möglicherweise. Ganz sicher bin ich nicht. Ich möchte mich dafür entschuldigen, daß ich Sie nicht gestern schon davon in Kenntnis gesetzt habe. Aber ich hatte wirklich Furcht.«

»Ich habe dafür Verständnis«, tröstete sie Achmed. »Keine Sorge. Ich kümmere mich darum. Aber zweifelsfrei werden wir Ihnen noch mehr Fragen stellen müssen.«

»Mehr Fragen...«, wiederholte Erica trostlos. »Eigentlich würde ich lieber so schnell wie möglich aus Ägypten abreisen. Mein Aufenthalt verläuft ganz und gar nicht so, wie ich ihn mir vorgestellt habe.«

»Ich bedaure das, Miss Baron«, sagte Achmed und

wurde wieder so dienstlich, wie ihn Erica am vergangenen Abend kennengelernt hatte. »Aber unter diesen Umständen dürfen Sie nicht abreisen, bis alles aufgeklärt ist oder wir zu der Auffassung kommen, daß Sie zur weiteren Aufklärung nichts beitragen können. Es tut mir sehr leid, daß Sie so viel Unannehmlichkeiten gehabt haben. Sie dürfen sich jedoch frei bewegen – aber geben Sie mir bitte Nachricht, wenn Sie Kairo verlassen wollen. Selbstverständlich steht es in Ihrem Belieben, alles mit dem amerikanischen Botschafter zu besprechen, aber berücksichtigen Sie bitte, daß er auf unsere internen Angelegenheiten kaum Einfluß hat.«

»Innerhalb der Landesgrenzen festgehalten zu werden«, sagte Erica und lächelte matt, »ist immer noch besser, als im Gefängnis zu sitzen. Wie lange wird es nach Ihrer Schätzung dauern, bis ich abreisen kann?«

»Schwer zu sagen. Vielleicht eine Woche. Und – obwohl es Ihnen sicher schwerfallen wird – ich möchte Sie bitten, Ihre Erlebnisse hier als eine Verkettung unglücklicher Umstände zu betrachten. Ich hoffe, es wird Ihnen trotzdem in Ägypten gefallen.« Achmed spielte mit seinen Bleistiften, ehe er weitersprach. »Als Vertreter unserer Regierung würde ich Sie gerne für heute abend zum Essen einladen und Ihnen beweisen, daß Ägypten auch sehr reizvoll sein kann.«

»Danke«, sagte Erica, von Achmeds Fürsorge aufrichtig gerührt, »aber leider habe ich bereits Yvon de Margeau zugesagt.«

»Oh, verstehe«, sagte Achmed und schaute zur Seite. »Nun, dann entschuldige ich mich im Namen meiner Regierung. Ich lasse Sie zu Ihrem Hotel fahren und verspreche Ihnen, daß wir miteinander in Kontakt bleiben.«

Er stand auf und schüttelte Erica über den Schreibtisch hinweg die Hand. Sein Händedruck war angenehm kräftig. Erica ging hinaus, überrascht vom plötzlichen Ende der Unterhaltung, und geradezu fassungslos darüber, frei zu sein.

Sobald sie fort war, rief Achmed seinen Stellvertreter zu sich, Zaki Riad. Riad arbeitete fünfzehn Jahre länger in der Behörde als Achmed. Aber während dieser kometengleich zum Direktor aufstieg, war Riad einfach übergangen worden. Zwar war er ein intelligenter, scharfsinniger Mann, in seinem Äußeren jedoch das genaue Gegenteil von Achmed. Er war korpulent, besaß schwammige Gesichtszüge und hatte schwarzes, dicht gekräuseltes Haar wie ein Karakulschaf.

Achmed war vor die große Wandkarte Ägyptens getreten, und sobald sein Stellvertreter sich gesetzt hatte, wandte er sich um. »Was halten Sie von alldem, Zaki?«

»Ich habe nicht die entfernteste Vorstellung«, antwortete Zaki und wischte sich die Stirn; er schwitzte trotz der Klimaanlage. Es machte ihm Spaß, Achmed unter Druck zu sehen.

»Ich kann mir absolut nicht denken, warum jemand hätte Gamal erschießen wollen«, sagte Achmed und klatschte eine Faust in die offene Handfläche. »Gott, einen jungen Mann mit Kindern! Glauben Sie, sein Tod steht in irgendeinem Zusammenhang mit der Tatsache, daß er Erica Baron beschattete?«

»Ich wüßte nicht, wie«, sagte Zaki, »aber ich nehme an, diese Möglichkeit läßt sich nie ausschließen.« Die Antwort war bissig gemeint. Zaki schob sich eine kalte Pfeife zwischen die Zähne, ohne darauf zu achten, daß ihm Asche auf die Brust rieselte.

Achmed bedeckte seine Augen mit dem Handballen und kratzte sich mit den Fingern am Kopf; dann fuhr er sich mit der Hand bedächtig übers Gesicht und streichelte seinen buschigen Schnurrbart. »Es ergibt alles schlichtweg keinen Sinn.« Er drehte sich zur Seite und starrte erneut die große Karte an. »Ich frage mich, ob in Saqqara irgend etwas im Gang ist. Vielleicht haben gesetzesfeindliche Elemente neue Grabstätten entdeckt.« Er kehrte an seinen Schreibtisch zu-

148

rück und nahm dahinter Platz. »Ferner beunruhigt es mich, daß nach Mitteilung der Einreisebehörde heute Stephanos Markoulis in Kairo eingetroffen ist. Wie Sie wissen, kommt er selten her.« Achmed beugte sich vor und sah Zaki direkt an. »Sagen Sie mir, was die Polizei über Abdul Hamdi zu berichten wußte.«

»Sehr wenig«, erteilte Zaki Auskunft. »Anscheinend ein Raubüberfall. Die Polizei konnte ermitteln, daß die Vermögensverhältnisse des Alten sich seit kurzem auffällig verbessert haben, sodaß er seinen Antiquitätenhandel von Luxor nach Kairo verlegen konnte. Gleichzeitig hat er mehrere wirklich wertvolle Stücke erworben. Er muß wohl Geld besessen haben. Also ist er beraubt worden.«

»Irgendein Hinweis, woher sein Geld stammte?« fragte Achmed.

»Nein, aber es gibt jemanden, der das wissen könnte. Der Alte hat einen Sohn in Luxor, der auch im Antiquitätenhandel tätig ist.«

»Hat die Polizei mit dem Sohn gesprochen?« fragte Achmed.

»Nicht daß ich wüßte«, sagte Zaki. »Das wäre der Polizei ja viel zu naheliegend. Sie hat ohnehin wenig Interesse an dem Fall.«

»Aber ich habe daran Interesse«, betonte Achmed. »Lassen Sie mir für heute abend einen Flug in einer Maschine nach Luxor buchen. Ich werde Abdul Hamdis Sohn morgen früh einen Besuch abstatten. Und schicken Sie einige zusätzliche Wächter zur Saqqaraer Nekropolis.«

»Sind Sie sicher, daß dies ein geeigneter Zeitpunkt ist, um Kairo zu verlassen?« meinte Zaki und deutete mit dem Stiel seiner Pfeife auf Achmed. »Wie Sie angedeutet haben, ist ja irgend etwas, da sich Stephanos Markoulis in Kairo aufhält, im Anzug.«

»Kann sein, Zaki, daß Sie recht haben«, sagte Achmed, »aber ich glaube, ich muß mal fort und mich für ein oder zwei Tage in mein Haus am Nil zurückziehen. Ich kann mir nicht helfen, ich fühle mich für den Tod des armen Gamal verantwortlich. Wenn ich mich so bedrückt fühle, ist Luxor der reinste Balsam für meine Seele.«

»Und was ist mit dieser Amerikanerin, Erica Baron?« Zaki zündete sich mit einem Feuerzeug aus rostfreiem Stahl die Pfeife an.

»Es geht ihr einigermaßen gut. Sie hat natürlich Angst; aber als sie jetzt ging, hatte sie sich allem Anschein nach wieder in der Gewalt. Ich bin mir nicht sicher, wie ich reagierte, würde ich innerhalb von vierundzwanzig Stunden Zeuge von zwei Morden, vor allem, wenn eines der Opfer auf mich fällt.«

Nachdenklich paffte Zaki mehrmals an seiner Pfeife, ehe er antwortete. »Merkwürdig, Achmed, aber als ich nach Miss Baron fragte, wollte ich mich nicht nach ihrer gesundheitlichen Verfassung erkundigen. Ich wollte wissen, ob Sie wünschen, daß sie weiterhin beschattet wird.«

»Nein«, sagte Achmed verärgert. »Heute abend ist es überflüssig. Sie wird mit de Margeau zusammen sein.« Kaum hatte er diese Worte ausgesprochen, wurde Achmed verlegen. Seine Gefühle waren hier fehl am Platze.

»Sie sind irgendwie verändert, Achmed«, sagte Zaki, der den Direktor aufmerksam musterte. Er kannte Achmed seit mehreren Jahren und hatte noch nie erlebt, daß Achmed irgendwelches Interesse an Frauen zeigte. Nun kam es ihm beinahe so vor, als wäre Achmed eifersüchtig. An Achmed eine mögliche menschliche Schwäche festzustellen freute Zaki insgeheim. Seit langem war ihm Achmeds untadelige Lebensweise ein Dorn im Auge.

»Vielleicht ist es tatsächlich am besten, wenn Sie für ein paar Tage in Luxor ausspannen. Es wird mir selbstverständlich ein Vergnügen sein, hier in Kairo unterdessen die Dinge zu leiten, und in Saqqara schaue ich persönlich nach dem Rechten.«

150

Kairo 17 Uhr 35

Als das Dienstauto vor dem Hilton vorfuhr, konnte Erica noch immer nicht ganz glauben, daß man sie freigelassen hatte. Sie öffnete die Wagentür, noch ehe das Auto völlig stand, und bedankte sich so überschwenglich bei dem Fahrer, als habe er mit ihrer Freilassung irgend etwas zu tun. Es glich einer Heimkehr, wieder das Hilton zu betreten.

Wieder herrschte im Foyer großer Betrieb. Aus den am Nachmittag eingetroffenen Maschinen der internationalen Fluglinien waren ständig neue Passagiere angekommen. Die Mehrzahl saß auf dem Gepäck und wartete darauf, daß das geschulte Hotelpersonal der Lage Herr werde. Erica merkte, wie deplaziert sie wirken mußte. Sie war erhitzt, verschwitzt und abgerissen. Den Rücken ihrer Bluse zierte immer noch der riesige Blutfleck, und ihre Baumwollhose war in übler Verfassung, beschmiert mit Dreck und am rechten Knie zerfetzt. Hätte es einen Umweg zu ihrem Zimmer gegeben, wäre es ihr lieber gewesen. Doch unglücklicherweise mußte sie quer über den großen, in Rot und Blau geknüpften Orientteppich unter dem riesigen Kristallkronleuchter gehen. Es war, als hätte sie ihren Auftritt im Scheinwerferlicht, und die Leute begannen, sie anzustarren.

Als einer der Männer hinter der Anmeldung sie sah, fuchtelte er mit seinem Stift, deutete in ihre Richtung. Erica beschleunigte den Schritt und steuerte auf die Aufzüge zu. Sie drückte den Knopf und sah sich nicht um, aus Furcht, es könnte jemand sie zurückhalten. Mehrmals drückte sie den Knopf, während der Leuchtanzeiger langsam auf Erdgeschoß herabruckte. Die Tür öffnete sich; sie betrat die Kabine, bat den Fahrstuhlführer, sie ins neunte Stockwerk zu befördern. Er nickte wortlos. Die Tür begann sich zu schließen, aber ehe sie sich vollends schloß, schob sich flink eine Hand in den Spalt, und der Fahrstuhlführer mußte wieder

151

öffnen. Erica wich an die Rückwand der Kabine zurück und hielt den Atem an.

»Hallo, Sie«, sagte ein hünenhafter Mann mit einem Stetson auf dem Kopf und Cowboystiefeln. »Sind Sie Erica Baron?«

Ericas Kinnlade fiel herunter, sie brachte kein Wort heraus.

»Mein Name ist Jeffrey John Rice, ich komme aus Houston. Sie sind Erica Baron?« Der Mann verhinderte noch immer das Schließen der Aufzugtür, und der Fahrstuhlführer stand reglos wie eine steinerne Statue.

Erica nickte zur Bestätigung wie ein schuldbewußtes Kind.

»Hocherfreut, Sie kennenzulernen, Miss Baron.« Jeffrey Rice streckte ihr seine Hand entgegen.

Erica hob die eigene Hand wie ein Automat. Jeffrey schüttelte sie überaus herzlich. »Wirklich eine große Freude, Miss Baron. Ich möchte Sie meiner Frau vorstellen.«

Jeffrey Rice ließ ihre Hand nicht los, sondern zerrte Erica aus dem Aufzug. Sie stolperte vorwärts, griff hastig nach ihrer Segeltuchtasche, als der Gurt ihr von der Schulter rutschte.

»Wir warten bereits seit Stunden auf Sie«, erklärte ihr Rice und zog sie mit sich ins Foyer.

Nach vier oder fünf unbeholfenen Schritten gelang es Erica, ihre Hand loszureißen. »Mr. Rice«, sagte sie und blieb stehen, »ich würde Ihre Frau sehr gerne kennenlernen, aber zu einer anderen Zeit. Ich habe einen sehr unangenehmen Tag hinter mir.«

»Sie sehen wirklich ein bißchen mitgenommen aus, meine Liebe. Ja, aber deshalb können wir uns trotzdem einen Drink erlauben.« Er griff erneut zu und packte Erica am Handgelenk.

»Mr. Rice!« stieß Erica in scharfem Tonfall hervor.

»Kommen Sie, Schätzchen. Wir sind um die halbe Welt gereist, um uns mit Ihnen zu treffen.«

Erica blickte in Jeffrey Rices sonnengebräuntes, peinlich sauber rasiertes Gesicht. »Wie meinen Sie das, Mr. Rice?«

»Genauso, wie ich's gesagt habe. Meine Frau und ich sind extra aus Houston gekommen, nur um uns mit Ihnen zu treffen. Die ganze Nacht saßen wir im Flugzeug. Bloß ein Glück, daß ich ein eigenes habe. Sie können doch jetzt wenigstens etwas mit uns trinken.«

Plötzlich fiel bei Erica der Groschen, und sie wußte den Namen einzuordnen. Jeffrey Rice war der Mann in Houston, der die erste Statue Sethos' I. besaß. Als sie mit Dr. Lowery telefoniert hatte, war es spät in der Nacht gewesen, aber jetzt erinnerte sie sich.

»Sie sind extra aus Houston gekommen?«

»Richtig. Wir sind geflogen. Erst vor ein paar Stunden gelandet. So, nun kommen Sie, damit ich Sie Priscilla, meiner Frau, vorstellen kann.«

Erica ließ sich zurück durchs ganze Foyer schleifen und mit Priscilla Rice bekannt machen; sie war eine für die Südstaaten typische Schönheit mit tiefem Ausschnitt und einem sehr großen Diamantring, der mit dem riesigen Kronleuchter um die Wette funkelte. Ihr Südstaatendialekt war noch ausgeprägter als bei ihrem Ehemann.

Jeffrey Rice trieb seine Frau und Erica in den als Taverne eingerichteten Gesellschaftsraum. Sein aufdringliches Gebaren und seine laute Stimme gewährleisteten raschen Service, zumal er freigebig ägyptische Ein-Pfund-Noten als Trinkgelder verteilte. In der trüben Beleuchtung der Cocktailbar fühlte sich Erica wohler. Sie setzten sich in eine Ecknische, wo niemand Ericas schmutzige, zerrissene Kleidung sehen konnte.

Jeffrey Rice bestellte puren Bourbon für sich und seine Frau und für Erica einen Wodka mit Tonic; Erica entkrampfte sich ein wenig und brachte sogar über die lustig

153

ausgeschmückten Geschichten, die der Texaner von ihren Erfahrungen mit den Landesbräuchen erzählte, ein Lachen zustande. Danach genehmigte sie sich einen zweiten Wodka mit Tonic.

»So, jetzt aber zur Sache«, sagte Jeffrey Rice und senkte seine Stimme. »Ich möchte nicht den Eindruck von Ungemütlichkeit erwecken, aber wir haben einen weiten Weg zurückgelegt. Gerüchte besagen, Sie hätten eine Statue Sethos' I. gesehen.«

Erica bemerkte eine entscheidende Veränderung in Rices Verhalten. Sie erriet, daß sich hinter der verspielten Texaneraufmachung ein gerissener Geschäftsmann verbarg.

»Dr. Lowery hat mir mitgeteilt, daß Sie Fotos von meiner Statue wollten, vor allem von den Hieroglyphen am Sockel. Ich habe die Fotos gleich mitgebracht.« Jeffrey Rice holte aus seiner Jackentasche einen Umschlag und hob ihn in die Höhe. »Ich freue mich, Ihnen damit helfen zu können, vorausgesetzt, Sie verraten mir, wo Sie die Statue, die Sie Dr. Lowery gegenüber erwähnten, gesehen haben. Wissen Sie, ich habe die Absicht, meine Statue meiner Heimatstadt Houston zu schenken. Aber es wäre ja nichts Besonderes, wenn ein ganzer Haufen solcher Statuen auf der Welt existierte. Mit anderen Worten, ich wünsche, die Statue, die Sie gesehen haben, zu kaufen. Mir ist es sehr ernst damit. So ernst, daß ich bereit bin, jedem zehntausend Dollar zu zahlen, der mir bloß verrät, wo sie ist, damit ich kaufen kann. Das gilt auch für Sie.«

Erica stellte ihr Glas ab und starrte Jeffrey Rice an. Da sie mittlerweile Kairos unvorstellbare Armut mit eigenen Augen gesehen hatte, wußte sie, daß zehntausend Dollar hier die gleiche Wirkung hervorrufen mußten wie eine Milliarde in New York. Damit würde er auf die Kairoer Unterwelt unerhörten Druck ausüben. Da Abdul Hamdis Tod mit der Statue zweifellos in Zusammenhang stand, konnten die bloß für die genannte Information gebotenen zehn-

154

tausend Dollar weitere Morde nach sich ziehen. Ein furchtbarer Gedanke.

Eilig schilderte Erica ihr Erlebnis in Abdul Hamdis Laden und beschrieb die verschwundene Statue Sethos' I. Rice lauschte aufmerksam und notierte sich Abdul Hamdis Namen. »Wissen Sie, ob sonst noch jemand die Statue zu sehen gekriegt hat?« fragte er und schob seinen Stetson nach hinten.

»Nicht daß ich wüßte«, entgegnete Erica.

»Ist sonst irgend jemandem bekannt, daß Abdul Hamdi die Statue hatte?«

»Ja«, antwortete Erica. »Einem Monsieur Yvon de Margeau. Er wohnt zur Zeit im Meridien Hotel. Er hat angedeutet, Hamdi habe mit mehreren potentiellen Käufern auf der ganzen Welt Briefe gewechselt, daher darf man wohl annehmen, es wissen eine ganze Menge Leute, daß Hamdi diese Statue hatte.«

»Sieht aus, als bekämen wir noch viel mehr Spaß als erwartet«, sagte Rice zu seiner Frau und tätschelte ihr schlankes Handgelenk. Er wandte sich wieder Erica zu und händigte ihr den Umschlag aus. »Haben Sie irgendeine Vorstellung, wo die Statue abgeblieben sein könnte?«

Erica schüttelte ihren Kopf. »Nicht im geringsten«, sagte sie und nahm den Umschlag. Trotz der schlechten Lichtverhältnisse konnte sie es nicht abwarten, die Bilder zu sehen; sie zog sie heraus und betrachtete aufmerksam das oberste Foto.

»Das ist ein Standbild, was?« meinte Rice, als zeige er Erica Aufnahmen seines Erstgeborenen. »Daneben sieht das ganze Zeug Tutanchamuns aus wie Kinderspielzeug.«

Jeffrey Rice hatte recht. Erica mußte zugeben, während sie die Fotos durchsah, daß die Statue atemberaubend schön war. Aber sie bemerkte noch etwas. Soweit sie sich entsann, glich die verschwundene Statue diesem in Houston befindlichen Standbild aufs Haar. Dann jedoch stutzte sie.

Als sie die Fotos von Rices Statue eingehender betrachtete, fiel ihr auf, daß hier die rechte Hand das juwelenschwere Zepter hielt. Sie erinnerte sich noch genau daran, daß Abduls Statue das Zepter in der linken Hand hatte. Die Statuen waren nicht gleich, sondern spiegelverkehrt ausgeführt! Erica besah sich die restlichen Bilder. Die Statue war von allen Seiten aufgenommen worden, offenbar von einem professionellen Fotografen, denn die Fotos waren ausgezeichnet. Zum Schluß, am Ende des Stapels, kamen die Vergrößerungen. Erica fühlte ihren Puls schneller schlagen, als sie die Hieroglyphen sah. Es war zu düster, um die Schriftzeichen deutlich erkennen zu können, aber indem sie das betreffende Foto schräg ans Licht hielt, vermochte sie die beiden pharaonischen Kartuschen zu erkennen. Sie umfaßten die Namen Sethos' I. und Tutanchamuns. Ganz erstaunlich.

»Miss Baron«, sagte Jeffrey Rice, »es wäre uns ein Vergnügen, wenn Sie heute mit uns zu Abend essen würden.« Priscilla Rice lächelte sie herzlich an, als ihr Mann die Einladung aussprach.

»Vielen Dank«, erwiderte Erica und schob die Fotos zurück in den Briefumschlag. »Bedauerlicherweise habe ich bereits anderweitig zugesagt. Vielleicht an einem anderen Abend, falls Sie länger in Ägypten bleiben.«

»Natürlich«, sagte Jeffrey Rice. »oder Sie und Ihre Bekannten könnten sich zu uns gesellen.«

Erica überlegte einen kurzen Moment, dann lehnte sie höflich ab. Jeffrey Rice und Yvon de Margeau paßten zueinander wie Öl und Wasser. Erica wollte sich schon verabschieden, da fiel ihr noch etwas ein. »Mr. Rice, auf welche Weise haben Sie Ihre Sethos-Statue erworben?« Sie stellte ihre Frage umständlich und verlegen, weil sie nicht wußte, wie so ein Mann auf eine solche Frage reagierte.

»Mit Geld, meine Liebe!« Jeffrey Rice lachte und schlug die ausgestreckte Handfläche auf die Tischplatte. Offenbar hielt er seinen Scherz für umwerfend komisch. Erica lächelte matt und wartete, in der Hoffnung, er möge sich näher äußern.

»Ein befreundeter Kunsthändler in New York hatte mir davon erzählt. Er rief mich an und sagte mir, es solle ein wundervolles Stück ägyptischer Bildhauerkunst hinter verschlossenen Türen versteigert werden.«

»Hinter verschlossenen Türen?«

»Ja, unter Ausschluß der Öffentlichkeit. Nur Gemauschel. So läuft das immer.«

»War das hier in Ägypten?« fragte Erica.

»Nein, in Zürich.«

»In der Schweiz?« stellte Erica ungläubig fest. »Warum in der Schweiz?«

Jeffrey Rice zuckte die Achseln. »Bei dieser Art von Auktion stellt man keine Fragen. Da gibt's gewisse Spielregeln.«

»Wissen Sie«, fragte Erica, »wie sie nach Zürich geraten ist?«

»Nein«, antwortete Jeffrey Rice. »Wie gesagt, man stellt dort keine Fragen. Die Auktion ist von einer der dortigen Großbanken arrangiert worden, und die sind sehr verschwiegen. Sie wollen nur Geld sehen.« Er lächelte und stand auf, bot Erica an, sie zum Aufzug zu begleiten. Offenbar hegte er nicht die Absicht, ihr darüber mehr anzuvertrauen.

Erica schwirrte der Kopf, als sie ihr Zimmer betrat. Das lag nicht nur an Jeffrey Rices Äußerungen, sondern auch an den beiden Drinks. Während er mit ihr auf den Aufzug wartete, erwähnte er beiläufig, daß die Statue nicht die erste Antiquität gewesen war, die er in Zürich erworben hatte. Er hätte dort schon mehrere goldene Statuen und ein wunderbares Brustgehänge erstanden, alles mit einiger Wahrscheinlichkeit aus der Regierungszeit Sethos' I.

Erica legte den Umschlag mit den Fotografien auf den Sekretär und dachte an ihre früheren Vorstellungen vom Schwarzmarkt: Irgendwer fand ein kleines Artefakt im Sand und verkaufte es dem, der es gerade haben wollte. Nun mußte sie sich gezwungenermaßen eingestehen, daß derartige Transaktionen in den getäfelten Konferenzräumen von internationalen Banken stattfanden. Es war unglaublich.

Erica streifte ihre Bluse ab, betrachtete den Blutfleck und schleuderte das Kleidungsstück dann erbittert von sich; ihre Hose folgte der Bluse gleich nach. Sie löste den Büstenhalter und bemerkte, daß das Blut sogar hier eingesogen war; aber den BH mochte sie nun doch nicht so geringschätzig aufgeben. Büstenhalter waren für Erica schwierig einzukaufen, und nur wenige Modelle konnte sie wirklich bequem tragen. Ehe sie womöglich überstürzt handelte, öffnete sie die oberste Schublade des Sekretärs, um nachzuzählen, wie viele sie mitgebracht hatte. Aber statt zu zählen starrte sie bloß verdutzt ihre Unterwäsche an. Selbst während ihrer finanziell schwierigen Studienzeit hatte sich Erica immer die Extravaganz kostspieliger Reizwäsche geleistet. Sie genoß das feminine Gefühl teurer Unterwäsche. Infolgedessen ging sie stets vorsichtig damit um, und als sie auspackte, hatte sie sich die Zeit genommen, alles ordentlich einzuräumen. Aber nun sah es in der Schublade wüst aus! Jemand hatte ihre Sachen durchwühlt!

Erica richtete sich auf und schaute sich im Zimmer um. Das Bett war gemacht, also war das Personal hier gewesen. Aber würde es sich auch ihre Kleidung ansehen? Möglicherweise. Rasch überprüfte sie die mittlere Schublade, zog ihre Levi's heraus. In der Seitentasche waren die Diamantohrringe, das letzte Geschenk ihres Vaters. In der Gesäßtasche befanden sich das Rückflugticket und die Mehrzahl ihrer Reiseschecks. Nachdem sie ihren wichtigsten Besitz vorgefunden hatte, stieß sie einen lauten Seufzer der Erleichterung aus und schob die Jeans zurück in die Schublade.

Sie blickte nochmals in die oberste Schublade und überlegte, ob sie nicht vielleicht selbst ihre Wäsche am Morgen so durcheinandergebracht hatte. Dann suchte sie das Bad auf, nahm ihre Make-up-Tasche aus Plastik her und untersuchte den Inhalt. Auf ihr Make-up legte sie keinen so großen Wert, doch sie verwendete die einzelnen Artikel in gewisser Reihenfolge und ordnete sie nach Gebrauch wieder in die Tasche ein. Ihr Spray hätte demnach weit unten liegen müssen; jedoch lag es obenauf. Oben befanden sich auch ihre Verhütungspillen, die sie immer abends schluckte. Erica musterte sich im Spiegel. Sie sah müde und angegriffen aus und hatte einen ähnlichen Gesichtsausdruck wie am Vortag, nachdem der junge Flegel ihr zwischen die Beine gefaßt hatte. Es hatte tatsächlich jemand ihre Sachen durchwühlt. Erica erwog, ob sie den Vorfall der Hoteldirektion melden solle. Aber was konnte sie sagen, da man nichts entwendet hatte?

Erica betrat den kleinen Flur und verschloß die Tür mit dem Sicherheitsriegel. Dann begab sie sich zur Schiebeglastür und schaute hinaus; die feurige ägyptische Sonne breitete sich gerade über den westlichen Horizont aus. Die Sphinx sah aus wie ein zum Sprung bereiter, hungriger Löwe. Die Pyramiden zwängten ihre wuchtigen Umrisse in einen blutroten Himmel. Erica wünschte, sie könnte sich in ihrem Schatten wohler fühlen.

Kairo 22 Uhr

Das Abendessen mit Yvon erwies sich als beruhigende und romantische Abwechslung. Erica war von ihrer eigenen Widerstandskraft überrascht; trotz des anstrengenden Tages und des Schuldgefühls, das ihr nach dem Telefongespräch mit Richard zurückgeblieben war, konnte sie den Abend genießen. Yvon hatte sie gerade in dem Moment vom Hotel abgeholt, als es an der Stelle des Horizonts, wo die Sonne gesunken war, noch leuchtete wie von erlöschender Glut. Sie fuhren in Richtung Süden am Nil entlang, verließen die staubige Hitze Kairos, schlugen die Richtung nach Maadi ein. Als am Himmel die Sterne erschienen, hatte sich Ericas Spannung bereits in der kühlen Abendluft gelöst.

Das Restaurant nannte sich »Zum Seepferdchen« und stand direkt am östlichen Ufer des Nils. Um das köstliche ägyptische Abendklima voll genießen zu können, waren alle vier Seiten des Speiseraums geöffnet worden. Auf der anderen Seite des Stroms, hinter einer Reihe von Palmen, sah man die angestrahlten Pyramiden von Giseh.

Sie aßen frischen Fisch und riesige Garnelen aus dem Roten Meer, an offenem Feuer gegrillt, und tranken dazu einen kalten Weißwein, der Gianaclis hieß. Yvon hielt ihn für scheußlich und verdünnte ihn mit Mineralwasser, aber Erica mochte den leicht süßlichen, fruchtigen Geschmack.

Sie beobachtete Yvon beim Trinken, bewunderte sein eng tailliertes dunkelblaues Hemd aus Seide. In Anbetracht ihrer eigenen seidenen Tops, die sie sehr schätzte und nur zu besonderen Anlässen trug, hätte sie eigentlich erwartet, er sähe darin weibisch aus, aber das war nicht der Fall. Vielmehr schien der silbrige Glanz seine Männlichkeit noch zu unterstreichen.

Erica selbst hatte viel Zeit darauf verwendet, sich für den Abend zurechtzumachen, und die Mühe hatte sich gelohnt. Ihr frisch gewaschenes Haar war an den Seiten locker nach hinten gelegt und mit Schildpattkämmen festgesteckt. Sie hatte sich für ein einteiliges schokoladenbraunes Jerseykleid mit elastischer Taille, ausladendem Kragen und Stulpenärmeln entschieden. Darunter trug sie – zum ersten Mal, seitdem sie das Flugzeug verlassen hatte – eine Strumpfhose. Sie wußte, daß sie das Bestmögliche aus sich gemacht hatte, und sie war mit ihrer Gesamterscheinung zufrieden und in prächtiger Stimmung.

Ihre Konversation begann unbefangen, wechselte jedoch bald über zu den Mordfällen. Yvons Bemühungen, die Mörder Abdul Hamdis zu ermitteln, waren erfolglos verlaufen. Er teilte Erica mit, er habe nur herausfinden können, daß die Mörder nicht aus Kairo kamen. Danach schilderte Erica das grauenhafte Erlebnis im Serapeum und ihre anschließenden Erfahrungen mit der Polizei.

»Ich wollte, Sie hätten mir erlaubt, Sie während des Tages zu begleiten«, sagte Yvon und schüttelte fassungslos den Kopf, als Erica ihren Bericht beendet hatte. Er langte über den Tisch und drückte zärtlich ihre Hand.

»Ich auch«, gestand Erica und betrachtete ihrer beiden Finger, die einander nur ganz sachte berührten.

»Ich muß Ihnen etwas sagen«, meinte leise Yvon. »Als ich Sie kennenlernte, war ich ursprünglich nur an dem Sethos-Standbild interessiert. Aber jetzt finde ich Sie unwiderstehlich charmant.« Im Kerzenschein schimmerten seine Zähne.

»Ich kenne Sie leider nicht gut genug«, erwiderte Erica, »um beurteilen zu können, wann Sie mich aufziehen und wann nicht.«

»Ich ziehe Sie keineswegs auf, Erica. Sie sind ganz anders als alle anderen Frauen, denen ich bisher begegnet bin.«

Erica blickte auf den dunklen Nil hinaus. Schwache Bewegungen am diesseitigen Ufer erregten ihre Aufmerksamkeit, und bei genauerem Hinsehen vermochte sie gerade noch einige Fischer zu erkennen, die an einem Segelboot arbeiteten. Anscheinend waren sie nackt, und ihre Haut glänzte in der Dunkelheit wie polierter Onyx. Während ihr Blick für einen Moment am Ufer verweilte, dachte sie über Yvons Bemerkung nach. Sie klang fürchterlich kitschig und mochte in diesem Sinn eine gewisse Geringschätzung verraten. Aber möglicherweise stak darin auch ein Körnchen Wahrheit, denn andererseits unterschied sich Yvon von jedem anderen Mann, den sie bislang gekannt hatte.

161

»Die Tatsache, daß Sie Ägyptologie studiert haben«, fuhr Yvon fort, »fasziniert mich, denn Sie besitzen – und das meine ich als Kompliment – eine bestimmte osteuropäische Sinnlichkeit, die mir sehr gefällt. Außerdem glaube ich, daß Sie mit Ägypten etwas von seiner geheimnisvollen Ausstrahlung gemein haben.«

»Ich glaube eher, ich bin ziemlich amerikanisch«, erklärte Erica.

»Ah, doch auch Amerikaner können auf diese und jene ethnische Abstammung zurückblicken, und bei Ihnen ist sie ganz offensichtlich. Ich finde das sehr attraktiv. Um ehrlich zu sein, ich bin der kühlen Blonden aus dem Norden überdrüssig.«

So merkwürdig ihr selber das auch vorkam, Erica fand darauf keine Worte. Am allerwenigsten erwartete oder wünschte sie sich eine enge Beziehung, die ihre Gefühle verletzlich machte.

Anscheinend spürte Yvon ihr Unbehagen, denn er wechselte das Thema, während man das Geschirr abräumte. »Erica, könnten Sie womöglich auch den Mörder identifizieren, der heute im Serapeum zugeschlagen hat? Haben Sie sein Gesicht gesehen?«

»Nein«, sagte Erica. »Es war, als sei auf einmal der Himmel über mir eingestürzt. Ich habe niemanden gesehen.«

»Gott, was für ein gräßliches Erlebnis. Ich kann mir kaum etwas Schlimmeres vorstellen. Und dann fällt die Leiche auch noch auf Sie! Unglaubliches Pech. Aber Ihnen ist sicherlich bekannt, daß hier im Nahen Osten tagtäglich Beamte ermordet werden. Naja, wenigstens sind Sie unverletzt geblieben. Ich weiß, das dürfte schwerfallen, aber am besten versuchen Sie, einfach nie wieder daran zu denken. Es muß ein verrückter Zufall im Spiel gewesen sein. Es ist bloß so schlimm, weil es gleich am Tag nach Hamdis Tod passiert ist. Zwei Morde an zwei Tagen. Ich weiß nicht, wie mir das bekommen wäre.«

»Ich kann mir denken, daß es wahrscheinlich ein zufälliges Zusammentreffen war«, sagte Erica, »aber eines beschäftigt mich. Der arme Mann, der erschossen worden ist, war nicht irgendein Beamter, sondern er arbeitete für das Department of Antiquities. Beide Mordopfer hatten also mit alten Artefakten zu tun, stammten aber aus verschiedenen Lagern. Aber was weiß ich schon davon!«

Der Kellner brachte arabischen Kaffee und servierte das Dessert. Yvon hatte einen herben Weizengrießkuchen mit Zuckerguß, bestreut mit Walnuß und Rosinen, bestellt.

»Die erstaunlichste Tatsache Ihres Abenteuers ist«, sagte Yvon, »daß die Polizei Sie nicht festgehalten hat.«

»Das stimmt nicht ganz. Ich saß einige Stunden lang fest, und ich darf das Land nicht verlassen.« Erica kostete das Dessert, fand jedoch, daß es sich nicht lohnte, dafür die Kalorien in Kauf zu nehmen.

»Das bedeutet so gut wie gar nichts. Sie haben Glück, daß Sie nicht im Gefängnis sitzen. Ich könnte wetten, daß der Fremdenführer noch drin ist.«

»Ich glaube«, sagte Erica, »ich habe meine Freilassung Achmed Khazzan zu verdanken.«

»Sie kennen Achmed Khazzan?« fragte Yvon. Er hörte auf zu essen.

»Ich weiß selber nicht, wie unser Verhältnis einzustufen ist«, meinte Erica. »Nachdem wir uns gestern abend getrennt hatten, wartete Achmed Khazzan schon in meinem Hotelzimmer auf mich.«

»Ist das wahr?« Yvons Gabel klirrte auf die Tischplatte.

»Wenn Sie davon schon so überrascht sind, dann stellen Sie sich erst mal vor, wie mir zumute gewesen ist. Ich dachte, ich solle verhaftet werden, weil ich den Mord an Abdul Hamdi nicht angezeigt hatte. Er nahm mich mit in sein Büro und fragte mich eine Stunde lang aus.«

»Das ist ja unglaublich«, stöhnte Yvon und wischte sich

163

den Mund mit seiner Serviette. »Achmed Khazzan wußte schon von Hamdis Ermordung?«

»Ich habe keine Ahnung, ob er schon davon wußte oder nicht«, sagte Erica. »Anfangs dachte ich, er wisse Bescheid. Warum hätte er mich sonst in sein Büro holen sollen? Aber er hat ihn kein einziges Mal erwähnt, und ich hatte natürlich Angst, von mir aus darauf zu sprechen zu kommen.«

»Was wollte er denn?«

»Hauptsächlich etwas über Sie erfahren.«

»Mich?« Yvon setzte eine übertrieben unschuldige Miene auf und tippte sich mit dem Zeigefinger auf die Brust. »Erica, Sie haben wirklich zwei aufregende Tage erlebt. Ich bin Achmed Khazzan noch nie begegnet und reise schon seit einer ganzen Anzahl von Jahren nach Ägypten. Was hat er über mich wissen wollen?«

»Er fragte danach, was Sie in Ägypten tun.«

»Und was haben Sie ihm für eine Auskunft gegeben?«

»Daß ich's nicht weiß.«

»Sie haben ihm nicht von der Sethos-Statue erzählt?«

»Nein. Ich mußte ja einkalkulieren, daß ich, wenn ich die Statue erwähne, auch über Hamdis Ermordung sprechen müßte.«

»Hat er seinerseits von der Sethos-Statue gesprochen?«

»Nein, nicht.«

»Erica, Sie sind phantastisch.« Plötzlich beugte er sich über den Tisch, nahm Ericas Gesicht zwischen seine Hände und küßte sie auf beide Wangen.

Die Herzlichkeit dieser Geste machte sie regelrecht benommen, und sie spürte, wie sie rot wurde; das war ihr seit Jahren nicht passiert. Verlegen trank sie einen Schluck von dem süßen Kaffee.

»Ich bezweifle, daß Achmed Khazzan alles geglaubt hat, was ich ihm erzählt habe.«

»Wie kommen Sie darauf?« fragte Yvon. Er widmete sich wieder dem Dessert.

164

»Als ich heute nachmittag ins Hotel zurückkehrte, habe ich einige kleinere Veränderungen an meinen Sachen festgestellt. Ich glaube, mein Zimmer ist durchsucht worden. Nachdem ich dort vorgestern schon Achmed Khazzan angetroffen habe, kann ich mir nur denken, daß die ägyptischen Behörden auch für dieses Eindringen verantwortlich sind. Meine Wertsachen hat man nicht angerührt. Ich bin nicht bestohlen worden, aber ich kann mir nicht vorstellen, was man gesucht haben könnte.«

Yvon kaute nachdenklich und musterte Erica dabei. »Hat Ihre Tür eine zusätzliche Schnappverriegelung für nachts?«

»Ja.«

»Dann benutzen Sie sie«, empfahl Yvon. Er nahm noch etwas vom Nachtisch und schluckte versonnen, ehe er weitersprach. »Erica, als Sie sich mit Abdul Hamdi unterhielten, hat er Ihnen da irgendwelche Briefe oder Papiere gegeben?«

»Nein«, antwortete Erica. »Ich habe von ihm einen falschen Skarabäus, der echt aussieht, und einen 1929er Baedeker bekommen, der besser ist als mein Reiseführer von Nagel, wie er mich überzeugen konnte.«

»Wo sind diese Dinge?« fragte Yvon.

»Hier«, sagte Erica. Sie griff in ihre Segeltuchtasche und holte den Baedeker heraus, aber ohne den Einband. Er war endlich abgefallen, und Erica hatte ihn in ihrem Zimmer gelassen. Den Skarabäus bewahrte sie in ihrer Geldbörse auf.

Yvon nahm den Skarabäus und hielt ihn nahe an die Kerze. »Sind Sie sicher, daß es sich um eine Fälschung handelt?«

»Sieht gut aus, was?« meinte Erica. »Zuerst dachte ich auch, er wäre echt, aber Hamdi behauptete das Gegenteil. Er verriet mir, daß sein Sohn ihn gemacht hat.«

Yvon legte den Skarabäus vorsichtig auf den Tisch und griff nach dem Führer. »Diese Baedeker sind einfach her-

165

vorragend«, sagte er. Interessiert blätterte er den Band durch, betrachtete aufmerksam jede Seite. »Sie sind die besten Führer, die man jemals für ägyptische Sehenswürdigkeiten verfaßt hat, vor allem für Luxor.« Yvon schob das Buch ohne Einband wieder Erica zu. »Wäre es Ihnen recht, wenn ich den überprüfen lasse?« fragte er und klemmte den Skarabäus zwischen Daumen und Zeigefinger.

»Sie meinen, durch Karbondatierung?« vergewisserte sich Erica.

»Ja«, bestätigte Yvon. »Das Stück sieht für meine Begriffe sehr gut aus, und es hat die Kartusche Sethos' I. Ich glaube, es ist aus Bein.«

»Was das Material angeht, haben Sie recht. Hamdi sagte, daß sein Sohn die Skarabäen aus den Knochen von Mumien aus den zur Besichtigung freigegebenen alten Katakomben schnitzt. Bei der Karbondatierung wird also durchaus ein entsprechendes Alter herauskommen. Außerdem verriet er mir, daß sie ihnen ein so altes Aussehen verleihen, indem sie die geschnitzten Stücke an ihre Truthähne verfüttern.«

Yvon lachte. »Die Antiquitätenindustrie in Ägypten ist doch wirklich sehr einfallsreich. Nichtsdestotrotz, ich möchte diesen Skarabäus begutachten lassen.«

»Mir soll's recht sein, aber ich hätte ihn gerne zurück.« Erica trank noch einen Schluck Kaffee und bekam dabei bitteren Kaffeesatz zu schmecken. »Yvon, warum interessiert sich Achmed Khazzan so für Ihre Angelegenheiten?«

»Ich nehme an, ich bereite ihm Sorgen«, überlegte Yvon. »Aber weshalb er sich an Sie gewandt hat, statt direkt an mich, darauf weiß ich auch keine Antwort. Er hält mich wohl für einen gefährlichen Antiquitätenhai. Ihm ist bekannt, daß ich einige bedeutende Erwerbungen getätigt habe, als ich versuchte, die Schliche und Wege des Schwarzhandels zu erkunden. Die Tatsache, daß sich meine Anstrengungen gegen den Schwarzmarkt richten, ist ihm gleichgültig. Achmed Khazzan gehört nun einmal zur hiesigen Bürokratie. Statt sich über meine Unterstützung zu freuen, sorgen diese Leute sich vermutlich um ihre Posten. Ferner existiert hier ein unterschwelliger Haß gegen die Briten und Franzosen. Und ich bin Franzose mit englischem Einschlag.«

»Sie sind zum Teil englischer Herkunft?« fragte Erica ungläubig.

»Ich verrate das selten jemandem«, erklärte Yvon mit seinem starken französischen Akzent. »Die europäische Genealogie ist komplizierter, als die meisten Menschen denken. Der Stammsitz meiner Familie ist das Château Valois bei Rambouillet, das zwischen Paris und Chartres liegt. Mein Vater ist der Marquis de Margeau, aber meine Mutter entstammt der englischen Familie Harcourt.«

»Das hat einen anderen Klang als Toledo in Ohio«, murmelte Erica.

»Bitte?«

»Ich meine, das hört sich sehr eindrucksvoll an«, sagte Erica und lächelte, während sich Yvon zum Zahlen anschickte.

Als sie das Restaurant verließen, schlang Yvon einen Arm um Ericas Taille. Die Berührung tat ihr gut. Die Abendluft hatte sich merklich abgekühlt, und durch die Zweige der Eukalyptusbäume, die die Straße säumten, sah man den fast vollen Mond scheinen. Insekten zirpten in der Dunkelheit und erinnerten Erica an die als Kind in Ohio erlebten Augustabende; es waren angenehme Erinnerungen.

»Was für bedeutende Antiquitäten haben Sie schon erworben?« fragte Erica, als sie zu Yvons Fiat schlenderten.

»Ein paar wunderbare Stücke, die ich Ihnen bei irgendeiner Gelegenheit gern einmal zeige«, antwortete Yvon. »Besonders stolz bin ich auf einige kleinere goldene Statuen. Eine stellt Nekhbet dar, eine andere Isis.«

»Haben Sie auch irgend etwas gekauft, das mit Sethos I. zusammenhängt?« wollte Erica wissen.

Yvon öffnete die Beifahrertür des Wagens. »Möglicherweise könnte eine Halskette in diese Zeit passen. Die Mehrzahl meiner Stücke stammt aus dem Neuen Reich, doch einige könnten durchaus der Regierungszeit Sethos' I. zuzurechnen sein.«

Erica stieg ins Auto, und Yvon riet ihr, den Sicherheitsgurt anzulegen. »Ich bin früher einmal Rennen gefahren«, erklärte ihr Yvon, »ich benutze sie immer.«

»Kann ich mir denken«, sagte Erica, die sich an seinen gestrigen Fahrstil entsann.

Yvon lachte. »Jeder sagt, daß ich ein wenig zu schnell führe. Aber mir macht's Spaß.« Er entnahm dem Handschuhfach seine Autofahrerhandschuhe. »Ich vermute, Sie wissen mindestens soviel über Sethos wie ich. Es ist merkwürdig, aber man weiß ziemlich genau, wann im Altertum seine prunkvolle Felsengruft geplündert worden ist. Die zuverlässigen Priester der zwanzigsten Dynastie haben seine Mumie bewahren können und über ihre Bemühungen recht genaue Aufzeichnungen angefertigt.«

»Heute früh habe ich die Mumie Sethos' I. gesehen«, bemerkte Erica.

»Ironie des Schicksals, nicht wahr?« meinte Yvon und warf den Motor an. »Sethos' zerbrechlicher Leichnam ist uns im wesentlichen unversehrt überliefert worden. Sethos I. befand sich unter den Königsmumien in der versteckten Totenkammer, die von der cleveren Familie Rasul gegen Ende des neunzehnten Jahrhunderts gefunden und widerrechtlich geheimgehalten worden ist.« Yvon drehte sich um und schaute über die Rücklehne, um das Auto zurückzusetzen. »Die Rasuls haben den Fund über einen Zeitraum von zehn Jahren hinweg nach und nach ausgebeutet, bevor es gelang, sie zu überführen. Eine bemerkenswerte Geschichte.« Er lenkte den Wagen vom Parkplatz vorm Restaurant und beschleunigte ihn in Richtung Kairo. »Manche Leute glauben, es sei noch nicht alles von Sethos'

I. Reichtümern gefunden worden. Wenn Sie sein riesiges Grab in Luxor besichtigen, werden Sie die Stellen sehen, wo man überall im Laufe dieses Jahrhunderts mit Sondererlaubnis Tunnel graben durfte, in der Hoffnung, irgendeine geheime Schatzkammer zu finden. Der Grund dafür waren die Sethos-Altertümer, die gelegentlich auf dem Schwarzmarkt auftauchten. Und es ist keineswegs überraschend, wenn auch heute noch plötzlich Sethos-Artefakte zum Vorschein kommen. Wahrscheinlich ist er mit einer schwindelerregenden Menge von weltlichen Besitztümern begraben worden. Und selbst wenn sein Grab ausgeraubt worden ist, muß man berücksichtigen, daß man im alten Ägypten Grabbeigaben häufig wiederverwendete. Das Zeug ist im Verlauf vieler Jahre sicherlich mehrmals von neuem eingegraben und immer wieder geraubt und erneut Gräbern beigelegt worden. Infolgedessen dürfte sich noch vieles davon unter der Erde befinden. Nur sehr wenige Leute machen sich ein Bild davon, wie viele Landbewohner heutzutage in Luxor nach Altertümern buddeln. Nacht für Nacht wühlen sie den Wüstensand um, und manchmal entdecken sie tatsächlich irgendein aufsehenerregendes Stück.«

»So wie die Statue Sethos' I.?« meinte Erica und musterte Yvons Profil. Er lächelte, und sie sah wieder deutlich den Kontrast zwischen seinen weißen Zähnen und seiner sonnengebräunten Haut.

»Genau«, sagte er. »Aber können Sie sich vorstellen, wie die ungeplünderte Gruft Sethos' I. ausgesehen haben muß? Mein Gott, sie mußte einfach phantastisch gewesen sein. Heute schwindelt es uns, wenn wir Tutanchamuns Schätze sehen, aber im Vergleich mit denen von Sethos I. waren sie bedeutungslos.«

Erica wußte, daß Yvon recht hatte, zumal sie mit eigenen Augen die Statue bei Abdul Hamdi gesehen hatte. Sethos I. war einer der größten Pharaonen gewesen und

herrschte einst über ein riesiges Reich, während Tutanchamun ein unwichtiger Knabenkönig gewesen war, der
wahrscheinlich niemals irgendeine tatsächliche Macht ausgeübt hatte.

»*Merde!*« fuhr Yvon auf, als sie durch eines der hier üblichen Schlaglöcher fuhren und der ganze Wagen ins Schleu-
dern geriet. Als sie in Kairo anlangten, verschlechterten sich
die Straßenverhältnisse noch mehr, und sie mußten langsamer fahren. Die Stadt begann am Rand mit Behausungen
aus Pappkarton, verstärkt durch hölzerne Streben. Das waren die Wohnungen der zuletzt Zugezogenen. Hütten aus
Blech und Stoffbahnen und gelegentlich auch aus Ölfässern
lösten die Pappbuden ab, und schließlich wichen die Ba-
rackensiedlungen Häusern aus bröckligen Lehmziegeln, bis
man am Ende in die eigentliche Stadt kam. Das Gefühl von
Armut hing in der Luft wie der Hauch einer ansteckenden
Krankheit.

»Würden Sie noch für einen Brandy mit auf meine Suite
kommen?« fragte Yvon.

Erica musterte ihn und versuchte, über sich selbst klar-
zuwerden. Es bestand große Aussicht, daß Yvons Vorschlag
nicht so harmlos war, wie er klang. Allerdings fühlte sie sich
eindeutig von ihm angezogen, und nach diesem gräßlichen
Tag war die Vorstellung, jemandem nahe zu sein, eine große
Versuchung. Aber die körperliche Anziehung war nicht
immer der verläßlichste Leitfaden fürs Verhalten, und Yvon
war fast zu attraktiv, als daß er es ehrlich meinen könnte.
Während sie ihn betrachtete, gestand sie sich ein, daß ihre
Erfahrungen an ihm scheiterten. Es war heute alles etwas
zuviel für sie gewesen.

»Danke, Yvon«, sagte Erica herzlich, »aber ich glaube,
lieber nicht. Vielleicht trinken Sie noch einen Schluck mit
mir im Hilton.«

»Aber natürlich.« Einen Moment lang war Erica davon
enttäuscht, daß sich Yvon nicht hartnäckiger erwies. Viel-

leicht war sie in Wirklichkeit nur das Opfer ihrer eigenen Phantasie.

Am Hotel entschieden sie, daß ein Spaziergang angenehmer sei als das Herumsitzen in der verräucherten Taverne. Hand in Hand überquerten sie den stark befahrenen Korneish-el-Nil-Boulevard zum Nil hin und schlenderten auf die El-Tahrir-Brücke. Yvon zeigte ihr aus der Ferne das Meridien Hotel am Ende der Insel Roda. Eine vereinzelte Feluke glitt lautlos durch den lichten Streifen, den der Mond auf das Wasser warf.

Yvon legte seinen Arm erneut um Erica, während sie dahinspazierten, und sie faßte nach seiner Hand; sie empfand wieder Verlegenheit und Gewissensbisse. Lange war es her, daß sie mit einem anderen Mann als Richard Zärtlichkeiten ausgetauscht hatte. »Heute ist ein Grieche namens Stephanos Markoulis in Kairo eingetroffen«, sagte Yvon und blieb an der Brüstung stehen. Sie betrachteten die Spiegelungen, die auf der Wasserfläche tanzten. »Ich glaube, er wird anrufen und versuchen, sich mit Ihnen zu einem Gespräch zu verabreden.«

Erica schaute ihn verwundert an. »Stephanos Markoulis handelt in Athen mit ägyptischen Antiquitäten. Er kommt selten persönlich nach Ägypten. Ich weiß nicht, warum er hier ist, aber ich möchte es gern erfahren. Anscheinend ist er wegen Abdul Hamdis Ermordung hier. Aber er könnte es auf die Sethos-Statue abgesehen haben.«

»Und mich will er wegen des Mordfalls sprechen?«

»Ja«, bestätigte Yvon. Er mied Ericas Blick. »Ich weiß nicht, inwiefern er darin verwickelt ist, aber jedenfalls ist er's.«

»Yvon, ich glaube, ich will mit dieser ganzen Sache um Abdul Hamdi nichts mehr zu schaffen haben. Um ehrlich zu sein, dies gesamte Antiquitätengeschäft ist für mich ein Grund zum Fürchten. Ich habe Ihnen alles gesagt, was ich weiß.«

»Ich hege für Ihre Einstellung volles Verständnis«, entgegnete Yvon besänftigend. »Aber unglücklicherweise habe ich nur Sie.«

»Und was soll das heißen?«

Yvon wandte sich ihr zu. »Sie sind das letzte Bindeglied zur Sethos-Statue. Stephanos Markoulis stand in irgendeinem Zusammenhang mit dem Verkauf der ersten Sethos-Statue, die an einen Käufer in Houston ging. Ich sorge mich nun, daß er auch die zweite Statue in die Klauen bekommen könnte. Sie wissen, wieviel mir daran liegt, diese Räubereien an Altertümern zu verhindern.«

Erica blickte hinüber zu dem hell erleuchteten Hilton. »Der Mann, der die erste Sethos-Statue gekauft hat, ist ebenfalls heute aus Houston eingetroffen. Er hat mich heute nachmittag im Foyer des Hilton abgepaßt. Sein Name ist Jeffrey Rice.«

Yvons Mund wurde schmal.

»Er sagte mir«, fügte Erica hinzu, »daß er jedem zehntausend Dollar bietet, der ihm bloß verrät, wo diese zweite Sethos-Statue hingekommen ist, damit er sie kaufen kann.«

»Herrje«, sagte Yvon, »das wird Kairo in einen Zirkus verwandeln. Und man stelle sich einmal vor, ich habe mich gesorgt, Achmed Khazzan und die Altertümerbehörde könnten von der Existenz dieser Statue erfahren! Tja, Erica, das heißt, ich muß schnelle Arbeit leisten. Ich kann verstehen, daß Ihnen nicht wohl dabei ist, so tief in diese Vorgänge verwickelt worden zu sein, aber bitte erweisen Sie mir den Gefallen und sprechen Sie mit Stephanos Markoulis. Ich muß besser über seine Absichten informiert sein, und dazu könnten Sie mir vielleicht verhelfen. Wenn Jeffrey Rice mit solchen Summen um sich wirft, dürfen wir annehmen, daß die Statue noch erhältlich ist. Und wenn ich nicht rasch eingreife, wird sie garantiert in irgendeiner Privatsammlung verschwinden. Ich bitte Sie lediglich darum, sich mit Stephanos Markoulis zu treffen und mir nachher mitzuteilen, was er gesagt hat. Lückenlos.«

Erica schaute in Yvons flehende Miene. Sie spürte sein dringendes Anliegen und war sich dessen bewußt, wie wichtig es war, daß die prunkvolle Statue Sethos' I. der Allgemeinheit erhalten blieb.

»Sind Sie auch sicher, daß es ungefährlich ist?«

»Natürlich«, entgegnete Yvon. »Sobald er anruft, verabreden Sie sich mit ihm an irgendeinem öffentlichen Ort, dann brauchen Sie sich keine Sorgen zu machen.«

»Na schön«, sagte sie. »Aber dafür schulden Sie mir dann noch ein Abendessen.«

»*D'accord*«, sagte Yvon und küßte Erica – auf die Lippen.

Erica sah in Yvons gutaussehendes Gesicht. Seine Mundwinkel hoben sich zu einem herzlichen Lächeln. Für einen Moment fragte sie sich, ob er sie womöglich nur benutzte. Dann verbot sie sich aber derartigen Argwohn. Außerdem war es keineswegs ausgeschlossen, daß in Wahrheit sie ihn benutzte.

Wieder auf ihrem Zimmer, fühlte Erica sich so wohl wie während der gesamten bisherigen Reise noch nicht. Yvon hatte sie in einer Weise erregt, wie sie es seit langer Zeit nicht mehr erlebt hatte, zumal auch die körperliche Beziehung zu Richard seit einigen Monaten nicht völlig zufriedenstellend war. Bei Yvon hatte man das Gefühl, daß sein sexuelles Verlangen gleich nach dem Wunsch zu einer tiefen persönlichen Beziehung rangierte. Er war zu warten bereit, und das empfand sie als angenehm. Vor ihrer Zimmertür schob sie rasch den Schlüssel ins Schlüsselloch und stieß die Tür weit auf. Anscheinend befand sich alles an seinem Platz. Sie entsann sich der etlichen hundert Filme, die sie gesehen hatte und wünschte, sie hätte irgendwelche Vorkehrungen getroffen, um ein mögliches Eindringen in ihr

Zimmer während ihrer Abwesenheit augenblicklich feststellen zu können. Sie knipste das Licht an und begab sich
ins Schlafzimmer. Dort war niemand. Sie schaute auch ins
Bad, obwohl sie über ihre melodramatische Anwandlung
lächeln mußte.

Dann versetzte Erica, indem sie einen Seufzer der Erleichterung ausstieß, der Eingangstür einen Schubs, die sich
mit einem dumpfen Laut schloß, gefolgt vom beruhigenden
Klicken ihrer Metallteile aus amerikanischer Fabrikation.
Sie schüttelte die Schuhe von den Füßen, schaltete die Klimaanlage aus und öffnete die Balkontür. Bei den Pyramiden und der Sphinx waren inzwischen die Flutlichter ge-
löscht worden. Sie kehrte zurück ins Zimmer, streifte sich
dabei das Jerseykleid über den Kopf und hängte es auf. Entfernt vernahm sie den Verkehrslärm vom Korneish el Nil,
auf dem trotz der fortgeschrittenen Stunde noch reger Betrieb herrschte. Ansonsten war es still im Hotel. Aber noch
während sie ihre Augen vom Make-up reinigte, vernahm sie
von ihrer Tür her das erste unzweideutige Geräusch. Sie
versteinerte inmitten ihrer Bewegungen und starrte entsetzt
ihr Abbild im Spiegel an. Sie trug noch ihren Büstenhalter
und den Schlüpfer, ein Auge war mittlerweile vom Make-up
gesäubert. In der Ferne ertönte gewohnheitsmäßiges Hupen, dann folgte Ruhe. Sie hielt den Atem an und lauschte
angestrengt. Wieder vernahm sie das leise Geräusch von
Metall an Metall. Erica spürte, wie aus ihren Wangen das
Blut wich: Jemand schob einen Schlüssel ins Türschloß. Sobald sie das begriffen hatte, drehte sie sich langsam um. Der
Sicherheitsriegel war nicht vorgeschoben. Erica stand da
wie gelähmt. Sie konnte sich nicht dazu durchringen, einen
Sprung zur Tür zu tun. Zu groß war ihre Furcht, sie könne
es nicht schaffen, abzusperren, ehe sie aufging. Erneut
klackten im Schloß die Zuhaltungen.

Dann, während sie noch hinüberstarrte, begann sich der
Türknopf langsam zu drehen. Erica prüfte mit einem Blick

174

das Schloß der Badezimmertür. Es war mehr eine Art von Druckverschluß, und die Tür selbst bestand aus ganz dünnem Holz. Erneut lenkte das in der Stille fast laute Geräusch des Schlüssels ihren Blick zu dem sich langsam drehenden Türknauf. Wie ein verfolgtes, ängstliches Tier suchte sie das Zimmer mit den Augen nach einem Fluchtweg ab. Der Balkon! Konnte sie auf den Nachbarbalkon hinüberklettern? Nein, dabei müßte sie eine neun Stockwerke tiefe Kluft überwinden. Da fiel ihr das Telefon ein. Auf lautlosen Füßen eilte sie durchs Zimmer und riß den Hörer ans Ohr. Sie hörte ein fernes Tuten. Abnehmen, flehte sie stumm, bitte abnehmen!

Von der Tür kamen die letzten Klickgeräusche, die sich von den vorhergehenden unterschieden und das endgültige Einrasten und Umdrehen des Schlüssels anzeigten. Nun war die Tür offen, und mit einem weiteren kleinen Geräusch schob jemand sie um einen Spaltbreit ins Zimmer hinein, so daß ein Streifen vom grellen Licht des Korridors ins Zimmer fiel. Erica sank auf die Knie. Sie warf den Telefonhörer aufs Bett, sich selbst auf den Fußboden; dann wand sie sich seitwärts unters Bett.

Aus ihrem Versteck konnte sie gerade noch die unteren Teile der Tür erkennen, als sie aufschwang. Aus dem Telefonhörer drangen Summtöne. Erica erkannte jetzt, daß das Telefon sie verraten mußte als ein sicheres Anzeichen dafür, daß sie sich verbarg. Ein Mann betrat das Zimmer und schloß hinter sich leise die Tür. Aus einem Abgrund von Entsetzen beobachtete Erica, wie er sich dem Bett näherte und dann aus ihrem Blickfeld verschwand. Sie fürchtete sich, bloß den Kopf zu bewegen. Sie hörte, wie er über ihr den Hörer auf den Apparat legte. Danach durchquerte der Eindringling erneut ihr Blickfeld und schaute anscheinend ins Bad.

Der kalte Angstschweiß stand auf Ericas Stirn, als sie die Füße sich zum Schrank bewegen sah. Er suchte nach ihr!

Die Schranktür ging auf und wieder zu. Der Mann kehrte in die Mitte des Zimmers zurück und blieb stehen; seine Schuhe trennten nicht mehr als eineinhalb oder zwei Meter von Ericas Kopf. Dann kam er Schritt um Schritt näher, blieb vor dem Bett stehen. Sie hätte ihn berühren können, so nah war er.

Plötzlich hob der Mann die Bettdecke hoch, und Erica blickte in sein Gesicht.

»Erica, was um alles in der Welt machst du denn unterm Bett?«

»Richard!« schrie Erica und brach in Tränen aus.

Obwohl Erica eigentlich noch zu zittrig war, um sich rühren zu können, zog Richard sie unterm Bett hervor, half ihr hoch und klopfte sie ab.

»Also wirklich«, sagte er mit breitem Grinsen, »was machst du bloß unter dem Bett?«

»Ach, Richard«, sagte Erica und schlang unvermittelt die Arme um seinen Hals. »Ich bin so froh, daß du's bist. Ich kann dir gar nicht sagen, wie froh ich bin.« Sie schmiegte sich eng an ihn.

»Ich sollte dich häufiger überraschen«, brummte er erfreut und legte seine Arme um ihren nackten Rücken. So standen sie einige Augenblicke lang zusammen, bis sich Erica wieder gefaßt hatte und ihre Tränen trocknete.

»Bist du's wirklich?« fragte sie zuletzt und schaute zu ihm auf. »Ich kann's kaum glauben. Träume ich?«

»Du träumst nicht. Ich bin es. Vielleicht ein wenig übermüdet, aber leibhaftig hier bei dir in Ägypten.«

»Du siehst tatsächlich etwas müde aus.« Erica strich ihm das Haar aus der Stirn. »Ist alles in Ordnung?«

»Klar, mit mir stimmt alles. Ich bin nur ermüdet. Triebwerkschaden hieß es, deshalb ergab sich in Rom eine Verzögerung von fast vier Stunden. Aber es war die Mühe wert. Du siehst wundervoll aus. Wann hast du damit angefangen, nur ein Auge zu schminken?«

176

Erica lächelte und drückte ihn zärtlich. »Ich sähe noch besser aus, hättest du dich wenigstens kurz vorher angesagt. Wie hast du dich nur freimachen können?« Sie lehnte sich in seinen Armen zurück, ihre Hände auf seine Brust gestützt.

»Vor ein paar Monaten habe ich einen Kollegen anläßlich seines Vaters Tod vertreten. Daher war er mir noch einen Gefallen schuldig. Er versorgt nun die Notfälle und erledigt die Hausbesuche. Die Praxis muß eben zurückstehen. Leider war ich sowieso seit kurzem nicht richtig einsatzfähig. Ich habe dich viel zu sehr vermißt.«

»Du hast mir auch gefehlt. Ich glaube, deshalb habe ich dich angerufen.«

»Ich habe mich darüber gefreut.« Richard küßte sie auf die Stirn.

»Als ich dich vor einem Jahr fragte, ob du mit mir nach Ägypten reisen würdest, hast du mir erwidert, du könntest unmöglich dafür die Zeit herausschinden.«

»Na ja…«, meinte Richard. »Damals war ich wegen der Praxis etwas kleingläubig. Aber seither ist ein Jahr verstrichen, und jetzt bin ich mit dir hier in Ägypten. Ich kann es selber kaum fassen. Aber was, Erica, hast du denn nun eigentlich unter dem Bett gemacht?« In seinen Mundwinkeln zuckte ein Lächeln. »Habe ich dir einen solchen Schrecken eingejagt? Das war nicht meine Absicht, und sollte es so gewesen sein, tut's mir leid. Ich dachte, du schläfst, und da wollte ich mich anschleichen und dich wecken, genau wie daheim.«

»Ob du mich erschreckt hast?« fragte Erica. Sie lachte bitter auf, löste sich aus seiner Umarmung und holte aus dem Schrank ihren weißen, mit Ösen zu schließenden Morgenmantel. »Ich fühle mich noch immer ganz schwach. Du hast mich in Angst und Schrecken versetzt.«

»Entschuldige«, bat Richard.

»Wie hast du überhaupt meinen Schlüssel bekommen?«

Erica setzte sich auf die Bettkante, die Hände auf dem Schoß.

Richard zuckte die Achseln. »Ich ging einfach ins Hotel und fragte nach einem Schlüssel für 932.«

»Und man hat dir ohne Schwierigkeiten einen gegeben? Ohne dir Fragen zu stellen?«

»Genau. So was ist in Hotels nicht außergewöhnlich. Ich hatte ja darauf gehofft, um dich überraschen zu können. Ich wollte dein Gesicht sehen, wenn du mich so plötzlich in Kairo erblickst.«

»Richard, nach dem, was ich in den letzten beiden Tagen durchmachen mußte, war das wahrscheinlich das Dümmste, was du dir ausdenken konntest.« Ihre Stimme wurde scharf. »Es war eine ziemlich große Dummheit.«

»Na schön, na schön«, sagte Richard beruhigend und hob in gespieltem Schuldbewußtsein die Hände. »Ich bedaure es ja, dich erschreckt zu haben. Es geschah nicht mit Absicht.«

»Hast du dir denn nicht denken können, daß mir das nackte Entsetzen in die Glieder fahren muß, wenn du dich um Mitternacht in mein Zimmer schleichst? Wirklich, Richard, soviel Überlegung ist doch nicht zuviel verlangt. Sogar in Boston wäre das nicht sehr vernünftig gewesen. Ich bezweifle, daß du auch nur im entferntesten daran gedacht hast, wie mir zumute sein muß.«

»Nun ja, ich brannte doch darauf, dich wiederzusehen. Ich meine, ich bin soundsoviel tausend Kilometer gereist, um mit dir zusammen sein zu dürfen.« Richards Lächeln begann zu schwinden. Sein aschblondes Haar war zerzaust, und unter seinen Augen sah man dunkle Schatten.

»Je länger ich darüber nachdenke, um so idiotischer kommt es mir vor. Herrgott, mich hätte ja der Herzschlag treffen können. Du hast mich zu Tode erschreckt.«

»Ich bedaure es. Ich habe doch gesagt, daß es mir leid tut.«

»Ich bedaure es«, wiederholte geringschätzig Erica.

»Glaubst du, daß du alles damit erledigen kannst, nur indem du es bedauerlich findest? Aber so ist das keineswegs. Für mich war es schlimm genug, an zwei Tagen zwei Morde mitansehen zu müssen, und nun muß ich auch noch das Opfer deines pubertären Streichs werden. Was zuviel ist, ist zuviel.«

»Ich dachte, du wärst glücklich, mich zu sehen«, meinte Richard. »Du hast selbst gesagt, daß du froh bist, weil ich es bin.«

»Ich war froh, daß du kein Sittenstrolch oder Mörder warst.«

»Nun, da fühlt man sich natürlich sehr willkommen.«

»Richard, was in Gottes Namen treibst du überhaupt hier?«

»Ich bin hier, um dich zu sehen. Um die halbe Welt bin ich in diese staubige, heiße Stadt gereist, weil ich dir zeigen möchte, daß ich mir um dich Sorgen mache.«

Erica öffnete den Mund, antwortete jedoch nicht sofort. Ihre Verärgerung legte sich ein wenig. »Aber ich hatte dich doch ausdrücklich gebeten, nicht zu kommen.« Sie sprach wie zu einem unartigen Kind.

»Das weiß ich, aber ich habe mich deswegen mit deiner Mutter besprochen.« Richard setzte sich aufs Bett und versuchte, Ericas Hand zu nehmen.

»Was?« fragte sie und entzog sich seinem Zugriff. »Sag das noch mal.«

»Was noch mal?« fragte verwirrt Richard. Er spürte ihren erneuten Ärger, verstand ihn jedoch nicht.

»Du und meine Mutter, ihr habt euch gegen mich verschworen.«

»So würde ich das nicht nennen. Wir haben darüber diskutiert, ob ich fliegen solle oder nicht.«

»Wunderbar«, höhnte Erica. »Und ich würde wetten, dabei ist herausgekommen, daß Erica, das kleine Mädchen, bloß wieder mal in einer schwierigen Phase steckt und sie bestimmt bald überwinden wird. Man muß sie bloß wie ein Kind behandeln und für einige Zeit ihr gegenüber tolerant sein.«

»Sieh mal, Erica, deine Mutter will doch, falls es dich interessiert, nur das Beste für dich.«

»Da bin ich mir nicht so sicher«, zweifelte Erica und erhob sich vom Bett. »Meine Mutter kann nicht zwischen meinem und ihrem Leben unterscheiden. Sie drängt sich zu sehr auf, und ich habe ein Gefühl, als ob sie mir Lebenskraft aussaugt. Kannst du das verstehen?«

»Nein, kann ich nicht«, gestand Richard, jetzt ebenfalls leicht gereizt.

»Das habe ich auch nicht erwartet. Allmählich habe ich den Eindruck, das hat etwas damit zu tun, daß wir Juden sind. Meine Mutter ist so darauf versessen, mich in ihre Fußstapfen treten zu sehen, daß sie sich nicht die Mühe macht, einmal darüber nachzudenken, was für ein Mensch ich eigentlich bin. Kann sein, daß sie das Beste für mich will, aber ich glaube, außerdem will sie auch ihr eigenes Leben durch mich gerechtfertigt sehen. Die Schwierigkeit dabei ist bloß, daß meine Mutter und ich uns stark unterscheiden. Wir sind in verschiedenen Welten aufgewachsen.«

»Wenn du so daherredest, kommst du mir wie ein Kind vor.«

»Ich glaube, du begreifst überhaupt nichts, Richard, absolut nichts! Du kapierst nicht mal, warum ich eigentlich hier in Ägypten bin. Egal, wie oft ich's dir erkläre, du weigerst dich einfach, es zu verstehen.«

»Ich bin anderer Meinung. Ich glaube, ich weiß, warum du hier bist. Du fürchtest dich vor einer festen Bindung. So einfach ist das nämlich. Du möchtest deine Unabhängigkeit bewahren.«

»Richard, wag es bloß nicht, alles umzudrehen. Du warst derjenige, der sich vor einer Bindung gefürchtet hat. Vor einem Jahr warst du nicht einmal zur Diskussion einer Heirat bereit. Jetzt willst du plötzlich eine Frau, ein Haus und einen Hund, ich bezweifle, daß die Reihenfolge dabei eine Rolle spielt. So, ich bin aber niemandes Eigentum, weder deines noch das meiner Mutter. Ich bin auch nicht hier in Ägypten, um meine Unabhängigkeit unter Beweis zu stellen. Hätte ich das gewollt, ich wäre in einen dieser überfüllten Urlaubsorte gefahren, beispielsweise zum Club Méditerranée, wo man seinen Denkapparat abschalten kann. Ich bin aber nach Ägypten gereist, weil ich acht Jahre lang mit dem Studium des ägyptischen Altertums zugebracht habe, weil die gesamte Arbeit meines Lebens sich um das alte Ägypten dreht. Die Ägyptologie ist für mich ein Teil von mir, wie die Medizin ein Teil von dir ist.«

»Du versuchst also, mir einzureden, Liebe und Familie kommen bei dir erst an zweiter Stelle?«

Erica schloß die Augen und seufzte. »Nein, nicht an zweiter Stelle. Ich meine bloß, daß deine gegenwärtige Vorstellung von Ehe für mich eine Art intellektuelle Enthaltsamkeit bedeuten würde. Du hast meine Tätigkeit immer nur als ein besonders tiefgründiges Hobby betrachtet. Du nimmst meinen Beruf nicht ernst.«

Richard wollte ihr widersprechen, aber Erica ließ ihn nicht zu Wort kommen. »Ich behaupte nicht, es habe dir nicht gefallen, daß ich ein so exotisches Doktorat machen durfte. Aber du hast dich nicht für mich gefreut. Es paßte bloß zufällig in deine großartigen Pläne. Ich glaube, du fühltest dich dabei liberaler, intellektueller.«

»Erica, ich glaube, du bist unfair.«

»Bitte mißverstehe mich nicht, Richard. Ich weiß, daß ich teilweise selbst daran schuld bin. Ich habe mich nie hinreichend bemüht, dir die Bedeutung meiner Arbeit und meine Begeisterung für sie zu erklären. Falls überhaupt, habe ich sie eher kleiner gemacht, aus Furcht, ich könnte dich damit abschrecken. Aber jetzt ist das anders. Ich habe endlich zu mir selbst gefunden.

Und das heißt keineswegs, daß ich nicht heiraten möchte. Es heißt lediglich, daß ich nicht diese Hausfrauenrolle übernehmen will, die dir vorschwebt. Ich bin nach Ägypten gereist, um meine Kenntnisse für meinen Beruf zu erweitern.«

Richard war von Ericas Argumenten wie erschlagen, und zum Streiten war er einfach zu müde.

»Wenn es in deiner Absicht liegt, dich nützlich zu machen, warum hast du dann ein so obskures Gebiet gewählt? Ich meine, Erica, also wirklich, Ägyptologie! Hieroglyphen des Neuen Reiches!« Richard ließ sich rücklings aufs Bett fallen, die Füße noch auf dem Boden.

»Bei den ägyptischen Altertümern ist viel mehr los, als du dir überhaupt vorstellen kannst«, sagte Erica. Sie ging zum Sekretär und nahm den Umschlag mit den Fotos, die ihr Jeffrey Rice mitgebracht hatte. »Diese Tatsache habe ich selber erst während der beiden letzten Tage einsehen gelernt. Sieh dir mal diese Bilder an!« Erica warf den Umschlag Richard auf die Brust.

Richard setzte sich mit sichtlicher Mühe auf und zog die Fotos aus dem Umschlag. Er schaute sie durch und schob sie wieder hinein. »Hübsche Statue«, sagte er gleichgültig und ließ sich zurück aufs Bett sinken.

»Hübsche Statue?« schalt höhnisch Erica. »Das dürfte die schönste altägyptische Statue sein, die je gefunden worden ist, und ich bin Zeugin zweier Morde geworden, von denen nach meiner Ansicht mindestens der eine mit so einer Statue zusammenhängt, und da sagst du bloß, sie sei hübsch.«

Richard öffnete ein Auge und musterte Erica, die wütend am Sekretär lehnte. Durch den Spitzensaum ihres Morgenmantels sah er die Wölbungen ihrer Brüste. Ohne sich aufzurichten, holte er die Fotos nochmals aus dem Umschlag und betrachtete sie genauer. »Na schön«, meinte er nach einem Weilchen. »Also eine hübsche lebensgefährliche Statue. Aber was soll das heißen, zwei Morde? Du hast doch wohl nicht heute noch einen Mord gesehen, oder?« Richard stützte sich auf einen Ellbogen. Seine Lider waren nur halb offen.

»Ich habe ihn nicht nur gesehen, das Opfer ist auf mich gefallen. Es wäre schwierig, noch näher an einem Mordfall zu sein und unbeteiligt zu bleiben.«

Für eine Weile starrte Richard sie an. »Ich glaube, du kommst besser mit mir zurück nach Boston«, sagte er dann mit soviel Autorität, wie er aufzubringen vermochte.

»Ich bleibe hier«, entgegnete Erica unumwunden. »Ich werde sogar versuchen, etwas gegen den Schwarzhandel mit Altertümern zu unternehmen. Ich glaube, in dieser Hinsicht kann ich mich recht nützlich machen. Und ich möchte gerne verhindern, daß man die Sethos-Statue aus Ägypten hinausschmuggelt.«

Erica war so versunken, daß sie nicht merkte, wie die Zeit verstrich. Als sie auf ihre Uhr sah, überraschte es sie, daß es schon halb drei Uhr morgens war; sie hatte sich auf dem Balkon an einen kleinen runden Tisch gesetzt, den sie extra aus dem Zimmer geholt hatte. Auch die Nachttischlampe hatte sie sich herausgebracht, die einen hellen Lichtkreis auf die Tischplatte warf und die ausgelegten Fotos der Statue in Houston beleuchtete.

Richard lag in tiefem Schlaf auf dem Bett, noch total angezogen. Erica hatte zwar darauf bestanden, ihn in einem anderen Zimmer unterzubringen, aber das Hotel war restlos belegt. Ebenso das Sheraton, Shepheard's und Meridien. Während Erica telefonisch ein Hotel auf der Insel Gezira zu erreichen versuchte, ging sein Atmen in ein Schnarchen über, und sie erkannte daran, daß er fest eingeschlafen war. Erica gab ihre Bemühungen auf. Sie hatte ihn für diese Nacht nicht im Zimmer haben wollen, weil ihr das Risiko zu groß gewesen war, daß sie sich auf eine Versöhnung im Bett einließ. Aber da er nun schon schlief, beschloß sie, daß

183

er sich am Morgen selbst um eine Unterkunft kümmern konnte.

Sie selbst fühlte sich zu überdreht, als daß sie hätte schlafen können. Sie wollte sich mit den Hieroglyphen auf den Fotos befassen. Ihr besonderes Interesse galt der kurzen Inschrift mit den zwei Pharaonen-Kartuschen. Hieroglyphen bereiteten immer erhebliche Schwierigkeiten, weil es keine Selbstlaute gab und man die korrekte Leserichtung feststellen mußte. Diese Inschrift auf der Statue Sethos' I. wirkte jedoch noch viel rätselhafter als alle anderen Hieroglyphen, als hätte der Verfasser ihren Sinn verschlüsseln wollen.

Erica konnte sich nicht entscheiden, in welcher Richtung sie lesen sollte. Ganz gleich, wie sie an den Text ging, es ergab sich kein vernünftiger Sinn. Warum sollte der Name des Knabenkönigs Tutanchamun auf die Darstellung eines so mächtigen Pharao wie Sethos' I. gehauen sein?

Die beste Übertragung, die sie zustande brachte, lautete folgendermaßen: »Ewige Ruhe (oder ewiger Friede) sei gegeben (oder gewährt) Seiner Majestät, König des Oberen und Unteren Ägypten, Sohn des Amun-Rê, Liebling des Osiris, Pharao Sethos I., der nach (oder hinter oder unter) Tutanchamun herrscht (oder regiert oder obwaltet).« Soweit sie sich entsann, kam das dem ziemlich nahe, was Dr. Lowery am Telefon geäußert hatte. Aber sie war unzufrieden. Das Ergebnis sah zu einfach aus. Sicherlich hatte Sethos I. nach Tutanchamun geherrscht und gelebt, ungefähr fünfzig Jahre später. Aber warum war aus allen vorangegangenen Pharaonen nicht Tuthmosis IV. oder einer der anderen großen Erbauer des Reiches ausgewählt worden? Und auch das vorletzte Interpretationsproblem ließ ihr keine Ruhe. Sie verwarf ›unter‹, weil zwischen Sethos I. und Tutanchamun keinerlei dynastische Verbindungen existiert hatten. Zwischen den beiden Pharaonen ließen sich keinerlei Familienbande nachweisen. Sie besaß vielmehr sogar berechtigten Anlaß zu der Überzeugung, daß bereits vor der

Zeit Sethos' I. der Name Tutanchamuns durch den Feldherrn und Usurpator Pharao Haremheb ausgelöscht worden war; sie hielt auch ›hinter‹ wegen der Bedeutungslosigkeit Tutanchamuns für falsch.

Also blieb nur ›nach‹.

Erica las sich den Satz laut vor. Alles klang viel zu simpel, und genau aus diesem Grund wirkte es so rätselhaft. Erica fand es aufregend, den Gedankengängen eines Hirns nachzuspüren, das vor dreitausend Jahren sich das ausgedacht hatte.

Sie blickte ins Zimmer und hinüber zu Richards schlafender Gestalt, und deutlicher denn je war sich Erica der Kluft bewußt, die sie voneinander trennte. Richard würde die Faszination, die Ägypten auf sie ausübte, und die Tatsache, daß solche intellektuellen Erlebnisse einen wesentlichen Teil ihrer Persönlichkeit ausmachten, nie begreifen.

Sie erhob sich vom Tisch, trug die Lampe und die Fotos wieder hinein. Als das Licht auf Richards Gesicht fiel, auf seine kaum merklich geöffneten Lippen, machte er plötzlich einen sehr jungen, kindlichen Eindruck. Erica erinnerte sich an den Beginn ihrer Beziehung und sehnte sich zu den Zeiten zurück, als ihr Verhältnis zueinander noch einfacher war. Ihr lag wirklich etwas an ihm, aber es fiel ihr schwer, sich mit der Realität abzufinden: Richard würde immer Richard bleiben. Seine medizinische Laufbahn hinderte ihn daran, sich einmal aus einem anderen Blickwinkel zu betrachten, und Erica mußte sich damit abfinden, daß er sich nicht ändern konnte.

Sie löschte die Lampe und streckte sich neben ihm aus. Er ächzte und drehte sich um, legte eine Hand auf Ericas Brust. Behutsam legte sie sie an seine Seite. Sie wollte ihre Distanz bewahren und nicht von ihm berührt werden. Sie dachte an Yvon, von dem sie das Gefühl hatte, daß er sie als Intellektuelle gleichrangig und zugleich als Frau behandelte. Im Dunkeln sah sie Richard an, und sie begriff, daß sie ihm von dem Franzosen erzählen mußte. Er würde beleidigt sein. Sie starrte empor an die düstere Zimmerdecke, suchte sich seine Eifersucht vorzustellen. Er würde sagen, sie sei nur fortgelaufen, um sich einen Liebhaber anzulachen. Nie würde er ihr leidenschaftliches Engagement begreifen, um die zweite Statue Sethos' I. im Lande zu behalten.

»Du wirst sehen«, flüsterte sie Richard im Dunkeln zu, »ich werde die Statue finden.« Richard stöhnte im Schlaf und wälzte sich auf die andere Seite.

Dritter Tag

Kairo 8 Uhr

Als Erica am folgenden Morgen erwachte, glaubte sie zunächst, sie habe wieder die Dusche laufen lassen; doch da entsann sie sich Richards unerwarteter Ankunft und begriff, daß er das Wasser aufgedreht hatte. Sie strich sich eine Strähne aus der Stirn und drehte den Kopf auf dem Kissen, so daß sie durch die offene Balkontür nach draußen schauen konnte. Der Lärm des unablässigen Verkehrs von unten und das Geräusch der Dusche verschmolzen miteinander und übten eine beruhigende Wirkung auf sie aus, wie das Dröhnen und Rauschen eines fernen Wasserfalls. Erica schloß wieder die Augen, während sie an ihre Überlegungen der vergangenen Nacht zurückdachte. Dann wurde die Dusche unvermittelt abgedreht. Erica regte sich nicht. Richard kam ins Zimmer gepatscht, rieb sich kräftig das aschblonde Haar trocken. Vorsichtig drehte sich Erica ein wenig, tat jedoch weiter so, als schliefe sie; aus halbgeöffneten Lidern betrachtete sie Richard und war überrascht, daß er splitternackt herumlief. Sie beobachtete ihn, wie er das Handtuch beiseite warf, zur offenen Balkontür trat und die großen Pyramiden mit der wachsamen Sphinx in der Ferne betrachtete. Er besaß einen gutgebauten Körper. Sie musterte den wohlproportionierten Rücken und seine kräftigen Beine. Erica schloß wieder die Augen; sie fürchtete, daß der längere Anblick von Richards Körper ihre Sinnlichkeit erwecken könnte und sie dieser nachgeben würde.

Sie merkte erst, daß sie wieder eingeschlafen war, als jemand sie sanft wachschüttelte. Sie schlug die Lider auf und blickte direkt in Richards blaue Augen. Er lächelte sie spitzbübisch an und war bereits mit Jeans und einem dazu passenden marineblauen Strickhemd angezogen. Sein Haar war so gut zurechtgestriegelt, wie seine Naturlocken es erlaubten.

»Auf, auf, meine verschlafene Schönheit«, sagte Richard und küßte sie auf die Stirn. »In fünf Minuten kommt das Frühstück.«

Während sie duschte, überlegte Erica, wie sie entschiedener auftreten könne, ohne unfreundlich zu sein. Sie hoffte, daß Yvon nicht anrief, und mit dem Gedanken an ihn erinnerte sie sich an die Statue Sethos' I. Es war schon eine gute Sache, mitten in der Nacht zu einem Kreuzzug aufzurufen; aber eine andere, ihn wirklich zu beginnen. Sie wußte, daß sie einen Plan machen müßte, wenn sie nur die kleinste Hoffnung haben wollte, das Standbild zu finden. Erica rieb sich mit einer streng riechenden ägyptischen Seife ein und überdachte erstmals ihr gefährliches Leben, das mit dem Mord an Abdul Hamdi begonnen hatte. Erstaunt, weil sie nicht früher daran gedacht hatte, spülte sie sich rasch den Seifenschaum ab und trat aus der Dusche. »Natürlich«, sagte sie laut zu sich selbst. »Eine Gefahr besteht, wenn die Mörder wissen, daß ich zur Zeugin geworden bin. Aber sie haben mich ja gar nicht gesehen.«

Erica versuchte mit einem Kamm, ihr feuchtes Haar zu entzausen, und musterte sich dabei im Spiegel. Der Pickel an ihrem Kinn hatte sich zu einem roten Fleck gesundgeschrumpft, und die ägyptische Sonne hatte ihrem Teint bereits eine attraktive Bräune verliehen.

Beim Auflegen des Make-ups versuchte Erica, sich auf ihre Unterhaltung mit Abdul Hamdi zu besinnen. Die Statue befinde sich kurz vor ihrer Reise, hatte er gesagt; vermutlich meinte er, ins Ausland. Erica hoffte, der Mord an Abdul Hamdi bedeute nicht zwangsläufig, daß man sie bereits außer Landes geschafft hatte. Ihre Vermutung, daß es nicht so war, wurde dadurch bestärkt, daß Yvon, Jeffrey Rice oder der von Yvon erwähnte Grieche sicher davon er-

188

fahren hätten, wäre die Statue in einem neutralen Land aufgetaucht, wie der Schweiz. Alles in allem glaubte sie, daß die Statue sich nicht nur noch in Ägypten, sondern sogar in Kairo befand.

Erica prüfte ihr Make-up. So war es gut. Sie hatte lediglich eine winzig kleine Menge Wimperntusche verwendet. Sie fand es romantisch, daß ägyptische Frauen sich vor viertausend Jahren auf die gleiche Weise die Wimpern geschwärzt hatten.

Richard klopfte an die Tür. »Frühstück ist auf dem Balkon serviert«, meldete er und ahmte den britischen Akzent des Hotelpersonals nach. Er wirkte richtig selbstzufrieden, stellte Erica fest. Wahrscheinlich würde es jetzt noch schwieriger sein, vernünftig mit ihm zu reden.

Erica rief durch die Tür, sie werde in wenigen Augenblicken fertig sein, dann fing sie mit dem Anziehen an. Sie vermißte schmerzlich die baumwollene Hose mit der Zugkordel. In diesem heißen Klima würde es in ihren Jeans viel wärmer sein. Während sie in die engen Hosenbeine stieg, dachte sie an den Griechen. Sie hatte keine Ahnung, was er von ihr wollte, aber möglicherweise konnte er ihr als Informationsquelle dienen. Vielleicht ließ sich das, was er von ihr zu erfahren wünschte, gegen Insiderinformationen über die Arbeitsweisen auf dem Schwarzmarkt einhandeln? Das war zwar eine übertriebene Erwartung, aber wenigstens ein Einstieg.

Erica zupfte ihre Bluse zurecht und fragte sich, ob der Grieche – oder sonstwer, wenn sie sich diese Frage schon stellte – die Bedeutung der Hieroglyphen begriff, die sie in der Nacht zu übersetzen versucht hatte. Das Verschwinden der Statue schien mit dem Geheimnis um die Person Sethos' I. selbst in Zusammenhang zu stehen. Dreitausend Jahre waren verstrichen, seit dieser alte Ägypter gelebt und geatmet hatte. Außer daß er im ersten Jahrzehnt seiner Herrschaft einen sehr erfolgreichen Feldzug in den Mittelosten und nach Libyen durchgeführt hatte, konnte sich Erica nur daran erinnern, daß dieser mächtige Pharao den Bau einer ausgedehnten Tempelanlage bei Abydos veranlaßt hatte, eine Ergänzung des Tempels zu Karnak, und eine großartige Höhlengruft im Tal der Könige bauen ließ.

Erica erkannte, daß sie ihre diesbezüglichen Kenntnisse noch vertiefen mußte, und beschloß, noch einmal das Ägyptische Museum aufzusuchen, wobei sie sich diesmal ihres offiziellen Empfehlungsschreibens bedienen würde. Dadurch hatte sie eine Beschäftigung, bis der Grieche mit ihr Kontakt aufnahm. Die andere Person, die Informationen für sie haben konnte, war Abdul Hamdis Sohn, den er selbst erwähnt hatte und der in Luxor einen Antiquitätenhandel betrieb. Als Erica die Badezimmertür öffnete, hatte sie sich entschieden. Sobald wie möglich wollte sie nilaufwärts nach Luxor, zum Sohn Abdul Hamdis. Das schien die beste Idee zu sein.

Richard hatte ein umfangreiches Frühstück bestellt. Wie am Morgen zuvor war es auf dem Balkon serviert worden. Unter silbernen Wärmern befanden sich die Eier, es gab noch Schinken und frisches ägyptisches Brot. Zwischen Eisbrocken staken Papayafrüchte. Der Kaffee brauchte nur noch eingeschenkt zu werden. Richard stand vor dem Tisch wie ein nervöser Kellner, der die Anordnung der Teller und Servietten korrigiert.

»Ah, Eure Hoheit«, dienerte Richard, auch diesmal mit vorgetäuschter englischer Aussprache. »Eure Tafel ist gedeckt.« Er schob ihr einen Stuhl zurück und ließ Erica Platz nehmen. »Nach Euch«, sagte er und hielt ihr nacheinander die Teller hin.

Erica war richtig gerührt. Richard mangelte es zwar völlig an Yvons Vornehmheit und Feingefühl, aber sein Verhalten war herzlich. Erica wußte, er war ziemlich empfindlich, wenngleich er sich meistens von einer robusten Seite zeigte. Und sie ahnte, daß das, was sie ihm zu sagen hatte, ihn kränken konnte. »Ich weiß nicht«, eröffnete sie das Gespräch, »wieviel du von unserer Unterhaltung in der Nacht noch behalten hast…«

»Alles«, antwortete Richard und hielt seine Gabel in die Höhe. »Ich möchte lieber schon jetzt, bevor du weiterredest, einen Vorschlag machen. Ich glaube, wir sollten schnurstracks hinüber zur amerikanischen Botschaft gehen und den Leuten dort erzählen, was du erlebt hast.«

»Richard«, unterbrach ihn Erica, und sie merkte, daß sie vom beabsichtigten Verlauf ihres Gesprächs abgelenkt wurde, »die amerikanische Botschaft kann überhaupt nichts tun. Sei realistisch. Mir selber ist ja nichts passiert, bloß rundherum hat sich allerlei zugetragen. Nein, ich gehe nicht zur amerikanischen Botschaft.«

»Na gut«, murrte Richard, »wenn du das für richtig hältst, von mir aus. Doch nun zu den anderen Dingen, die du geäußert hast. Kommen wir zu uns.« Richard schwieg einen Moment lang und spielte mit seiner Tasse. »Ich gebe zu, es ist einiges wahr an dem, was du über meine Einstellung zu deiner Tätigkeit gesagt hast. So, und deswegen möchte ich dich jetzt um etwas bitten.« Er hob seinen Blick und schaute Erica in die Augen. »Laß uns hier in Ägypten zusammen wenigstens einen schönen Tag verbringen, sozusagen auf deinem Gebiet. Gib mir die Gelegenheit, einmal zu sehen, was es eigentlich damit auf sich hat.«

»Richard, aber…«, begann Erica. Sie wollte über Yvon und ihre Empfindungen sprechen.

»Bitte, Erica. Du mußt zugeben, daß wir noch nie über diese Dinge gesprochen hatten. Gib mir ein bißchen Zeit. Heute abend sprechen wir uns aus, ich schwöre es dir. Immerhin bin ich doch diese weite Strecke extra zu dir gereist. Zählt das gar nicht?«

»Es zählt auch«, sagte Erica matt. Diese Art von Unterhaltung nahm sie stark mit. »Aber selbst diese Entscheidung hätten wir zusammen fällen sollen. Ich weiß es zu würdigen, daß du dir Mühe gibst, aber ich glaube, du hast noch immer nicht verstanden, warum ich hier bin. Anscheinend sehen wir die Zukunft unserer Beziehung sehr verschieden.«

»Darüber müssen wir ja eben diskutieren«, schlug Richard vor, »aber nicht jetzt. Heute abend. Ich bitte dich ja nur, daß wir uns heute einen schönen Tag machen, damit ich etwas von Ägypten sehen und ein Gespür für die Ägyptologie bekommen kann. Ich finde, soviel Rücksichtnahme habe ich verdient.«

»Also gut«, stimmte Erica widerwillig zu. »Aber heute abend reden wir miteinander.«

»Ehrenwort«, schwor Richard. »Nachdem das nun feststeht, laß uns einen Plan machen. Ich würde mir wirklich mal gerne diese Brocken da hinten ansehen.« Richard wies mit einem Stück Toast hinüber zur Sphinx und zu den Pyramiden von Giseh.

»Tut mir leid«, sagte Erica. »Der heutige Tag ist bereits verplant. Am Vormittag gehen wir ins Ägyptische Museum, um festzustellen, was über Sethos I. bekannt ist, und am Nachmittag suchen wir den Schauplatz des ersten Mordes auf, *Antica Abdul.* Die Pyramiden müssen warten.«

Erica versuchte, den Ablauf des Frühstücks zu beschleunigen, um ein Zimmer für Richard bestellen zu können, ehe der unvermeidliche Anruf kam. Doch sie schaffte es nicht. Richard war gerade dabei, in seine Nikon einen Film einzulegen, als sie den Hörer abhob. »Hallo?« meldete sie sich mit ruhiger Stimme. Wie befürchtet, war Yvon der Anrufer. Sie wußte, daß sie keine Gewissensbisse zu haben brauchte, aber trotzdem war es ihr unangenehm. Sie hatte Richard von dem Franzosen erzählen wollen, aber er ließ sie ja nicht zu Wort kommen.

Yvon war gut gelaunt und floß über vor Herzlichkeit, bezüglich des vorangegangenen Abends. Erica pflichtete ihm in regelmäßigen Abständen bei, und sie merkte, daß ihre

Äußerungen steif klangen. »Erica, sind Sie wohlauf?« erkundigte sich Yvon zuletzt.

»Ja, ja, es geht mir prima.« Erica überlegte krampfhaft, wie sie das Telefonat beenden könne.

»Sie würden es mir doch sagen, wenn irgend etwas los wäre?« fragte er stark beunruhigt.

»Natürlich«, versicherte Erica hastig.

Schweigen. Zweifelsohne merkte Yvon, daß etwas nicht stimmte.

»Gestern abend waren wir uns doch darüber einig«, sagte Yvon, »daß wir den Tag zusammen verbringen wollen. Wie steht es also heute damit? Lassen Sie mich Ihnen ein paar Sehenswürdigkeiten zeigen.«

»Nein, vielen Dank«, lehnte Erica ab. »Überraschenderweise habe ich heute nacht Besuch aus den Vereinigten Staaten erhalten.«

»Das macht doch nichts«, meinte Yvon. »Ihr Besucher ist mir willkommen.«

»Es handelt sich aber um…« Erica zögerte. ›Freund‹ klang so albern.

»Einen Liebhaber?« fragte mit gedehnter Stimme Yvon.

»Einen Freund«, sagte Erica. Etwas Gescheiteres fiel ihr einfach nicht ein.

Yvon knallte den Hörer auf den Apparat. »Frauen«, stieß er erbittert hervor und preßte die Lippen aufeinander.

Raoul hob den Blick aus seiner eine Woche alten *Paris Match;* es kostete ihn Mühe, ein Lächeln zu unterdrücken. »Diese Amerikanerin macht dir aber eine Menge Schwierigkeiten.«

»Halt's Maul«, fluchte Yvon in einer für ihn keineswegs charakteristischen Gereiztheit. Er zündete sich eine Zigarette an und blies in kleinen blauen Wölkchen den Rauch an die Zimmerdecke. Er hielt es für durchaus möglich, daß Ericas Besuch sich völlig unerwartet eingestellt hatte. Aber er verspürte dennoch einen gewissen Zweifel; vielleicht hatte sie absichtlich darüber geschwiegen, ihn angeführt.

Er drückte die Zigarette aus und stapfte zum Balkon. Für ihn war es ein ungewohntes Gefühl, von einer Frau außer Fassung gebracht zu werden. Sobald sich mit Frauen Probleme ergaben, kehrte er ihnen den Rücken. So einfach pflegte die Sache zu sein. In der Welt wimmelte es nur so von Frauen. Er starrte auf ein Dutzend Feluken, die unter ihm im Wind südwärts segelten. Die friedliche Aussicht besserte seine Stimmung ein wenig.

»Raoul«, befahl er, »ich möchte Erica Baron erneut beschatten lassen.«

»In Ordnung«, sagte Raoul. »Khalifa befindet sich im Hotel Scheherazade auf Abruf.«

»Versuch ihm einzutrichtern, daß er sich zurückhalten soll«, sagte Yvon. »Ich wünsche kein weiteres überflüssiges Blutvergießen.«

»Khalifa besteht darauf, daß der von ihm erschossene Mann Erica Baron aufgelauert hat.«

»Der Mann arbeitete für das Department of Antiquities. Daß er Erica aufgelauert haben soll, ist reichlich unglaubwürdig.«

»Nun, jedenfalls kann ich dir nur eines versichern: Khalifa ist ein erstklassiger Mann«, sagte Raoul. »Ich weiß es.«

»Um so besser für ihn«, sagte Yvon. »Stephanos will sich noch heute mit dem Mädchen treffen. Du mußt Khalifa ausdrücklich warnen. Es könnte Ärger geben.«

»Dr. Sarwat Fakhry kann Sie nun empfangen«, meldete eine grobschlächtige Sekretärin mit gewaltigem Busen. Sie war ungefähr zwanzig Jahre alt und strotzte von Gesundheit und Arbeitsfreude, eine angenehme Auflockerung der ansonsten niederdrückenden Atmosphäre des Ägyptischen Museums.

Das Büro des Kurators glich mit den herabgelassenen Jalousien einer düsteren Höhle. Eine Klimaanlage, die vernehmlich schnarrte, hielt den Raum kühl. Es war ein viktorianisches Studierzimmer, mit dunklem Holz getäfelt. An einer Wand hatte man eine Kaminattrappe aufgebaut, in Kairo ohne Zweifel fehl am Platze; die anderen Wände waren vollkommen von Bücherregalen ausgefüllt. In der Mitte des Raumes stand ein großer Schreibtisch, überhäuft mit Büchern, Zeitschriften und Papieren. Hinterm Tisch saß Dr. Fakhry, der aufschaute und über seine Brillengläser lugte, als Erica und Richard eintraten. Er war ein kleiner nervöser Mann von etwa sechzig und besaß spitze Gesichtszüge und drahtiges graues Haar.

»Willkommen, Dr. Baron«, sagte er, stand jedoch nicht auf.

Ericas Empfehlungsschreiben zitterte leicht in seiner Hand. »Ich bin stets hocherfreut, jemanden vom Bostoner Museum für Schöne Künste begrüßen zu dürfen. Wir stehen für seine hervorragende Arbeit tief in Reisners Schuld.« Dr. Fakhry sah beim Sprechen nur Richard an.

»Ich bin nicht Dr. Baron«, erklärte Richard; er lächelte.

Erica trat um einen Schritt vor. »Ich bin Dr. Baron, und ich danke Ihnen für Ihr Entgegenkommen.«

Dr. Fakhrys Miene der Verwirrung wich einem Ausdruck verlegenen Begreifens. »Entschuldigen Sie«, sagte er kurz. »Ich ersehe aus Ihrem Empfehlungsschreiben, daß Sie an Ort und Stelle Übersetzungen von Hieroglyphen an Denkmälern des Neuen Reiches vornehmen möchten. Das freut mich sehr. Es gibt noch viel zu tun. Wenn ich Ihnen irgendwie behilflich sein kann, stehe ich zu Ihren Diensten.«

»Danke«, sagte Erica. »Ich wollte Sie tatsächlich um eine Gefälligkeit bitten. Ich bin an Hintergrundinformationen über Sethos I. interessiert. Wäre es möglich, daß ich die diesbezüglichen Materialien des Museums einsehen darf?«

»Selbstverständlich«, antwortete Dr. Fakhry. Sein Tonfall veränderte sich ein wenig; er klang mehr verwundert, als verblüffe ihn Ericas Ersuchen. »Unglücklicherweise wissen wir, wie Ihnen zweifellos bekannt ist, wenig über Sethos I. Außer den Übersetzungen der Inschriften an seinen Denkmälern besitzen wir einen Teil der Korrespondenz Sethos' I. aus seinen frühen Feldzügen in Palästina. Aber das ist schon fast alles. Ich bin sicher, daß Sie mit den von Ihnen beabsichtigten Übersetzungen unser Wissen erweitern können. Die vorliegenden Übertragungen sind schon ziemlich alt, und seit ihrer Anfertigung ist viel dazugekommen.«

»Und seine Mumie?« fragte Erica.

Dr. Fakhry gab Erica das Empfehlungsschreiben zurück. Das Zittern seiner Hand verstärkte sich, als er es ihr entgegenstreckte. »Ja, seine Mumie haben wir hier. Sie befand sich im Felsengrab von Deir el Bahn, das die Familie Rasul entdeckt und widerrechtlich ausgeplündert hat. Die Mumie ist oben ausgestellt.« Er schaute Richard an, der erneut lächelte.

»Hat man die Mumie jemals näher untersucht?« erkundigte sich Erica.

»Jawohl«, sagte Dr. Fakhry. »Eine Autopsie ist vorgenommen worden.«

»Eine Autopsie?« meinte ungläubig Richard. »Wie unterzieht man eine Mumie einer Autopsie?«

Erica packte Richard am Arm oberhalb des Ellbogens. Er verstand und hielt den Mund. Dr. Fakhry sprach weiter, als habe er die Zwischenfrage nicht gehört. »Und kürzlich hat ein amerikanisches Team sie sogar geröntgt. Ich lasse Ihnen gerne das gesamte verfügbare Material in unserer Bibliothek bereitlegen.« Dr. Fakhry erhob sich und öffnete die Tür seines Büros. Er ging mit stark verkrümmtem Rücken voraus, die Hände an den Seiten seltsam abgebogen, so daß er wie ein Buckliger wirkte.

»Eine andere Frage«, sagte Erica. »Haben Sie viel Material über die Öffnung von Tutanchamuns Gruft?«

Richard ging an Erica vorbei und musterte die starkbusige Sekretärin mit verstohlenem Seitenblick. Sie tippte mit krummem Rücken auf ihrer Schreibmaschine.

»Ach, in dieser Hinsicht können wir Ihnen gern helfen«, meinte Dr. Fakhry, als sie in eine Marmorhalle traten. »Wie Sie wissen, haben wir die Absicht, einiges von den Geldern, die uns durch die weltweite Wanderausstellung der Schätze Tutanchamuns zugeflossen sind, für den Bau eines Museums für seine Artefakte zu verwenden. Uns steht hier nun eine komplette Mikrofilmausgabe der Aufzeichnungen Carters, die er ›Tagebuch der Graböffnung‹ nannte, zur Verfügung sowie ein inhaltsreicher Schriftwechsel zwischen Carter, Carnarvon und anderen an der Entdeckung des Grabes beteiligt gewesenen Personen.«

Dr. Fakhry verwies Erica und Richard an einen schweigsamen jungen Mann, den er als Talat vorstellte. Talat lauschte aufmerksam Dr. Fakhrys umständlichen Anordnungen, dann verbeugte er sich und verschwand durch eine Nebentür.

»Er bringt Ihnen das Material, das wir über Sethos I. haben«, erklärte Dr. Fakhry. »Ich danke Ihnen für Ihr Kommen, und sollte ich Ihnen noch anderweitig behilflich sein können, teilen Sie's mir bitte mit.« Er schüttelte Erica die Hand, bändigte nur mühsam ein nervöses Gesichtszucken, das seinen Mund in regelmäßigen Abständen zu einem Zähnefletschen verzerrte, dann ging er mit verkrampften Händen, deren Finger immerzu ins Leere griffen.

»Mein Gott, was für ein Haus«, stöhnte Richard, sobald der Kurator draußen war. »Charmanter Knabe.«

»Dr. Fakhry hat einige ausgezeichnete Arbeiten geschrieben. Er ist spezialisiert auf altägyptische Religion, Begräbnispraktiken und Mumifizierungsmethoden.«

»Mumifizierungsmethoden! Hätte ich mir denken sollen. Ich kenne eine Kirche in Paris, die würde ihn im Handumdrehen einstellen.«

»Bitte, versuch ernst zu bleiben, Richard«, bat Erica, die wider Willen lächelte.

Sie setzten sich an einen der langen, abgenutzten Tische aus Eichenholz, die im großen Leseraum standen.

Alles war bedeckt mit einer dünnen Schicht Kairoer Staub. Winzige Fußspuren verliefen unter Ericas Stuhl über den staubigen Fußboden. Richard bemerkte, daß sie von einer Ratte stammten.

Talat brachte zwei große rote Pappmappen, jede mit Schnur verschlossen. Er händigte sie Richard aus, der sie interesselos an Erica weiterreichte. Die erste Mappe trug die Aufschrift »Sethos I. A.« Erica öffnete sie und breitete den Inhalt auf dem Tisch aus. Es handelte sich um Kopien von Artikeln über den Pharao; einige waren in französischer Sprache verfaßt, ein Teil in deutsch, die Mehrzahl jedoch in englisch.

»Pssst.« Talat berührte Richards Arm.

Vom Zischlaut, überrascht, wandte sich Richard zu ihm um. »Wollen Sie Skarabäen von alten Mumien? Ganz billig.« Talat streckte ihm seine nach oben gewandte Faust hin. Während er wie ein Pornohändler der fünfziger Jahre über seine Schulter schielte, öffnete er seine Finger und zeigte zwei leicht feuchte Skarabäen vor.

»Meint dieser Bursche, was er sagt?« fragte Richard. »Er will mir Skarabäen verkaufen.«

»Zweifellos Fälschungen«, murmelte Erica, ohne von ihrer Tätigkeit aufzublicken.

Richard nahm aus Talats offener Handfläche einen der Skarabäen.

»Ein Pfund«, flüsterte Talat. Er schien nervös zu sein.

»Erica, sieh dir mal diesen hier an. Ein wirklich hübscher kleiner Skarabäus. Dieser Bursche hat vielleicht Nerven, hier solche Geschäftchen zu betreiben.«

»Richard, du kannst in der ganzen Stadt an jeder Ecke Skarabäen kaufen. Vielleicht solltest du dich im Museum

198

umschauen, während ich mir das hier durchlese.« Sie sah ihn an, um die Wirkung ihres Vorschlags festzustellen, aber er hörte gar nicht zu. Er betrachtete den anderen Skarabäus.

»Richard«, sagte Erica, »laß dich nicht von der ersten Krämerseele hereinlegen, die dir über den Weg läuft. Zeig mal her.« Sie nahm eines der Stücke und drehte es, um die Hieroglyphen auf der Unterseite zu lesen. »Mein Gott«, entfuhr es ihr.

»Glaubst du, er ist echt?« wollte Richard wissen.

»Nein, nicht echt, aber eine glänzende Fälschung. Viel zu gut. Sie weist die Kartusche Tutanchamuns auf. Ich glaube, ich weiß auch, wer sie angefertigt hat. Abdul Hamdis Sohn. Ganz erstaunlich.«

Erica kaufte Talat den Skarabäus für fünfundzwanzig Piaster ab und schickte den jungen Mann hinaus. »Ich habe schon einen von Hamdis Sohn, auf dem der Name Sethos' I. steht.«

Erica schoß es durch den Kopf, daß sie sich noch von Yvon den anderen falschen Skarabäus zurückgeben lassen mußte. »Ich wüßte gerne, welche anderen Pharaonennamen er außerdem noch benutzt.«

Auf Ericas Drängen widmeten sie sich wieder den Artikeln. Richard nahm sich mehrere Aufsätze vor. Eine halbe Stunde lang herrschte Schweigen. »Das ist das langweiligste Zeug, was mir je unter die Finger gekommen ist«, sagte Richard schließlich und warf einen Text auf den Tisch. »Und ich habe Pathologie schon immer für stumpfsinnig gehalten. Herrgott!«

»Man muß es im Kontext sehen«, sagte Erica herablassend. »Was du hier siehst, sind Bruchstücke und Fragmente, die man über eine Person zusammengetragen hat, die vor dreitausend Jahren lebte.«

»Naja, wenn in diesen Artikeln wenigstens etwas passierte, ließen sie sich erheblich leichter lesen.« Richard lachte.

199

»Sethos I. herrschte bald nach dem Pharao, der aus der ägyptischen Religion einen Monotheismus zu machen versuchte«, erklärte Erica, ohne auf Richards Bemerkung zu achten. »Sein Name lautete Echnaton, und in seinem Lande herrschte das reinste Chaos. Sethos I. hat das geändert. Er war ein starker Mann, der für Stabilität im Reich und in den Provinzen sorgte. Er kam im Alter von etwa dreißig Jahren an die Macht und herrschte schätzungsweise fünfzehn Jahre lang. Außer von einigen Kämpfen in Palästina und Libyen sind sehr wenig Einzelheiten aus seinem Leben bekannt, und das ist ein Unglück, denn er regierte während eines hochinteressanten Zeitabschnitts der ägyptischen Geschichte. Damit meine ich eine Periode von knapp fünfzig Jahren Dauer, von Echnaton bis Sethos I. Das muß eine faszinierende Ära gewesen sein, voller Unruhe, Aufruhr und kultureller Umwälzungen.« Erica tippte auf den Stapel fotokopierter Artikel. »Während dieses Zeitraums hat auch Tutanchamun regiert. Und sonderbarerweise gab es bei der Entdeckung von Tutanchamuns prachtvollem Grab eine große Enttäuschung. Unter all den gehobenen Schätzen befanden sich keinerlei historische Dokumente. Keine einzige Papyrusrolle hat man gefunden. Nicht eine einzige!«

Richard zuckte mit den Schultern.

Erica bemerkte, daß er, obwohl er sich Mühe gab, ihre Aufregung schlichtweg nicht zu teilen vermochte. Sie wandte sich wieder ihren Unterlagen zu. »Sehen wir mal, was in der anderen Mappe steckt«, sagte sie und zog den Inhalt von »Sethos I. B.« heraus.

Richard sah gespannt zu. Der Inhalt umfaßte mehrere Dutzend Fotografien der Mumie Sethos' I., einschließlich Röntgenaufnahmen, einen gegenstandsbezogen modifizierten Autopsiebericht sowie etliche weitere fotokopierte Aufsätze.

»Gott«, rief Richard und mimte Erschrecken. Er betrachtete eine Fotografie des Mumienkopfes Sethos' I. »Sieht ja so schlimm aus wie mein Kadaver im ersten Jahr Anatomie.«

»Auf den ersten Blick sieht er gräßlich aus, aber je länger man ihn betrachtet, um so würdevoller wirkt er.«

»Komm, Erica, er sieht makaber aus. Würdevoll? Gib mir lieber etwas anderes.« Er bemächtigte sich des Autopsieberichts und fing an zu lesen.

Erica fand eine Röntgenganzaufnahme. Sie sah aus wie das Bildnis eines Skelettkostüms mit auf dem Brustkorb gekreuzten Armen. Trotzdem begutachtete sie die Aufnahme genauer. Plötzlich bemerkte sie etwas Ungewöhnliches. Wie bei allen Pharaonenmumien waren die Arme überkreuzt, jedoch die Hände waren offen, nicht zu Fäusten geballt. Die anderen Pharaonen hatte man allesamt mit ihren königlichen Insignien begraben, Zepter und Geißel in ihren Händen. Aber nicht Sethos I. Erica überlegte, warum wohl.

»Das ist gar keine Autopsie.« Richard unterbrach ihre Überlegungen. »Ich meine, sie hatten gar keine inneren Organe. Nur die leibliche Hülle. Aber bei einer Autopsie untersucht man das Äußere eigentlich nur oberflächlich, es sei denn, man hat einen besonderen Grund. Unter Autopsie versteht man in der Wissenschaft die mikroskopische Untersuchung von inneren Organen. Hier dagegen hat man sich nur ein bißchen Muskel- und Hautgewebe vorgenommen.« Er schnappte sich die Röntgenaufnahme, mit der sich Erica gerade befaßte, und hielt sie auf Armlänge in die Höhe, um sie zu begutachten. »Lungen sind sauber«, sagte Richard lachend. Erica begriff nicht den Grund, und Richard erläuterte, daß die Aufnahme den Brustkorb nur deshalb klar zeigte, weil man die Lungen schon im Altertum entfernt hatte. Das hörte sich wenig erheiternd an, und er wurde wieder ernst. Erica betrachtete das Bild über Richards Arm hinweg. Die offenen Hände Sethos' I. ließen ihr keine Ruhe. Sie spürte, daß sie irgend etwas zu bedeuten hatten.

In der großen gläsernen Vitrine standen zwei beschriftete Schildchen. Um sich die Zeit zu vertreiben, bückte sich Khalifa und las das Gedruckte. Ein Schild war alt und trug den Hinweis: »Goldener Thron Tutanchamuns, ca. 1355 v. Chr.« Das andere Schildchen war neueren Datums und mit der Mitteilung versehen: »Zeitweilig entfernt für die Weltwanderausstellung der Schätze Tutanchamuns.« Von seinem Standort aus hatte Khalifa durch den leeren Schaukasten Erica und Richard voll im Blickfeld. Normalerweise hätte er sich einer Auftragsperson nie so weit genähert, aber mittlerweile war sein Interesse an diesem Fall erheblich gestiegen. So einen Auftrag hatte er noch nie gehabt. Am Vortag war er heilfroh gewesen, daß es ihm mit so knapper Not noch gelungen war, Erica vorm sicheren Tod zu retten, bloß um nachher von Yvon de Margeau ausgemault zu werden. De Margeau hatte behauptet, er hätte einen harmlosen Behördenmitarbeiter umgelegt. Doch Khalifa wußte es besser. Dieser ausgekochte Schurke von einem Beamten hatte Erica heimtückisch aufgelauert. Und jetzt erregte irgend etwas an dieser flotten Amerikanerin Khalifas Interesse. Er roch das große Geld. Wäre de Margeau wirklich so unzufrieden mit ihm gewesen, wie er sich angestellt hatte, er hätte sicher auf seine weiteren Dienste verzichtet. Statt dessen aber zahlte er ihm nach wie vor zweihundert Dollar täglich und quartierte ihn auf Abruf ins Hotel Scheherazade ein. Offensichtlich war jetzt eine neue Entwicklung eingetreten, welche die Lage verkomplizierte: Ein Freund namens Richard war aufgekreuzt. Khalifa wußte, daß sich Yvon über das Auftauchen dieses Mannes ärgerte, obwohl der Franzose ihm erklärt hatte, er sehe in Richard keine Gefahr für Erica. Dennoch hatte Yvon ihm geraten, auf der Hut zu sein, und deshalb überlegte Khalifa, ob er Richard auf eigene Verantwortung lieber gleich aus dem Wege räumen solle.

Als Erica und Richard zum nächsten Ausstellungsobjekt weiterschlenderten, trat Khalifa hinter eine andere leere Vitrine mit einem weiteren »Zeitweilig entfernt«-Schildchen. Er versuchte, hinter seinem aufgeklappten Führer versteckt, ihrer Unterhaltung zu lauschen. Aber er konnte lediglich etwas über den Reichtum eines großen Pharao verstehen. Doch für Khalifa klang auch das nach Reden übers große Geld, und er stahl sich noch näher heran. Er liebte das Gefühl der Aufregung und Gefahr, das eine solche Annäherung bereitete, auch wenn die Gefahr nur eingebildet sein mochte. Er hielt es für ausgeschlossen, daß diese beiden Personen für ihn eine echte Gefahr sein konnten. Er konnte die beiden in zwei Sekunden töten. Diese Vorstellung versetzte ihn in Hochstimmung.

»Die meisten wirklich prächtigen Stücke sind in New York ausgestellt«, erläuterte Erica. »Aber sieh dir ruhig mal hier diese Nachbildung an.« Sie deutete darauf; Richard gähnte. »Alle diese Gegenstände sind mit dem unbedeutenden Tutanchamun begraben worden. Versuch dir einmal auszumalen, was man alles Sethos I. ins Grab mitgegeben haben muß.«

»Kann ich nicht«, maulte Richard und verlagerte sein Körpergewicht auf den anderen Fuß.

Erica sah ihn an; sie spürte seine Langeweile. »Auch gut«, meinte sie zu seinem Trost. »Du hast dir bis jetzt jedenfalls richtige Mühe gegeben. Laß uns zurück ins Hotel fahren und nachschauen, ob irgendwelche Nachrichten hinterlegt worden sind, und um etwas zu essen. Danach gehen wir auf den Basar.«

Khalifa sah Erica nach, als sie sich entfernte, und weidete sich an den straffen Rundungen ihrer Jeans. Seine gewalttätigen Gedanken verschmolzen mit anderen, seine Phantasie beflügelnde lüstern-sexuellen Vorstellungen.

Als sie ins Hotel zurückkehrten, fand sich dort für Erica eine Mitteilung mit einer Telefonnummer, die sie anrufen sollte. Inzwischen war auch für Richard ein Zimmer frei geworden. Er zögerte und schenkte Erica einen letzten flehenden Blick, ehe er sich dann doch zum Anmeldeschalter begab, um es für sich zu belegen. Erica betrat eine Telefonzelle, hatte jedoch mit der komplizierten Apparatur kein Glück. Sie erklärte Richard, sie wolle den Anruf von ihrem Zimmer aus erledigen.

Die Nachricht war kurz und klar. »Ich hätte gerne das Vergnügen, bei nächstmöglicher Gelegenheit mit Ihnen sprechen zu dürfen. Stephanos Markoulis.« Erica kroch es kalt über den Rücken bei der Aussicht, sich mit jemandem zu treffen, der tatsächlich mit dem Antiquitätenschwarzhandel und womöglich auch mit einem Mord zu tun hatte. Aber das war der Mann, der die erste Sethos-Statue in die USA verkauft hatte, und der Kontakt zu ihm konnte für sie wichtig sein, um nun die andere Statue aufzuspüren. Sie entsann sich an Yvons Ratschlag, für die Zusammenkunft einen öffentlichen Platz zu wählen, und zum ersten Mal war sie aufrichtig froh, Richard in ihrer Nähe zu haben.

Die Vermittlung des Hotels hatte mehr Erfolg als sie an dem Apparat im Foyer. Die Verbindung kam schnell zustande. »Hallo? Hallo?« Stephanos Markoulis' Stimme klang ziemlich herrisch.

»Hier ist Erica Baron.«

»Aha, ja! Danke, daß Sie anrufen. Ich brenne darauf, Sie kennenzulernen. Wir haben einen gemeinsamen Bekannten, Yvon de Margeau. Ein netter Mensch. Ich nehme an, er hat Ihnen ausgerichtet, daß ich mich melden wollte und mich gerne mit Ihnen zu einem Gespräch verabreden möchte. Können wir uns schon heute nachmittag treffen, sagen wir, um halb drei?«

»Und wo würden Sie vorschlagen?« fragte Erica, sich Yvons Warnung bewußt. Sie hörte im Apparat aus der Ferne ein dumpfes Rumpeln.

»Das überlasse ich Ihnen, meine Liebe«, sagte Stephanos und sprach wegen des Lärms im Hintergrund lauter.

Auf diese plump vertrauliche Anrede sträubten sich Ericas Nackenhaare etwas. »Ich weiß nicht«, meinte sie und warf einen Blick auf ihre Armbanduhr. Jetzt war es halb zwölf. Gegen halb drei Uhr würden Richard und sie sich wahrscheinlich auf dem Basar aufhalten.

»Wie wäre es denn bei Ihnen im Hilton?« schlug Stephanos vor.

»Ich bin heute nachmittag auf dem Khan-el-Khalili-Basar«, entgegnete Erica. Sie überlegte, ob sie Richard erwähnen solle, entschied sich jedoch dagegen. Sie hielt es für ganz gut, sich einen kleinen Überraschungsfaktor vorzubehalten.

»Einen Moment«, sagte Stephanos. Erica hörte eine gedämpfte Unterhaltung. Stephanos hatte seine Hand über die Sprechmuschel gelegt. »Entschuldigen Sie, daß ich Sie einen Augenblick lang warten lassen mußte«, sagte er mit einer Glattzüngigkeit, die verriet, wie völlig egal es ihm war, wenn sie warten mußte. »Kennen Sie die El-Azhar-Moschee in der Nähe der Khan el Khalili?«

»Ja«, antwortete Erica. Sie erinnerte sich, daß Yvon sie auf die Moschee aufmerksam gemacht hatte.

»Dort treffen wir uns«, sagte Stephanos. »Sie ist leicht zu finden. Halb drei also. Ich freue mich wirklich sehr darauf, Sie zu sehen, meine Liebe. Yvon de Margeau hat mir nur die entzückendsten Dinge von Ihnen erzählt.«

Erica verabschiedete sich und legte den Hörer ein. Es war ihr unbehaglich zumute, und auch ein wenig ängstlich. Aber sie war entschlossen, diese Sache um Yvons willen durchzustehen; nach ihrer festen Überzeugung würde er ihr nie eine Zusammenkunft mit Markoulis empfohlen haben, wäre damit eine Gefahr verbunden. Nichtsdestotrotz wünschte sie sich, sie hätte die Begegnung schon hinter sich.

Luxor 11 Uhr 40

In seiner Kleidung – einem weiten weißen Hemd und ebensolcher Hose, beides aus Baumwolle – fühlte sich Achmed Khazzan einigermaßen entspannt und wohl. Gamal Ibrahims gewaltsamer Tod ging ihm noch immer nach, aber er schrieb diesen Vorfall dem unbegreiflichen Wirken Allahs zu, und daher schwand sein Schuldgefühl allmählich. Er wußte, daß er als Vorgesetzter sich mit derlei abzufinden hatte.

Am Abend zuvor war er pflichtschuldig bei seinen Eltern auf Besuch gewesen. Er liebte seine Mutter sehr, aber mißbilligte ihre Entscheidung, zu Hause zu bleiben und sich um seinen invaliden Vater zu kümmern. Seine Mutter war eine der ersten Frauen in Ägypten gewesen, die an einer Universität graduierten, und Achmed hätte sie lieber ihre Ausbildung nutzen gesehen. Sie war eine hochintelligente Frau und wäre für Achmed eine gewaltige Unterstützung gewesen. Sein Vater war im Krieg von 1956 schwer verwundet worden, im selben Krieg, der Achmeds älteren Bruder das Leben gekostet hatte. Achmed kannte keine Familie in Ägypten, die nicht durch einen der vielen Kriege von einer Tragödie heimgesucht worden war, und wenn er nur daran dachte, kochte er vor Zorn.

Nach dem Besuch bei seinen Eltern hatte Achmed in seinem eigenen gemütlichen Häuschen aus Lehmziegeln in Luxor lang und gut geschlafen. Sein Diener bereitete ihm ein wunderbares Frühstück mit frischem Brot und Kaffee. Zaki hatte angerufen und gemeldet, er habe extra zwei Polizeiagenten in Zivil nach Saqqara geschickt. Anscheinend war in Kairo alles ruhig. Und was vielleicht am wichtigsten war, er hatte mit Erfolg eine potentielle Familienkrise abgewendet. Ein Verwandter, den er zum Chef der Wachabteilung in der Nekropole Luxor befördert hatte, war aufsässig geworden und drängte auf Versetzung nach Kairo. Achmed hatte ihn zur Vernunft zu bringen versucht, aber als das nichts fruchtete, gab er alle Rücksichtnahme auf, zeigte offen seine Verärgerung und befahl ihm ganz einfach, auf seinem Posten zu bleiben. Der Vater des Verwandten, Achmeds Schwiegeronkel, hatte eingreifen wollen; Achmed mußte den Älteren daran erinnern, daß er die Genehmigung zum Betrieb seines Budengewerbes im Tal der Könige ohne Umstände jederzeit widerrufen konnte. Erst nachdem diese Angelegenheit beigelegt war, hatte er sich in Ruhe hinsetzen können, um sich mit einigem Papierkram zu befassen. Und jetzt wirkte die Welt besser und schöner als am Vortag.

Als er das letzte der zum Lesen mitgebrachten Schriftstücke zurück in seine Aktentasche schob, hatte Achmed das Gefühl, etwas geschafft zu haben. In Kairo hätte er zweimal so lange gebraucht, um diese Unterlagen durchzuarbeiten. Das lag ganz einfach an Luxor. Er liebte Luxor, das alte Theben. Für Achmed schwebte hier ein Zauber in der Luft, der ihn mit Zufriedenheit und Wohlbehagen erfüllte.

Er erhob sich im großen Wohnzimmer aus seinem Sessel. Sein Häuschen war außen weiß gekalkt und im Innern eher rustikal gehalten. Alles war tadellos sauber. Der Bau hatte als Grundmauern mehrere bereits vorhandene Mauerreste aus Lehmziegeln, die man miteinander verbunden hatte. Das Ergebnis war ein sehr schmales Haus – seine Breite betrug kaum sechs Meter –, das jedoch eine beträchtliche. Tiefe besaß, und an seiner linken Seite verlief ein langer Flur. Rechts lagen mehrere Gästezimmer. Die Küche ging nach hinten hinaus und war recht primitiv, ohne fließendes Wasser. Hinter der Küche lag ein kleiner Hof, begrenzt von einem Stall für seinen liebsten und kostbarsten Besitz, einen dreijährigen schwarzen Araberhengst, den er Sawda genannt hatte.

Achmed hatte seinen Diener angewiesen, Sawda zu satteln und für halb zwölf bereitzustellen. Er beabsichtigte, noch vor dem Mittagessen Tewfik Hamdi, Abdul Hamdis Sohn, in seiner Antiquitätenhandlung zu vernehmen. Achmed war es wichtig, diese Vernehmung persönlich durchzuführen. Danach wollte er, sobald die Mittagshitze nachgelassen hatte, ans andere Ufer des Nils und ins Tal der Könige reiten, um unangemeldet das neue Sicherungssystem zu inspizieren, das er eingeführt hatte. Trotzdem würde ihm noch genug Zeit für die Fahrt zurück nach Kairo am Abend bleiben.

Sawda scharrte ungeduldig am Boden, als Achmed zu ihm trat. Der junge Hengst hätte als Modell für ein Kunstwerk aus der Renaissance stehen können, jeder Muskel schien aus makellosem schwarzen Marmor geschaffen zu sein. Sein Schädel wirkte wie gemeißelt, weit bebten die Nüstern. Seine Augen waren genauso schwarz und tief wie Achmeds. Während des Rittes fühlte Achmed unter sich die geballte Körper- und Lebenskraft des übermütigen Tiers. Nur mit Mühe konnte er es verhindern, daß das Pferd in einen windschnellen Donnergalopp ausbrach. Achmed wußte, daß Sawdas unberechenbares Wesen von seiner eigenen unbeständigen Leidenschaft herrührte. Aufgrund dieser Ähnlichkeit waren harte arabische Worte und ausgiebiger Gebrauch der Zügel nötig, um den Hengst zu bändigen, und Pferd und Reiter wirkten in dem vom Sonnenschein gesprenkelten Schatten der Palmen am Ufer des Nils wie ein einziges Lebewesen.

Tewfik Hamdis Antiquitätenladen war einer von vielen, die hinterm alten Tempel von Luxor in einer Reihe staubiger, krummer Straßen dicht an dicht standen. Sie waren alle in der Nachbarschaft der wichtigsten Hotels angesiedelt und hingen in ihrer Existenz völlig von der Ahnungslosigkeit der Touristen ab. Die Mehrzahl ihrer angebotenen Artefakte waren auf dem Westufer fabrizierte Fälschungen. Achmed kannte die genaue Anschrift von Tewfik Hamdis

Laden nicht, und er erkundigte sich danach, sobald er das Ladenviertel erreichte.

Man nannte ihm Straße und Hausnummer, so daß er das Geschäft ohne Schwierigkeiten fand.

Es war geschlossen, doch offensichtlich nicht nur zur Mittagspause. Die Fensterläden waren wie für den Feierabend verriegelt.

Achmed stellte Sawda im Schatten unter und erkundigte sich in den benachbarten Geschäften nach Tewfik. Die Auskünfte stimmten im wesentlichen alle überein. Tewfiks Laden war heute noch gar nicht geöffnet worden, und das fand man merkwürdig, denn seit Jahren habe Tewfik nicht an einem einzigen Tag gefehlt. Ein Händler meinte, Tewfiks Abwesenheit könne im Zusammenhang mit dem kürzlichen Tod seines Vaters in Kairo stehen.

Auf dem Rückweg zu Sawda kam Achmed nochmals an Tewfik Hamdis Laden vorüber. Die mit einem Brett versperrte Tür erregte seine Aufmerksamkeit. Als er näher hinsah, entdeckte Achmed eine lange, noch ganz neue Bruchstelle in einer Latte. Anscheinend war ein Stück abgerissen und dann wieder eingefügt worden. Achmed schob seine Finger zwischen die einzelnen Latten und zog daran. Nichts rührte sich. Achmed hob den Blick zum oberen Rand der roh gezimmerten Tür und erkannte, daß sie nicht von innen verhakt, sondern am Türrahmen festgenagelt worden war. Daraus schloß er, daß Tewfik Hamdi für längere Zeit fortzubleiben gedachte.

Achmed trat von dem Gebäude zurück, strich sich den Schnurrbart. Dann zuckte er die Achseln und machte sich auf den Rückweg, um Sawda zu holen. Er hielt es für ziemlich wahrscheinlich, daß Tewfik Hamdi nach Kairo gefahren war; und er fragte sich, wo er ihn suchen könne.

Während er auf sein Pferd zuging, traf Achmed einen alten Freund der Familie und blieb mit ihm für ein Schwätzchen stehen; aber mit seinen Gedanken war er ganz woan-

209

ders. Es beunruhigte ihn stark, daß er Tewfik Hamdis Tür vernagelt vorgefunden hatte. Sobald es sich machen ließ, verabschiedete sich Achmed, umrundete das Ladenviertel und betrat das Gewirr offener Durchgänge, das in die Höfe hinter den Läden führte. Die mittäglich heiße Sonne brannte herab, und die gekalkten Mauern spiegelten den Sonnenschein zurück, trieben Achmed den Schweiß auf die Stirn. Er spürte, wie der Schweiß seinen Rücken hinabrann.

Unmittelbar hinter den Antiquitätenläden gelangte Achmed in ein Labyrinth hastig und liederlich zusammengezimmerter Unterkünfte. Hühner flatterten und stoben nach allen Seiten auseinander, und nackte kleine Kinder verharrten in ihrem Spiel, um ihn anzugaffen. Nach einigen Schwierigkeiten und mehreren Irrwegen kam Achmed an die Hintertür von Tewfik Hamdis Laden. Durch die Latten der Tür konnte er in einen kleinen ummauerten Hof sehen.

Während ihn eine Anzahl dreijähriger Knaben aufmerksam beobachtete, preßte Achmed seine Schulter gegen die Tür und drückte sie weit genug nach innen, um sich hindurchzwängen zu können. Der Hof war ungefähr viereinhalb Meter lang; am jenseitigen Ende befand sich eine weitere Tür aus Holzlatten. Links jedoch war ein offener Zugang. Als Achmed die Lattentür in die ursprüngliche Stellung zurückschnellen ließ, sah er aus dem offenen Zugang eine dunkelbraune Ratte springen, den Hof überqueren und in einer tönernen Abflußröhre verschwinden. Die Luft war ruhig, heiß und stickig.

Durch den offenen Zugang gelangte Achmed in einen kleinen Raum, anscheinend eine Art Wohnzimmer. Als er über die Schwelle trat, bemerkte er auf einem einfachen hölzernen Tisch eine angefaulte Mangofrucht und daneben ein Stück Ziegenkäse, bedeckt von einem Fliegenschwarm. Alles übrige im Zimmer war aufgerissen, umgeworfen und ausgeleert worden. An einem Schrank in der Ecke war eine Tür abgebrochen. Papiere lagen achtlos in dem ganzen

Raum verstreut. Man hatte mehrere Löcher in die Mauern aus Lehmziegeln gehauen. Achmed begutachtete den Zustand des Zimmers mit immer größerem Unbehagen, versuchte zu begreifen, was sich hier zugetragen hatte.

Rasch begab er sich nun zu der Verbindungstür zum Laden. Sie war unverschlossen und schwang mit gequältem Knarren auf. Im Laden herrschte absolute Finsternis. Nur schmale Streifen Licht drangen durch die Bretterwand vor der Ladentür, und Achmed stand einen Moment lang reglos, während sich seine Augen vom grellen Sonnenschein auf die Finsternis umstellten. Er hörte das Trippeln winziger Füße. Weitere Ratten.

Das Durcheinander im Laden war erheblich größer als das im Wohnraum. Große wuchtige Schränke, die an den Wänden gestanden hatten, waren umgeworfen und zusammengeschlagen worden und danach hatte man ihre Trümmer in einer Ecke aufgestapelt. Ihr Inhalt war demoliert und in alle Himmelsrichtungen zerstreut worden. Es sah aus, als wäre ein Wirbelsturm durch den Laden gefahren. Achmed mußte Trümmerreste des Mobiliars zur Seite räumen, um den Geschäftsraum überhaupt betreten zu können. Er bahnte sich einen Weg bis in die Mitte des Ladens; dann erstarrte er. Tewfik Hamdi lag vor ihm. Gefoltert. Tot. Man hatte Tewfik Hamdi über die nunmehr von geronnenem Blut befleckte hölzerne Ladentheke geworfen, ihm durch jede Hand einen dicken Nagel gehauen, die Arme waren ausgebreitet. Fast alle Fingernägel waren Tewfik ausgerissen worden, und schließlich hatte man ihm die Handgelenke aufgeschnitten. Er mußte sein eigenes Verbluten mitansehen. Sein blutleeres Gesicht war gespenstisch bleich, und da man ihm einen schmutzigen Lumpen in den Mund gestopft hatte, um seine Schreie zu ersticken, waren seine Wangen grotesk ausgebeult.

Achmed verscheuchte die Fliegen; er bemerkte, daß die Ratten den Leichnam bereits angefressen hatten. Der widerwärtige Anblick verursachte ihm Übelkeit, und die Tatsache, daß dies Verbrechen in seinem geliebten Luxor geschehen war, versetzte ihn in höchste Wut. Und gleichzeitig mit der Wut kam die Furcht, die Brutalität und das Verbrechertum Kairos könnten sich wie eine Seuche übers ganze Land ausbreiten. Achmed war sich völlig darüber im klaren, daß es bei ihm lag, dies Übel einzudämmen.

Er beugte sich vor und blickte in die ausdruckslosen Augen Tewfik Hamdis. Sie zeugten noch vom Entsetzen, das Tewfik beim Verrinnen des eigenen Lebens empfunden haben mußte. Aber warum war es dazu gekommen? Achmed richtete sich auf. Der Verwesungsgeruch war fast nicht zu ertragen. Vorsichtig kehrte er über den mit Trümmern übersäten Fußboden zurück in den Hinterhof. Die Sonne schien ihm warm aufs Gesicht, und einen Moment lang stand er reglos, atmete tief. Ihm war klar, daß er nicht nach Kairo zurückkehren konnte, bevor er mehr über den Fall wußte. Seine Gedanken wanderten zu Yvon de Margeau. Wo immer dieser Mann auftauchte, ergaben sich Schwierigkeiten.

Achmed quetschte sich durch die Lattentür hinaus auf die Gasse und rückte die Tür so gut zurecht, wie es sich machen ließ. Er beabsichtigte, auf dem schnellsten Wege die Polizeiwache am Hauptbahnhof von Luxor aufzusuchen; anschließend gedachte er, Kairo anzurufen. Als er Sawda bestieg, fragte er sich, was Tewfik Hamdi getan oder gewußt haben mochte, um einem solchen Schicksal anheimzufallen.

Kairo 14 Uhr 05

»Ein herrlicher Laden«, rief Richard aus, als er ihn von der belebten Gasse aus betrat. »Hervorragendes Angebot. Hier finde ich bestimmt sämtliche Weihnachtsgeschenke.«

Erica war starr vor Staunen über den öden Raum. Vom *Antica Abdul* war nichts geblieben bis auf einige kleine Töpferscherben. Es schien, als habe es das Geschäft nie gegeben. Sogar die Schaufensterscheibe war herausgenommen worden. Vor der Tür hingen keine Perlenschnüre und innen keine Vorhänge oder Teppiche. Kein einziges Möbelstück noch ein Fetzen Stoff war zurückgeblieben.

»Ich kann's kaum glauben«, flüsterte Erica und ging zu der Stelle, wo die gläserne Ladentheke gestanden hatte. Sie bückte sich und hob eine Tonscherbe auf. »Hier hing ein schwerer Vorhang, der den Geschäftsraum vom Hinterzimmer getrennt hat.« Sie begab sich wieder nach hinten und drehte sich zu Richard um. »Hier war ich, als der Mord geschah. Herrgott, es war ja so entsetzlich! Der Mörder stand genau da, wo du jetzt stehst, Richard.«

Richard senkte den Blick auf seine Füße und trat etwas zur Seite. »Sieht aus, als hätten die Diebe buchstäblich alles geklaut«, meinte er. »Bei dieser Armut hat jede Kleinigkeit ihren Wert, vermute ich.«

»Du hast zweifellos recht«, sagte Erica und entnahm ihrer Segeltuchtasche eine Taschenlampe, »aber der Laden ist nicht nur ausgeplündert worden. Diese Löcher in den Wänden – die gab es vorher nicht.« Sie knipste die Lampe an und leuchtete in einige hinein.

»Eine Taschenlampe, sieh an«, wunderte sich Richard. »Du bist tatsächlich auf alles vorbereitet.«

»Wer ohne Taschenlampe nach Ägypten reist, begeht einen Fehler.«

Richard trat an eines der erst vor kurzem in die Wande gehauenen Löcher und fegte mit der Hand Lehmstaub und -körner heraus. »Kairoer Vandalismus, schätze ich.«

Erica schüttelte ihren Kopf. »Ich glaube eher, man hat den Laden sehr genau durchsucht.«

Richard schaute rundum; er bemerkte, daß man an einigen Stellen den Fußboden aufgerissen hatte. »Kann sein, aber wieso? Ich meine, wonach könnte man gesucht haben?«

Erica kaute auf der Innenseite ihrer Wange, eine Gewohnheit, in die sie bei starker Konzentration stets verfiel. Richards Frage war berechtigt. Vielleicht war es in Kairo gebräuchlich, Geld oder Wertsachen in Wänden oder im Boden zu verstecken. Aber der Zustand des Ladens erinnerte sie gleichzeitig daran, daß man auch ihr Hotelzimmer durchsucht hatte. Sie setzte das Blitzlichtgerät auf ihre Polaroidkamera und machte vom Innern des Ladens eine Aufnahme.

Richard spürte Ericas Unbehagen. »Tut es dir leid, hierher zurückgekehrt zu sein?«

»Nein«, erwiderte Erica. Sie wollte Richards übermäßigen Beschützerinstinkt nicht noch fördern. Doch sie fühlte sich inmitten der kärglichen Überbleibsel des *Antica Abdul* in der Tat äußerst unbehaglich. Das war der Beweis, daß Abdul Hamdi wahrhaftig ermordet worden war. »Uns bleiben noch zehn Minuten, um zur El-Azhar-Moschee zu gelangen. Ich möchte zum Treffen mit Mr. Stephanos Markoulis pünktlich zur Stelle sein.« Eilig verließ sie den kahlen Laden, nur zu froh, wieder an die frische Luft zu kommen.

Als die beiden auf die belebte Gasse traten, stieß sich Khalifa von der Mauer ab, an der er gelehnt hatte. Auch diesmal lag seine Jacke über seinem rechten Arm und verbarg die halbautomatische Stechkin. Sie war entsichert, ihr Hahn gespannt. Raoul hatte ihn wissen lassen, daß Erica sich im Laufe des Nachmittags mit Stephanos Markoulis treffen werde, und er wollte sie im Gewühl des Basars keinesfalls verlieren; der Grieche war bekannt für seine rücksichtslose Gewalttätigkeit, und Khalifa hielt es für angebracht, keinen weiteren Fehler zu machen.

Erica und Richard kamen von der Khan el Khalili an der Westseite auf den überlaufenen, von der Sonne überstrahlten El-Azhar-Platz. Nach der staubigen Hitze fanden sie die

214

vergleichsweise kühle Temperatur in dem Basar angenehm. Sie überquerten den Platz in Richtung der alten Moschee und bewunderten unterwegs die drei nadelähnlichen Minarette, die in den hellblauen Himmel aufragten. Im Gewimmel der Menschen erwies sich das Vorwärtskommen jedoch als recht schwierig; sie mußten sich regelrecht aneinanderklammern, um nicht getrennt zu werden. Der Platz unmittelbar vor der Moschee erinnerte Erica mit den vielen hundert Gemüse- und Obsthändlerkarren an den Haymarket in Boston; die Händler feilschten wie besessen mit ihren Kunden um den Preis ihrer Erzeugnisse. Erica empfand aufrichtige Erleichterung, als sie und Richard endlich bis zur Moschee vorgedrungen waren und sie durch den als Tor der Barbiere bekannten Haupteingang betraten. Augenblicklich änderten sich die Verhältnisse. Der Lärm des geschäftigen Treibens auf dem Platz war in dem steinernen Gebäude unhörbar. Im Innern war es kühl und düster wie in einem Mausoleum.

»Das erinnert mich irgendwie an die Vorbereitungen zu einer Operation«, gestand Richard mit einem Lächeln, als er die Papierhüllen um seine Schuhe legte. Sie schlenderten durch die Eingangshalle, lugten in die offenen Türen, die an beiden Seiten in finstere Räumlichkeiten führten. Die Mauern bestanden aus großen Kalksteinblöcken und verliehen dem Bau das Aussehen eher eines Kerkers denn eines Gotteshauses.

»Ich glaube«, meinte Erica, »wir hätten verabreden müssen, wo genau wir in dieser Moschee uns treffen wollen.«

Nachdem sie eine Reihe von Bogengängen durchquert hatten, gelangten sie zu ihrer Überraschung wieder ins helle Sonnenlicht. Sie standen am Rand eines großen, viereckigen Kolonnadenhofes, an allen vier Seiten eingegrenzt durch Arkaden mit persischen Spitzbogen. Der Anblick war seltsam, denn obwohl der Hof sich mitten im Herzen Kairos befand, war er leer, und es herrschte beinahe Totenstille.

Erica und Richard blieben im Schatten stehen und betrachteten sprachlos die Szenerie exotischer kielförmiger Bogen mit ausgekragten Brüstungen und arabesken Zinnen.

Erica fühlte sich nicht wohl. Das bevorstehende Treffen mit Stephanos Markoulis machte sie nervös, und diese fremdartige Umgebung verstärkte ihre Unruhe. Richard nahm sie bei der Hand und führte sie über den Hof zu einem Bogeneingang, der etwas höher als die anderen war und außerdem gekrönt von einer eigenen Kuppel. Während sie über den Innenhof gingen, versuchte Erica, in die trüben Schatten der Bogengänge ringsum zu spähen. Ein paar in Weiß gekleidete Gestalten kauerten müßig auf dem kalksteinernen Fußboden.

Evangelos Papparis umrundete die Marmorsäule sehr langsam und behielt dabei Erica und Richard im Blickfeld. Sein sechster Sinn sagte ihm, daß es Ärger geben werde. Er befand sich in der Nordecke des Hofs, tief im Schatten des Säulengangs. Erica und Richard entfernten sich in diagonaler Richtung von ihm weg. Evangelos war sich nicht sicher, ob es sich hier um die Frau handelte, die sie erwarteten, hauptsächlich deswegen, weil sie in Begleitung kam; aber die Beschreibung stimmte. Er trat also, sobald das Paar den Zugang zum Mihrab erreichte, in die Mitte des Säulengangs, beschrieb langsam mit seinem Arm einen Kreis und hob zwei Finger empor. Stephanos Markoulis, der etwa hundert Meter weiter inmitten der zum Gebet bestimmten Säulenhalle stand, winkte zurück. Infolge ihrer zuvor abgesprochenen Zeichen wußte Stephanos jetzt, daß Erica mit einer zweiten Person gekommen war. Augenblicklich ging er um die Säule herum, hinter der er gestanden hatte, und lehnte sich dagegen, wartete. Zu seiner Linken umringte eine Gruppe von Studenten des Islam ihren Lehrer, der in einer Art von Singsang aus dem Koran vorlas.

Evangelos Papparis wollte soeben die Richtung zum

Haupteingang einschlagen, als sein Blick flüchtig auf Khalifa fiel. Er wich zurück in die Schatten und überlegte angestrengt, wie er diese Visage einzuordnen hatte. Als er jedoch nochmals umherspähte, war die Gestalt bereits verschwunden, und Erica hatte mit ihrem Begleiter die Bethalle betreten. Da fiel es Evangelos plötzlich ein. Der Mann, der sich so verdächtig die Jacke über den Arm gelegt hatte, war der verrückte Killer Khalifa Khalil.

Evangelos begab sich wieder in die Mitte der Arkaden, aber er konnte Stephanos nicht mehr sehen. Er war völlig verwirrt. Er machte kehrt, um nachzusehen, ob sich Khalil noch im Gebäude herumtrieb.

Erica hatte sich im Baedeker über die El-Azhar-Moschee informiert und wußte, daß sie nun in den eigentlichen Mihrab gelangten, die sogenannte Gebetsecke. Der Mihrab war reich verziert mit winzigen Marmor- und Alabasterstückchen, die komplizierte geometrische Muster bildeten. »Diese Nische ist Mekka zugewandt«, flüsterte Erica.

»In diesem Raum kann man richtig ehrfürchtig werden«, meinte Richard sachlich. Vor sich sah er, so weit er im Zwielicht nach links und rechts blicken konnte, einen wahren Wald marmorner Säulen. Sein Blick senkte sich auf den Boden rings um die Gebetsnische, und er bemerkte, daß er mit orientalischen Teppichen bedeckt war, die einander überlappten.

»Was ist das, was hier so riecht?« fragte er und schnupperte.

»Weihrauch«, sagte Erica. »Hör mal!«

Man vernahm das pausenlose Gemurmel gedämpfter Stimmen, und von ihrem Standort aus sahen sie mehrere Gruppen von Studenten zu Füßen ihrer Lehrer sitzen. »Die Moschee ist heute keine Universität mehr«, erläuterte leise Erica, »aber man verwendet sie noch für Koranstudien.«

»Wie er hier studiert, das gefällt mir«, sagte Richard grinsend und deutete auf eine Gestalt, die am Fußboden schlief, in einen Orientteppich gewickelt.

Erica drehte sich um und schaute durch die Reihe von Bogen zurück in den vom Sonnenschein erhellten Innenhof. Sie wollte lieber wieder hinaus. Die Moschee strahlte eine düstere, gruftartige Atmosphäre aus, und sie hatte das Empfinden, daß sie kein günstiger Ort für ein Treffen sei. »Komm, Richard.« Sie ergriff seine Hand, aber Richard wollte weiter in die Säulenhalle vordringen und widersetzte sich.

»Laß uns das Grab Sultan Rahmans suchen, worüber du etwas gelesen hast«, schlug er vor und hielt Erica zurück.

Erica wandte den Kopf und sah Richard an. »Ich möchte lieber...« Der Satz blieb ihr im Halse stecken. Über Richards Schulter hinweg sah sie zwischen den Säulen einen Mann näherkommen. Sie ahnte, daß es sich um Stephanos Markoulis handeln mußte. Richard bemerkte die Veränderung in ihrem Gesichtsausdruck und schaute sich um, kehrte sich dann der Gestalt zu, die näher kam. Er spürte, wie sich Ericas Hand verkrampfte. Sie hatte sich doch mit diesem Mann verabredet? Weshalb war sie so aufgeregt? Richard wunderte sich.

»Erica Baron«, sagte Stephanos mit breitem Lächeln. »Ich hätte Sie unter Tausenden erkannt. Sie sind noch viel schöner, als Yvon Sie mir beschrieben hat.« Stephanos versuchte erst gar nicht zu verbergen, wie gut ihm Erica gefiel.

»Mr. Markoulis?« fragte Erica, obwohl sie nicht den gelindesten Zweifel hegte. Sein salbungsvolles Gehabe und seine schmierige Erscheinung entsprachen genau ihren Erwartungen. Womit sie allerdings nicht gerechnet hatte, war das große christliche Kreuz aus Gold, das um seinen Hals hing. Innerhalb der Moschee schien es nicht am richtigen Fleck zu sein.

»Stephanos Christos Markoulis«, bestätigte stolz der Grieche.

»Das ist Richard Harvey«, stellte Erica vor.

Stephanos sah Richard an und beachtete ihn dann nicht weiter. »Ich würde gerne allein mit Ihnen sprechen, Erica.« Er hielt ihr seine Hand hin.

Erica übersah Stephanos' Geste und umklammerte Richards Hand noch fester. »Es ist mir lieber, wenn Richard bei mir bleibt.«

»Wie Sie wünschen.«

»Für einen Treffpunkt ist das hier ein ziemlich melodramatischer Ort«, bemerkte Erica.

Stephanos lachte, daß es zwischen den Säulen widerhallte. »Gewiß, aber denken Sie daran, daß Sie es waren, die dagegen war, daß wir uns im Hilton treffen.«

»Ich glaube, wir fassen uns besser kurz«, sagte Richard. Er hatte keine Ahnung, worum es hier eigentlich ging, aber es mißfiel ihm, Erica so aufgeregt zu sehen.

Stephanos' Lächeln verschwand. Widerstand war er nicht gewöhnt.

»Worüber wünschen Sie mit mir zu sprechen?« erkundigte sich Erica.

»Abdul Hamdi«, sagte Stephanos knapp. »Erinnern Sie sich?«

Erica dachte nicht daran, viele Informationen herauszurücken. »Ja«, sagte sie.

»Gut, dann verraten Sie mir, was Sie über ihn wissen. Hat er Ihnen irgend etwas von besonderer Bedeutung erzählt? Haben Sie von ihm irgendwelche Briefe oder Unterlagen erhalten?«

»Und warum?« fragte Erica trotzig. »Warum sollte ich ausgerechnet Ihnen sagen, was ich weiß?«

»Vielleicht können wir uns gegenseitig helfen«, sagte Stephanos. »Sind Sie an Antiquitäten interessiert?«

»Ja«, antwortete Erica.

»Na, dann kann ich Ihnen vielleicht behilflich sein. Woran sind Sie interessiert?«

»An einer lebensgroßen Statue von Sethos I.«, sagte

219

Erica; sie beugte sich leicht vor, um die Wirkung ihrer Äußerung auf Stephanos besser einschätzen zu können.

Falls er verblüfft war, so zeigte er es nicht. »Sie reden von sehr ernsthaften Geschäften«, meinte er endlich. »Haben Sie eine Vorstellung von den Summen, um die es dabei geht?«

»Ja«, sagte Erica. In Wirklichkeit jedoch besaß sie nicht die geringste Vorstellung. Es mußte schwer genug sein, sie bloß zu erraten.

»Hat Hamdi mit Ihnen über eine solche Statue gesprochen?« wollte Stephanos wissen. Seine Stimme klang ernst.

»Hat er«, erwiderte Erica. Die Tatsache, daß sie in Wahrheit so wenig wußte, gab ihr ein Gefühl von Schwäche.

»Hat sich Hamdi auch dazu geäußert, woher er die Statue hatte oder wohin sie gehen sollte?« Stephanos' Miene war todernst, und trotz der Wände fror Erica ein wenig. Sie versuchte, dahinterzukommen, was Stephanos von ihr erfahren wollte. Es mußte der Bestimmungsort sein, den die Statue vor dem Mord hatte. Sie mußte nach Athen unterwegs gewesen sein!

»Er hat mir nicht anvertraut, woher er die Statue hatte«, sagte Erica leise und, ohne den Blick zu heben. Den zweiten Teil von Stephanos' Frage ließ sie absichtlich unbeantwortet. Sie wußte, daß sie ein riskantes Spiel trieb, aber wenn es klappte, würde Stephanos denken, sie habe irgendwelche Geheimnisse in Erfahrung gebracht. Dann konnte sie vielleicht ihrerseits etwas aus ihm rausholen.

Doch es kam zu einem jähen Ende ihres Gesprächs. Wie ein Geist erschien aus dem Schatten hinter Stephanos eine wuchtige Gestalt. Erica erblickte einen riesigen Kahlkopf mit einer klaffenden Schnittwunde von der Schädeldecke über den Nasenrücken bis hinab auf die rechte Wange. Die Verletzung sah aus, als wäre eine Rasierklinge als Waffe benützt worden; trotz der Tiefe des Einschnitts blutete sie kaum. Die Hände des Mannes griffen nach Stephanos, Erica keuchte auf, grub ihre Fingernägel in Richards Hand.

Stephanos reagierte auf Ericas Warnlaut erstaunlich behende. Er wirbelte herum, wich nach rechts aus, winkelte sein Bein an, wahrscheinlich zu einem Karatetritt. Aber da erkannte er Evangelos und konnte sich noch im letzten Moment zurückhalten.

»Was ist passiert?« fragte bestürzt Stephanos, als er wieder das Gleichgewicht fand.

»Khalifa«, krächzte Evangelos. »Khalifa ist in der Moschee.«

Stephanos lehnte den geschwächten Evangelos gegen eine Säule, damit er sich daran stütze, und blickte hastig in die Runde.

Aus seiner linken Achselhöhle brachte er eine kleine Beretta von nichtsdestotrotz lebensgefährlichem Aussehen zum Vorschein und entsicherte sie. Beim Anblick der Pistole schraken Erica und Richard zurück und klammerten sich fassungslos aneinander. Ehe sie zu irgendeiner Reaktion fähig waren, gellte ein Schrei, der ihnen das Blut gerinnen zu lassen drohte, durch die weiträumige Bethalle. Aufgrund der vielen Echos, die er auslöste, war es schwierig zu bestimmen, wo er seinen Ursprung hatte; während er verklang, verstummte auch das Murmeln der Koranleser. Ein bleiernes Schweigen ergab sich, der sprichwörtlichen Ruhe vor dem Sturm gleich. Niemand rührte sich. Von der Stelle aus, wo sich Erica und Richard niederduckten, konnten sie mehrere Studentengruppen mit ihren Lehrern sehen. Auch ihnen sah man ihre Verwirrung und beginnende Furcht an. Was ging hier vor?

Auf einmal knallten Schüsse, und das gräßliche Geräusch von Querschlägern hallte durch die marmorne Halle. Erica und Richard gingen ebenso wie Stephanos und Evangelos in Deckung; sie wußten nicht einmal, aus welcher Richtung die Gefahr kam. »Khalifa«, röchelte Evangelos.

Andere Schreie durchdrangen die Bethalle, gefolgt von einem dumpfen Dröhnen. Erica ahnte, daß es durchs Laufen vieler Füße entstand. Die Studentengruppen hatten sich erhoben, voller Entsetzen nordwärts gestarrt, dann plötzlich kehrtgemacht und die Flucht ergriffen. Panik ergriff die Menschen, die durch den Säulenwald angerannt kamen. Weitere Schüsse peitschten. Die Menge verwandelte sich in eine rasende Herde.

Ohne noch auf die beiden Griechen zu achten, sprangen Erica und Richard auf und flüchteten nach Süden, eilten Hand in Hand durch die Säulen dahin, gaben sich alle Mühe, um noch vor der Menschenmasse zu bleiben, die in wilder Panik herangetrampelt kam. Blindlings liefen sie drauflos, bis sie ans andere Ende der Halle gelangten. Ein paar Studenten überholten sie mit schreckgeweiteten Augen, als stünde das Gebäude in Flammen. Erica und Richard schlossen sich ihnen an, liefen geduckt durch eine niedrige Pforte und einen steinernen Gang hinunter. Dieser mündete in ein Mausoleum, aus dem eine schwere hölzerne Tür ins Freie führte. Sie stürmten hinaus auf die staubige Straße, wo sich bereits eine aufgeregte Menschenmenge versammelte. Erica und Richard mischten sich nicht erst unter die Leute, sondern entfernten sich mit schnellen Schritten aus dem Umfeld der Moschee.

»Hier herrscht ja der helle Wahnsinn«, sagte Richard, dessen Stimme mehr Ärger als Erleichterung verriet. »Was zum Teufel war eigentlich da drinnen los?« Er erwartete offenbar keine Antwort, also schwieg Erica. An drei Tagen hintereinander war sie nun Zeugin von Gewalttaten gewesen, und jedesmal stand sie anscheinend damit in engerem Zusammenhang. Zufall war dafür nicht länger eine glaubwürdige Erklärung.

Richard hielt ihre Hand fest und zerrte sie hinter sich durchs Gedränge. Er wollte schnellstens so viel Abstand wie nur möglich zwischen sie beide und der El-Azhar-Moschee bringen.

»Richard«, stöhnte schließlich Erica und preßte eine Hand auf ihre Seite. »Richard, langsamer.«

Sie blieben vor einer Schneiderei stehen. Richards Mund drückte seine Wut aus. »Dieser Stephanos – hast du damit gerechnet, daß er bewaffnet kommt?«

»Die Aussicht auf eine Zusammenkunft hat mich schon ein bißchen belastet, aber ich...«

»Beantworte meine Frage, Erica, sonst nichts. Hast du erwartet, daß er bewaffnet ist?«

»Darüber habe ich mir gar keine Gedanken gemacht.«

»Offenbar hättest du dir aber darüber Gedanken machen sollen. Wer ist dieser Stephanos Markoulis überhaupt?«

»Ein Antiquitätenhändler aus Athen. Allem Anschein nach betätigt er sich auf dem Schwarzmarkt.«

»Und auf welche Weise ist diese Zusammenkunft, falls man das so nennen kann, vereinbart worden?«

»Ein Bekannter hat mich gebeten, mit Stephanos zu sprechen.«

»Und wer ist dieser wundervolle Bekannte, der dich einem Gangster in die Arme schickt?«

»Sein Name ist Yvon de Margeau. Ein Franzose.«

»Und was für eine Art von Bekanntschaft ist das?«

Erica schaute in Richards nun wutrotes Gesicht. Sie zitterte noch von dem durchgestandenen Schrecken und wußte nicht recht, wie sie mit seinem Zorn fertig werden sollte.

»Es tut mir leid, daß das geschehen mußte«, sagte sie. Sollte sie sich nun entschuldigen oder nicht?

»Nun«, murrte Richard unwirsch, »darauf könnte ich dir das sagen, was du in der letzten Nacht mir entgegengehalten hast, als ich mich wegen des Schreckens, den ich dir eingejagt hatte, zu entschuldigen versuchte. Damit ist es aber nicht getan. Wir hätten beide draufgehen können. Ich glaube, du hast deine Eskapade nun weit genug getrieben. Wir gehen jetzt zur amerikanischen Botschaft, und du kommst mit mir heim nach Boston, und wenn ich dich an den Haaren ins Flugzeug schleifen muß.«

»Richard …«, warf Erica ein und schüttelte den Kopf.

Ein unbesetztes Taxi bahnte sich langsam seinen Weg durchs Gewimmel auf den Straßen. Über Ericas Schulter hinweg bemerkte Richard das Auto, dem die Leute widerwillig auswichen, und hielt es an. Wortlos stiegen sie ein und setzten sich auf die Rückbank. Richard wies den Fahrer an, zum Hilton Hotel zu fahren. In Erica stieg ein Gemisch aus Zorn und Verzweiflung hoch. Hätte Richard dem Fahrer die US-Botschaft als Ziel genannt, sie wäre aus dem Wagen gesprungen.

Nach zehn Minuten Schweigen machte Richard schließlich wieder den Mund auf. Sein Tonfall war ruhiger geworden. »Tatsache ist, daß du so einer Angelegenheit gar nicht gewachsen bist. Damit mußt du dich abfinden.«

»Mit meinen Kenntnissen in Ägyptologie«, fuhr Erica ihn an, »bin ich der Sache durchaus gewachsen.« Das Taxi saß im Verkehr fest und schob sich zentimeterweise an einem der großen mittelalterlichen Stadttore Kairos vorüber; Erica betrachtete es zunächst durchs Seiten-, dann durch das Rückfenster.

»Ägyptologie ist das Studium einer toten Kultur«, fuhr Richard fort und hob eine Hand, als wollte er ihr das Knie tätscheln. »Für deine gegenwärtigen Probleme ist sie ohne Bedeutung.«

Erica sah Richard an. »Tote Kultur … ohne Bedeutung.« Diese Ausdrücke bestätigten nur wieder Richards Auffassung von ihrer Tätigkeit. Sie fühlte sich erniedrigt und war erbost.

»Du bist als Akademikerin ausgebildet«, ergänzte Richard, »und ich finde, du solltest auch hier deine Grenzen anerkennen. Diese Mantel-und-Degen-Abenteuer sind kindisch und gefährlich. Es ist lachhaft, wegen einer Statue, egal welcher, so ein Risiko einzugehen.«

»Das ist nicht irgendeine Statue«, empörte sich Erica. »Außerdem dreht es sich bei dieser Sache um weit mehr, als du zuzugeben bereit bist.«

»Meiner Meinung nach ist die Situation ganz klar. Man hat eine Statue ausgebuddelt, die eine Menge Geld wert ist, und größere Summen können dann und wann sonderbare Reaktionen hervorrufen. Aber so etwas ist ein Fall für die Behörden, nicht für Touristen.«

Erica biß die Zähne zusammen, als sie das Wort »Touristen« hörte. Während das Taxi wieder beschleunigte, versuchte sie sich darüber klar zu werden, weshalb Yvon dieses Treffen mit Stephanos Markoulis arrangiert hatte. Nichts gab einen Sinn, und sie überlegte krampfhaft, was sie als nächstes tun sollte. Auf keinen Fall wollte sie aber nun aufgeben, ganz gleich, was Richard dazu sagen mochte. Anscheinend war Abdul Hamdi der Angelpunkt des Ganzen. Da erinnerte sie sich an seinen Sohn, dem sie sowieso in seinem Antiquitätenladen in Luxor einen Besuch abstatten wollte.

Richard beugte sich vor und tippte dem Fahrer auf die Schulter. »Sprechen Sie englisch?«

Der Fahrer nickte. »Ein bißchen.«

»Wissen Sie, wo sich die amerikanische Botschaft befindet?«

»Ja«, antwortete er und betrachtete Richard im Rückspiegel.

»Wir fahren nicht zur amerikanischen Botschaft«, sagte Erica; sie sprach jedes einzelne Wort laut und deutlich aus, damit dem Fahrer nichts entging.

»Leider muß ich aber darauf bestehen«, insistierte Richard. Er wandte sich wieder dem Fahrer zu.

»Du kannst bestehen, worauf du willst«, zischte Erica mit mühsam beherrschter Stimme, »aber ich fahre jeden-

225

falls nicht dorthin. Fahrer, halten Sie an.« Sie rutschte auf der Sitzbank nach vorn, schulterte ihre Segeltuchtasche.

»Weiterfahren«, ordnete Richard an und versuchte. Erica zurück auf ihren Platz zu ziehen.

»Anhalten!« schrie Erica.

Der Fahrer gehorchte und lenkte den Wagen an den Straßenrand. Erica öffnete die Wagentür, noch ehe das Auto stand, und sprang hinaus auf den Bürgersteig.

Richard folgte ihr, ohne den Taxifahrer zu bezahlen. Der gereizte Fahrer fuhr langsam am Bürgersteig entlang, während Richard nach kurzer Strecke Erica einholte und sie am Arm packte. »Es ist allerhöchste Zeit, daß du mit deinem kindischen Verhalten aufhörst«, schnauzte er sie an, als müsse er ein unartiges Kind zurechtweisen. »Wir wenden uns an die amerikanische Botschaft. Diese Geschichte ist dir längst über den Kopf gewachsen. Dir wird früher oder später etwas zustoßen.«

»Richard«, sagte Erica und deutete mit ihrem Zeigefinger auf sein Kinn, »geh du von mir aus zur amerikanischen Botschaft. Ich gehe nach Luxor. Glaube mir, der Botschafter kann überhaupt nichts tun, selbst wenn er es wollte. Ich fahre nach Oberägypten und erledige dort, was ich von Anfang an vorhatte.«

»Erica, wenn du auf diesem Unsinn bestehst, reise ich sofort ab. Ich fliege heim nach Boston. Das ist mein voller Ernst. Ich bin über diese Riesenentfernung hinweg zu dir gereist, und anscheinend bedeutet dir das nicht das geringste. Ich kann's ganz einfach nicht fassen!«

Erica schwieg. Sie wollte, daß er abreiste.

»Und wenn ich heimfliege, weiß ich wirklich nicht, was aus unserer Beziehung wird.«

»Richard«, sagte Erica ruhig, »ich fahre auf alle Fälle nach Oberägypten.«

Die nachmittägliche Sonne stand tief am Himmel, und der Nil wirkte wie ein glattes silbernes Band. Bisweilen fun-

226

kelten auf seiner Oberfläche kleine Lichter, wenn der Wind das Wasser aufrührte.

Erica mußte ihre Augen wegen der Sonne beschatten, um die Umrisse der Pyramiden erkennen zu können. Die Sphinx schien aus Gold zu sein. Erica stand auf dem Balkon ihres Zimmers im Hilton. Es war bereits an der Zeit, zu gehen. Die Hoteldirektion war schier außer sich vor Freude gewesen, als sie sich abmeldete, denn wie üblich hatten sie bei weitem zu viele Buchungen entgegengenommen. Erica hatte gepackt; ihr einziger Koffer stand bereit. Der Reiseschalter im Foyer hatte ihr einen Schlafwagenplatz im Neunzehn-Uhr-dreißig-Zug in den Süden besorgt.

Der Gedanke an die Zugfahrt schob die Erinnerung an die durchgestandenen Ängste in den Hintergrund und tröstete sie über die Auseinandersetzung mit Richard hinweg. Der Tempel zu Karnak, das Tal der Könige, Abu Simbel, Denderra – das waren die Gründe, weshalb sie nach Ägypten gekommen war; sie wollte nach Süden, Abdul Hamdis Sohn besuchen, aber in der Hauptsache die berühmten Denkmäler besichtigen. Sie war froh, daß sich Richard zur Abreise entschlossen hatte. Vor ihrer Heimreise wollte sie über ihre Beziehung nicht mehr nachdenken. Dann konnten sie weitersehen.

Erica schaute ein letztes Mal im Bad nach und fand hinter dem Duschvorhang noch ihre Waschcreme. Sie steckte sie in ihre Handtasche und sah auf die Uhr. Es war Viertel vor sechs. Sie wollte gerade zum Bahnhof aufbrechen, als das Telefon klingelte. Yvon war am Apparat.

»Haben Sie sich mit Stephanos getroffen?« fragte er gutgelaunt.

»Das habe ich«, gab Erica zu. Sie ließ eine peinliche Pause entstehen. Sie hatte Yvon von sich aus nicht angerufen, weil sie empört war, von ihm einer derartigen Gefahr ausgesetzt worden zu sein.

»Na, und was hat er gesagt?« erkundigte sich Yvon.

»Sehr wenig. Was er tat, war auch viel wichtiger. Er hatte eine Pistole. Wir hatten uns gerade erst in der El-Azhar-Moschee getroffen, da kam plötzlich ein großer kahlköpfiger Kerl, der aussah, als sei er soeben geschlagen worden, und rief Stephanos zu, jemand namens Khalifa sei in der Moschee. Dann brach die Hölle los. Yvon, wie konnten Sie mir das zumuten, mich mit so einem Menschen zu treffen?«

»Mein Gott«, sagte Yvon entsetzt. »Erica, bitte bleiben Sie in Ihrem Zimmer, bis ich wieder anrufe.«

»Entschuldigung, Yvon, aber ich ziehe gerade aus. Ich verlasse Kairo!«

»Verlassen!« rief verblüfft Yvon. »Ich dachte, das Abreisen sei Ihnen amtlicherseits verboten worden?«

»Es ist mir lediglich verboten worden, das Land zu verlassen«, entgegnete Erica. »Ich habe Achmed Khazzans Büro angerufen und mitgeteilt, daß ich nach Luxor reise, und man hatte nichts dagegen.«

»Erica, warten Sie, bis ich mich wieder melde. Reist Ihr... Freund mit Ihnen?«

»Er fliegt zurück in die Vereinigten Staaten. Er war über die Zusammenkunft mit Stephanos genauso wütend wie ich. Danke für Ihren Anruf, Yvon. Wir bleiben in Verbindung!« Erica beendete das Gespräch absichtlich so abrupt und legte den Hörer auf. Ihr war klar, daß Yvon sie in irgendeiner Weise als Köder benutzt hatte. Yvons Kampf gegen den Altertümerschwarzhandel leuchtete ihr ein, aber als Köder benutzt zu werden, das paßte ihr nicht. Das Telefon läutete nochmals, aber sie scherte sich nicht darum.

Das Taxi brauchte vom Hilton bis zum Hauptbahnhof über eine Stunde. Erica hatte ausgiebig geduscht, ehe sie sich auf den Weg machte, aber innerhalb einer Viertelstunde war ihre Bluse schweißdurchtränkt, und ihr Rücken klebte am heißen Vinylbezug der Autositze.

Der Bahnhof befand sich an einem stark belebten Platz hinter einem alten Standbild von Ramses II., dessen zeitlo-

228

ses Aussehen in scharfem Gegensatz zum nahezu wahnwitzigen Trubel des Straßenverkehrs stand. Im Bahnhofsinnern herrschte ein fürchterliches Menschengedränge; alles war vertreten, angefangen bei den Geschäftsleuten in westeuropäischer Kleidung bis zu Bauern, die leere Kisten, Kasten und Körbe mitschleppten. Obwohl ein paar Gaffer Erica nachblickten, versuchte niemand, sie zu belästigen, und sie schob sich vergleichsweise mühelos durchs Gewimmel. Vor dem Schlafwagenschalter hatte sich eine nur kurze Schlange Wartender gebildet, und Erica war nach kurzer Zeit im Besitz ihrer Fahrkarte. Sie wollte die Fahrt in einem kleinen Dorf namens Balianeh unterbrechen und sich dort ein wenig umsehen.

In der ziemlich großen Zeitschriftenhandlung kaufte sie eine zwei Tage alte »Herald Tribune«, ein italienisches Modemagazin und mehrere populärwissenschaftliche Bücher über die Entdeckung Tutanchamuns Gruft. Sie kaufte sich sogar noch ein Exemplar von Carters Buch, obwohl sie es bereits mehrmals gelesen hatte.

Sie mußte nicht lange warten, bis ihr Zug angekündigt wurde. Ein nubischer Gepäckträger mit breitem Lächeln trug ihr Gepäck und verstaute es unter ihrer Koje. Der Gepäckträger verriet ihr, daß der Zug wahrscheinlich nicht voll werde und sie deshalb ihre Sachen ruhig über zwei Sitze ausbreiten könne. Sie stellte ihre Segeltuchtasche auf den Boden und lehnte sich gemütlich zurück.

»Hallo«, sagte eine freundliche Stimme, und sie fuhr hoch.

»Yvon!« Erica war aufrichtig verblüfft.

»Hallo, Erica. Ich bin selber erstaunt, daß ich Sie gefunden habe. Darf ich mich setzen?«

Erica nahm ihren Lesestoff vom Nachbarsitz.

»Ich habe darauf gehofft, daß Sie mit diesem Zug in den Süden reisen, denn alle Flüge sind schon für längere Zeit ausgebucht.«

Erica brachte nur ein halbes Lächeln zuwege. Obwohl sie sich noch immer ärgerte, fühlte sie sich widerwillig geschmeichelt. Offensichtlich hatte sich Yvon viel Mühe gegeben, sie zu finden. Sein Haar war wirr und verklebt, als wäre er tüchtig gerannt.

»Erica, ich möchte mich entschuldigen, daß so etwas bei dem Treffen mit Stephanos passiert ist.«

»Passiert ist eigentlich nichts. Aber es hätte etwas passieren können, und das hat mir die Laune verdorben. Sie müssen doch eine gewisse Vorstellung von der Gefährlichkeit des Treffens gehabt haben, sonst hätten Sie mir ja nicht geraten, mit ihm einen Treffpunkt in der Öffentlichkeit zu vereinbaren.«

»Gewiß, aber ich dachte dabei lediglich an Stephanos' Ruf bei den Frauen. Ich wollte vermeiden, daß Sie unerfreulichen Aufdringlichkeiten ausgesetzt werden.«

Ein leichter Ruck lief durch den Zug; Yvon stand auf und schaute in den Gang. Sobald er festgestellt hatte, daß der Zug noch nicht fuhr, nahm er wieder Platz.

»Ich schulde Ihnen noch ein Essen«, sagte Yvon. »Das haben wir so ausgemacht. Bitte bleiben Sie in Kairo. Ich habe einiges über die Mörder Abdul Hamdis in Erfahrung gebracht.«

»Was denn?« fragte Erica.

»Sie stammten nicht aus Kairo. Ich habe ein paar Fotos, die ich Ihnen gern zeigen möchte. Vielleicht erkennen Sie einen der Männer.«

»Haben Sie sie dabei?«

»Nein, sie sind im Hotel. Mir blieb ja kaum Zeit.«

»Yvon, ich fahre nach Luxor. Mein Entschluß steht unwiderruflich fest.«

»Erica, Sie können doch jederzeit nach Luxor fahren, wann immer Sie wollen. Ich habe ein Flugzeug. Ich kann Sie morgen auch hinfliegen.«

Erica betrachtete ihre Hände. Trotz ihres Ärgers und

ihrer Zweifel fühlte sie, wie sie weich wurde. Doch zugleich war sie es endgültig satt, beschützt und umsorgt zu werden.

»Danke für das Angebot, Yvon, aber ich glaube, ich fahre lieber mit dem Zug. Ich rufe Sie aus Luxor an.«

Ein Pfiff ertönte. Es war neunzehn Uhr dreißig.

»Erica ...«, stieß Yvon hervor, aber da setzte sich der Zug schon in Bewegung. »Also gut. Rufen Sie mich ans Luxor an. Vielleicht sehen wir uns dort wieder.« Er stolperte den Gang entlang und sprang vom Zug, der allmählich schneller wurde.

»Verflucht noch mal«, knirschte Yvon, als er den Zug aus dem Bahnhof rollen sah. Er suchte den überfüllten Wartesaal auf. An der Tür traf er Khalifa.

»Warum sind Sie nicht im Zug?« schnauzte Yvon ihn an.

Khalifa lächelte schief. »Ich habe den Auftrag erhalten, das Mädchen in Kairo zu beschatten. Von einer Fahrt in den Süden war keine Rede.«

»Herrgott«, schnaubte Yvon und schritt zu einem Nebenausgang. »Kommen Sie mit.«

Raoul wartete im Auto. Sobald er Yvon sah, warf er den Motor an. Yvon öffnete Khalifa eine Tür zum Rücksitz, dann stieg er nach ihm ins Auto.

»Was ist in der Moschee passiert?« fragte Yvon, als sie sich in den Verkehr einreihten.

»Schwierigkeiten«, erwiderte Khalifa. »Das Mädchen traf sich mit Stephanos, aber Stephanos hatte einen Aufpasser dabei. Um das Mädchen schützen zu können, mußte ich das Treffen abkürzen. Mir blieb nichts anderes übrig. Die Örtlichkeit war sehr schlecht, fast so mies wie gestern das Serapeum. Aber aus Rücksicht auf Ihre zarten Nerven habe ich diesmal niemanden umgelegt. Ich habe bloß ein paar Schüsse abgefeuert, ein paarmal wild gebrüllt und auf diese Weise die ganze Moschee geräumt.« Khalifa lachte verächtlich.

»Vielen Dank für Ihre Rücksichtnahme auf meine Nerven. Aber sagen Sie mir eines, hat Stephanos denn Erica Baron gedroht oder irgendwelche bedrohlichen Anstalten gemacht?«

»Keine Ahnung«, antwortete Khalifa.

»Aber genau das sollten Sie doch herausfinden«, sagte Yvon.

»Ich sollte das Mädchen beschützen und erst in zweiter Linie etwas in Erfahrung bringen«, widersprach Khalifa. »Unter diesen Umständen war ich voll damit beschäftigt, das Mädchen zu schützen.«

Yvon wandte den Kopf und blickte durchs Fenster hinaus; er sah einen Radfahrer mit einem großen Tablett voller Brot, der im Straßenverkehr zügiger vorankam als sie in ihrem Auto. Yvon war bitter enttäuscht. Die Lage war übel, und nun hatte Erica Baron, die Verkörperung seiner letzten Hoffnung auf die Sethos-Statue, auch noch Kairo verlassen. Er sah Khalifa an. »Ich hoffe, Sie sind reisefertig. Sie müssen noch heute abend auf dem Luftwege nach Luxor.«

»Wie Sie wünschen«, sagte Khalifa. »Dieser Auftrag wird immer interessanter.«

Vierter Tag

Balianeh 6 Uhr 05

»Balianeh erreichen wir in einer Stunde«, rief der Gepäckträger durch den Vorhang von Ericas Schlafwagenkoje.

»Danke«, sagte Erica, setzte sich auf und schob die Gardine des kleinen Fensterchens der Koje zur Seite. Draußen brach der frühe Tag an. Der Himmel leuchtete zart purpurfarben, und in der Ferne sah sie flache Wüstenhügel. Der Zug fuhr schnell und mit leichtem Schaukeln. Die Schienen verliefen entlang der Libyschen Wüste.

Erica wusch sich in dem kleinen Becken und trug ein wenig Make-up auf. Am Abend zuvor hatte sie versucht, eines der im Bahnhof erworbenen Bücher über Tutanchamun zu lesen, aber durch das sanfte Schaukeln des Zuges war sie fast augenblicklich in den Schlaf gelullt worden. Irgendwann mitten in der Nacht war sie kurz aufgewacht und hatte die Leselampe ausgeknipst.

Im Speisewagen servierte man ihr ein Frühstück nach englischer Art, gerade als die ersten zaghaften Sonnenstrahlen den östlichen Horizont erhellten. Vor Ericas Augen wandelte sich der Himmel von Purpur zu klarem Hellblau: unglaublich schön.

Erica fühlte sich beim Kaffee von einer schweren Last befreit; und ein euphorisches Gefühl der Freiheit erfüllte sie. Ihr war zumute, als ginge sie auf eine Reise in die Vergangenheit, zurück ins Ägypten des Altertums, in das Land der Pharaonen.

Kurz nach sechs Uhr stieg sie in Balianeh aus. Nur eine Handvoll Passagiere verließ den Zug, und er fuhr weiter, sobald der letzte Reisende den Bahnsteig betreten hatte. Sie sah sich nach ihrem Koffer um, den sie mit Mühe dann hin-

233

ter einem Fenster des Gepäckwagens erspähte, dann begab sie sich durch den Bahnhof in das muntere Treiben der kleinen ländlichen Ortschaft. Hier herrschte eine geradezu heitere Atmosphäre. Die Leute wirkten erheblich zufriedener als die stets verdrossenen Massen in Kairo. Aber es war heißer. Selbst in dieser Morgenfrühe spürte Erica schon den Unterschied.

Im Schatten des Bahnhofs wartete eine Anzahl alter Taxis. Die Mehrzahl der Fahrer schlief mit offenem Mund hinterm Lenkrad. Aber sobald einer von ihnen Erica erblickt hatte, regten sich alle wie auf ein Signal und entfesselten eine lautstarke Diskussion. Zuletzt schoben sie einen schlanken jungen Mann nach vorn. Er trug einen großen, ungestutzten Vollbart und war offensichtlich sehr erfreut darüber, daß diese Fahrt ihm zugefallen war. Vor Erica machte er eine Verbeugung, ehe er den Schlag seines Taxis aufriß, das ungefähr aus den vierziger Jahren stammen mußte.

Er wußte ein paar englische Wörter, darunter »Zigarette«. Erica schenkte ihm einige, und er stellte sich unverzüglich ihr als Fahrer zur Verfügung, wobei er versprach, sie pünktlich zum Siebzehn-Uhr-Zug nach Luxor zum Bahnhof zu bringen. Die Kosten betrugen fünf ägyptische Pfund.

Sie fuhren nordwärts zur Ortschaft hinaus und verließen dann den Nil in Richtung Westen. Der Fahrer hatte ein Kofferradio ans Armaturenbrett gehängt, so daß die Antenne aus dem rechten Seitenfenster ragte, dem die Scheibe fehlte; er lächelte zufrieden vor sich hin. Beiderseits der Landstraße erstreckten sich weithin Zuckerrohrfelder, unterbrochen von gelegentlichen Palmenoasen.

Sie überquerten einen stinkigen Bewässerungsgraben und durchfuhren das Dorf El Araba el Mudfuna. Es war ein Haufen erbärmlicher Häuschen aus Lehmziegeln in unmittelbarer Nähe der Felder. Niemand war zu sehen, abgesehen von einer Gruppe in Schwarz gekleideter Frauen, die auf ihren Köpfen schwere Wasserkrüge schleppten. Erica schaute zweimal hinüber. Die Frauen trugen Schleier.

Einige hundert Meter hinter dem Dorf hielt der Fahrer an und deutete voraus. »Sethos«, sagte er, ohne die Zigarette aus dem Mund zu nehmen.

Erica stieg aus dem Auto. Hier also lag es. Abydos. Der Ort, den Sethos I. wählte, um einen prachtvollen Tempel zu errichten. Als Erica ihren Reiseführer herausholte, stürzte sich eine Schar Halbwüchsiger auf sie, um ihr Skarabäen aufzuschwatzen. Sie war an diesem Tag die erste Touristin, und sie konnte dem aufdringlichen Geschrei nur entgehen, nachdem sie die fünfzig Piaster Eintritt bezahlt und sich aufs Tempelgelände gerettet hatte.

Dort setzte sie sich auf einen Kalksteinblock, den Baedeker in der Hand, und las den Text über Abydos. Sie war mit der Tempelanlage einigermaßen vertraut, wollte sich jedoch darüber informieren, welche Abschnitte während der Herrschaft Sethos' I. mit Hieroglyphen versehen worden waren; fertiggestellt hatte den Tempel erst Sethos' Sohn und Nachfolger, Ramses II.

Völlig in Unkenntnis von Ericas Abstecher nach Abydos stand Khalifa in Luxor auf dem Bahnsteig und beobachtete das Aussteigen der Reisenden. Der Zug war pünktlich angekommen, und eine Menschenmenge, die ihn beim Einfahren mit lautem Stimmengewirr begrüßte, drängte auf die Türen zu. Es entstand ungeheures Durcheinander, alles schrie herum, und vor allem trugen zu dem Getöse die fliegenden Händler bei, die den Passagieren der dritten Klasse, die nach Aswan weiterfuhren, durch die unverglasten Fenster der Waggons Obst und kalte Getränke verkauften. Jene Leute, die ausstiegen, und diejenigen, welche einsteigen wollten, bildeten ein wildes Getümmel, als plötzlich Pfiffe ertönten. Die ägyptischen Eisenbahnen verkehrten unerbittlich nach Fahrplan.

235

Khalifa rauchte eine Zigarette, dann noch eine, ließ den Qualm an seiner Hakennase emporsteigen. Er stand ein wenig abseits von dem Chaos an einer Stelle, von wo aus er den gesamten Bahnsteig ebenso wie den Hauptausgang überblicken konnte. Ein paar verspätete Reisende liefen dem Zug nach und sprangen noch auf. Erica war nirgendwo zu sehen. Als er die zweite Zigarette geraucht hatte, verließ Khalifa das Bahnhofsgebäude durch den Haupteingang. Er strebte zur Hauptpost hinüber, um in Kairo anzurufen. Irgend etwas war schiefgegangen.

Abydos 11 Uhr 30

Erica wanderte durch den Tempel Sethos' I. Ein Raum war schöner als der andere. Endlich konnte sie sich dem Geheimnis Ägyptens ungestört anheimgeben. Die Reliefs des Tempels waren einfach herrlich. Sie hatte sich innerlich bereits dazu entschlossen, in einigen Tagen nochmals Abydos zu besuchen, um weitere Hieroglyphen an der Tempelmauer zu übersetzen. Vorerst untersuchte sie Sethos' Inschriften nur darauf, ob darunter irgendwo der Name Tutanchamun auftauchte. Er war nirgends zu finden. Nur in der Galerie der Könige, wo nahezu alle altägyptischen Pharaonen in chronologischer Reihenfolge aufgezählt waren, stand er dabei.

Als sie in die inneren Räume des Tempels vordrang, deren Deckenplatten noch original erhalten waren, benutzte sie ihre Taschenlampe, um die Hieroglyphen besser zu erkennen.

Lautlos sagte Erica sich eine Kurzfassung des Textes auf der Statue Sethos' I. vor: »Ewiger Friede sei Sethos I. gewährt, der nach Tutanchamun herrscht.« Sie mußte zugeben, daß die Formulierung hier in Sethos' Tempel nicht viel sinnvoller klang als auf dem Balkon des Hilton. Erica

236

kramte aus ihrer Segeltuchtasche die Fotos von der Hieroglypheninschrift der Statue hervor. Sie schaute sich im Tempel nach einer ähnlichen Zeichenkombination um. Das erforderte viel Zeit, und am Ende hatte sie doch keinen Erfolg. Anfangs gelang es ihr nicht einmal, den Namen Sethos' I. in der gleichen Schreibweise wie auf der Statue zu finden, nämlich in Verbindung mit dem Gott Osiris. Im Tempel verband man ihn hauptsächlich mit dem Gott Horus.

Ohne daß es Erica merkte, wurde es Nachmittag, und sie kümmerte sich nicht um Hitze und Hunger. Es war bereits fünfzehn Uhr vorbei, als sie durch die Osiris-Kapelle das Allerheiligste des Gottes betrat. Einst war es eine prächtige Halle gewesen, deren Decke zehn Säulen gestützt hatten. Nun erfüllte der Sonnenschein die Halle mit Helligkeit und ließ die wundervollen Reliefs leuchten, die mit dem Kult Osiris' zusammenhingen, dem Gott der Toten.

Außer ihr hielten sich keine Touristen in der eingestürzten Halle auf, und Erica ließ sich Zeit, blieb ungestört, während sie sich die herausgemeißelten Kunstwerke betrachtete. Am anderen Ende der menschenleeren Halle kam sie an eine niedrige Tür. Dahinter war es dunkel. Sie schlug im Baedeker nach; der jenseitige Raum war darin lediglich als Kammer mit vier Säulen beschrieben.

Erica schalt sich wegen ihrer Ängstlichkeit, holte ihre Taschenlampe heraus und duckte sich unter der niedrigen Tür hindurch. Langsam ließ sie den Lichtkegel über die Wände und Säulen sowie die Decke des totenstillen Raums gleiten. Sehr vorsichtig suchte sie sich einen Weg über den unebenen Boden und umrundete die wuchtigen Säulen. In der Wand auf der gegenüberliegenden Seite befanden sich die Durchgänge zu den drei Kapellen von Isis, Sethos I. und Horus. Neugierig betrat sie Sethos' Kapelle; die Nachbarschaft vom Heiligtum des Osiris gab ihr Mut.

Keine Spur von Tageslicht drang in die kleine Kapelle ein.

Ericas Taschenlampe konnte nur einen begrenzten Bereich erleuchten. Der Rest des Raumes blieb im Dunkeln. Sie ließ den Lichtkegel rundum wandern, bemerkte jedoch fast augenblicklich inmitten der Hieroglyphen eine Kartusche Sethos' I., die genau jener auf der Statue glich: Sethos in Gleichsetzung mit Osiris.

Erica studierte die Hieroglyphen rund um die Kartusche; sie setzte voraus, daß der Text senkrecht von links nach rechts verlief, und ohne alles Wort für Wort zu übersetzen, ermittelte sie binnen kurzem, daß die kleine Kapelle nach Sethos' Ableben vollendet worden war und bei Osiris-Ritualen Verwendung gefunden hatte. Dann stieß sie auf etwas Merkwürdiges. Anscheinend handelte es sich um einen Eigennamen. Das war fast unglaublich. Auf Pharaonendenkmälern erschienen gewöhnlich nie persönliche Namen.

Sie fügte die Laute zusammen. Ne-neph-ta.

Erica senkte den Lichtkegel auf den Fußboden, um ihre Tasche abzustellen. Sie wollte den eigentümlichen Namen fotografieren. Sie beugte sich vor und erstarrte urplötzlich. Im Lichtkreis der Lampe lag eine Kobra, den Kopf erhoben, den Körper gekrümmt, und die Gabelzunge schnellte wie eine winzige Peitsche vor und zurück; die gelben Augen mit ihren geschlitzten schwarzen Pupillen fixierten sie drohend. Erica stand wie gelähmt. Erst als die Schlange sich regte, den Kopf einzog und davonglitt, löste sich ihre Spannung, und sie wagte, sich zu der niedrigen Tür der Kapelle umzuschauen. Nach einem zweiten Blick auf die Schlange, die sich davonschlängelte, floh sie hinaus in den Sonnenschein.

Der Wärter dankte Erica für den Hinweis und erzählte, daß sie schon seit vielen Jahren versuchten, die Kobra zu fangen und zu töten; man pflegte das Osiris-Heiligtum dann zeitweilig zu schließen.

Trotz des Zwischenfalls mit der Schlange verließ Erica die Tempelanlage nur ungern, um sich zurück nach Balianeh fahren zu lassen. Es war ein wunderbarer Tag gewesen. Die einzige Enttäuschung war, daß ihr ein Foto des Namens Nenephta noch nicht geglückt war. Erica beabsichtigte, über diesen Namen Nachforschungen anzustellen. Sie überlegte, ob es sich um einen Vizekönig Sethos' I. gehandelt haben könne.

Der Zug nach Luxor fuhr mit fünf Minuten Verspätung ab. Erica machte es sich auf ihrem Platz mit den Büchern über Tutanchamun bequem, aber die vorüberhuschende Landschaft lenkte ihre Aufmerksamkeit ab. Das Niltal begann sich zu verengen, so daß man stellenweise an beiden Ufern die bebauten Felder sehen konnte. Während sich die Sonne dem westlichen Horizont zuneigte, sah Erica immer mehr Menschen auf dem Heimweg. Kinder ritten auf Wasserbüffeln. Männer zogen Esel mit schweren Lasten hinter sich her. Erica blickte in Hinterhöfe und fragte sich, ob diese Menschen in ihren Häusern aus Lehmziegeln das Gefühl der Geborgenheit und Liebe kannten, es aus ihren religiösen Mythen schöpfen konnten, oder ob sie sich beständig der Flüchtigkeit des Lebens bewußt sein mochten. In gewissem Sinne war ihr Leben zeitlos, wurde ihnen vom Schicksal nur für eine kleine Weile geliehen.

Bei Nag Hammadi überquerte der Zug den Nil vom West- zum Ostufer und setzte die Fahrt durch riesige Zuckerrohrfelder fort, die jeden Ausblick auf die Landschaft versperrten. Erica widmete sich wieder ihren Büchern, nahm »The Discovery of the Tomb of Tutankhamen« von Howard Carter und A. C. Mace zur Hand. Sie fing an zu lesen, und obwohl sie es kannte, vertiefte sie sich sehr bald darin. Immer wieder überraschte es, daß der spröde, kleinliche Carter mit so aufrichtigem Elan geschrieben hatte. Mit jeder Seite steigerte sich die Erregung über die entdeckten Ausgrabungen, und Erica las immer schneller, als hätte sie einen spannenden Krimi vor sich.

Erica betrachtete aufmerksam die hervorragenden Fotos

in dem Buch, aufgenommen von Harry Burton. Ihr besonderes Interesse fanden die Abbildungen zweier lebensgroßer, mit Erdpech überzogener Statuen Tutanchamuns, die den versiegelten Zugang zur Grabkammer bewachten. Als sie sie mit den Sethos-Statuen verglich, fiel ihr erstmals auf, daß sie zu den wenigen Personen gehörte, die wußten, daß die zwei Statuen Sethos' zusammengehörten. Das war wichtig, denn die Wahrscheinlichkeit, zwei solche Statuen zu finden, war sehr gering, wogegen die Möglichkeit, daß an der selben Fundstelle weitere Artefakte zum Vorschein kamen, sehr groß sein dürfte. Plötzlich begriff Erica, daß der Fundort der Sethos-Statuen unter archäologischen Gesichtspunkten ebenso wichtig sein konnte wie die Statuen selbst. Vielleicht war es ein viel vernünftigeres Ziel, statt der Statuen deren Fundstätte ausfindig zu machen? Erica blickte durchs Fenster über die dunstige Weite der Zuckerrohrpflanzungen hinweg und dachte angestrengt nach.

Der beste Weg, um die Herkunft der Standbilder herauszufinden, war vermutlich, als seriöser Antiquitäteneinkäufer des Museums der Schönen Künste aufzutreten. Wenn sie die Leute davon überzeugen konnte, daß sie Höchstpreise in Dollar zu zahlen bereit war, zeigte man ihr vielleicht ein paar wirklich wertvolle Stücke. Wenn noch mehr Sethos-Material auftauchen sollte, gelang es ihr womöglich, die Quelle zu ermitteln. Natürlich gab es dabei viele Wenn und Aber. Doch immerhin war das kein schlechter Plan, vor allem, falls Abdul Hamdis Sohn ihr keine neuen Informationen liefern konnte.

Der Schaffner lief durch den Zug und kündigte Luxor an. Erica war richtig aufgeregt vor Erwartung. Sie wußte, daß für Ägypten Luxor das gleiche bedeutete wie Florenz für Italien: ein Juwel. Vor dem Bahnhof erlebte sie dann eine Überraschung. Die einzigen und letzten Taxis waren Pferdedroschken. Erica lächelte vergnügt; schon jetzt hatte sie Luxor ins Herz geschlossen.

Als sie am Winter Palace Hotel ankam, verstand sie, warum es so einfach gewesen war, dort trotz der vielen Touristen ein Zimmer zu erhalten. Man renovierte das Hotel gegenwärtig, und um zu ihrem Zimmer zu gelangen, mußte sie durch einen kahlen Korridor gehen, in dem man Ziegelsteine, Sand und Mörtel angehäuft hatte. Nur wenige Räume waren zur Zeit vergeben. Aber die Renovierungsarbeiten dämpften Ericas gute Laune keineswegs. Das Hotel gefiel ihr. Es besaß einen eleganten viktorianischen Charme. Gegenüber, auf der anderen Seite des streng formal angelegten Gartens, stand das New Winter Palace Hotel. Im Gegensatz zu ihrem Hotel war das neue Gebäude ein moderner Hochbau ohne Besonderheiten. Sie war mit ihrer Unterkunft sehr zufrieden. Statt einer Klimaanlage besaß Ericas Quartier eine besonders hohe Zimmerdecke, an der sich langsam ein Ventilator mit großen Blättern drehte. Eine riesige gläserne Doppeltür führte auf einen Balkon mit schmiedeeisernem, barock geschwungenem Geländer und einer herrlichen Aussicht auf den Nil.

Eine Dusche fehlte; das gekachelte Bad enthielt eine riesengroße Badewanne aus Porzellan, die Erica sofort bis an den Rand vollaufen ließ.

Sie hatte soeben die Beine in das erfrischende Wasser getaucht, da klingelte das altertümliche Telefon. Im ersten Moment wollte sie nicht an den Apparat gehen. Aber dann überwog ihre Neugier doch. Sie schnappte sich von der Stange ein Badetuch, kehrte zurück ins Zimmer und hob den Hörer ab.

»Willkommen in Luxor, Miss Baron.« Achmed Khazzan war am Apparat.

Für einen kurzen Augenblick erweckte die Stimme im Hörer wieder ihre überwunden geglaubte Furcht. Obwohl sie den Entschluß gefaßt hatte, nach der Sethos-Statue zu forschen, war sie der Meinung gewesen, Gewalt und Gefahr in Kairo zurückgelassen zu haben. Nun hingen ihr erneut die Behörden an den Fersen. Doch immerhin klang Achmeds Stimme recht freundlich.

»Ich hoffe«, fügte er hinzu, »der Aufenthalt macht Ihnen Freude.«

»Ganz sicher«, antwortete Erica. »Ich habe Ihr Büro von meinem Ausflug verständigt.«

»Ja, ich weiß Bescheid. Deshalb rufe ich nämlich an. Ich habe das Hotel gebeten, mir Ihre Ankunft mitzuteilen, damit ich Sie gleich begrüßen kann. Sie müssen wissen, Miss Baron, ich habe ein Haus in Luxor. Ich ziehe mich dahin zurück, sooft es sich einrichten läßt.«

»Ach so«, sagte Erica und fragte sich, wohin die Konversation wohl führen werde.

Achmed räusperte sich. »Na, Miss Baron, und da habe ich mir überlegt, ob Sie wohl heute mit mir zu Abend essen würden.«

»Ist das eine dienstliche oder eine persönliche Einladung, Mr. Khazzan?«

»Rein persönlich. Ich kann Sie um halb acht von einer Droschke abholen lassen.«

Erica überlegte nur kurz. Sein Angebot wirkte harmlos. »Na gut, einverstanden. Es wird mir ein Vergnügen sein.«

»Wundervoll«, meinte Achmed mit offenkundiger Freude. »Sagen Sie mal, Miss Baron, reiten Sie gern?«

Erica zuckte die Schultern. Sie hatte seit Jahren nicht mehr auf einem Pferd gesessen. Als Kind jedoch hatte sie am Reiten viel Spaß gehabt, und die Vorstellung, diese uralte Stadt auf einem Pferderücken zu besichtigen, gefiel ihr sehr. »Ja«, antwortete sie unverbindlich knapp.

»Um so besser«, sagte Achmed. »Ziehen Sie etwas an, worin Sie reiten können, dann zeige ich Ihnen einiges von Luxor.«

Erica klammerte sich fest, als stünde ihr Leben auf dem Spiel, und ließ dem schwarzen Hengst seinen Willen. Als sie den Rand der Wüste erreichten, schoß das Tier regelrecht vorwärts und stürmte den sandigen Hügel empor, galoppierte auf dem Kamm der Hügelkette fast zwei Kilometer weit, bis Erica ihn schließlich zügeln konnte, damit Achmed aufholte. Die Sonne war bereits gesunken, aber es war noch hell, und Erica konnte die Ruinen des Tempels von Karnak sehen. Jenseits des Stroms und der bewässerten Felder ragten schroff die Hügel von Theben empor. Sie konnte sogar die Eingänge einiger Gräber von Edelleuten erkennen.

Erica fühlte sich durch diesen Anblick wie hypnotisiert; mit dem heftig schnaufenden Tier zwischen den Schenkeln hatte sie den Eindruck, in die Vergangenheit versetzt worden zu sein. Achmed lenkte sein Pferd an ihre Seite, schwieg jedoch. Er ahnte, was sie empfand, und wollte sie nicht stören. Erica warf im sanften Licht des Abends einen schnellen, verstohlenen Blick auf sein Profil. Er trug weite Kleidung aus weißer Baumwolle, das Hemd stand halb offen, die Ärmel hatte er bis zu den Ellbogen aufgekrempelt. Der Wind zauste sein schwarzes glänzendes Haar, und auf seiner Stirn glitzerten winzige Schweißtröpfchen.

Erica war über seine Einladung noch immer ein wenig erstaunt und außerstande, über seine offiziellen Eigenschaften hinwegzusehen. Seit ihrer Ankunft war er herzlich gewesen, aber nicht mitteilsam. Sie fragte sich, ob er es nach wie vor auf Yvon de Margeau abgesehen haben mochte.

»Es ist schön hier, nicht wahr?« bemerkte er schließlich.

»Einfach ungeheuer«, sagte Erica. Sie hatte Mühe mit dem Hengst, der weitergaloppieren wollte.

»Ich liebe Luxor.« Er wandte sich Erica zu; sein ernstes Gesicht war nachdenklich geworden.

Erica war sich dessen sicher, daß er ursprünglich noch mehr sagen wollte, aber er musterte sie nur einige Augenblicke lang und kehrte sich dann wieder dem Ausblick über den Nil zu. Während sie wortlos Ausschau hielten, vertieften sich die Schatten zwischen den Ruinen und kündeten die bevorstehende Nacht an.

»Ach, entschuldigen Sie«, meinte schließlich Achmed. »Sie müssen ja schon am Verhungern sein. Lassen Sie uns umkehren, damit wir etwas essen können.«

Auf dem Rückweg längs des Nils zu Achmeds kleinem Landhaus kamen sie am Tempel von Karnak vorbei. Sie ritten an einer Feluke vorüber, die am Ufer anlegte, und die Männer sangen gedämpft, während sie für die Nacht die Segel aufrollten. Nachdem sie Achmeds Haus erreicht hatten, half Erica beim Unterstellen der Pferde. Sie wuschen sich beide die Hände in einem hölzernen Trog im Hof, ehe sie ins Haus gingen.

Achmeds Diener hatte ein festliches Mahl zubereitet und servierte es im Wohnzimmer. Am besten schmeckte Erica *ful*, eine Tunke aus Bohnen, Linsen und Auberginen; sie war gedeckt mit Sesamöl und leicht gewürzt mit Knoblauch, Erdnüssen und Kümmel. Es überraschte Achmed, daß Erica das Gericht noch nicht kannte. Der Hauptgang bestand aus Geflügel; Erica dachte, es sei Brathuhn, aber Achmed erklärte ihr, daß es sich um *hamama*, Tauben, handelte, die über Holzkohle gebacken worden waren.

In den eigenen vier Wänden entspannte sich Achmed etwas, und ihre Unterhaltung gestaltete sich lockerer. Er stellte Erica Hunderte von Fragen über ihre Jugend in Ohio, und ihr wurde es ein bißchen mulmig, als sie ihm von ihrer jüdischen Abstammung erzählte. Sie war angenehm überrascht, daß er daran keinen Anstoß nahm. Er erläuterte ihr, daß die Konfrontation zwischen Ägypten und Israel in Ägypten eine rein politische Angelegenheit sei und allein Israel betraf, nicht das Judentum. Das solle man keineswegs in einen Topf werfen.

Achmed interessierte sich vor allem für Ericas Apartment in Cambridge und ließ sich alles bis ins kleinste Detail beschreiben. Danach erst verriet er ihr, daß er an der Harvard-Universität studiert hatte. Im weiteren Verlauf des Essens kam er ihr wieder etwas zurückhaltender vor, aber er war nicht unzugänglich. Wenn man ihn fragte, zeigte er sich durchaus dazu bereit, über sich selbst zu reden. Seine Ausdrucksweise war sehr gut, und er besaß nur einen leicht britischen Akzent, den er aus Oxford, wo er promovierte, mitgebracht hatte. Er war ein empfindsamer Mann, und als Erica sich nach dem amerikanischen Mädchen erkundigte, erzählte er ihr mit soviel innerer Anteilnahme von Pamela, daß ihm Tränen in die Augen stiegen. Aber dann schockierte er sie mit dem Ende. Er war von Boston nach England gefahren, und hatte die Beziehung abgebrochen.

»Sie meinen«, fragte Erica ungläubig, »Sie beide haben sich nie geschrieben?«

»Niemals«, bestätigte gelassen Achmed.

»Aber warum denn nicht?« wollte Erica wissen. Sie schätzte das Happy-End, und es grauste ihr vor dem unglücklichen Ausgang solcher Geschichten.

»Ich wußte, daß ich nach Hause mußte, zurück in mein Heimatland«, erklärte ihr Achmed und schaute zur Seite. »Man brauchte mich hier. Man erwartete von mir, daß ich das Department of Antiquities übernehme, und da gibt es für Romanzen keinen Raum.«

»Haben Sie Pamela jemals wiedergesehen?«

»Nein.«

Erica trank vom Tee. Die Geschichte von Achmed und Pamela rief in ihr unangenehme Gefühle in bezug auf Männer und Trennungen hervor. Achmed wirkte gar nicht wie ein treuloser Typ. Sie wollte das Thema wechseln. »Hat jemand von Ihrer Familie Sie je in Massachusetts besucht?«

»Nein…« Achmed schwieg. »Das heißt«, ergänzte er dann, »kurz vor meiner Abreise kam mein Onkel in die Vereinigten Staaten.«

»Innerhalb von drei Jahren hat niemand Sie besucht, und Sie waren auch nicht zu Hause?«

245

»Richtig. Von Ägypten bis Boston ist es eben doch ein bißchen weit.«

»Fühlten Sie sich nicht einsam, hatten Sie kein Heimweh?«

»Doch, es war schrecklich, bis ich Pamela kennenlernte.«

»Hat Ihr Onkel Pamela auch noch kennengelernt?«

Achmed verlor unvermittelt die Beherrschung. Er schleuderte seine Teetasse gegen die Wand, so daß sie in tausend Teile zersprang. Erica war fassungslos.

Der Araber verbarg sein Gesicht in den Händen, und sie hörte sein gequältes Stöhnen. Peinliches Schweigen herrschte, während Erica zwischen Furcht und Mitleid hin- und hergerissen war. Sie dachte an Pamela und den Onkel. Was mochte wohl geschehen sein, daß noch heute solche leidenschaftlichen Ausbrüche möglich waren?

»Verzeihen Sie«, sagte Achmed, den Kopf gesenkt.

»Ich fände es bedauerlich, falls ich etwas Unpassendes geäußert haben sollte«, entschuldigte sich Erica und stellte ihre Tasse ab. »Vielleicht kehre ich besser zurück ins Hotel.«

»Nein, bitte gehen Sie nicht«, bat Achmed und hob den Kopf. Sein Gesicht war gerötet. »Es ist nicht Ihre Schuld. Es liegt bloß daran, daß ich unter einem gewissen seelischen Druck stehe. Bitte gehen Sie nicht.« Achmed sprang auf, um Erica Tee nachzugießen, und er füllte auch sich eine neue Tasse. Dann holte er – ein Versuch, die Atmosphäre wieder zu lockern – einige Altertümer heraus, die seine Behörde, wie er sagte, kürzlich beschlagnahmt hatte.

Erica bewunderte die Stücke, vor allem eine wunderschön geschnitzte hölzerne Figur. Sie begann sich wieder wohler zu fühlen. »Sind auf dem Schwarzmarkt irgendwelche Artefakte von Sethos I. beschlagnahmt worden?« Behutsam stellte sie die Stücke auf einen Tisch.

Achmed musterte sie einige Augenblicke gedankenverloren. »Nein, ich glaube nicht. Warum fragen Sie?«

»Ach, aus keinem besonderen Grund, ich habe bloß

heute Sethos' Tempel in Abydos besichtigt. Übrigens, sind Ihnen die Schwierigkeiten bekannt, die man dort mit einer Kobra hat?«

»Kobras sind bei allen unseren historischen Denkmälern ein potentielles Problem, besonders in Aswan. Ich glaube allmählich, wir sollten die Touristen davor warnen. Jedoch lassen sich die Kobras nicht im entferntesten mit den Schwierigkeiten vergleichen, die uns der Schwarzhandel bereitet. Erst vor vier Jahren kam es zu einem großangelegten Diebstahl von behauenen Steinplatten aus dem Hathor-Tempel in Dendera, ausgeführt am hellichten Tage!«

Erica nickte. »Wenn vielleicht auch nichts anderes, so hat diese Reise mir auf jeden Fall die zerstörerische Gewalt des Schwarzhandels aufgezeigt. Ich habe mich sogar entschlossen, neben meiner Übersetzungstätigkeit zu versuchen, etwas in dieser Hinsicht zu unternehmen.«

Achmed blickte sie scharf an. »Das ist eine gefährliche Sache. Ich kann Ihnen nur dringend davon abraten. Um Ihnen einen Begriff von der Gefährlichkeit zu vermitteln: Vor zwei Jahren kam ein idealistischer junger Amerikaner von der Yale-Universität, der einen ähnlichen Ehrgeiz entwickelt hatte. Er ist spurlos verschwunden.«

»Na ja, zum Helden bin ich nicht geschaffen«, sagte Erica, »ich habe auch nur ein paar ganz zahme Einfälle. Zum Beispiel wollte ich Sie fragen, wo ich hier in Luxor den Antiquitätenladen von Abdul Hamdis Sohn finde.«

Achmed schaute zur Seite. Im Geiste sah er Tewfik Hamdis mißhandelten Körper. Sein Gesichtsausdruck war mißmutig, als er Erica wieder ansah. »Tewfik Hamdi ist, genau wie sein Vater, kürzlich ermordet worden. Da ist irgend etwas im Gang, und ich blicke noch nicht durch, aber meine Behörde und die Polizei stellen bereits Ermittlungen an. Sie hatten doch inzwischen genug Ärger, deshalb sollten Sie sich wirklich lieber auf Ihre Übersetzungstätigkeit konzentrieren.«

Die Nachricht von Tewfik Hamdis Ermordung brachte Erica außer Fassung. Noch ein Mord! Sie versuchte sich zusammenzureimen, was das bedeuten konnte, aber mittlerweile machte sich die Länge ihres heutigen Tages bemerkbar. Achmed bemerkte ihre Müdigkeit und bot ihr an, sie zu ihrem Hotel zu begleiten, was Erica dankend annahm. Sie erreichten das Hotel noch vor dreiundzwanzig Uhr, und nachdem sie Achmed für seine Gastfreundschaft gedankt hatte, begab sich Erica in ihr Zimmer und schloß sich dort ein.

Sie kleidete sich ganz langsam aus, obwohl sie sich sehr nach dem Bett sehnte. Während sie ihr Make-up entfernte, dachte sie über Achmed nach. Seine eigenwillige Art beeindruckte sie, und trotz seines Wutausbruchs hatte sie den Abend genossen. Als sie mit ihrer abendlichen Körperpflege fertig war, kroch sie unter die Decken. Bevor noch der Schlaf sie überwältigte, dachte sie an Achmed und Pamela; sie überlegte ... Aber ihr letzter Gedanke galt einem Namen aus der fernen Vergangenheit: Nenephta.

Fünfter Tag

Luxor 6 Uhr 35

Das aufregende Gefühl, in Luxor zu sein, weckte Erica noch
vor Sonnenaufgang. Sie bestellte sich ein Frühstück auf den
Balkon. Mit dem Frühstück brachte man ihr ein Telegramm
von Yvon:

ZIEHE HEUTE INS NEW WINTER PALACE HOTEL
STOP MOECHTE SIE SEHR GERNE HEUTE ABEND
SEHEN.

Erica war überrascht. Beim Anblick des Telegramms war
sie davon überzeugt gewesen, es stamme von Richard. Und
der vergangene Abend mit Achmed hatte sie noch völlig
durcheinandergebracht. Ihr kam es jetzt unglaubhaft vor,
daß sie erst vor einem Jahr sorgenvoll erhofft hatte, Richard
möge ihr den Hof machen. Nun wurde sie gleich von drei
verschiedenen, attraktiven Männern begehrt. Obgleich es
Erica ermutigte, daß sie so viel Erfolg hatte – sie hatte sich
insgeheim darüber Gedanken gemacht, als ihre Beziehung
zu Richard brüchig zu werden begann –, zerrte die gegenwärtige Situation an ihren Nerven. Indem sie den Rest ihres
Kaffees austrank, beschloß sie, alle Gefühlsfragen bis auf
weiteres zurückzustellen. Sie stand vom Tisch auf und
kehrte zurück ins Zimmer, um sich auf den neuen Tag vor-
zubereiten.

Sie leerte ihre Segeltuchtasche und packte dafür den Proviant für den Tag ein, den sie auf Vorschlag des Hotels
bestellt hatte, ferner die Taschenlampe, ein Feuerzeug und
Zigaretten sowie Abdul Hamdis 1929er Baedeker. Den ab-
gelösten Buchdeckel und verschiedenen anderen Papierkram legte sie auf die Kommode. Ehe sie sich zum Gehen
wandte, bemerkte Erica erneut den Namen auf dem Deck-

blatt: Nasef Malmud, 180 Shari el Tahrir, Kairo. Tewfiks Ermordung hatte ihre Verbindung zu Abdul Hamdi nicht vollkommen unterbrochen! Sie nahm sich vor, Nasef Malmud aufzusuchen, sobald sie wieder in Kairo war. Vorsichtshalber schob sie den Deckel mit dem Vorsatzblatt in ihre Tasche.

Vom Winter Palace Hotel bis zu den Antiquitätenläden auf der Shari Lukanda war es nur eine kurze Strecke zu Fuß. Einige waren trotz der Tatsache, daß sich bereits eine Anzahl sehr bunt gekleideter Touristen dort blicken ließ, noch nicht geöffnet. Erica wählte willkürlich einen Laden aus und ging hinein.

Das Geschäft erinnerte ein wenig an *Antica Abdul,* hatte jedoch ein erheblich größeres Angebot an Artefakten. Erica befaßte sich gleich mit den besseren Stücken und trennte die echten von den Fälschungen. Der Inhaber, ein untersetzter, stämmiger Mann namens David Jouran, stand zunächst beflissen neben Erica, zog sich aber schließlich hinter den Ladentisch zurück.

Unter Dutzenden von angeblich prähistorischen Töpferwaren entdeckte Erica nur zwei, die sie für echt hielt, und das waren zwei recht primitive Stücke. Sie hob eines davon hoch. »Wieviel?«

»Fünfzig Pfund«, sagte Jouran. »Der Topf daneben zehn.«

Erica besah sich das Stück genauer. Es besaß schöne Verzierungen. Zu schön: Es waren Spiralen in falscher Richtung. Erica wußte, daß man an prädynastischem Töpfergut häufig Spiralen fand, aber immer solche gegen den Uhrzeigersinn. Die Spiralen auf dem billigeren Topf dagegen verliefen alle in Uhrzeigerrichtung. »Ich bin nur an Antiquitäten interessiert. Allerdings sehe ich hier nur sehr wenig echte Stücke. Ich hatte gehofft, ich könnte etwas Besonderes finden.« Sie stellte den falschen Topf beiseite und trat zum Ladentisch. »Man hat mich nach Ägypten geschickt, damit ich ein paar besonders schöne Altertümer einkaufe, vor allem aus dem Neuen Reich. Ich bin bereit, gut dafür zu zahlen. Haben Sie mir irgend etwas in dieser Art zu bieten?«

David Jouran musterte Erica einige Augenblicke lang, ohne zu antworten. Dann bückte er sich, öffnete einen kleinen Schrank und wuchtete einen verschrammten Granitkopf Ramses' II. auf die Ladentheke. Die Nase fehlte, und das Kinn wies Bruchstellen auf.

Erica schüttelte ihren Kopf. »Nein, das ist nichts«, sagte sie und ließ ihren Blick durch den Laden schweifen. »Ist das Ihr bestes Stück?«

»Zur Zeit, ja.« Jouran schloß das Trümmerstück wieder weg.

»Naja, ich will Ihnen wenigstens meine Adresse hinterlassen«, sagte Erica und beschrieb einen Streifen Papier. »Ich wohne im Winter Palace Hotel. Wenn Sie von irgendwelchen außergewöhnlichen Stücken hören, setzen Sie sich mit mir in Verbindung.« Sie schwieg, halb in der Erwartung, der Mann werde ihr nun tatsächlich etwas Derartiges zeigen, aber er zuckte nur mit den Schultern, und nach einem Weilchen verlegenen Schweigens verließ sie den Laden.

Ähnlich erging es ihr in den nächsten fünf Läden, die sie betrat. Niemand zeigte ihr etwas von ungewöhnlicher Bedeutung. Das beste Stück, das sie zu sehen bekam, war ein glasiertes Uschebti-Figürchen aus der Zeit der Königin Hatschepsut. In jedem Laden hinterließ sie ihren Namen, aber ihre Hoffnungen auf Erfolg schwanden. Schließlich gab sie ihre Bemühungen auf und begab sich zur Fähre.

Es kostete nur ein paar Cent, in dem alten Boot, das voller Touristen war, die alle paar Augenblicke die Kameras an die Augen rissen, zum Westufer überzusetzen. Sobald das Boot anlegte, umschwärmte eine gewaltige Horde von Taxifahrern, Amateur-Fremdenführern und Skarabäenhändlern die eingetroffene Gruppe. Erica bestieg einen verbeulten Bus, an dem ein Pappkarton hing, auf den krumm und schief »Tal der Könige« gepinselt stand. Als alle Ankömmlinge von der Fähre auf die eine oder andere Weise eingestiegen waren, fuhr der Bus von der Anlegestelle ab.

Erica war außer sich vor Aufregung. Jenseits der flachen grünen Felder, die am Wüstenrand abrupt endeten, erhoben sich die kahlen Felsen Thebens. Zu Füßen der Klippen konnte Erica einige berühmte Denkmäler erkennen, unter anderem den zauberhaften Tempel der Hatschepsut von Deir el Bahri. Unmittelbar zur Rechten von dem Tempel der Hatschepsut lag ein kleines Dorf namens Kurna an den Abhang geschmiegt. Die Häuschen aus Lehmziegeln standen bereits in der Wüste hinter den bewässerten Feldern. Die Mehrzahl war mit heller gelbbrauner Farbe angestrichen und unterschied sich damit nicht sonderlich von den Sandsteinklippen. Einige Gebäude waren allerdings weiß gekalkt und hoben sich dadurch stark ab; besonders fiel eine kleine Moschee mit einem stummelartigen Minarett auf. Inmitten der Häuser sah man große Löcher in den Felsen gehauen. Das waren die Eingänge zu den zahllosen uralten Gruften. Die Einwohner Kurnas wohnten zwischen den Grabstätten der Edlen. Viele Versuche waren schon unternommen worden, um die Dorfbevölkerung umzusiedeln, aber die Leute hatten sich halsstarrig dagegen gewehrt.

Der Bus schlingerte durch eine scharfe Kurve und bog dann an einer Gabelung nach rechts ab. Erica erhielt einen flüchtigen Ausblick auf den Begräbnistempel Sethos' I. Es gab so viel zu sehen!

Der Übergang zur Wüste war mit einer sehr deutlichen Trennlinie markiert. Eine trostlose Stein- und Sandfläche ohne ein einziges Pflänzchen löste die grünen Zuckerrohrpflanzungen ab. Die Straße verlief bis zu den Bergen erst geradeaus, dann in Schlangenkurven, bis sie in ein Tal mündete, das sich zusehends verengte. Es war beklemmend heiß, wie in einem Backofen. Kein Windhauch linderte die drückende Hitze.

Hinter einem winzigen, im Fels angelegten Wachtposten fuhr der Bus auf einen großen Parkplatz, auf dem bereits zahlreiche andere Busse und Taxis standen. Trotz der Temperatur von rund vierzig Grad wimmelte es nur so von Touristen. Links stand auf einer flachen Erhebung eine Verkaufsbude, die ziemlich flotten Umsatz machte.

Erica kaufte sich zum Schutz gegen die Sonne einen khakifarbenen Hut. Sie konnte noch gar nicht richtig glauben, daß sie nun endlich im Tal der Könige angekommen war, dem Fundort von Tutanchamuns Grab. Das Tal war umgeben von zerklüfteten Bergen, und eine schroffe, dreiseitige Felsspitze, die aussah wie eine natürliche Pyramide, beherrschte die Gegend. Kahle Felswände aus braunem Kalkstein ragten aus dem Tal über die säuberlichen, mit kleinen Steinen gesäumten Wege auf, die vom Parkplatz führten; am Treffpunkt der Fußwege und der Klippen klafften die schwarzen Öffnungen zu den Königsgräbern.

Während die Mehrheit der Fahrgäste aus dem Bus sich um den Verkaufspavillon drängten, um kalte Erfrischungsgetränke zu kaufen, eilte Erica zum Eingang der Grabstätte Sethos' I. Sie wußte, daß es die größte und bemerkenswerteste im ganzen Tal war, und sie wollte sie zuerst besichtigen und nachschauen, ob sich irgendwo der Name Nenephta finden ließ.

Mit angehaltenem Atem trat sie über die Schwelle in die Vergangenheit ein. Obwohl sie gewußt hatte, daß die Wandmalereien gut erhalten geblieben waren, überraschten sie doch, sobald sie sie mit eigenen Augen sah, ihre leuchtenden Farbtöne. Die Farbe wirkte so frisch, als sei sie erst gestern aufgetragen worden. Langsam schritt sie den Eingangskorridor entlang, dann eine Treppe hinab, immer ihren Blick auf die Wandgemälde gerichtet. Sethos war in der Gesellschaft des gesamten Pantheons ägyptischer Gottheiten dargestellt. An der Decke befanden sich große Abbildungen von Geiern mit stilisiert ausgestreckten Schwingen. Umfangreiche hieroglyphische Texte aus dem Buch der Toten trennten die einzelnen Bilder voneinander.

Erica mußte eine zahlenmäßig starke Gruppe von Touristen vorbeilassen, ehe sie eine Holzbrücke über einen tiefen Felsspalt überqueren konnte. Sie schaute in die tiefe Kluft und fragte sich, ob man sie extra zwecks Abwehr von Grabräubern geschaffen haben mochte. Auf der anderen Seite lag ein von vier robusten Säulen gestützter Laufgang. Danach folgte noch eine Treppe; im Altertum war ihr Zugang versiegelt und sorgfältig verborgen gewesen.

Während sie immer tiefer in das Grab vordrang, staunte Erica über die aufgewandten Anstrengungen, die es gekostet haben mußte, das alles mit menschlicher Kraft aus dem Fels zu hauen. Nachdem sie die vierte Treppe hinabgestiegen war und sich einige hundert Meter weit im Innern des Berges befand, fiel ihr auf, daß es sich hier merklich schwerer atmen ließ. Sie fragte sich, wie wohl im Altertum den Arbeitern, die sich hier abgeplagt hatten, zumute gewesen sein mußte. Eine Belüftung gab es nicht, nur der endlose Strom glotzäugiger Touristen hielt die Luft in fortwährender Bewegung, und der niedrige Sauerstoffgehalt bereitete Erica ein Gefühl des Erstickens. Sie litt zwar nicht an Klaustrophobie, fand aber wenig Gefallen an engen, geschlossenen Räumen, und infolgedessen mußte sie ständig ihr Unbehagen bekämpfen.

Als sie in der Grabkammer angelangt war, versuchte Erica, nicht mehr an ihre Atemnot zu denken, und verdrehte sich schier den Hals, um die astronomischen Motive an der gewölbten Decke der Räumlichkeit zu betrachten. Sie stieß auch auf einen Tunnel, der vor nicht allzu langer Zeit von Leuten gegraben worden war, die die Lage zusätzlicher Geheimkammern zu kennen glaubten. Niemand hatte etwas entdeckt.

254

Allmählich begannen sich bei Erica zwischen den Felswänden der Grabstätte Angstzustände bemerkbar zu machen, aber sie beschloß trotzdem, sich eine kleine Seitenkammer mit einer berühmten Darstellung der Himmelsgöttin Nut in Gestalt einer Kuh anzuschauen. Sie schob sich durchs Gedränge der Touristen zum Zugang, aber als sie in die Kammer kam, stellte sie fest, daß der Raum praktisch vollgestopft war mit Touristen, und daraufhin verzichtete sie auf den Anblick Nuts. Sie drehte sich um und prallte gegen einen Mann, der nach ihr die Seitenkammer zu betreten beabsichtigte.

»Entschuldigung«, sagte Erica. Der Mann lächelte breit, ehe er sich ebenfalls umdrehte und in die große Grabkammer zurückkehrte. Eine weitere Gruppe von Touristen kam herein, und Erica sah sich wider Willen in die kleine Seitenkammer abgedrängt. Verzweifelt bemühte sie sich, Ruhe zu bewahren, aber der Mann, der ihr in den Weg geraten war, hatte sie verstört. Sie hatte ihn schon einmal gesehen – schwarzes Haar, schwarzer Anzug, ein schiefes Lächeln, das einen zugespitzt abgebrochenen Schneidezahn enthüllte und an das sie sich noch vom Ägyptischen Museum in Kairo entsann.

Erica wußte nicht, warum der Mann sie so beunruhigte, denn sie war sich dessen bewußt, daß sich Touristen vielfach bei der Besichtigung derselben Sehenswürdigkeiten wieder trafen. Sie wußte, daß sie sich albern benahm und ihre Furcht lediglich aus der Kombination der aufregenden Ereignisse in den letzten Tagen sowie der stickig heißen Atmosphäre im Innern der Grabstätte resultierte. Erica legte sich den Gurt ihrer Tasche höher über die Schulter und erkämpfte sich einen Weg hinaus in die Grabkammer. Der Mann war nirgends zu sehen. Eine kurze Treppe führte in den oberen Teil der Grabstätte und zum Ausgang. Erica erklomm die Stufen, und unterwegs ließ sie ihren Blick umherstreifen. Sie mußte sich zusammennehmen, um nicht Hals über Kopf davonzurennen. Dann blieb sie ruckartig stehen. Links von ihr hatte sich der Mann hinter eine viereckige Säule blitzartig versteckt. Sie sah ihn nur flüchtig, aber nun war Erica davon überzeugt, daß sie sich nichts zurechtspann, daß der Mann sich verdächtig verhielt. Er schlich ihr nach. Entschlossen stieg sie die restlichen Stufen hinauf und trat vor eine Säule. Der Raum besaß vier solcher Säulen, und an jeder von ihnen war Sethos I. an sämtlichen Seitenflächen vor einem der ägyptischen Götter in lebensgroßem Relief abgebildet.

Erica wartete mit klopfendem Herzen, erinnerte sich mit Widerwillen daran, wie in den vergangenen Tagen rings um sie immer wieder offene Gewalt ausgebrochen war. Sie hatte keinerlei Ahnung, womit sie nun rechnen mußte. Da zeigte sich der Mann von neuem. Er schritt um die benachbarte Säule und betrachtete dann die riesige Begräbnisdarstellung an der Wand. Seine Lippen waren nur leicht geteilt, aber Erica erkannte dennoch, daß rechts ein Schneidezahn spitz zulief. Er ging vorüber, ohne sie anzusehen.

Sobald ihre Füße ihr wieder gehorchten, schritt Erica energisch aus, dann lief sie, eilte auf dem Weg, den sie gekommen war, zurück durch die Korridore und über die Treppen, bis sie wieder in das grelle Sonnenlicht hinausstürzte. Als sie sich im Freien befand, verflüchtigte sich ihre Panik, und sie kam sich ziemlich albern vor. Ihre Überzeugung von den schlechten Absichten des Fremden schien ein reiner Verfolgungswahn von ihr zu sein. Sie blickte sich um, kehrte jedoch nicht ins Grab Sethos' I. zurück. Sie beschloß, an einem anderen Tag nach dem Namen Nenephta zu suchen.

Die Mittagsstunde hatte geschlagen, und am Verkaufspavillon sowie im Rasthaus drängten sich die Menschen. Daher war Tutanchamuns vergleichsweise bescheidenes Grab fast menschenleer. Vorher hatte am Eingang noch eine Schlange Wartender gestanden. Erica wollte die gegenwärtige Pausenstimmung der Touristenmassen nutzen und stieg die berühmten sechzehn Stufen zum Eingang hinunter. Unmittelbar vor dem Eintreten spähte sie nochmals hinüber zum Grab Sethos' I. Sie sah niemanden. Während sie den Gang entlangstrebte, dachte sie über die Ironie des Schicksals nach, daß es das kleinste Grab und obendrein noch das des unbedeutendsten Pharao des Neuen Reiches war, das man als einziges einigermaßen unbeschädigt vorgefunden hatte. Und selbst in Tutanchamuns Grab hatte man bereits im Altertum zweimal eingebrochen.

Als sie die Schwelle zur Vorkammer überquerte, versuchte sich Erica, jenen wundervollen Tag im November 1922 auszumalen, als man das Grab öffnete. Welche Aufregung mußte Howard Carter und seine Mitarbeiter erfaßt haben, als sie die reichste archäologische Schatzkammer, die jemals entdeckt wurde, betraten.

Dank ihrer genauen Kenntnisse über den Ablauf der Entdeckung vermochte Erica, die meisten gefundenen Gegenstände in ihrer Vorstellung an die ursprünglichen Standorte einzuordnen. Sie wußte, daß die zwei lebensgroßen Statuen Tutanchamuns zu beiden Seiten des Zugangs zur Grabkammer und die drei Prunkbetten an der Wand gestanden hatten. Dann besann sie sich auf das merkwürdige Durcheinander, das Carter im Grab festgestellt hatte, ein bislang unerklärtes Geheimnis. Vermutlich hatten Grabräuber ein solches Chaos hinterlassen. Aber warum waren die Grabbeigaben nicht später wieder in Ordnung gebracht worden?

Erica wich einer Gruppe begeisterter französischer Touristen aus und wartete, bis sie in die Grabkammer konnte. Während sie geduldig dastand, trat der Mann im schwarzen Anzug herein, der sie im Grab Sethos I. so erschreckt hatte; in der Hand hielt er einen aufgeschlagenen Reiseführer. Unwillkürlich krampfte sich in Erica alles zusammen. Doch konnte sie mit Erfolg ihre Furcht unterdrücken denn sie war fest davon überzeugt, daß sie sich alles nur einbildete. Außerdem achtete der Mann allem Anschein nach überhaupt nicht auf sie, als er vorbeiging. Sie konnte seine Hakennase deutlich sehen, die ihm das Aussehen eines Raubvogels verlieh.

Dann nahm sie all ihren Mumm zusammen und suchte die Grabkammer auf, in der die Touristen sich drängten. Der Raum war durch ein Geländer unterteilt, und der einzige freie Platz war neben dem Mann im schwarzen Anzug. Für einen Moment zögerte sie, aber dann trat sie neben ihn ans Geländer und betrachtete Tutanchamuns prachtvollen rötlichen Sarkophag. Verglichen mit der stilistischen Perfektion der Wandmalereien im Grab Sethos' I., waren die Wandgemälde in Tutanchamuns Grabkammer bedeutungslos. Während ihr Blick durch den Raum wanderte, konnte Erica den aufgeschlagenen Reiseführer des Mannes in Schwarz einsehen. Die aufgeschlagene Seite zeigte den Grundriß des Tempels in Karnak. Das hatte nichts mit dem Tal der Könige zu tun, und mit einem Schlag stieg in Erica die alte Furcht wieder auf. Hastig wich sie vom Geländer zurück und verließ überstürzt das Grab. Im Sonnenschein und an der frischen Luft fühlte sie sich auch diesmal wieder wohler, aber nun besaß sie endgültig darüber Klarheit, daß sie keinen Wahnvorstellungen erlag.

An der Verkaufsbude, die knapp zehn Meter vom Eingang zu Tutanchamuns Grab entfernt stand, waren keine Tische mehr frei, aber Erica war heilfroh um das Gedränge, denn die vielen Menschen verliehen ihr ein Gefühl von Sicherheit. Sie kaufte sich an der Bude eine Dose kalten Fruchtsaft, und mit ihrem Proviant aus dem Hotel setzte sie sich auf das niedrige Umfassungsmäuerchen der Veranda. Sie behielt den Eingang zum Grab Tutanchamuns im Blickfeld, und während sie die Grabstätte beobachtete, kam der Mann heraus und schritt über den Parkplatz zu einem kleinen schwarzen Wagen. Er nahm auf dem Fahrersitz Platz, seine Füße ließ er heraushängen, die Autotür offen. Sie überlegte krampfhaft, was seine Anwesenheit wohl zu bedeuten haben könne; hatte er ihr irgend etwas antun wollen, dazu wäre schon vielfach Gelegenheit gewesen. Sie zog daraus den Schluß, daß er sie lediglich beschatten wollte, vielleicht im Auftrag des Department of Antiquities. Erica atmete einmal tief durch und versuchte, dem Mann keine weitere Aufmerksamkeit zu schenken. Zugleich faßte sie jedoch den Entschluß, künftig in der Nähe von Touristen zu bleiben.

Ihre Mahlzeit bestand aus mehreren Scheiben Lammfleisch zwischen Brotfladen, die sie nachdenklich verzehrte, während sie zum nahen Eingang zu Tutanchamuns Grab auf der anderen Seite des Weges hinüberschaute. Es verhalf ihr ein wenig zur Entspannung, als sie sich vorstellte, wie viele tausend viktorianische Besucher hier im Tal der Könige ihre kalte Limonade geschlürft hatten, ohne zu ahnen, daß bloß zehn Meter sie vom größten unterirdischen Schatz der Welt trennten. Die Grabstätte Sethos' I. war auch nicht allzu weit von der Verkaufsbude entfernt.

Als sie das zweite Lammfleisch-Sandwich anbiß, machte sie sich Gedanken über die geringe Entfernung zwischen den Gräbern von Ramses VI. und Tutanchamun. Ramses' VI. Grab befand sich höher und etwas weiter links. Erica erinnerte sich daran, daß während des Baus von Ramses' VI. Grab die Arbeiterhütten den Eingang von Tutanchamuns Grabstätte verstellten, und dadurch Carters Entdeckung verzögerten. Erst als er einen Graben durch das Gebiet zog, stieß er auf die sechzehn Stufen nach unten.

Erica hörte auf zu essen und durchdachte alles noch einmal von vorn. Sie wußte, daß Grabräuber im Altertum in Tutanchamuns Gruft durch den ursprünglichen Zugang eingedrungen waren, denn Carter hatte die Spuren des Einbruchs genau beschrieben. Zu der Zeit, als der Bau am Grabmal Ramses' VI. begann, mußte der Eingang zu Tutanchamuns Grab verschüttet und bereits vergessen gewesen sein, denn man hatte eben dort die Arbeiterhütten erstellt. Das hieß, Tutanchamuns Grab mußte in der Frühzeit der zwanzigsten oder vielleicht während der neunzehnten Dynastie heimgesucht worden sein. Und was ergäbe sich daraus, wäre Tutanchamuns Gruft unter der Herrschaft Sethos' I. bereits beraubt worden?

Erica schluckte. Konnte es irgendeinen Zusammenhang zwischen der Schändung von Tutanchamuns letzter Ruhestätte und der Tatsache geben, daß sein Name an den Sethos-Statuen auftauchte? Während sie sich solchen Überlegungen hingab, schaute Erica zum Himmel empor und sah einen einsamen Falken auf lautlosen Schwingen seine Kreise ziehen.

Sie stopfte das Butterbrotpapier weg. Der Mann im Auto hatte sich nicht mehr geregt. In der Nähe räumten Touristen einen Tisch, und Erica trug ihre Habseligkeiten hinüber, stellte ihre Segeltuchtasche unterm Tisch auf den Boden.

Trotz der Hitze, die über dem Tal lastete wie eine dicke Decke, arbeitete Ericas Verstand auf Hochtouren. Konnte es möglich sein, daß man, nachdem die Grabräuber ertappt worden waren, die Sethos-Statuen in Tutanchamuns Gruft gestellt hatte? Doch im gleichen Augenblick verwarf sie diesen Einfall als abwegig; so etwas ergab keinen Sinn. Außerdem hätte Carter, der zeitlebens im Rufe kompromißloser Genauigkeit stand, die Statuen, wären sie im Grab gewesen, ohne Zweifel im Verzeichnis erwähnt. Erica war sich darüber im klaren, daß sie hier einen falschen Gedankengang verfolgte. Gleichzeitig erkannte sie aber, daß man den ganzen Fragenkomplex über Tutanchamuns Grabraub angesichts der Außergewöhnlichkeit von Carters Fund wenig Beachtung geschenkt hatte. Die Tatsache, daß Räuber das Grab des Knabenkönigs entweiht hatten, war von Bedeutung, und die Vorstellung, daß es während der Herrschaft Sethos' I. betreten worden war, wirkte bestechend. Plötzlich wünschte Erica, sie wäre im Ägyptischen Museum. Sie plante, Carters Aufzeichnungen durchzusehen, die sich nach Dr. Fakhrys Angaben auf Mikrofilm im dortigen Archiv befanden. Selbst wenn sie dabei keine besonderen Hinweise fand, ließ sich darüber sicherlich ein interessanter Artikel für eine Fachzeitschrift verfassen. Sie überlegte, ob von jenen Personen, die bei der Graböffnung zugegen gewesen waren, noch welche am Leben sein mochten. Wie sie wußte, waren Carter und Carnarvon tot, und beim Gedanken an Carnarvons Tod erinnerte sie sich an den »Fluch der Pharaonen« und lächelte über den Einfallsreichtum der Medien und die Leichtgläubigkeit der Öffentlichkeit.

Nach beendeter Mahlzeit schlug Erica den Baedeker auf, um zu entscheiden, welches der vielen Gräber sie als nächstes besichtigen sollte. Eine deutsche Touristengruppe kam vorbei, und ohne langes Nachdenken schloß sich Erica ihr an. Über ihr stürzte sich der Falke urplötzlich auf irgendeine arglose Beute herab.

Khalifa reckte sich und schaltete das Radio des Mietwagens aus, als er Erica weiter ins glutheiße Tal hinauswandern sah. »*Karrah*«, fluchte er, als er sich aus dem Schatten des Autos erhob. Er konnte nicht begreifen, warum sich jemand freiwillig einer so erbarmungslosen Hitze aussetzte.

Luxor 20 Uhr

Als Erica die ausgedehnten Anlagen durchquerte, die das alte Winter Palace Hotel vom Hotelneubau trennten, verstand sie, warum so viele wohlhabende Viktorianer es vorgezogen hatten, den Winter in Oberägypten zu verbringen. Zwar war es tagsüber heiß gewesen, aber sobald die Sonne untergegangen war, hatte die Temperatur sich auf ein erträgliches Maß abgekühlt. Als sie am Swimming-pool vorbeiging, beobachtete sie, wie sich darin noch einige amerikanische Kinder tummelten.

Der Tag war wunderbar gewesen. Die alten Grabmalereien waren wunderbare, eindrucksvolle Kunstwerke gewesen. Als sie vom Westufer ins Hotel zurückgekehrt war, lagen dort für sie zwei Mitteilungen bereit. Eine von Yvon und eine von Achmed. Bei beiden handelte es sich um Einladungen. Die Entscheidung war ihr schwergefallen, aber zuletzt hätte sie Yvon den Vorzug gegeben, weil sie hoffte, er wüßte etwas Neues über die verschwundene Sethos-Statue. Am Telefon hatte er ihr gesagt, sie wollten zusammen im Speisesaal des New Winter Palace Hotel speisen, und er werde um acht Uhr dort sein. Aus keinem nennbaren Grund bat sie ihn, sich lieber im dortigen Foyer zu treffen.

Yvon trug einen dunkelblauen zweireihigen Blazer und eine weiße Leinenhose; sein volles braunes Haar war sorgfältig gekämmt. Er bot Erica den Arm, als sie den Speisesaal betraten.

Das Restaurant war noch nicht alt, aber es wirkte dekadent, sein stilloses Dekor ließ auf den vergeblichen Versuch schließen, hier einen europäischen Speiseraum nachzuahmen. Aber Erica vergaß ihre Umgebung bald, als Yvon ihr Geschichten aus seiner Kindheit in Europa erzählte. Die Art, wie er sein förmliches und sehr kühles Verhältnis zu seinen Eltern schilderte, erweckte eher einen komischen als beklagenswerten Eindruck.

»Und wie ist es Ihnen ergangen?« fragte Yvon und suchte in seiner Jacke nach den Zigaretten.

»Ich komme aus einer völlig anderen Welt.« Erica senkte ihren Blick und ließ ihren Wein im Glas kreisen. »Ich bin in einer Kleinstadt im amerikanischen Mittelwesten aufgewachsen. Wir waren eine kleine Familie und standen uns immer sehr nahe.« Erica preßte ihre Lippen zusammen und zuckte die Achseln.

»Ach, aber Sie müssen doch noch mehr zu erzählen haben«, half ihr Yvon mit einem Lächeln weiter. »Ich will natürlich nicht neugierig sein… fühlen Sie sich bitte nicht verpflichtet, mir irgend etwas zu verraten.«

Erica hatte keinen Grund zur Geheimnistuerei. Sie konnte sich nur nicht vorstellen, daß es Yvon groß interessierte, etwas aus Toledo in Ohio zu hören. Und sie hatte absolut keine Lust, über den Tod ihres Vaters zu sprechen, der bei einem Flugzeugunglück umgekommen war, oder über die Tatsache, daß sie sich mit ihrer Mutter nicht verstand, weil sie einander zu ähnlich waren. Sie hörte lieber Yvon zu.

»Waren Sie jemals verheiratet?« fragte Erica.

Yvon lachte und musterte Ericas Gesicht. »Ich bin verheiratet«, antwortete er gleichmütig.

Erica schaute zur Seite aus Angst, er könnte in ihren Augen die Enttäuschung lesen. Sie hätte es sich denken können.

»Ich habe sogar zwei hübsche Kinder«, fügte Yvon hinzu. »Jean Claude und Michelle. Ich bekomme sie bloß praktisch nie zu sehen.«

»Nie?« Die Vorstellung, die eigenen Kinder niemals zu sehen, war für Erica unfaßbar. Sie blickte auf; sie hatte sich wieder in der Gewalt.

»Ich besuche sie selten. Meine Frau zieht es vor, ihr Leben in St. Tropez zu verbringen. Sie schätzt Einkaufsbummel und Sonnenbaden, wogegen ich derlei Genüsse nur begrenzt liebe. Die Kinder sind in einem Internat und im Sommer in St. Tropez. Und so…«

»Und so hausen Sie ganz allein in Ihrem Château«, lachte Erica fröhlich.

»Nein, dort ist es fürchterlich öde. Ich habe ein nettes Apartment in der Rue Verneuil in Paris.«

Erst beim Kaffee zeigte Yvon sich dazu bereit, über die Statue Sethos' I. oder Abdul Hamdis Tod zu reden.

»Ich habe Ihnen diese Fotos zur Begutachtung mitgebracht«, sagte er, holte fünf Bilder aus der Jackentasche und legte sie Erica hin. »Ich weiß, Sie haben Abdul Hamdis Mörder nur für eine Sekunde gesehen, aber kommt Ihnen eines dieser Gesichter bekannt vor?«

Erica betrachtete aufmerksam nacheinander die Aufnahmen. »Nein«, sagte sie schließlich. »Aber das heißt nicht, daß keiner von diesen Männern dabei war.«

»Verstehe«, sagte Yvon und nahm die Fotografien wieder an sich.

»Ich wollte bloß keine Möglichkeit auslassen. Sagen Sie, Erica, hatten Sie eigentlich noch andere Schwierigkeiten, seit Sie in Oberägypten sind?«

»Nein… außer, daß ich – und darüber bin ich mir ziemlich sicher – verfolgt werde.«

»Verfolgt?« sagte Yvon überrascht.

»Anders kann ich es mir nicht erklären. Im Tal der Könige habe ich heute einen Mann gesehen, der mir schon mal im Ägyptischen Museum begegnet ist. Es ist ein Araber mit einer großen Hakennase, schiefem Grinsen und einem spitz abgebrochenen Schneidezahn.« Erica hob die Lippen und deutete auf ihren entsprechenden rechten Zahn. Die Gebärde veranlaßte Yvon zu einem Lächeln, obwohl es ihn keineswegs freute, daß Erica Khalifa bemerkt hatte. »Ich finde das nicht lustig«, meinte Erica. »Er hat mir heute richtig Angst eingejagt. Er tat wie ein Tourist, aber er hatte in seinem Reiseführer eine falsche Seite aufgeschlagen.« Sie wechselte das Thema. »Yvon, was ist mit Ihrem Flugzeug? Ist es hier in Luxor?«

Verwirrt schüttelte Yvon den Kopf. »Ja, natürlich. Das Flugzeug ist hier in Luxor. Warum fragen Sie?«

»Weil ich zurück nach Kairo möchte. Ich muß dort etwas erledigen, was ungefähr einen halben Tag braucht.«

»Wann?« fragte Yvon.

»Je eher, um so besser«, sagte Erica.

»Wie wäre es heute abend?« Er wollte Erica in Kairo haben.

Der Vorschlag überraschte Erica, aber sie vertraute Yvon; jetzt um so mehr, da sie wußte, daß er verheiratet war. »Warum nicht?« entgegnete sie.

Erica hatte noch nie so ein kleines Düsenflugzeug von innen gesehen. In ihrer Vorstellung hätte darin aber erheblich mehr Platz sein müssen. Sie saß angeschnallt in einem der vier großen Ledersitze. Im Sessel neben Erica saß Raoul, der sich mit ihr zu unterhalten versuchte, aber Ericas Interesse galt mehr den Vorgängen um die Maschine und der Frage, ob sie wirklich vom Boden abheben würden. Sie glaubte nicht an die Gesetze der Aerodynamik. In Großflugzeugen verschwendete sie keinen Gedanken daran, weil die Vorstellung, ein so riesiger Rumpf könne fliegen, ihr lachhaft schien, so daß sie sich schlichtweg weigerte, darüber weiter nachzudenken. Je kleiner das Flugzeug, desto unheimlicher kam ihr aber die Fliegerei vor.

Yvon hatte einen Piloten angeheuert, aber da er selbst eine Pilotenausbildung genossen hatte, saß er gewöhnlich selber am Steuer. Es herrschte kein weiterer Flugverkehr, und sie erhielten umstandslos die Starterlaubnis. Der schnittige Jet donnerte über die Startbahn und schoß in die Höhe; aus Ericas Fingern wich das Blut.

Sobald sie auf Kurs waren, übergab Yvon das Steuer seinem Piloten und kam nach hinten, um mit Erica zu plaudern. »Sie haben einmal erwähnt«, sagte sie, während sie allmählich wieder ruhiger wurde, »daß Ihre Mutter aus England stammte. Glauben Sie, sie könnte die Carnarvons gekannt haben?«

»Freilich, ja«, antwortete Yvon. »Ich selbst habe den gegenwärtigen Earl kennengelernt. Warum?«

»Es interessiert mich; vielleicht könnte man erfahren, ob Lord Carnarvons Tochter noch lebt. Ihr Name ist Evelyn, glaube ich.«

»Ich habe keine Ahnung«, erwiderte Yvon, »aber ich

könnte es herausfinden. Warum fragen Sie? Haben Sie Interesse am ›Fluch der Pharaonen‹ entwickelt?« Er grinste im Zwielicht der Kabine.

»Kann sein«, antwortete Erica neckend. »Ich habe eine Theorie in bezug auf Tutanchamuns Grab entwickelt, die ich nachprüfen möchte. Ich erzähle Ihnen mehr, sobald ich weitere Informationen besitze. Aber falls Sie für mich Carnarvons Tochter ausfindig machten, wüßte ich das sehr zu schätzen. Ach, noch was. Ist Ihnen jemals der Name Nenephta zu Ohren gekommen?«

»In welchem Zusammenhang?«

»In Verbindung mit Sethos I.«

Yvon dachte nach, dann schüttelte er den Kopf. »Nie.«

Sie mußten über Kairo einen reichlich komplizierten Kurs fliegen, bevor sie landen durften, aber die Formalitäten waren im Nu überstanden, weil das Flugzeug für Kairo bereits eine Genehmigung hatte. Es war kurz nach eins, als sie im Meridien Hotel eintrafen. Die Direktion war Yvon gegenüber außergewöhnlich zuvorkommend, und obwohl das Haus angeblich belegt war, gelang es ihm, für Erica noch ein Zimmerchen neben seiner Suite im obersten Geschoß zu bekommen. Yvon lud sie auf einen Gute-Nacht-Schluck in seine Suite ein, sobald sie sich eingerichtet habe.

Erica hatte nur ihre Segeltuchtasche mit einer Mindestausstattung an Kleidung, ihr Make-up und Lesestoff dabei. Die Reiseführer und die Taschenlampe hatte sie in ihrem Zimmer in Luxor gelassen. Insofern beanspruchte es nicht viel Zeit, sich »einzurichten«, und sie ging durch die Verbindungstür in den Wohnraum von Yvons Suite.

Er hatte seine Jacke abgelegt, die Ärmel aufgekrempelt und öffnete gerade eine Flasche Dom Perignon, als Erica eintrat. Sie nahm ein Glas mit Champagner entgegen, und ihre Hände berührten sich für einen Moment. Erica wurde plötzlich bewußt, wie gut Yvon aussah. Ihr war zumute, als hätte sich seit ihrer ersten Begegnung alles auf diese Nacht hinentwickelt. Er war verheiratet und hegte folglich keine ernsthaften Absichten; aber die hatte sie auch nicht. Sie beschloß, sich ganz zu entspannen und den Dingen ihren Lauf zu lassen. Aber zwischen ihren Schenkeln pochte es vor Erregung. »Aus welchem Grunde sind Sie so stark an Archäologie interessiert?« fragte sie, um sich durch Geplauder abzulenken.

»Das begann schon, als ich noch in Paris studierte. Einige Freunde überredeten mich dazu, die École de Langues Orientales zu besuchen. Ich war davon sofort fasziniert und arbeitete am Anfang wie ein Verrückter. Dabei war ich eigentlich nie ein fleißiger Student gewesen. Trotzdem habe ich Arabisch und Koptisch studiert. Es war Ägypten, das mich interessierte. Ich glaube, das ist mehr eine Erklärung als eine Begründung. Soll ich Ihnen mal die Aussicht von der Terrasse zeigen?« Er streckte ihr seine Hand entgegen.

»Sehr gern«, sagte Erica; ihre Erregung stieg. Sie wollte es so. Es war ihr egal, ob er sie bloß benutzte, wenn es seine Angewohnheit war, jede begehrenswerte Frau, die ihm begegnete, in sein Bett zu ziehen. Zum ersten Mal in ihrem Leben gab sie ihrem Verlangen nach.

Yvon öffnete die Tür, und Erica trat unters Spalierdach hinaus. Sie konnte den Duft der Rosen riechen, während sie hinab auf ganz Kairo blickte, das unter dem Sternenzelt ausgebreitet zu ihren Füßen lag. Die Zitadelle mit ihren stolzen Minaretten war noch erleuchtet. Unmittelbar vor ihnen lag die Insel Gezira, umgeben von den dunklen Fluten des Nils.

Erica spürte Yvon hinter sich. Als sie seine regelmäßigen Gesichtszüge betrachtete, ließ er keinen Blick von ihr. Langsam hob er eine Hand und strich mit den Fingern durch ihr Haar, legte die Hand dann in ihren Nacken und zog sie an sich. Behutsam küßte er sie, rücksichtsvoll gegenüber ihren

Empfindungen, danach ein zweites Mal, schon entschiedener, und schließlich voller Leidenschaft.

Die Heftigkeit ihrer eigenen Reaktion überraschte Erica. Yvon war der erste Mann, zu dem sie seit ihrer Bekanntschaft mit Richard in intime Beziehung trat; sie war sich ihrer selbst nicht sicher gewesen. Nun schlang sie ihre Arme um Yvon, und ihre Erregung verschmolz mit der seinen; die Kleidung fiel neben ihre Körper, die auf den weichen Orientteppich sanken. Und im sanften, stillen Licht der ägyptischen Nacht liebten sie einander mit Hingabe.

Sechster Tag

Kairo 8 Uhr 35

Erica erwachte im eigenen Bett. Sie entsann sich noch schwach daran, daß Yvon gesagt hatte, er schlafe lieber allein. Sie wälzte sich herum und war darüber erstaunt, daß sie wegen der vergangenen Nacht keinerlei Schuldgefühle verspürte.

Als sie ihr Zimmer verließ, war es ungefähr neun Uhr. Yvon saß in einem blau und weiß gestreiften Morgenmantel auf der Terrasse und las die *El Ahram* in arabisch. Das Spaliergerüst zerspellte die Strahlen der Morgensonne unzählige Male und übersäte den Fußboden mit hellen Farbflecken wie auf einem impressionistischen Gemälde. Das Frühstück war mit silbernen Schalen zugedeckt worden und wartete bereits auf sie.

Er stand auf, sobald er sie erblickte, und umarmte sie zärtlich.

»Ich bin sehr froh, daß wir nach Kairo geflogen sind«, sagte er und rückte ihr den Stuhl zurück.

»Ich auch«, gestand Erica.

Das Frühstück verlief in voller Harmonie. Yvon unterhielt sie mit kleinen ironischen Geschichten, die Erica gewaltigen Spaß bereiteten. Aber nach der letzten Scheibe Toast wurde sie ungeduldig, weil sie baldmöglichst ihre Nachforschungen fortsetzen wollte.

»So, nun verschwinde ich ins Museum«, verkündete sie, als sie ihre Serviette zusammenfaltete.

»Soll ich dich begleiten?« fragte Yvon.

Erica sah ihn an; sie erinnerte sich an Richards Ungeduld. Sie wollte sich nicht drängen lassen. Es war besser, allein zu sein.

»Um ehrlich zu sein, meine Arbeit ist ziemlich langweilig. Falls du nicht den ganzen Vormittag in den Archiven herumsitzen willst, gehe ich lieber allein.«

»Na schön«, sagte er. »Aber Raoul kann dich hinfahren.«

»Das ist doch nicht nötig«, meinte Erica.

»Französische Höflichkeit«, sagte Yvon belustigt.

Dr. Fakhry führte Erica in ein kleines muffiges Zimmerchen neben dem Lesesaal der Bibliothek. Auf einem Tisch an der Wand stand ein Mikrofilmgerät.

»Talat wird Ihnen den gewünschten Film bringen«, sagte Dr. Fakhry.

»Ich weiß Ihre Hilfe sehr zu schätzen«, versicherte ihm Erica.

»Wonach suchen Sie denn?« erkundigte sich Dr. Fakhry. Seine rechte Hand zuckte krampfartig.

»Ich bin an den Grabräubern interessiert, die im Altertum in Tutanchamuns Gruft eingedrungen sind. Nach meiner Auffassung ist diese Tatsache bei dem Grabfund bislang nicht ausreichend beachtet worden.«

»Grabräuber?« wiederholte er bloß, ehe er aus dem Zimmerchen schlurfte.

Erica setzte sich vor den Bildschirm und trommelte mit den Fingern auf die Tischplatte. Sie hoffte, daß das Ägyptische Museum über möglichst viel Material verfügte. Talat kam und händigte ihr einen Schuhkarton voller Filme aus. »Skarabäus kaufen, Lady?« flüsterte er.

Ohne ihn einer Entgegnung zu würdigen, schaute Erica die Filmkassetten durch, die in englischer Sprache beschriftet waren und den Aufdruck des Ashmolean Museum trugen, wo die Originalunterlagen aufbewahrt wurden. Sie war vom Umfang des Materials aufrichtig überrascht und machte es sich bequem, denn offenbar würde sie eine ganze Zeit lang damit beschäftigt sein.

Erica schaltete das Filmgerät an und legte die erste Spule

ein. Zum Glück hatte Carter seine Aufzeichnungen in einigermaßen leserlicher Schrift angefertigt. Erica las flüchtig den Abschnitt über die Arbeiterhütten. Es bestand kein Zweifel, man hatte sie direkt überm Eingang von Tutanchamuns Grab aufgebaut. Erica war nun fest davon überzeugt, daß Tutanchamuns Grab ausgeraubt worden war, bevor Ramses VI. die Herrschaft antrat.

Sie spulte den Film weiter ab, bis sie zu dem Abschnitt kam, in dem Carter seine Gründe erläuterte, die die Existenz von Tutanchamuns Grab als sicher erhärteten, ehe es entdeckt wurde. Das faszinierendste Beweisstück war für Erica ein blauer Fayencebecher mit der Kartusche Tutanchamuns, gefunden von Theodore Davis. Niemand hatte je danach gefragt, warum der kleine Becher am Hügel unter einem Felsen lag.

Sobald die erste Filmspule durchgelaufen war, legte Erica die nächste ein. Sie las über die Entdeckung selbst nach. Carter beschrieb ausführlich, wie man die äußeren und inneren Türen der Gruft im Altertum wieder verschlossen und mit dem Siegel der Totenstadt versehen hatte; das ursprüngliche Siegel Tutanchamuns ließ sich nur am unteren Rand jeder der Türen erkennen. Carter setzte in allen Einzelheiten auseinander, welchen Anzeichen er entnahm, daß die Türen zweimal aufgebrochen und zweimal wieder versiegelt worden waren, aber er äußerte keine Erklärung, warum.

Erica schloß die Augen und ruhte sich ein paar Minuten lang aus. Ihre Phantasie beförderte sie zurück in die Vergangenheit, zu der feierlichen Zeremonie, mit der man den jungen Pharao begrub. Dann versuchte sie, sich die Grabräuber vorzustellen. Waren sie während ihrer Tat zuversichtlich gewesen, oder hatten sie gefürchtet, die Wächter der Unterwelt zu erzürnen? Danach dachte sie an Carter. Welches Gefühl hatte er, als er das Grab zum ersten Mal betrat? Anhand seiner Aufzeichnungen hatte sich Erica dessen vergewissert, daß sein Mitarbeiter Callender, Lord Carnarvon sowie Carnarvons Tochter dabei gewesen waren, ferner ein Vorarbeiter mit Namen Sarwat Raman.

Im Laufe der folgenden Stunden regte sich Erica kaum vom Fleck. Sie konnte Carters Gefühl der Ehrfurcht und Verzauberung nachempfinden. Mit der ihm eigenen peinlichen Genauigkeit beschrieb er die Fundstelle eines jeden Gegenstands: der wie eine Lotosblüte geformten Alabasterschale und der Öllampe widmete er mehrere Seiten. Während sie den Text über die Schale und die Lampe las, erinnerte sich Erica an etwas, das sie an anderer Stelle gelesen hatte. Auf seiner Vortragsreise über den Grabfund hatte Carter erwähnt, die benachbarte Anordnung dieser beiden Gegenstände halte er für den Hinweis auf ein größeres Geheimnis, das er mit der eingehenderen Erforschung der Grabstätte ebenfalls aufzuklären hoffe. Er hatte hinzugefügt, die Anzahl goldener Ringe, die achtlos am Fußboden zurückgeblieben waren, deute darauf hin, daß man die Eindringlinge inmitten ihres Raubzugs überrascht habe.

Erica wandte den Blick vom Apparat und vermerkte bei sich, daß Carter annahm, die Gruft sei zweimal beraubt worden, weil man sie zweimal aufgebrochen hatte. Aber das war bloß eine Vermutung, und es konnte eine andere gleichermaßen einleuchtende Erklärung geben.

Nachdem sie den Anhang von Carters Notizen vom Fundort gelesen hatte, legte Erica eine Filmspule mit der Beschriftung »Lord Carnarvon: Akten und Korrespondenz« in den Apparat. Was sie darauf fand, war hauptsächlich geschäftlicher Schriftwechsel, der die finanzielle Unterstützung seiner archäologischen Unternehmungen betraf. Sie ließ den Film durchlaufen, bis die Daten mit denen der Grabentdeckung zusammenfielen. Erwartungsgemäß erhöhte sich der Umfang von Carnarvons Korrespondenz, sobald Carter die Entdeckung der Eingangstreppe gemeldet hatte. Erica verweilte bei einem langen Brief, den Carnarvon am 1. Dezember 1922 an Sir Wallis Budge vom Britischen Museum geschrieben hatte. Um den Brief komplett auf den Bildschirm projizieren zu können, hatte er beträchtlich verkleinert werden müssen. Erica mußte sich stark anstrengen, um ihn lesen zu können. Die Handschrift war auch weniger sauber als Carters Schrift. In seinem Brief berichtete Carnarvon sichtlich begeistert von dem Fund und zählte viele der berühmten Stücke auf, die Erica aus der Wanderausstellung von Tutanchamuns Schätzen kannte. Sie las so zügig wie möglich weiter, bis ein Satz ihre besondere Aufmerksamkeit weckte. »Ich habe die Truhen nicht geöffnet und weiß daher nicht, was sich darin befindet, aber wir haben einiges an Papyrusbriefen, Fayencen, Juwelen, Blumensträußen sowie Kerzen auf Henkelkreuzkerzenleuchtern vorliegen.« Erica hatte bei dem Wort »Papyrus« gestutzt. Soviel sie wußte, war kein Papyrus in Tutanchamuns Grab gefunden worden. Das war eine große Enttäuschung gewesen. Man hatte gehofft, Tutanchamuns Gruft würde Erkenntnisse über die unruhige Zeit vermitteln, in welcher er lebte. Aber ohne Dokumente war diese Hoffnung vergeblich gewesen. Doch hier in diesem Brief an Sir Wallis Budge erwähnte Carnarvon einen Papyrus.

Erica wandte sich erneut Carters Aufzeichnungen zu. Sie las noch einmal alle Eintragungen des Tages der Graböffnung und der beiden nachfolgenden Tage; Carter erwähnte keinen Papyrus. Vielmehr betonte er sogar, daß man zu seiner Enttäuschung keinerlei Urkunden vorgefunden habe. Merkwürdig. Indem sie auf Carnarvons Brief an Budge zurückgriff, verglich Erica die Erwähnungen der Fundgegenstände Stück für Stück mit den Notizen Carters. Die einzige Unstimmigkeit war der Papyrus.

Als Erica endlich das trostlose Gebäude des Museums verließ, war es bereits früher Nachmittag. Langsam spazierte sie zum belebten Tahrir-Platz hinüber. Obwohl ihr Magen knurrte, wollte sie noch etwas erledigen, bevor sie ins Meridien Hotel zurückkehrte. Sie entnahm ihrer Segeltuchtasche den Umschlag des Baedekers und las nochmals den Namen und die Anschrift Nasef Malmud, 180 Shari el Tahrir.

Den verkehrsreichen Platz zu überqueren war schon eine Meisterleistung für sich, denn er war voll staubiger Busse und dichtgedrängter Menschenmassen. An der Ecke zum Shari el Tahrir bog sie nach links ab.

»Nasef Malmud«, sagte sie vor sich her. Sie wußte nicht, was sie sich von dieser Verbindung versprechen sollte. Der Shari el Tahrir war einer der moderneren Boulevards, mit eleganten Läden im europäischen Stil und Bürobauten; die Nummer 180 war ein moderner Hochbau aus Marmor und Glas.

Nasef Malmuds Büro befand sich im achten Stock. Als sie hinauffuhr – allein im Lift –, entsann sie sich auf die hier übliche sehr ausgedehnte Mittagspause; wahrscheinlich würde sie Nasef Malmud erst am Spätnachmittag antreffen. Aber der Eingang des Büros stand offen, und sie trat ein, bemerkte beim Hineingehen das Schild mit der Aufschrift »Nasef Malmud Internationale Anwaltspraxis Abt. Import/Export«. In der Anmeldung des Büros saß niemand. Flotte Olivetti-Schreibmaschinen auf Mahagonitischen verrieten, daß das Geschäft gut lief.

»Hallo«, rief Erica.

Unter einer Tür erschien ein stämmiger Mann in sorgfältig maßgeschneidertem dreiteiligen Anzug. Er war um die Fünfzig und sah aus, als gehöre er ins Bostoner Bankenviertel.

»Kann ich Ihnen helfen?« erkundigte er sich geschäftsmäßig.

»Ich suche Mr. Nasef Malmud«, antwortete Erica.

»Ich bin Nasef Malmud.«

»Hätten Sie wohl einen Augenblick Zeit?« fragte Erica. »Ich möchte mit Ihnen reden.«

Nasef blickte zurück in sein Büro und spitzte die Lippen. Er hielt in der Rechten einen Stift und war offenbar in irgendeiner Arbeit gestört worden. Er wandte sich wieder Erica zu und antwortete, als habe er sich noch nicht völlig entschieden. »Na gut, für ein Momentchen.«

Erica folgte ihm in sein großes Bürozimmer, das in einer Ecke des Gebäudes lag und eine schöne Aussicht über den Shari el Tahrir und den Nil hatte. Nasef setzte sich in seinen hochlehnigen Schreibtischsessel und bot Erica einen Stuhl vor dem Schreibtisch an. »Was kann ich für Sie tun, junge Dame?« fragte er und tippte seine Fingerkuppen aneinander.

»Ich möchte mich bei Ihnen nach einem Mann namens Abdul Hamdi erkundigen.« Erica schwieg, um zu sehen, ob er irgendwie reagierte. Aber nichts dergleichen geschah. Malmud wartete, ob sie noch mehr zu sagen hätte. Aber als Erica nicht weitersprach, sagte er: »Der Name sagt mir nichts. In welchem Zusammenhang soll mir diese Person bekannt sein?«

»Ich glaubte«, sagte Erica, »Abdul Hamdi gehörte zu Ihren Klienten?«

Malmud nahm seine Lesebrille ab und legte sie auf die Schreibtischplatte. »Wenn er wirklich einer unserer Klienten ist, brauche ich darüber keine Auskunft zu geben«, sagte er glatt. Er war Anwalt und daher mehr daran interessiert, Informationen zu sammeln, statt welche auszuplaudern.

»Für den Fall, daß er Ihr Klient ist, kann ich Ihnen eine interessante Neuigkeit mitteilen.« Erica versuchte, ihn zu ködern.

»Woher haben Sie meinen Namen?« fragte er.

»Von Abdul Hamdi«, erwiderte Erica, wobei sie sich bewußt war, daß sie bei dieser Auskunft die Wahrheit leicht verdrehte.

Malmud musterte Erica einen Moment lang, begab sich

dann in die benachbarten Büroräume und kam mit einem Schnellhefter aus Manilapapier zurück. Er setzte sich hinter seinen Schreibtisch, drückte sich wieder die Brille auf die Nase und klappte den Schnellhefter auf. Es befand sich nur ein einziges Blatt darin; er verbrachte eine volle Minute mit Lesen.

»Ja, tatsächlich, es sieht so aus, als verträten wir Abdul Hamdi.« Er schaute Erica über den Rand seiner Brille erwartungsvoll an.

»Tja, und Abdul Hamdi ist tot.« Erica entschied sich, nicht von Mord zu reden.

Nachdenklich sah Malmud sie an, dann las er nochmals in der Akte. »Vielen Dank für die Nachricht. Ich werde prüfen, inwiefern ich für seinen Nachlaß verantwortlich bin.« Er stand auf und streckte Erica seine Hand entgegen, erzwang damit ein plötzliches Ende des Gesprächs.

»Wissen Sie, was ein Baedeker ist?« fragte Erica auf dem Weg zum Ausgang.

»Nein«, erwiderte er, während er sie eilfertig durch die Büroräume geleitete.

»Haben Sie jemals einen Baedeker-Reiseführer besessen?« Erica blieb auf der Schwelle stehen.

»Niemals.«

Yvon wartete bereits auf sie, als sie ins Hotel zurückkehrte Er wollte Erica eine neue Sammlung von Fotos vorlegen. Einer der darauf abgebildeten Männer kam ihr irgendwie bekannt vor, aber sicher war sie nicht. Überhaupt hatte sie wenig Hoffnung, einen der Mörder wiederzuerkennen, und das brachte sie auch Yvon gegenüber zum Ausdruck. Aber er blieb hartnäckig. »Es wäre mir lieber, wenn du mit mir zusammenarbeiten würdest, statt mir einzureden, was ich machen soll.«

Als sie auf die wunderschöne Terrasse trat, erinnerte sich Erica an die vergangene Nacht. Yvon verfolgte nun anscheinend nur noch sachliche Interessen, und sie war froh, sich wenigstens offenen Auges mit ihm eingelassen zu haben. Sein Verlangen war vorerst befriedigt, und seine Aufmerksamkeit galt wieder ausschließlich der Sethos-Statue.

Erica fand sich gleichmütig mit dieser Realität ab, doch verspürte sie jetzt das Bedürfnis, Kairo zu verlassen, sich wieder nach Luxor zu begeben. Sie ging zurück in die Suite und teilte Yvon ihre Absicht mit. Anfänglich nörgelte er herum, aber Erica blieb standhaft. Offensichtlich war er dergleichen nicht gewöhnt. Aber am Ende gab er nach und bot Erica sogar an, sein Flugzeug zu benutzen. Sobald wie möglich werde er nachkommen, sagte er.

Die Rückkehr nach Luxor war die reinste Freude. Trotz der Erinnerung an den Mann mit dem spitzen Zahn fühlte sich Erica in Oberägypten viel wohler als inmitten der nervenzerreißenden Stadt Kairo. Als sie im Hotel eintraf, lagen dort für sie gleich mehrere Nachrichten von Achmed bereit, sämtliche mit der Bitte, ihn anzurufen. Sie legte sie neben das Telefon. Dann trat sie hinüber zu den hohen Glastüren des Balkons und öffnete sie weit. Es war kurz nach fünf Uhr nachmittags, und die Sonne hatte inzwischen viel von ihrer Kraft verloren.

Erica ließ die Badewanne vollaufen, um den Staub und die Müdigkeit der Reise abzuwaschen, obwohl der Flug in Yvons Maschine angenehm und kurz gewesen war; als sie aus der Wanne stieg, rief sie Achmed an, der erleichtert und erfreut war, ihre Stimme zu hören.

»Ich war sehr besorgt um Sie«, sagte Achmed, »zumal man mir im Hotel mitteilte, Sie seien nicht gesehen worden.«

»Ich war über Nacht in Kairo. Yvon de Margeau hat mich hin- und auch zurückgeflogen.«

»Ach so«, meinte Achmed. Ein peinliches Schweigen entstand, und Erica fiel auf, daß er schon bei ihrer ersten

Unterhaltung auf die Erwähnung von Yvons Namen seltsam reagierte.

»Na gut«, sagte Achmed schließlich. »Ich wollte Sie nur fragen, ob Sie heute abend den Tempel in Karnak besichtigen möchten. Es ist Vollmond, und der Tempel bleibt bis Mitternacht geöffnet. Die Besichtigung lohnt sich wirklich.«

»Das würde mich sehr freuen!« gestand Erica.

Sie vereinbarten, daß Achmed sie um neun Uhr abends abholen solle. Erst würden sie den Tempel von Karnak besichtigen und anschließend gemeinsam essen. Achmed wußte ein kleines Restaurant am Nil, das einem Bekannten gehört. Er versprach, es werde ihr gefallen, dann hing er auf.

Erica zog ihr braunes Jerseykleid mit dem breiten Kragen an. Die dunklere Bräune ihrer Haut und die hellen Streifen in ihrem Haar gaben ihr ein Gefühl besonderer Weiblichkeit. Sie bestellte beim Zimmerservice ein Glas Wein und setzte sich mit dem Baedeker auf den Balkon, legte den abgerissenen Einband vor sich hin.

Der säuberlich aufs Papier des abgetrennten Einbands von Abdul Hamdis Reiseführer geschriebene Name lautete Nasef Malmud. Ein Irrtum war ausgeschlossen. Warum hatte Malmud gelogen? Sie nahm das Buch und betrachtete es aufmerksam. Es war ordentlich verarbeitet, richtig gebunden, nicht bloß geleimt. Es enthielt zahlreiche Abbildungen und Rißzeichnungen der verschiedenen Denkmäler. Erica blätterte den Band durch, betrachtete gelegentlich ein Bild oder las einen kurzen Abschnitt. Der Führer umfaßte auch einige Faltkarten: eine von Ägypten, eine von Saqqara und eine der Totenstadt Luxor. Sie sah sie sich nacheinander an.

Als sie die Karte von Luxor wieder zusammenfalten wollte, hatte sie Schwierigkeiten, sie richtig zusammenzulegen. Dann bemerkte sie, daß das Papier sich dicker an-

278

fühlte als bei den beiden anderen Faltkarten. Sie untersuchte die Karte genauer und stellte fest, daß sie aus zwei miteinander verklebten Bogen bestand. Erica hielt das Buch mit der Karte gegen das Sonnenlicht, und sie bemerkte, daß an die Rückseite der Karte von Luxor ein Schriftstück gepappt war.

Erica ging zurück ins Zimmer, schloß eine der Balkontüren und drückte die Karte gegen das Glas, ließ den Sonnenschein sie von hinten durchleuchten. Nun konnte sie genauer erkennen, daß der angeklebte Bogen ein Brief war; die Maschinenschrift war klein und obendrein schwach, aber der Text war englisch und noch leserlich. Adressiert war der Brief an Nasef Malmud.

Sehr geehrter Mr. Malmud!
Diesen Brief schreibt mein Sohn nach meinem Diktat. Ich bin ein alter Mann, also beklagen Sie nicht mein Schicksal, wenn Sie diesen Brief lesen. Verwenden Sie viel mehr die nachfolgenden Informationen gegen jene Personen, die mich zum Schweigen bringen werden, statt mich zu bezahlen. Die angegebene Route ist der Weg, auf dem in den letzten Jahren die kostbarsten Schätze des Altertums aus unserem Land geschmuggelt worden sind. Ein ausländischer Makler (dessen Name ich lieber verschweigen möchte) hatte mich damit beauftragt, diese Route ausfindig zu machen, damit die Schätze in seine Hände kommen.
Wenn ein wertvolles Stück gefunden worden ist, verschicken Lahib Zayed und sein Sohn Fathi vom Curio Antique Shop Fotos an potentielle Käufer. Die Interessenten kommen daraufhin nach Luxor und besichtigen das Angebot. Sobald das Geschäft abgeschlossen ist, muß der Käufer das Geld bei der Züricher Credit Bank hinterlegen. Das Stück wird dann mit kleinen Booten nach Norden verfrachtet und im Kairoer Büro

von der Aegean Holidays Ltd. abgeliefert, dessen Eigentümer Stephanos Markoulis ist. Dort versteckt man die Antiquitäten im Gepäck ahnungsloser Reisegesellschaften (große Stücke werden auseinandergenommen) und läßt sie mit den Touristen von der Jugoslawenski-Airlines nach Athen fliegen. Man bezahlt Angehörige des Personals der Luftfahrtgesellschaft dafür, daß sie gewisse Gepäckstücke zur Weiterbeförderung nach Belgrad und Ljubljana in der Maschine lassen. Danach transportiert man die Stücke auf dem Landwege in die Schweiz.

Kürzlich ist eine neue Route über Alexandria eingerichtet worden. Die Baumwollexportfirma Futures Ltd., deren Hauptanteilhaber Zayed Naquib ist, verpackt Antiquitäten in Baumwollballen und schickt sie an die Galerie Pierre Fauve in Marseilles. Diese Route ist zur Zeit, da wir diesen Brief verfassen, noch nicht nachgeprüft worden.

Ihr ergebener Diener
Abdul Hamdi

Erica faltete die Karte wieder zurück in den Baedeker. Sie war fassungslos. Ohne Zweifel war die Sethos-Statue, die Jeffrey Rice erworben hatte, über die Athener Verbindung gelaufen; sie hatte das schon vermutet, als sie sich mit Stephanos Markoulis traf. Das Verfahren war raffiniert, denn das Gepäck von Reisegesellschaften unterzog man nie so genauen Prüfungen wie das von Einzelpersonen. Wer käme schon darauf, daß eine sechzigjährige Dame aus Joliet in ihrem rosa Samsonitekoffer unermeßlich kostbare ägyptische Altertümer mitführte? Erica trat wieder auf den Balkon und lehnte sich übers Geländer Die Sonne war inzwischen hinter den fernen Bergen versunken. Inmitten der bewässerten Pflanzungen am Westufer standen die sogenannten Memnonsäulen und schimmerten im lavendelfarbenen Schatten. Sie überlegte, was tun, ob sie das Buch Achmed oder Yvon anvertrauen solle – wahrscheinlich eher Achmed. Aber vielleicht war es besser, damit bis zu ihrer Abreise aus Ägypten zu warten. Das war am sichersten. So wichtig es auch sein mochte, die Transportwege des Schwarzhandels aufzudecken, Erica war hauptsächlich an der Sethos-Statue selbst und ihrem Fundort interessiert. Aufgeregt malte sie sich aus, was an einer solchen Fundstätte noch alles zu entdecken war. Sie wollte nicht, daß die, Polizei ihre weiteren persönlichen Nachforschungen verbaute.

Dennoch betrachtete Erica ihre Situation realistisch, denn es war gefährlich, das Buch zu behalten. Nun war es klar, daß sich Abdul Hamdi als Erpresser betätigt hatte und die Dinge ihm über den Kopf gewachsen waren; gleichermaßen stand fest, daß er Erica praktisch erst in letzter Sekunde in seinen Plan eingeweiht hatte. Niemand wußte, daß sie über irgendwelche Informationen verfügte, und bis vor wenigen Augenblicken hatte sie es selber auch noch nicht gewußt. Sie wollte alles für sich behalten, bis sie Ägypten verließ.

Während der Abend sich langsam über das Niltal senkte, dachte Erica über ihre Pläne nach. Sie entschied sich dazu, die Rolle der Museumseinkäuferin weiterzuspielen und unter anderem auch den Curio Antique Shop aufzusuchen; es war möglich, daß sie bereits dort gewesen war, aber sie hatte sich die Namen der verschiedenen Antiquitätenläden nicht gemerkt. Dann wollte sie sich danach erkundigen, ob Sarwat Raman noch lebte, Carters Vorarbeiter. Er müßte jetzt ungefähr siebzig Jahre alt sein. Schließlich war es am besten, mit jemandem zu sprechen, der selbst am Tag der Graböffnung in Tutanchamuns Gruft gewesen war und der von dem Papyrus wußte, den Carnarvon in seinem Brief an Sir Wallis Budge erwähnt hatte. Sie hoffte, daß Yvon sich unterdessen nach Lord Carnarvons Tochter erkundigte.

»Das ist das Chicago House«, erklärte Achmed und deutete auf einen eindrucksvollen Bau zur Rechten. Die Pferdedroschke schaukelte sie gemütlich die Shari el Bahr hinauf, an dem von Bäumen gesäumten Ufer des Nils entlang. Das rhythmische Geräusch der Pferdehufe hatte eine beruhigende Wirkung, als würden Wellen an einen felsigen Strand schlagen. Es war sehr dunkel, weil der Vollmond noch nicht über die Hügelkämme der Wüste und die Palmwipfel gestiegen war. Der schwache Wind aus dem Norden genügte nicht einmal, um die spiegelglatte Wasserfläche des Nils zu kräuseln.

Achmed trug auch heute wieder makellose weiße Baumwollkleidung. Wenn Erica sein tiefbraunes Gesicht ansah, konnte sie nur das Glitzern seiner Augen und die weißen Zähne sehen.

Je länger sie mit Achmed zusammen war, um so weniger begriff sie, weshalb er sich mit ihr treffen wollte. Er verhielt sich freundschaftlich und herzlich, hielt jedoch immer auf Distanz. Er hatte sie nur einmal berührt, als er ihr beim Einsteigen in die Droschke die Hand gereicht und ihr einen ganz schwachen Schubs am Gesäßansatz gegeben hatte.

»Waren Sie schon mal verheiratet?« fragte Erica, in der Hoffnung, mehr über diesen Mann erfahren zu können.

»Nein, nie«, antwortete kurzangebunden Achmed.

»Verzeihen Sie«, bat Erica. »Vermutlich geht es mich nichts an.«

Achmed hob seinen Arm und legte ihn hinter Erica auf die Rückenlehne. »Schon gut. Es ist ja kein Geheimnis.« Seine Stimme klang wieder normal. »Ich hatte nie Zeit für Romanzen, und ich glaube, Amerika hat mich verdorben. Die Verhältnisse hier in Ägypten sind ein wenig anders. Aber wahrscheinlich ist das nur eine Ausrede.«

Sie kamen an einer Reihe hübscher Häuser in westeuropäischem Baustil am Flußufer vorüber, die von weiß getünchten Mauern umgeben waren; vor jedem Gartentor stand ein Soldat in Felduniform mit Maschinenpistole. Jedoch die Soldaten waren nicht sonderlich wachsam. Einer hatte sogar seine Waffe auf die Mauer gelegt, um sich besser mit einem Straßenpassanten unterhalten zu können.

»Was sind das für Häuser?« fragte Erica.

»Das sind die Wohnhäuser von Ministern«, sagte Achmed.

»Warum werden sie bewacht?«

»In diesem Land kann es gefährlich sein, wenn man ein hoher Beamter ist. Man kann es nicht jedem recht machen.«

»Sie sind doch ein hoher Beamter«, stellte Erica fest.

»Ja, aber bedauerlicherweise kümmern sich die Leute nicht sonderlich um meine Abteilung.« Sie fuhren schweigend weiter, während das erste Mondlicht silbrig durch die leise raschelnden Palmblätter fiel.

»Da steht das Karnaker Büro des Department of Antiquities«, sagte Achmed und wies auf ein Gebäude an der Uferstraße. Wenn sie den Blick hob, konnte Erica die erste Reihe der wuchtigen Säulen des Amun-Tempels erspähen, erhellt vom Schein des aufgegangenen Mondes. Sie fuhren direkt auf den Eingang zu und stiegen aus der Droschke. Erica kam sich wie verzaubert vor, als sie den kurzen, von widderhäuptigen Sphinxen gesäumten Prozessionsweg entlangschritten. Das diffuse Licht des Mondes verbarg den verfallenen Teil des Tempels, so daß er wirkte, als stünde er noch in voller Größe da. Mit langsamen Schritten durchquerten sie die tiefen, düsteren Schatten der Eingangshalle und gelangten alsbald in den Haupthof. Unvermittelt nahm Achmed Ericas Hand, als sie den weiten Hof überquerten und die große Säulenhalle betraten. Ihr Weg glich einen Reise in die Vergangenheit.

Die Halle wirkte wie ein Wald aus dicken steinernen Säulen, die in den Nachthimmel emporragten. Ein Großteil der Hallendecke fehlte, und die Mondstrahlen fielen herab, tauchten die Säulen, ihre umfangreichen Hieroglyphentexte und stolzen Reliefs in silberne Helligkeit.

Sie sprachen nicht; sie spazierten nur wortlos Hand in Hand dahin. Nach einer halben Stunde geleitete Achmed Erica durch einen Nebeneingang hinaus und zurück zur ersten Säule. An der Nordseite führte eine Treppe aus Ziegelsteinen hinauf zu dem rund vierzig Meter hohen Dach des Tempels. Von dort aus vermochte Erica das gesamte eineinhalb Kilometer im Quadrat große Tempelgebiet Karnaks zu überblicken. Es war ein ehrfurchtgebietender Anblick.

»Erica...«

Sie drehte den Kopf. Achmed hatte den Kopf seitwärts gewandt und musterte sie wohlgefällig.

»Erica, ich finde Sie sehr schön.«

Sie liebte Komplimente, obwohl sie dabei stets ein wenig verlegen wurde. Sie neigte den Kopf, als Achmed eine Hand hob und ihr mit den Fingerspitzen sachte über die Stirn strich. »Danke, Achmed«, sagte sie bloß.

Als sie wieder aufblickte, bemerkte sie, daß Achmed sie noch immer betrachtete. Sie sah ihm an, wie es innerlich in ihm arbeitete »Sie erinnern mich an Pamela«, brachte er schließlich hervor.

»So?« meinte Erica. Daß sie ihn an eine verflossene Freundin erinnerte, war nicht unbedingt das, was sie hören wollte, aber sie ahnte, daß Achmed seine Äußerung als Kompliment meinte. Sie lächelte matt und richtete ihren Blick in die vom Mondschein erhellte Ferne. Vielleicht war ihre Ähnlichkeit mit Pamela der Grund, warum sich Achmed mit ihr traf?

»Sie sind schöner. Aber es ist weniger Ihre Erscheinung, die mich an sie erinnert. Es ist eher Ihre Offenheit, Ihre Warmherzigkeit.«

»Hören Sie, Achmed, ich weiß nicht, ob ich Sie richtig verstehe. Als wir uns das letzte Mal gesehen haben, stellte ich ein paar unschuldige Fragen nach Pamela und wollte wissen, ob Ihr Onkel sie kennengelernt hat, und da sind Sie in die Luft gegangen. Und jetzt haben Sie kein anderes Thema als Pamela. Ich finde das nicht sonderlich gerecht.«

Eine Zeitlang standen sie schweigsam beisammen. Achmeds unausgelebte Leidenschaft zog sie an, aber schüchterte sie auch gleichzeitig ein; die zerschmetterte Teetasse haftete noch deutlich in Ericas Erinnerung. »Glauben Sie, daß Sie an einem Ort wie Luxor leben könnten?« fragte Achmed, ohne seinen Blick vom Nil zu wenden.

»Ich weiß es nicht«, entgegnete sie. »Darüber habe ich mir noch nie Gedanken gemacht. Sehr schön ist es ja hier.«

»Es ist mehr als schön. Es ist zeitlos.«

»Ich würde den Harvard Square vermissen.«

Achmed lachte auf, und die Spannung lockerte sich. »Harvard Square. Was für ein verrückter Ort. Übrigens, Erica, ich habe über Ihren Entschluß nachgedacht, sich gegen den Schwarzhandel einzusetzen. Ich glaube, ich habe meiner Warnung nicht genug Nachdruck verliehen. Die Vorstellung, Sie könnten sich auf solche Sachen einlassen, macht mir angst. Bitte nehmen Sie davon Abstand. Der Gedanke, Ihnen könnte etwas zustoßen, ist mir unerträglich.«

Er beugte sich vor und küßte sie sanft auf die Schläfe.

»Kommen Sie. Sie müssen den Obelisken der Hatschepsut im Mondschein sehen.« Er nahm sie an der Hand und führte sie die Treppe aus Ziegelsteinen hinunter.

Das Essen war eine Pracht. Da sie über eine Stunde lang durch die Schönheiten Karnaks gestreift waren, konnten sie sich erst kurz nach dreiundzwanzig Uhr zu Tisch setzen. Das kleine Restaurant am Ufer des Nils kuschelte sich unter dem Blattwerk hoher Dattelpalmen. Die Datteln waren fast pflückreif, und Netze hinderten die runden roten Früchte in den Palmwipfeln am Abfallen.

Die Spezialität des Restaurants war Kebab mit grünem Pfeffer, Zwiebeln und Lamm in einer Marinade aus Knoblauch, Petersilie und Minze, dazu gab es geschälte Tomaten und Artischocken; man servierte das Ganze auf Reis. Es handelte sich um ein Gartenrestaurant, das offensichtlich sehr beliebt war bei der in Luxor lebenden Mittelschicht; die Anwesenden unterhielten sich lebhaft untereinander.

Touristen sah man keine.

Seit ihrer Unterhaltung auf dem Tempeldach wirkte Achmed merklich gelöster. Nachdenklich strich er sich den Schnurrbart, als Erica ihm von ihrer vor kurzem fertiggestellten Dissertation mit dem Thema »Syntaktische Entwicklung der Hieroglyphen des Neuen Reiches« erzählte. Er lachte laut auf, als sie verriet, daß sie als hauptsächliches Quellenmaterial ihrer Arbeit altägyptische Liebesdichtungen benutzt hatte. Den Gebrauch von Liebesdichtungen für derartig esoterische Forschungen fand er originell.

Erica fragte Achmed nach seiner Kindheit. Er erklärte, er sei als sehr glückliches Kind in Luxor aufgewachsen. Deshalb kehre er so gerne hierher zurück. Sein Leben sei erst so kompliziert geworden, seit er in Kairo arbeiten mußte. Er erzählte ihr, daß im 1956er Krieg sein Vater schwer verwundet worden war, sein älterer Bruder gefallen. Seine Mutter hatte zu den ersten Frauen dieser Gegend gezählt, die ein College und eine Hochschule besucht hatten. Sie hatte beim Department of Antiquities arbeiten wollen, aber damals war das als Frau noch unmöglich gewesen; heute wohnte sie in Luxor und war zeitweise für eine ausländische Bank tätig. Achmed ergänzte, daß er auch noch eine jüngere Schwester habe, die im Innenministerium bei der Zollbehörde arbeite.

Nach dem Essen bekamen sie in kleinen Tassen arabischen Kaffee serviert. Ihre Konversation erlahmte etwas, und Erica hielt den Zeitpunkt für geeignet, um eine Frage anzubringen. »Gibt es hier in Luxor ein Einwohnerverzeichnis, in dem man nach einer bestimmten Person suchen kann?«

Achmed antwortete nicht sofort. »Vor ein paar Jahren haben wir eine ordnungsgemäße Volkszählung durchzuführen versucht, aber leider ohne großen Erfolg. Die entsprechenden Daten sind, soweit sie vorliegen, im Amt neben der Hauptpost einsehbar. Ansonsten gibt's nur noch die Polizei. Warum fragen Sie?«

»Nur so aus Neugier«, wich Erica aus. Sie überlegte, ob sie Achmed gegenüber ihr großes Interesse an dem Diebstahl an Tutanchamuns Grabschatz im Altertum erwähnen solle, doch befürchtete sie, er könne sie am Forschen hindern – oder, was sie als noch schlimmer empfunden hätte, sie auslachen, wenn er hörte, daß sie Sarwat Raman aufspüren wollte. Ihr kam dieser Einfall selber reichlich grotesk vor. Der letzte ihr bekannte Hinweis auf den Mann war bereits siebenundfünfzig Jahre alt.

In diesem Moment sah Erica den Mann im schwarzen Anzug wieder. Sie konnte sein Gesicht nicht sehen, weil er mit dem Rücken zu ihr saß, aber die Art und Weise, wie er sich über sein Essen duckte, war ihr schon vertraut. Er zählte zu den wenigen Gästen, die keine arabische Kleidung trugen. Achmed bemerkte, daß sie stutzte. »Was ist los?« fragte er.

»Ach, nichts«, erwiderte Erica und riß sich aus ihrer Erstarrung.

Die Tatsache, daß Achmed bei ihr war, berechtigte zu ernstem Zweifel, ob der Mann im schwarzen Anzug für das Department of Antiquities arbeite. Wer war er?

Siebter Tag

Luxor 8 Uhr 15

Der Klang der Tonbandstimme aus der kleinen Moschee, die neben dem Tempel von Luxor stand, weckte Erica aus einem gräßlichen Alptraum. Sie wollte vor einem unsichtbaren, grauenvollen Geschöpf fliehen, aber ihre Bewegungen wurden immer langsamer. Als sie erwachte, hatte sie sich in den Bettdecken und Laken verstrickt, offensichtlich hatte sie sich im Schlaf tüchtig herumgeworfen und gewälzt.

Sie stieg aus dem Bett und öffnete die Fenster, um die morgendliche Frische einzulassen. Sobald die Luft ihr Gesicht kühlte, schwanden die Nachwirkungen des Traumes. Sie seifte sich stehend in der großen Badewanne ab, denn aus irgendeinem Grund verfügte das Hotel über kein Heißwasser, und als sie fertig war, zitterte sie regelrecht vor Kälte.

Nach dem Frühstück verließ Erica das Hotel, um den Curio Antique Shop zu suchen. Sie nahm ihre Segeltuchtasche mit dem Blitzlichtgerät, der Polaroidkamera und den beiden Reiseführern mit. Sie trug eine bequeme weite Hose aus Baumwolle, in Kairo gekauft, um jene zu ersetzen, die sie im Serapeum zerrissen hatte.

Auf der Shari Lukanda merkte sie sich im Vorbeischlendern die Namen der Läden, die sie bereits besucht hatte. Der Curio Antique Shop war nicht dabei. Ein Ladeninhaber, den sie wiedererkannte, gab ihr die Auskunft, der Curio Antique Shop befinde sich in der Shari el Muntazah, nahe dem Hotel Savoy. Erica fand die Gegend und den Shop ohne große Mühe. Gleich neben dem Curio Antique Shop stand ein mit Brettern vernagelter Laden. Sie konnte nicht

den vollen Namen lesen, aber sie erkannte das Wort
»Hamdi« und wußte, um wessen Geschäft es sich hier handelte.

Entschlossen packte sie ihre Segeltuchtasche fester und
betrat den Curio Antique Shop. Das Sortiment an Antiquitäten war reichhaltig, bestand allerdings, wie sie bei näherer Begutachtung feststellte, hauptsächlich aus Fälschungen. Ein französisches Pärchen hielt sich gerade im Laden
auf und feilschte erbittert um eine kleine Bronzefigur.

Das interessanteste Stück, das Erica sah, war eine
schwarze Uschebti-Figur in Mumienform und mit sehr fein
gemalten Gesichtszügen. Ihr Sockel fehlte, und deshalb
lehnte die Figur in einer Ecke des Regals. Sobald die Franzosen gingen, ohne die Bronze zu kaufen, kam der Ladeninhaber zu Erica herüber. Er war ein Araber von vorneh-
mer Erscheinung, mit silbergrauem Haar und säuberlich
gestutztem Schnurrbart.

»Ich bin Lahib Zayed«, stellte er sich vor und wechselte
umstandslos von der französischen zur englischen Sprache
über. »Kann ich Ihnen helfen?«

Erica fragte sich, wonach er ihre Staatsangehörigkeit be-
urteilt hatte.

»Ja«, sagte sie. »Ich würde mir gerne diese schwarze
Osiris-Darstellung näher anschauen.«

»Ach ja! Eines meiner besten Stücke. Aus dem Grab eines
Edelmannes.« Er hob die Figur behutsam mit den Fingerspitzen von dem Regal.

Während er ihr den Rücken zukehrte, leckte Erica rasch
an ihrem Finger. Als er ihr die Figur reichte, tat sie so, als
sei nichts gewesen.

»Seien Sie vorsichtig«, sagte Zayed. »Es ist ein zerbrech-
liches Stück.«

Erica nickte und rieb heimlich ihren Finger über die
Figur. Ihre Fingerkuppe blieb sauber. Der Farbstoff war
fest. Sie besah sich die Bearbeitung und die Art, wie man

die Augen gemalt hatte. Das waren die entscheidenden Punkte. Schließlich war sie von der Echtheit der Figur überzeugt.

»Neues Reich«, erklärte Zayed und hielt sie vor Erica in gewissem Abstand hoch, damit Erica sie richtig würdigen könne. »So etwas bekomme ich nur ein- oder zweimal im Jahr herein.«

»Wieviel?«

»Fünfzig Pfund. Normalerweise würde ich mehr verlangen, aber von Ihnen nicht, weil Sie so schön sind.«

Erica lächelte. »Ich zahle vierzig«, sagte sie, da sie genau wußte, daß er gar nicht damit rechnete, den anfänglich geforderten Preis zu erhalten. Außerdem waren schon die vierzig Pfund eigentlich mehr, als sie ausgeben durfte, aber sie wollte als eine ernsthafte Kundin angesehen werden. Dazu kam, daß ihr die Figur auch gefiel. Selbst wenn sie sich später doch als gerissene Fälschung herausstellen sollte, war sie immer noch dekorativ. Sie einigten sich auf einundvierzig Pfund.

»Ich bin im Auftrag einer größeren Institution hier«, sagte Erica, »und an besonders schönen Stücken interessiert. Haben Sie irgend etwas Außergewöhnliches?«

»Möglicherweise habe ich einige Dinge, die Ihnen gefallen könnten. Aber wollen wir uns nicht setzen, während ich sie Ihnen zeige? Möchten Sie vielleicht einen Pfefferminztee trinken?«

Erica überkam Angst und Unruhe, als sie das Hinterzimmer des Curio Antique Shop betrat. Sie mußte das Bild, wie man Abdul Hamdis Kehle aufschlitzte, aus ihrem Bewußtsein verdrängen. Zum Glück war der Curio Antique Shop anders gebaut; an der Rückseite lag ein vom Sonnenschein erhellter Hof. Man fühlte sich nicht so beengt wie im *Antica Abdul*.

Zayed rief seinen Sohn, ein schwarzhaariges, schlaksiges Abbild seines Vaters, und sagte ihm, er solle für den Gast Pfefferminztee besorgen.

Dann setzte sich Zayed in seinem Sessel zurecht und stellte Erica die üblichen Fragen: ob ihr Luxor gefalle, ob sie in Karnak gewesen sei, was sie vom Tal der Könige halte? Er versicherte ihr, daß er die Amerikaner sehr schätze. Sie seien, meinte er, so freundlich.

… und so einfältig, fügte Erica in Gedanken hinzu.

Der Tee kam, und Zayed zeigte ihr tatsächlich einige hochinteressante Stücke, darunter mehrere kleine Bronzefiguren, einen angeschlagenen, aber deutlich erkennbaren Kopf von Amenhotep III. sowie eine Anzahl hölzerner Statuen. Die schönste der Statuen stellte eine junge Frau mit Hieroglyphen an der Vorderseite ihres Kleides dar; der Gesichtsausdruck zeugte von solchem inneren Frieden, daß sie zeitlos wirkte. Dies Stück sollte vierhundert Pfund kosten. Nach sorgfältiger Prüfung des Artefakts war sich Erica einigermaßen sicher, daß es echt war.

»Mich interessiert diese hölzerne Statue«, begann Erica in geschäftsmäßigem Tonfall. »Vielleicht auch der steinerne Kopf.«

Zayed rieb sich erregt die Hände.

»Ich werde bei meinem Auftraggeber nachfragen«, vertröstete ihn Erica. »Aber es gibt etwas, von dem ich weiß, daß ich es unverzüglich kaufen könnte, wenn ich es sehe.«

»Was ist das?« fragte Zayed.

»Vor einem Jahr hat ein Mann in Houston eine lebensgroße Statue Sethos' I. gekauft. Meine Auftraggeber haben nun erfahren, daß eine zweite derartige Statue gefunden worden ist.«

»Dergleichen habe ich nicht«, sagte Zayed mit gleichmütiger Stimme.

»Gut. Aber wenn Sie zufällig von einem solchen Stück hören sollten, teilen Sie's mir bitte mit. Ich wohne im Winter Palace Hotel.« Erica schrieb ihren Namen auf einen kleinen Zettel.

»Und was ist mit diesen Stücken?«

»Wie gesagt, ich werde mich mit meinen Auftraggebern in Verbindung setzen. Diese Holzfigur macht einen guten Eindruck, aber ich muß erst rückfragen.« Erica nahm ihre in eine arabische Zeitung gewickelte Uschebti-Figur und ging wieder in den Kundenraum des Ladens, in der zuversichtlichen Stimmung, ihre Rolle glaubwürdig gespielt zu haben. Als sie das Geschäft verließ, sah sie Zayeds Sohn im Gespräch mit einem Araber. Es war der Mann, der ihr ständig folgte. Ohne stehenzubleiben oder ihn anzuschauen, trat Erica auf die Straße, aber über ihr Rückgrat lief ein kaltes Schaudern.

Sobald sein Sohn den vermeintlichen Kunden abgefertigt hatte, schloß Lahib Zayed die Eingangstür des Ladens und verriegelte sie von innen. »Komm mit nach hinten«, befahl er seinem Sohn. »Das war die Frau«, flüsterte er, als sie sich in der Abgeschiedenheit des Hinterzimmers befanden, »vor der Stephanos Markoulis uns gewarnt hat, als er kürzlich hier war.« Er hatte sogar die alte hölzerne Tür zum Hof geschlossen. »Du gehst jetzt zur Hauptpost, rufst Markoulis an und sagst ihm, daß die Amerikanerin bei uns im Laden war und ausdrücklich nach der Sethos-Statue gefragt hat. Ich gehe unterdessen zu Mohammed und sage ihm, er soll die anderen warnen.«

»Was wird mit der Frau geschehen?« fragte Fathi.

»Ich glaube, das liegt auf der Hand. Bei dieser Sache muß ich an den jungen Mann von der Yale vor zwei Jahren denken.«

»Wird man das gleiche mit der Frau machen?«

»Zweifellos«, antwortete sein Vater.

Erica war entsetzt über das Chaos im Rathaus von Luxor. Einige Menschen warteten dort schon so lange, daß sie sich auf den Fußboden zum Schlafen gelegt hatten. In der Ecke eines Saals hatte sich eine Familie so häuslich eingerichtet, als harre sie bereits seit Tagen auf ihre Abfertigung. Hinter den Schaltern unterhielten die Beamten sich gleichgültig miteinander und schenkten dem Andrang kaum Beachtung. Auf jedem Schreibtisch häuften sich ausgefüllte Formulare, denen irgendeine unerhältliche Unterschrift fehlte. Es war schrecklich.

Als Erica endlich jemanden gefunden hatte, der englisch sprach, erfuhr sie, daß Luxor nicht einmal ein Verwaltungszentrum war; die Muhāfazah für dieses Gebiet befand sich in Aswan, und alle Unterlagen der Volkszählung lagen dort. Erica erklärte der Frau, sie suche einen Mann, der vor fünfzig Jahren auf dem Westufer gelebt habe. Die Frau schaute Erica an, als sei sie von Sinnen, und erwiderte, das sei völlig aussichtslos, aber sie könne sich trotzdem an die Polizei wenden. Es bestehe immerhin die Möglichkeit, daß die gesuchte Person zufällig mit den Behörden Ärger hatte.

Mit der Polizei war der Umgang leichter als mit den Verwaltungsbeamten. Sie hörten wenigstens zu und benahmen sich freundlich. Tatsächlich starrten die meisten uniformierten Beamten im Schalterraum der Polizeiwache sie lüstern an, als sie vor den Schaltertisch trat. Alle Schilder waren ausschließlich arabisch beschriftet, also wandte sich Erica einfach dem Schalter zu, wo gerade niemand anstand. Ein gutaussehender junger Mann in weißer Uniform erhob sich von seinem Schreibtisch und kam zu ihr an den Schalter. Bedauerlicherweise sprach er kein Englisch. Aber er trieb bald einen Kollegen von der Tourist Police auf, der es konnte.

»Was kann ich für Sie tun?« erkundigte sich dieser mit einem Lächeln.

»Ich versuche herauszufinden, ob ein Vorarbeiter Howard Carters mit Namen Sarwat Raman noch lebt. Er war auf dem Westufer zu Hause.«

»Was?« fragte der Polizist ungläubig. Er lachte gedämpft auf. »Ich habe wirklich schon seltsame Fragen gestellt bekommen, aber so eine noch nie. Sie meinen doch den Howard Carter, der das Grab Tutanchamuns gefunden hat?«

»Genau den«, sagte Erica.

»Aber das war vor über fünfzig Jahren.«

»Das weiß ich«, erwiderte Erica. »Ich möchte gerne wissen, ob der Vorarbeiter noch lebt.«

»Gnädigste«, entgegnete der Polizeibeamte, »niemand weiß, wie viele Menschen am Westufer beheimatet sind, gar nicht davon zu reden, daß jemand wüßte, wie man dort eine bestimmte Familie aufspüren kann. Aber ich will Ihnen verraten, was ich an Ihrer Stelle täte. Setzen Sie zum Westufer über und suchen Sie die kleine Moschee im Dorf Kurna auf. Der Imam ist ein alter Mann und spricht englisch. Vielleicht kann er Ihnen weiterhelfen. Ich zweifle allerdings daran. Die Regierung hat das Dorf Kurna umsiedeln wollen, damit die Einwohner vom Gebiet der alten Grabstätten verschwinden. Aber das ist eine noch nicht ausgestandene Auseinandersetzung, und es herrscht dort eine gewisse Feindseligkeit. Die Leute sind nicht sehr aufgeschlossen. Seien Sie also auf der Hut.«

Lahib Zayed spähte nach beiden Seiten, um sich zu vergewissern, daß niemand zu sehen war, ehe er auf die von weiß getünchten Häusern gesäumte Gasse hinaustrat. Er hastete sie hinab und pochte an eine Tür aus dickem Holz. Er wußte, daß sich Mohammed Abdulal daheim aufhielt. Jetzt war Mittagszeit, und Mohammed ließ sein Nickerchen nie ausfallen. Lahib klopfte nochmals. Er befürchtete, irgendein Fremder könnte ihn vor der Tür sehen, bevor er ins Haus gelangte.

Ein kleines Guckloch öffnete sich, und ein blutunterlaufenes Auge starrte ihn schläfrig an. Dann entriegelte jemand die Tür und riß sie auf. Lahib schlüpfte über die Schwelle.

Mohammed Abdulal trug ein zerknittertes Gewand. Er

war ein hochgewachsener Mann mit vollen, trägen Gesichtszügen; seine Nasenflügel waren weit und stark geschwungen. »Ich habe dir nahegelegt, dieses Haus niemals zu betreten. Hoffentlich bist du diese Gefahr aus gutem Grund eingegangen.«

Lahib begrüßte Mohammed in förmlicher Weise, ehe er zur Sache kam. »Ich hätte es nicht getan, fände ich den Anlaß nicht außerordentlich wichtig. Erica Baron, diese Amerikanerin, war heute morgen im Curio Antique Shop und behauptete, sie sei mit dem Einkauf von Antiquitäten beauftragt. Sie tritt sehr entschieden auf. Sie kennt sich mit Altertümern aus und hat auch tatsächlich eine kleine Statue gekauft. Dann fragte sie ausdrücklich nach der Statue Sethos' I.«

»War sie allein?« wollte Mohammed wissen, nun nicht länger verärgert, sondern hellwach.

»Ich glaube, ja«, antwortete Lahib.

»Und sie hat ausdrücklich nach der Sethos-Statue gefragt?«

»Ausdrücklich.«

»Tja, da bleibt uns kaum irgendeine Wahl. Ich werde alles in die Wege leiten. Du läßt ihr die Nachricht zukommen, daß sie die Statue morgen abend sehen kann. Sie muß aber allein kommen, und niemand darf ihr folgen. Sag ihr, sie soll sich bei Anbruch der Dämmerung an der Moschee in Kurna einfinden. Wir hätten sie bereits früher beseitigen sollen, so wie ich es vorgeschlagen habe.«

Lahib wartete, ob Mohammed noch etwas hinzufügen wollte, dann berichtete er weiter. »Ich habe Fathi geschickt, damit er mit Stephanos Markoulis in Verbindung tritt und ihn benachrichtigt.«

Mohammeds Hand stieß vor wie der Kopf einer angreifenden Schlange und versetzte Lahib eine kräftige Kopfnuß. »*Karrah!* Wie kommst du auf die Idee, Stephanos Markoulis zu verständigen?«

Lahib duckte sich, weil er mit weiteren Züchtigungen rechnete.

»Er hat mich darum gebeten, ihm Bescheid zu geben, wenn die Frau auftaucht. Er ist ebenso besorgt wie wir.«

»Du nimmst keine Anweisungen von Stephanos entgegen«, schnauzte Mohammed ihn an. »Du erhältst deine Anweisungen von mir. Das muß dir jetzt endgültig klar sein. Und nun verschwinde und gib ihr die vereinbarte Nachricht. Wir müssen uns diese Amerikanerin vorknöpfen.«

Nekropolis bei Luxor,
Gemeinde Kurna, 14 Uhr 15

Der Polizeibeamte hatte recht gehabt. Kurna war kein gastfreundlicher Ort. Während Erica sich den Hügel hinaufquälte, der zwischen dem Dorf und der asphaltierten Straße lag, fehlte ihr völlig das Gefühl des Willkommenseins, das ihr in den anderen Ortschaften, die sie besucht hatte, so deutlich entgegengeschlagen war. Sie sah wenig Menschen, und diese paar, denen sie begegnete, gafften sie nur an, wichen vor ihr in den Schatten zurück. Sogar die Hunde waren schäbige, bösartige Köter.

Schon im Taxi war es ihr unbehaglich geworden, als der Fahrer Einwände dagegen erhob, nach Kurna zu fahren statt ins Tal der Könige oder zu irgendeinem anderen weiter entfernten Ziel. Er hatte sie am Fuß eines Hangs aus Sand und Geröll abgesetzt und behauptet, sein Wagen schaffte den Weg bis ins Dorf nicht mehr.

Es herrschte fürchterliche Hitze, weit über vierzig Grad, und es gab praktisch keinen Schutz vor der ägyptischen Sonne. Sie brannte herab, heizte das Gestein glutheiß auf und wurde in blendendem Glanz von dem hellen Sand der Wüste zurückgeworfen. Kein Grashalm, nicht ein einziges Gewächs konnte hier gedeihen. Doch die Einwohner Kurnas weigerten sich, umzusiedeln. Sie wollten leben, wie alle ihre Ahnen und Urahnen im Laufe der Jahrhunderte gelebt hatten. Erica fand, daß Dante, hätte er Kurna gekannt, es in seine Kreise der Hölle aufgenommen hätte.

Die Häuser bestanden aus Lehmziegeln, die man entweder in ihrer natürlichen Farbe belassen oder weiß gekalkt hatte. Als Erica weiter hügelaufwärts stieg, erblickte sie zwischen den Häusern große Öffnungen in die Felsen gehauen. Das waren Eingänge zu uralten Gräbern. Eine Anzahl von Häusern besaß Höfe mit seltsamen Gebilden darin – zweimal ein Meter große Plattformen auf etwa einen Meter zwanzig hohen, schmalen Säulen. Sie waren ähnlich wie die Lehmziegel aus einem Gemisch von Lehm und Stroh gefertigt. Erica hatte nicht die geringste Ahnung, wozu sie gut sein sollten.

Die Moschee war ein einstöckiges weiß getünchtes Gebäude mit einem dicken Minarett. Erica hatte den Bau schon bemerkt, als sie Kurna zum ersten Mal aus der Entfernung sah. Wie das ganze Dorf war auch die Moschee aus Lehmziegeln erbaut, und Erica fragte sich, ob nicht ein kräftiger Regenguß das ganze Kaff wie eine Sandburg aufweichen und fortspülen müßte. Sie trat durch eine niedrige hölzerne Pforte und geriet in einen kleinen Hof; sie sah sich einem niedrigen Gang gegenüber, den drei Säulen stützten. Rechts befand sich eine schlichte Holztür.

Da sie nicht wußte, ob sie eintreten durfte oder nicht, wartete Erica im Eingang der Moschee, bis ihre Augen sich dem verhältnismäßig düsteren Innern angepaßt hatten. Die Innenwände waren ebenfalls weiß gekalkt und dann mit komplizierten geometrischen Mustern bemalt worden. Der Fußboden war verschwenderisch mit Orientteppichen ausgelegt. Vor einer nach Mekka gewandten Nische kniete ein alter bärtiger Mann in weiter schwarzer Gewandung. Seine offenen Hände hielt er an die Wangen, während er betete.

Obwohl der Alte sich nicht umgedreht hatte, mußte er

Ericas Anwesenheit bemerkt haben, denn gleich darauf beugte er sich vornüber, küßte die aufgeschlagene Seite, erhob sich und kam mit langsamen Schritten herüber.

Sie besaß keine Ahnung, wie man einen Geistlichen des Islams am besten begrüßte, also verlegte sie sich aufs Improvisieren. Sie neigte leicht das Haupt, ehe sie ihn ansprach. »Ich möchte mich bei Ihnen nach einem Mann erkundigen. Einem alten Mann.«

Der Imam musterte Erica aus dunklen eingesunkenen Augen, dann gab er ihr einen Wink, daß sie ihm folgen solle. Sie schritten über den Hof und durch die Tür, die Erica vorhin gesehen hatte. Sie führte in einen kleinen, bescheidenen Raum mit einer Matte um einen winzigen Tisch am anderen Ende. Der Imam bot Erica einen Stuhl an und nahm ebenfalls Platz.

»Warum suchen Sie in Kurna jemanden?« wollte er wissen. »Wir sind hier Fremden gegenüber sehr mißtrauisch.«

»Ich bin Ägyptologin und möchte herausfinden, ob einer von Howard Carters Vorarbeitern noch lebt. Er hieß Sarwat Raman. Er war in Kurna zu Hause.«

»Ja, ich weiß«, sagte der Imam.

Erica verspürte einen Anflug von Hoffnung, der jäh erlahmte, als der Imam weitersprach.

»Er ist vor ungefähr zwanzig Jahren gestorben. Er gehörte zu den wahrhaft Gläubigen. Seiner Großzügigkeit verdanken wir die Teppiche in dieser Moschee.«

»Aha.« Erica war enttäuscht, was man ihr anmerkte. »Na, es war immerhin eine Idee. Vielen Dank für Ihre Hilfe.« Sie stand auf.

»Er war ein guter Mensch«, berichtete der Imam.

Erica nickte und trat wieder ins grelle Sonnenlicht; sie überlegte bereits, wie sie zu einem Taxi gelangen könnte, das sie zum Anlegeplatz der Fähre brachte. Als sie den Hof verlassen wollte, hielt der Imam sie durch einen Ruf zurück.

Erica drehte sich um. Er stand auf der Schwelle zu seinem Zimmer. »Ramans Witwe lebt noch. Könnte es Ihnen nutzen, wenn Sie mit ihr sprechen?«

»Würde sie denn mit mir reden?« fragte Erica.

»Da bin ich sicher«, rief der Imam. »Sie hat als Carters Haushälterin gearbeitet und spricht besser englisch als ich.«

Während Erica dem Imam noch weiter hügelaufwärts folgte, staunte sie, wie jemand in dieser Hitze so schwere Gewänder tragen konnte. Trotz ihrer leichten Kleidung war ihr ganzer Rücken schweißnaß. Der Imam geleitete sie zu einem weißen Haus, das etwas höher als die anderen Bauten im südwestlichen Teil des Dorfes stand. Unmittelbar hinter dem Haus ragten dramatisch und schroff die Klippen in die Höhe. Rechts vom Haus sah Erica aus den Felsen einen Pfad kommen; sie vermutete, daß er das Dorf mit dem Tal der Könige verband.

Die weiße Fassade des Hauses war mit verblichenen kindlichen Malereien verziert, die Eisenbahnwagen, Boote und Kamele darstellten. »Raman hat hier seine Pilgerreise nach Mekka verewigt«, erklärte der Imam und klopfte an die Tür.

Im Hof neben dem Haus war ebenfalls eine der merkwürdigen Plattformen zu sehen, die Erica schon bei anderen Wohnhäusern aufgefallen waren; sie fragte den Imam, wozu sie dienten.

»In den Sommermonaten schlafen die Leute manchmal im Freien. Durch diese Bettstätten schützen sie sich vor Skorpionen und Kobras.« Erica bekam eine Gänsehaut.

Eine steinalte Frau öffnete die Haustür. Als sie den Imam erblickte, lächelte sie. Die beiden unterhielten sich arabisch. Als sie ihr Gespräch beendet hatten, wandte die Alte ihr stark runzliges Gesicht Erica zu.

»Willkommen«, sagte sie mit deutlichem britischen Akzent und ließ die Tür weit aufschwingen, um Erica einzulassen. Der Imam verabschiedete sich und ging.

Wie in der kleinen Moschee war es auch in diesem Haus

erstaunlich kühl. Im Gegensatz zu seinem urtümlichen Äußeren war es im Innern des Hauses richtig gemütlich. Den hölzernen Fußboden bedeckte ein Orientteppich in hellen Farben. Das Mobiliar war schlicht, aber besaß Qualität, die Wände waren verputzt und gestrichen. An drei Wänden hingen zahlreiche eingerahmte Fotos. An der vierten Wand hing eine Schaufel mit langem Stiel und einer Gravur auf dem Blatt.

Die Greisin stellte sich als Aida Raman vor. Stolz erzählte sie Erica, daß sie im kommenden April achtzig werde. Mit echt arabischer Gastfreundlichkeit servierte sie kalten Fruchtsaft und erklärte, er sei mit abgekochtem Wasser hergestellt worden.

Erica war die Frau auf Anhieb sympathisch. Sie hatte dünnes, aber noch dunkles Haar, das sie aus ihrem rundlichen Gesicht nach hinten gekämmt hatte, und gekleidet war sie in ein farbenfrohes weites Kleid aus Baumwolle, bedruckt mit bunten Federn. Das linke Handgelenk schmückte ein orangefarbener Plastikarmreif. Sie lächelte häufig und enthüllte dabei ihre letzten zwei Zähne im Unterkiefer.

Erica erläuterte ihr, daß sie Ägyptologin war, und Aida freute sich offensichtlich über die Gelegenheit, von Carter erzählen zu können. Sie verriet Erica, wie sehr sie den Mann bewundert habe, obwohl er etwas seltsam gewesen sei und sehr einsam. Sie erinnerte sich, wie sehr Carter seinen Kanarienvogel geliebt habe und wie traurig er gewesen war, als eine Kobra das Tierchen verschlang.

Erica trank vom Fruchtsaft und fühlte sich bald von den verschiedenen kleinen Anekdoten in den Bann gezogen. Offenbar hatte Aida an ihrer Begegnung nicht weniger Spaß.

»Erinnern Sie sich noch an den Tag«, fragte Erica, »als man Tutanchamuns Grab öffnete?«

»O ja«, erwiderte Aida. »Das war der schönste Tag überhaupt. Da ist mein Mann zum glücklichen Menschen geworden, denn kurz danach wollte Carter Sarwat dabei unterstützen, die Konzession für einen Verkaufsstand im Tal zu erlangen. Mein Mann hatte sich schon gedacht, daß bald Touristen zu Millionen kommen würden, um das Grab zu besichtigen, das Howard Carter entdeckt hatte. Und er hatte recht. Er half auch weiterhin bei den Arbeiten im Grab, aber er steckte viel seiner Kraft in den Bau der Raststätte. Tatsächlich hat er sie fast ganz allein gebaut, obwohl er dafür nur abends Zeit hatte ...«

Erica ließ Aida noch für ein Weilchen weiterplaudern. »Entsinnen Sie sich noch an alles«, fragte sie dann, »was am Tag der Graböffnung geschehen ist?«

»Natürlich«, sagte Aida, wegen der Unterbrechung ein wenig verdutzt.

»Hat Ihr Mann irgendwann einmal einen Papyrus erwähnt?«

Augenblicklich verdüsterte sich Aidas Blicke. Ihr Mund bewegte sich, aber kein Laut kam von ihren Lippen. Erica spürte, wie die Erregung in ihr wuchs. Sie hielt den Atem an, als sie die sonderbare Reaktion der Frau sah.

»Kommen Sie von der Regierung?« fragte Aida schließlich.

»Nein«, antwortete Erica prompt.

»Warum stellen Sie dann diese Frage? Jeder weiß, was gefunden worden ist. Es gibt Bücher darüber.«

Erica stellte ihr Getränk auf den Tisch zurück und erläuterte Aida die seltsame Diskrepanz zwischen Carnarvons Brief an Sir Wallis Budge und der Tatsache, daß Carters Aufzeichnungen keinen Papyrus erfaßt hatten. Sie komme nicht von der Regierung, betonte sie nochmals, um die Frau zu beruhigen. Ihr Interesse sei rein akademischer Natur.

»Nein«, sagte Aida endlich nach einem langen Schweigen. »Es gab keinen Papyrus. Mein Mann hätte nie einen Papyrus aus dem Grab entfernt.«

»Aida«, bat Erica leise, »ich habe nicht behauptet, Ihr Mann hätte einen Papyrus weggenommen.«

»Doch. Sie haben gesagt, mein Mann ...«

»Nein. Ich habe nur gefragt, ob er jemals von einem Papyrus gesprochen hat. Ich habe keinerlei Beschuldigungen ausgesprochen.«

»Mein Mann war ein anständiger Mensch. Er hatte einen guten Ruf.«

»Selbstverständlich. Carter stellte hohe Anforderungen. Ihr Mann mußte zu seinen tüchtigsten Kräften gezählt haben, um bei ihm Vorarbeiter werden zu können. Niemand zweifelt am guten Ruf Ihres Mannes.«

Erneut entstand ein ausgedehntes Schweigen. Schließlich wandte Aida sich an Erica. »Mein Mann ist seit über zwanzig Jahren tot. Er hat mir gesagt, ich solle nie über den Papyrus reden. Und ich habe es auch nicht, selbst nach seinem Tod nicht. Aber es hat mich auch noch nie jemand nach dem Papyrus gefragt. Deshalb war ich so erschrocken, als Sie davon anfingen. Auf gewisse Weise ist es eine Erleichterung für mich, mit jemandem darüber zu sprechen. Sie werden doch nichts den Behörden verraten?«

»Nein, bestimmt nicht«, versicherte Erica. »Diese Entscheidung liegt bei Ihnen. Also gab es doch einen Papyrus, und Ihr Mann hat ihn aus dem Grab mitgenommen?«

»Ja«, bekannte Aida. »Vor vielen Jahren.«

Erica konnte sich nun vorstellen, was geschehen war; Raman hatte sich den Papyrus angeeignet und ihn verkauft. Es würde schwerfallen, seinem Verbleib auf die Spur zu kommen. »Wie hat Ihr Mann den Papyrus aus der Gruft geschafft?«

»Er hat mir erzählt, daß er ihn sofort am ersten Tag, als er ihn im Grab sah, an sich nahm. Alle waren von den Schätzen so begeistert, daß sie nicht darauf achteten. Er dachte, es könnte irgendein Fluch sein, und befürchtete, daß das Ausgrabungsprojekt eingestellt würde, falls je-

302

mand davon erfuhr. Lord Carnarvon hatte ja eine Schwäche für den Okkultismus.«

Erica versuchte, sich die Aufregung jenes Tages bildlich auszumalen. Carter hatte in seiner Ungeduld, in die Grabkammer zu schauen, den Papyrus wohl übersehen, und die anderen mußten von der Pracht der Artefakte wie benommen gewesen sein.

»Enthielt der Papyrus einen Fluch?« fragte Erica.

»Nein. Mein Mann behauptete es jedenfalls. Er hat ihn niemals Ägyptologen gezeigt. Statt dessen malte er kleine Ausschnitte ab und ließ sie sich von Fachleuten übertragen. Später setzte er dann alles zusammen. Er sagte, es sei kein Fluch.«

»Hat er denn erwähnt, was darauf stand?« erkundigte sich Erica.

»Nein. Bloß, daß der Text zur Zeit der Pharaonen von einem klugen Mann geschrieben worden sei, der festhalten wollte, daß Tutanchamun irgendwie Sethos I. geholfen habe.«

Ericas Herz machte einen Sprung. Der Papyrus brachte Tutanchamun mit Sethos I. in Zusammenhang, genau wie die Inschrift auf der Statue.

»Wissen Sie, was aus dem Papyrus geworden ist? Hat Ihr Mann ihn verkauft?«

»Nein, er hat ihn nicht verkauft«, sagte Aida. »Ich bewahre ihn noch auf«

Aus Ericas Gesicht wich das Blut. Sie saß wie versteinert da, während Aida zu der Schaufel schlurfte, die an der Wand hing.

»Howard Carter hat meinem Mann diese Schaufel zum Geschenk gemacht«, erklärte Aida. Sie zog den hölzernen Stiel aus dem gravierten metallenen Schaufelblatt. Das Ende des Stiels wies einen Hohlraum auf. »Dieser Papyrus ist fünfzig Jahre lang nicht angerührt worden«, ergänzte Aida, als sie sich bemühte, das vom Verfall bedrohte

303

Schriftstück herauszuklauben. Sie entrollte es auf dem Tisch, indem sie die beiden Bestandteile der Schaufel als Gewichte benutzte.

Langsam erhob sich Erica, ohne ihre Augen von dem Hieroglyphentext abzuwenden. Es handelte sich um eine ordnungsgemäße Urkunde, versehen mit Amtssiegeln. Sofort fiel Erica auch die Kartusche von Sethos I. und Tutanchamun auf.

»Darf ich ein Foto machen?« fragte Erica; sie wagte kaum zu atmen.

»Solange es nicht geschieht, um den Ruf meines Mannes anzuschwärzen«, meinte Aida.

»Das verspreche ich Ihnen«, erwiderte Erica, die an ihrer Polaroidkamera hantierte. »Ich werde nichts ohne Ihr Einverständnis tun.« Sie machte mehrere Aufnahmen und vergewisserte sich dessen, daß die Bilder gut genug waren, um sie zur Arbeit verwenden zu können. »Vielen Dank«, sagte sie, sobald sie fertig war. »Nun wollen wir den Papyrus lieber wieder an seinen Aufbewahrungsort tun, aber gehen Sie bitte vorsichtig damit um. Er könnte sehr wertvoll sein und den Namen Raman berühmt machen.«

»Meine Sorge gilt hauptsächlich dem Ansehen meines Mannes«, meinte Aida. »Außerdem stirbt der Name unserer Familie mit mir aus. Wir hatten zwei Söhne, aber beide sind in den Kriegen gefallen.«

»Hatte Ihr Mann sonst noch irgend etwas aus Tutanchamuns Gruft?« fragte Erica.

»O nein«, versicherte Aida.

»Na schön«, meinte Erica. »Ich werde den Text übersetzen und Ihnen mitteilen, was er enthält; Sie können dann entscheiden, was Sie damit machen wollen. Ich werde meinerseits den Behörden keine Mitteilung davon machen. Das überlasse ich alles Ihnen. Aber zeigen Sie ihn vorerst keinem anderen Menschen.«

Als sie wieder vor Aida Ramans Haus stand, überlegte

Erica, wie sie jetzt wohl am besten zurück ins Hotel käme. Bei der Vorstellung, die acht Kilometer bis zur Fähre laufen zu müssen, grauste es ihr, und sie beschloß, den Pfad zwischen den Felsen hinter Aida Ramans Haus zu nehmen und ins Tal der Könige zu laufen, wo sich zweifellos für sie ein Taxi finden ließ.

Obwohl es viel Kraft kostete, in dieser Hitze über die Höhen zu wandern, lohnte es sich doch um der bemerkenswerten Aussicht willen. Sie konnte das Dorf Kurna direkt von oben betrachten. Gleich unterhalb des Dorfes stand, an die Berge gedrückt, die eindrucksvolle Ruine des Tempels der Königin Hatschepsut. Erica setzte den Aufstieg bis zum Hügelkamm fort. Das ganze grüne Tal lag vor ihr ausgebreitet, und durch die Mitte schlängelte sich der Nil dahin. Erica schirmte ihre Augen gegen die Sonne ab und drehte sich nach Westen. Unmittelbar voraus lag das Tal der Könige. Von ihrem Standpunkt aus konnte Erica über das Tal hinweg bis zu den endlosen rostroten Gipfeln der Hügel Thebens blicken, bis sie in der Ferne mit der gewaltigen Sahara verschmolzen. Sie empfand den Zauber der überwältigenden Einsamkeit.

Der Abstieg ins Tal war vergleichsweise leicht, doch mußte Erica auf den steileren Strecken des Gebirgspfads auf den lockeren Untergrund achten. Der Weg vereinigte sich später mit einem anderen Pfad, der vom einstigen Standort des Dorfes Hort der Wahrheit kam, wo im Altertum, wie Erica wußte, die Arbeiter der Totenstadt gehaust hatten. Als sie zuletzt die Talsohle erreichte, war sie total verschwitzt und sehr durstig. Obwohl sie sehr gern sofort ihr Hotel aufgesucht hätte, um mit der Übersetzung des Papyrustextes zu beginnen, ging sie erst einmal zu dem von Touristen umzingelten Verkaufspavillon hinüber, um sich etwas zum Trinken zu kaufen. Während sie die Treppe zu dem Rasthäuschen hinaufstieg, mußte sie zwangsläufig an Sarwat Raman denken.

Das war wirklich eine bemerkenswerte Geschichte. Der Araber hatte den Papyrus entwendet, weil er fürchtete, es könnte darauf ein uralter Fluch stehen. Er hatte sich gesorgt, ein Fluch könnte die Ausgrabungen verhindern!

Erica kaufte sich eine Dose Pepsi Cola und erwischte auf der Terrasse noch einen freien Stuhl. Sie studierte die Bauart des Rasthauses. Für das Gemäuer waren Steine aus der Umgegend verwendet worden. Erica staunte, weil Raman es eigenhändig gebaut haben sollte. Sie hätte den Mann zu gerne noch persönlich kennengelernt, denn eine Frage lag ihr besonders am Herzen. Warum hatte er den Papyrus nicht zurückgebracht, nachdem er festgestellt hatte, daß er keinen Fluch enthielt? Offensichtlich hatte er ihn ja nicht verkaufen wollen. Die einzige Erklärung dafür, überlegte Erica, wäre die Furcht vor den Folgen gewesen. Sie trank einen großen Schluck Pepsi und holte eine der kostbaren Aufnahmen vom Papyrus hervor. Die Anordnung der Hieroglyphen erlaubte die Schlußfolgerung, daß sie in der üblichen Weise gelesen werden mußten, nämlich von unten rechts nach oben. Gleich am Anfang des Textes stieß sie auf einen Eigennamen; sie wollte fast ihren Augen nicht trauen. Langsam sprach sie ihn laut aus. »Nenephta... Mein Gott!«

Erica sah eine Reisegesellschaft in einen Bus steigen und dachte, daß sie hier möglicherweise zur Anlegestelle der Fähre mitgenommen werden könnte. Sie schob die Fotos wieder in ihre Segeltuchtasche und schaute sich rasch nach der Damentoilette um. Ein Kellner bedeutete ihr, die Toiletten befänden sich unter dem Verkaufsraum, doch als sie den Eingang ausfindig gemacht hatte, drehte sie auf dem Absatz um, weil es entsetzlich nach Urin stank. Sie meinte, daß sie bis zum Hotel aushalten könnte. Sie lief zum Bus und erreichte ihn, als die letzten Touristen einstiegen.

Luxor 18 Uhr 15

Erica stand am Geländer ihres Balkons, reckte die Arme über den Kopf und stieß einen Seufzer der Erleichterung aus. Sie hatte die Übersetzung des Papyrustextes fertig. Schwierig war sie nicht gewesen, doch war sie sich nicht sicher, ob sie die Bedeutung richtig erfaßt hatte.

Als sie über den Nil hinausblickte, sah sie einen großen Luxusdampfer vorüberziehen. Nach ihrem Ausflug in die Vergangenheit, während der Beschäftigung mit dem Papyrus, wirkte das moderne Schiff in diesem Augenblick fehl am Platze. Eine Fliegende Untertasse im Bostoner Park wäre nicht passender gewesen.

Erica kehrte zu dem Tisch mit der gläsernen Platte zurück, an dem sie gearbeitet hatte, nahm ihre Übertragung zur Hand und las sie nochmals durch.

Ich, Nenephta, Großbaumeister des Lebenden Gottes (möge er ewig leben), des großen Pharao Sethos I., König der beiden Lande Ägyptens, erflehe ehrerbietig Langmut für die Störung der ewigen Ruhe des Knabenkönigs Tutanchamun im Innern dieser schlichten Mauern und inmitten dieser bescheidenen Gaben für alle Ewigkeit. Der unbeschreibliche Frevel der versuchten Plünderung von Pharao Tutanchamuns Gruft durch den Steinmetzen Emeni, den wir gebührlich gepfählt und dessen Überreste wir in der Westwüste den Schakalen zum Fraße verstreut haben, hat am Ende einem nutzreichen Zweck gedient. Der Steinmetz Emeni hat mir die Augen für die Wege der Habgierigen und Übeltäter geöffnet. Ich, Großbaumeister, kenne daher nun den Weg, um den ewigen Schutz des Lebenden Gottes (möge er ewig leben), des großen Pharao Sethos I., König der beiden Lande Ägyptens, zu gewährleisten. Imhotep, Baumeister des Lebenden Got-

tes Zoser und Erbauer der Stufenpyramide, und Ne-
ferhotep, Baumeister des Lebenden Gottes Khufu und
Erbauer der Großen Pyramide, beschritten beide bei
ihren Bauten diesen Weg, aber ihr Verständnis des We-
ges war nicht vollkommen. Deshalb widerfuhren der
ewigen Ruhe des Lebenden Gottes Zoser und des Le-
benden Gottes Khufu während des ersten Zeitalters
der Finsternis Störung und ihren Ruhestätten Verderb.
Aber ich, Nenephta, Großbaumeister, kenne den Weg
und die Gier der Grabräuber. So werde ich diesen Weg
beschreiten, und das Grab des Knabenkönigs Pharao
Tutanchamun wird am heutigen Tage von neuem ver-
siegelt.

> *Im zehnten Jahr Seiner Majestät,*
> *Pharao Sethos I.,*
> *Sohn des Rê,*
> *zweiter Mond des Sprießens,*
> *zwölfter Tag*

Erica legte das Blatt auf den Tisch. Das Wort, das ihr die meisten Schwierigkeiten bereitet hatte, war »Weg«. Die hiero-
glyphischen Symbole ließen auch »Methode«, »Schema«
oder sogar »Trick« zu, aber syntaktisch ergab »Weg« den
meisten Sinn. Doch sie verstand nicht, was der Text bedeuten solle.

Die vollendete Übersetzung des Textes gab Erica das Gefühl, etwas geleistet zu haben. Außerdem war ihr das Leben im alten Ägypten dadurch wieder erstaunlich näher ge-
rückt, und sie lächelte über Nenephtas Überheblichkeit.
Trotz seines angeblichen Weitblicks hinsichtlich der Hab-
gier der Grabräuber und des »Weges« war Sethos' prunk-
volles Grab noch keine hundert Jahre später nach seiner
Versiegelung bereits ausgeplündert worden, während das
unbedeutende Grab Tutanchamuns dreitausend Jahre länger unangetastet bleiben durfte.

Erica nahm sich die Übersetzung nochmals vor und las erneut den Abschnitt, worin Zoser und Khufu erwähnt waren. Plötzlich fiel ihr ein, daß sie bedauerlicherweise noch nicht die Große Pyramide besichtigt hatte.

Anfangs war sie sich außerordentlich gescheit vorgekommen, daß sie nicht – wie alle anderen Touristen – zuerst hinüber zu den Pyramiden von Giseh gewetzt war; jetzt wünschte sie, sie hätte es getan. Wie konnte Neferhotep beim Bau der Großen Pyramide den »Weg« benutzen, ohne ihn voll zu verstehen? Ericas Blick verweilte auf den fernen Bergen. Angesichts all der vielen mysteriösen Deutungen, die man der Form und den Ausmaßen der Großen Pyramide zuschrieb, hatte Erica ein weiteres, noch älteres Rätsel entdeckt. Selbst zu Nenephtas Lebzeiten war die Große Pyramide schon ein altes Bauwerk gewesen. Wahrscheinlich hatte Nenephta, überlegte Erica, nicht viel mehr als sie über die Große Pyramide gewußt. Sie beschloß, sie zu besichtigen. Wenn sie in ihrem Schatten stand oder durch ihre tiefen Innenräume schritt, begriff sie vielleicht, was Nenephta mit dem »Weg« gemeint hatte.

Erica sah auf die Uhr. Sie konnte noch mühelos den Neunzehn-Uhr-dreißig-Nachtzug nach Kairo erreichen. In fieberhafter Eile packte sie die Polaroidkamera, den Baedeker, das Blitzlichtgerät, eine Jeans und frische Unterwäsche in ihre Segeltuchtasche. Anschließend nahm sie ein kurzes Bad.

Ehe sie das Hotel verließ, rief sie Achmed an und gab ihm Bescheid, daß sie für etwa einen Tag nach Kairo fahre, weil sie plötzlich das unwiderstehliche Bedürfnis verspüre, die Große Pyramide des Khufu zu besichtigen.

Voller Argwohn fragte Achmed: »Hier in Luxor gibt es soviel zu sehen. Kann das nicht warten?«

»Nein. Ich muß sie besichtigen, und zwar gleich!«

»Treffen Sie Yvon de Margeau?«

»Vielleicht«, wich Erica aus. Sie fragte sich, ob Achmed

vielleicht eifersüchtig sei. »Soll ich ihm etwas ausrichten?«
Sie wußte, daß sie ihn damit reizte.

»Nein, natürlich nicht. Erwähnen Sie bitte meinen Namen nicht. Rufen Sie mich an, wenn Sie wieder hier sind.«
Achmed legte auf, bevor sie sich verabschieden konnte.

Als Erica in den Zug nach Kairo stieg, betrat Lahib Zayed gerade das Winter Palace Hotel. Er hatte eine vertrauliche Mitteilung für Erica: Man werde ihr unter der Voraussetzung, daß sie sich an gewisse Bedingungen hielt, morgen abend eine Statue Sethos' I. zeigen. Aber Erica war nicht in ihrem Zimmer, und er beschloß, es später noch einmal zu versuchen; er machte sich Gedanken, was Mohammed wohl mit ihm anstellen werde, falls er sie nicht erreichte.

Nachdem der Zug abgefahren war, ging Khalifa ins Hauptpostamt und telegrafierte an Yvon de Margeau, daß Erica Baron nach Kairo unterwegs sei; er fügte hinzu, daß sie sich irgendwie seltsam verhalten habe, und er erwarte im Savoy Hotel weitere Anweisungen.

Achter Tag

Kairo 7 Uhr 30

Das Gelände der Pyramiden von Giseh war ab acht Uhr morgens geöffnet. Da sie bis dahin noch eine halbe Stunde Zeit hatte, setzte sich Erica ins nahe Mensa House Hotel, um dort ein zweites Frühstück zu sich zu nehmen. Eine schwarzhaarige Serviererin führte sie an einen Tisch auf der Terrasse. Erica bestellte Kaffee und Melone. Nur wenige Leute saßen beim Frühstück; im Swimming-pool war niemand. Von der Terrasse aus konnte man über einige Palmen und Eukalyptusbäume hinweg die Große Pyramide des Khufu sehen. In elementarer Schlichtheit ragte ihr dreieckiger Rumpf in den Morgenhimmel empor.

Da Erica schon seit ihrer Kindheit immer wieder von der Großen Pyramide gehört hatte, glaubte sie, beim tatsächlichen Anblick des Monuments ein wenig enttäuscht zu sein. Aber das war nicht der Fall. Die Erhabenheit und Symmetrie des Bauwerks beeindruckten sie sogar stark und erfüllten sie mit Ehrfurcht. Das lag nicht so sehr an der Größe, obwohl sie naturgemäß eine Rolle spielte, sondern mehr an dem Umstand, daß dieses Monument dem Versuch des Menschen Ausdruck verlieh, eine Spur in der unerbittlich ablaufenden Zeit zu hinterlassen.

Erica entnahm ihrer Tasche den Baedeker, schlug den Text über die Große Pyramide auf und betrachtete die Grundrißzeichnung des Inneren. Sie versuchte, die Abbildung mit den Augen Nenephtas zu sehen. Dabei erkannte sie, daß sie wahrscheinlich etwas wußte, das Nenephta nie erfahren hatte. Sorgsame Forschungen hatten ergeben, daß man während des Baus an der Großen Pyramide – sowie auch bei den meisten anderen Pyramiden – erhebliche Abweichungen von dem ursprünglichen Bauplan vornahm. Es gab sogar eine Hypothese, die besagte, die Große Pyramide habe drei verschiedene Bauphasen durchgemacht. Im ersten Stadium, als die Planung ein wesentlich kleineres Bauwerk vorsah, sollte die Grabkammer unterirdisch liegen und mußte daher aus dem Muttergestein gehauen werden. Dann, als man den Bau erweiterte, plante man eine neue Grabkammer im Innern des Bauwerks ein. Erica suchte nach der Darstellung dieser zweiten Grabkammer. Sie war irrtümlich als Grabkammer der Königin bezeichnet. Erica wußte, daß man die unterirdische Gruft nur mit einer Sondergenehmigung des Department of Antiquities betreten durfte. Die »Grabkammer der Königin« stand jedoch der Allgemeinheit offen.

Sie warf einen Blick auf ihre Armbanduhr. Fast war es acht. Erica wollte zu den ersten Besuchern der Pyramide gehören. Sobald die Busse mit den Touristen eintreffen würden, mußte es in den engen Gängen ziemlich unerfreulich werden.

Indem sie die hartnäckigen Reitangebote von Esel- und Kameltreibern ausschlug, schritt Erica die Straße zum Plateau hinüber, auf dem die Pyramide stand. Je näher sie dem Bauwerk kam, um so ungeheurer wirkte es. Obwohl sie die Berechnungen der Millionen Tonnen von Kalkstein auswendig kannte, die zum Bau verwendet worden waren, hatten solche Zahlen sie nie beeindruckt. Aber nun, da sie sich bereits im Schatten des Monuments befand, ging sie wie in Trance darauf zu. Auch ohne die ursprüngliche weiße Kalksteinschicht reflektierte die Sonne auf den Flächen der Pyramide und blendete unangenehm.

Erica erreichte den höhlenartigen Eingang, der die äußere Erweiterung des Stollens darstellte, den im Jahre 820 n. Chr. Kalif Mamun hatte graben lassen. Andere Leute waren noch nicht zu sehen, und sie schritt rasch hinein. Düstere Schatten und schwaches indirektes Licht lösten das grelle Licht des Tages ab.

Der Stollen des Kalifen stieß knapp hinter den Granitblöcken, die im Altertum eingesetzt worden waren und sich
noch an Ort und Stelle befanden, auf den engen Schräggang
nach oben. Die Decke des ansteigenden Ganges war nicht
viel höher als ein Meter sechzig, und Erica mußte sich beim
Laufen bücken. Um den Aufstieg zu erleichtern, hatte man
in die schlüpfrige Steigung des Fußbodens Querrippen eingelassen. Der Gang war ungefähr dreißig Meter lang, und
als Erica am unteren Ende des Großkorridors herauskam,
war sie froh, daß sie wieder aufrecht stehen konnte.

Mit der gekragten, über sechs Meter hohen Decke war es
hier im Vergleich zum vorherigen Gang angenehm geräumig. Der Großkorridor besaß die gleiche Steigung wie der
kleine Gang. Zur Rechten Ericas bedeckte ein Eisengitter
die Öffnung des abwärts führenden Schachts zur unterirdischen Grabkammer. Vor ihr lag der Zugang, den sie
suchte. Erica bückte sich wieder und durchquerte den langen, horizontalen Gang, der in die »Grabkammer der Königin« führte.

Im Innern der Kammer konnte sie sich dann wieder auf-
richten. Die Luft war stickig, und Erica erinnerte sich an ihre
Angstzustände im Grabe Sethos' I. Der Raum war, wie alle
Innenwände der Pyramide, ohne Verzierungen. Sie holte ihre
Taschenlampe hervor und ließ den Lichtkegel rundum wandern. Die gewölbte Decke bestand aus schweren Kalkstein-
platten in Zickzackanordnung.

Erica schlug in ihrem Baedeker die Grundrißzeichnung
der Pyramide auf. Erneut versuchte sie, wie ein Baumeister
vom Rang Nenephtas zu denken, stünde er hier an ihrer
Stelle in der Pyramide, unter Berücksichtigung der Tatsache, daß das Bauwerk schon zu seinen Zeiten seit über tausend Jahren stand. Aus der Zeichnung ersah sie, daß sie sich
im Innern der »Grabkammer der Königin« genau über der
ursprünglichen Grabkammer und unter der »Grabkammer
des Königs« befand. Beim dritten und letzten Umbau der

Pyramide hatte man die Grabkammer endlich höher im Bauwerk angelegt. Diese neue Kammer hieß allgemein »Grabkammer des Königs«. Erica wollte nun auch diese besichtigen.

Als sie sich vorbeugte, um durch den engen Verbindungsgang in den Großkorridor zurückzukehren, sah Erica eine Gestalt näher kommen. Es wäre äußerst schwierig gewesen, sich zwischen den Wänden an jemandem vorbeizudrücken also wartete sie. Angesichts des momentan versperrten Auswegs verspürte Erica einen Anflug von Klaustrophobie. Plötzlich war sie sich der etlichen tausend Tonnen Stein über ihrem Kopf bewußt. Sie schloß die Augen und atmete tief durch. Die Luft war dumpfig.

»Meine Güte, nur ein leerer Raum«, nörgelte ein blonder amerikanischer Tourist. Er trug ein T-Shirt mit dem Aufdruck »Schwarze Löcher kann man nicht sehen«.

Erica nickte ihm zu, dann durchquerte sie den Gang in der Gegenrichtung. Als sie den Großkorridor betrat, herrschte dort bereits dichtes Gedränge. Hinter einem fettleibigen Deutschen stieg Erica bis zum oberen Ende hinauf und über die hölzernen Stufen zum Durchlaß in die »Grabkammer des Königs«. Droben mußte sie sich wieder unter einer niedrigen Mauer hindurchducken. An den Seiten sah man die Führungsschienen für große Verschlußplatten.

Erica gelangte in einen Raum aus rötlichem Granit, der etwa fünf mal zehn Meter maß. Die Decke bestand aus neun waagerechten Platten. In einer Ecke stand ein schwer beschädigter Sarkophag. Rund zwanzig Personen hielten sich in der Kammer auf, und die Luft war zum Schneiden dick.

Erica versuchte sich vorzustellen, welche Möglichkeiten diese Anlage bot, um Grabräuber fernzuhalten. Sie untersuchte den Bereich der Verschlußplatten. Vielleicht hatte Nenephta das gemeint: Das Grab mit Granit unzugänglich zu machen. Aber Granitplatten waren in vielen Pyramiden verwendet worden. Sie waren keineswegs eine Besonderheit der Großen Pyramide. Außerdem befanden sich keine Granitplatten in der Stufenpyramide, und Nenephta hatte ausdrücklich erwähnt, der »Weg« sei in beiden Pyramiden beschritten worden.

Obwohl die Grabkammer sehr geräumig war, war sie doch zu klein, um alle Grabbeigaben eines so bedeutenden Pharao wie Khufu aufzunehmen. Erica überlegte, daß man die Schätze wahrscheinlich in den anderen Kammern des Pharao gelagert hatte, vor allem in der »Grabkammer der Königin«, die darunter lag, vielleicht sogar im Großkorridor, obwohl zahlreiche Ägyptologen vermuteten, daß der Großkorridor eigentlich dazu bestimmt gewesen sei, mit Granitblöcken ausgefüllt zu werden, um den Zugang in die Kammern zu versperren.

Erica vermochte sich keine Erklärung für Nenephtas Bemerkungen zusammenzureimen. Die Große Pyramide blieb stumm. Sie plauderte keines ihrer Geheimnisse aus. Immer mehr Leute drängten sich in die »Grabkammer des Königs«. Erica verspürte das Bedürfnis nach Frischluft. Sie steckte den Reiseführer wieder ein; aber ehe sie die Grabkammer verließ, wollte sie noch einen Blick in den Sarkophag tun. Vorsichtig zwängte sie sich durch die Menschen bis zu dem Sarkophag und schaute hinein. Sie wußte, daß es über dessen Herkunft, Alter und Zweck verschiedene Meinungen gab. Er war reichlich klein, um den Sarg eines Königs darin unterzubringen, und einige Ägyptologen bezweifelten, daß es sich überhaupt um einen Sarkophag handelte.

»Miss Baron ...«, sagte eine hohe, klangvolle Stimme.

Erica drehte sich um, darüber verblüfft, hier ihren Namen zu hören. Sie musterte die Leute in ihrer Nähe. Niemand schaute sie an. Dann fiel ihr Blick auf einen ungefähr zehnjährigen Jungen mit einem engelhaften Gesicht, in eine schmutzige Galabiya gekleidet; er lächelte zu ihr auf.

»Miss Baron?«

»Ja?« sagte Erica nach kurzem Zögern.

»Sie dürfen zum Curio Antique Shop, um sich die Statue anzusehen. Sie können heute hin. Aber Sie müssen allein gehen.«

Der Junge machte kehrt und verschwand im Gewimmel der Touristen.

»Warte«, rief Erica. Sie boxte sich durch das Gedränge und spähte die schräge Ebene des Großkorridors hinunter. Der Junge hatte schon drei Viertel des Abstiegs bewältigt. Erica folgte ihm, aber abwärts war das Laufen auf den hölzernen Querrippen erheblich schwieriger als aufwärts. Allerdings hatte der Junge dabei anscheinend keine Mühe, und gleich darauf entschwand er in die Mündung des engen Gangs.

Erica beeilte sich nicht länger. Sie wußte, daß sie ihn nicht mehr einholen konnte. Sie dachte an seine Mitteilung und war äußerst erregt. Zum Curio Antique Shop! Ihre Bemühungen waren von Erfolg gekrönt. Sie hatte die Statue gefunden!

Luxor 12 Uhr

Lahib Zayed wurde mit einem heftigen Ruck auf die Füße gestellt. Evangelos hielt ihn vorn an seiner Galabiya mit eisenhartem Griff fest. »Wo steckt sie?« knurrte er dem Araber ins ängstlich verzerrte Gesicht.

Stephanos Markoulis, in einem Hemd mit leger offenem Kragen, stellte die kleine Bronzefigur ab, die er betrachtet hatte, und wandte sich den zwei Männern zu. »Lahib, nachdem du mir mitgeteilt hast, daß Erica Baron in deinem Laden war und nach der Sethos-Statue gefragt hat, verstehe ich einfach nicht, warum du mir jetzt nicht verraten willst, wo sie sich aufhält.«

Lahib schlotterte vor Angst und wußte nicht, wer ihm mehr Furcht einjagte, Mohammed oder Stephanos. Aber da

sich im Moment Evangelos' Finger in seine Galabiya ver-
krallt hatten, gab er Stephanos den Vorzug.

»Na gut, ich sag's Ihnen.«

»Laß ihn los, Evangelos.«

Der Grieche gab Lahib so plötzlich frei, daß er nach hinten torkelte, ehe er sein Gleichgewicht wiederfand.

»Also?« fragte Stephanos.

»Ich weiß nicht, wo sie sich gegenwärtig befindet, aber
sie wohnt im Winter Palace Hotel. Aber man wird sich um
die Frau kümmern, Mr. Markoulis. Wir haben das schon
veranlaßt.«

»Ich möchte mich lieber selber um sie kümmern«, erwiderte Stephanos. »Nur um sicherzugehen. Aber keine Sorge,
wir kommen noch mal vorbei, um uns zu verabschieden.
Vielen Dank für die Hilfe.«

Stephanos winkte Evangelos zu, und die beiden Männer
verließen den Laden. Lahib rührte sich nicht, bis sie aus
seinem Blickfeld entschwanden; dann hastete er zur Ladentür und sah ihnen nach, bis sie vollends außer Sicht waren.

»Es wird hier in Luxor großen Ärger geben«, sagte Lahib zu seinem Sohn, als die zwei Griechen sich entfernt hatten. »Du setzt dich heute nachmittag mit deiner Mutter und
deiner Schwester nach Aswan ab. Sobald die Amerikanerin
hier war und ich ihr alles gesagt habe, was sie wissen muß,
komme ich nach. Geh jetzt.«

Stephanos Markoulis ließ Evangelos am Rande des
Foyers des Winter Palace Hotel warten, während er sich zur
Anmeldung begab. Der Hotelangestellte hinterm Schaltertisch war ein gutaussehender Nubier mit ebenholzschwar-
zer Haut.

»Wohnt hier eine Erica Baron?« erkundigte sich Stephanos.

Der Angestellte klappte das Gästeverzeichnis auf und ließ
einen Finger über die Namen wandern. »Jawohl, Sir.«

»Gut. Ich möchte eine Nachricht für Sie hinterlegen. Haben Sie einen Stift und Papier?«

»Selbstverständlich, Sir.« Feierlich übergab der Hotelangestellte Stephanos einen hauseigenen Briefbogen, einen Umschlag und einen Kugelschreiber.

Stephanos tat so, als schreibe er eine Mitteilung, aber in Wirklichkeit kritzelte er nur auf dem Blatt herum und steckte es dann in den Umschlag. Er händigte ihn dem Angestellten aus, der sich umdrehte und ihn ins Fach für Zimmer 218 legte. Stephanos bedankte sich und ging zu Evangelos. Zusammen begaben sie sich nach oben.

Niemand meldete sich, als sie an die Tür von Zimmer 218 klopften; Stephanos hieß Evangelos, das Schloß zu öffnen, während er selbst Schmiere stand. Die viktorianischen Schlösser machten kaum Schwierigkeiten, und sie gelangten fast so schnell in das Zimmer, als wären sie im Besitz des passenden Schlüssels gewesen. Stephanos schloß die Tür von innen ab und sah sich im Zimmer um. »Erst mal durchsuchen«, sagte er. »Dann warten wir hier, bis sie wiederkommt.«

»Soll ich sie sofort kaltmachen?« fragte Evangelos.

Stephanos lächelte. »Nein, erst plaudern wir für ein Weilchen mit ihr. Und zwar ich zuerst.«

Evangelos lachte und zog die oberste Schublade der Kommode heraus. Darin befanden sich, ordentlich gestapelt, Ericas Nylonhöschen.

Kairo 14 Uhr 30

»Bist du sicher?« fragte Yvon voller Unglauben. Raoul hob den Blick von seiner Zeitschrift.

»Nahezu hundertprozentig«, sagte Erica, die Yvons Verblüffung genoß. Nachdem sie in der Großen Pyramide diese aufregende Nachricht erhalten hatte, beschloß Erica, sich an Yvon zu wenden. Sie wußte, daß er sich freuen würde, daß die Statue existierte, und war davon überzeugt, daß er sich dazu bereit erklärte, sie nach Luxor zu bringen.

»Das ist geradezu unfaßbar«, meinte Yvon, und seine blauen Augen leuchteten. »Woher weißt du, daß man dir die Sethos-Statue zeigen will?«

»Weil ich genau darum gebeten habe.«

»Du bist einfach unglaublich«, sagte Yvon. »Ich habe alles nur Mögliche unternommen, um diese Statue aufzutreiben, und du machst sie ganz einfach so ausfindig!« Er wedelte leichthin mit der Hand.

»Naja, noch habe ich sie ja nicht gesehen«, wandte Erica ein. »Ich muß heute nachmittag zum Curio Antique Shop, und zwar allein.«

»Wir können binnen einer Stunde abfliegen.« Yvon griff zum Telefon. Es überraschte ihn, daß die Statue wieder in Luxor sein sollte; nein, es machte ihn eher mißtrauisch.

Erica stand auf und reckte sich. »Ich habe die letzte Nacht im Zug zugebracht und würde gerne vorher noch duschen, wenn's dir recht ist.«

Yvon deutete beiläufig zu dem benachbarten Raum. Erica nahm ihre Segeltuchtasche und begab sich ins Bad, während Yvon mit seinem Piloten telefonierte.

Yvon besprach mit ihm den Flug und lauschte dann einen Moment lang auf das Geräusch der Dusche, bevor er sich an Raoul wandte. »Das könnte die Gelegenheit sein, auf die wir hoffen. Aber wir müssen große Vorsicht walten lassen. Jetzt kommt der Zeitpunkt, an dem wir uns auf Khalifa voll verlassen müssen. Setz dich mit ihm in Verbindung und teile ihm mit, daß wir ungefähr um halb sieben eintreffen werden. Richte ihm aus, daß Erica für heute abend mit den Leuten verabredet ist, die wir suchen. Sag ihm, daß es ohne Zweifel Scherereien geben wird und er auf alles gefaßt sein soll. Und noch etwas: Wenn das Mädchen ums Leben kommt, ist er erledigt.«

Die kleine Düsenmaschine schlingerte leicht nach der rechten Seite, dann legte sie sich elegant in die Kurve und überflog etwa acht Kilometer nördlich von Luxor in weitem Bogen das Niltal. Sie zog in rund dreihundertfünfzig Meter Höhe darüber und ging auf nördlichen Kurs. Im richtigen Moment senkte Yvon die Fluggeschwindigkeit, hob den Bug und landete die Maschine glatt. Der Gegenschub der Düsen erschütterte das Flugzeug und brachte es in kurzer Zeit auf Rollgeschwindigkeit. Yvon verließ den Pilotensitz und kam nach hinten, um mit Erica zu reden, während der Pilot das Flugzeug zum Flughafengebäude lenkte.

»So, jetzt wollen wir nochmals alles durchsprechen«, begann er und drehte seinen Sessel Erica zu, bevor er sich hineinsetzte. Seine Stimme war ernst und beunruhigte Erica etwas. In Kairo war die Aussicht, die Sethos-Statue gezeigt zu bekommen, noch ein aufregendes Abenteuer gewesen, aber hier in Luxor ergriff sie bereits wieder die Furcht.

»Ich möchte, daß du, sobald wir da sind«, erläuterte Yvon weiter, »ein eigenes Taxi nimmst und ohne Umschweife zum Curio Antique Shop fährst. Raoul und ich warten im New Winter Palace Hotel, Suite 200. Ich bin allerdings davon überzeugt, daß sich die Statue nicht in dem Shop befindet.«

Ruckartig blickte Erica auf. »Wie meinst du das: Du bist davon überzeugt, daß sie sich nicht dort befindet?«

»Das wäre viel zu gefährlich. Nein, die Statue wird bestimmt woanders aufbewahrt. Man wird dich dorthin bringen. So macht man das. Aber es wird schon klappen.«

»Die Statue war doch auch in Abdul Hamdis Laden«, hielt Erica ihm entgegen.

»Das war reiner Zufall«, erwiderte Yvon. »Die Statue war ja auf dem Transport. Ich bin ganz sicher, daß man dich diesmal woanders hinbringt, um sie dir zu zeigen. Versuch unbedingt, dir den Weg zu merken. Wenn man dir die Statue zeigt, mußt du feilschen. Andernfalls werden sie miß-

trauisch. Aber denk dran, ich gehe nur auf ihre Zahlungs-
bedingungen ein, wenn die Übergabe außerhalb Ägyptens
gewährleistet ist.«

»Unter Zwischenschaltung der Züricher Credit Bank?«
meinte Erica.

»Woher weißt du das?« fragte Yvon.

»Aus derselben Quelle, die mich darauf gebracht hat, in
den Curio Antique Shop zu gehen«, antwortete Erica.

»Und die wäre?« wollte Yvon erfahren.

»Das verrate ich nicht«, sagte Erica. »Jedenfalls jetzt
noch nicht«

»Erica, das hier ist kein Spiel!«

»Ich weiß, daß es kein Spiel ist«, erwiderte sie hitzig.
Yvon hatte sie zusehends verärgert. »Genau deshalb verrate
ich dir meine Quelle auch nicht. Noch nicht.«

Verwirrt musterte Yvon sie. »Nun gut«, murrte er nach
einer Weile. »Aber ich möchte, daß du so schnell wie möglich zurück zu uns ins Hotel kommst. Wir dürfen nicht
zulassen, daß die Statue wieder von der Bildfläche verschwindet. Sag den Leuten, daß das Geld innerhalb von
vierundzwanzig Stunden beigebracht werden kann.«

Erica nickte und schaute zum Flugzeugfenster hinaus.
Obwohl es bereits nach sechs Uhr abends war, flimmerte es
draußen noch von der Hitze des Tages. Die Maschine kam
zum Stehen, die Düsen verstummten. Erica holte tief Luft
und hakte ihren Sicherheitsgurt aus.

Von einem Aussichtspunkt in der Nähe des Transport-
flughafens herab sah Khalifa die Tür der kleinen Düsenmaschine aufschwingen. Sobald er Erica sah, machte er auf
dem Absatz kehrt und stapfte eilig zu seinem Auto. Ehe er
sich hinters Steuer setzte, überprüfte er seine Automatik.
Davon überzeugt, daß er heute abend für seine zweihundert
Dollar pro Tag Leistung erbringen mußte, legte er den Gang
ein und fuhr in Richtung Luxor davon.

In Ericas Zimmer im Winter Palace Hotel holte Evangelos seine Beretta unterm linken Arm hervor und fummelte am elfenbeinernen Kolben. »Steck das Ding weg«, schnauzte Stephanos vom Bett herüber. »Es macht mich nervös, wenn du ständig damit herumspielst. Bleib bloß locker, um Himmels willen. Das Mädchen wird schon kommen. Ihr ganzes Zeug ist ja noch hier.«

Auf der Fahrt in die Stadt überlegte Erica, ob sie einen Abstecher in ihr Hotel machen solle. Es war überflüssig, daß sie ihre Kamera und Kleidung mitschleppte. Aber aus Sorge, Lahib Zayed könnte sein Geschäft noch vor ihrem Eintreffen schließen, wollte sie lieber doch ohne Umweg hinfahren, genau wie Yvon ihr es empfohlen hatte. Sie ließ den Taxifahrer am Ende der bevölkerten Shari el Muntazah halten. Der Curio Antique Shop lag einen halben Häuserblock weiter voraus. Erica war nervös. Unbeabsichtigt hatte Yvon ihr Unbehagen in dieser Angelegenheit noch verstärkt. Voller Grauen erinnerte sie sich daran, daß sie gesehen hatte, wie man wegen der Statue einen Mann ermordet hatte. Worauf ließ sie sich ein, wenn sie diese Statue besichtigen ging? Als sie sich dem Shop näherte, sah sie, daß er voller Touristen war. Sie schlenderte daran vorbei. Ein paar Läden weiter blieb sie stehen und beobachtete unauffällig die Ladentür. Nach kurzer Zeit kam eine Gruppe deutscher Touristen in fröhlichem Geplauder heraus und mischte sich wieder unter die abendlichen Käufer und Spaziergänger. Jetzt oder nie, dachte sich Erica. Durch gespitzte Lippen atmete sie stoßartig aus und betrat den Shop.

Nachdem sich ihre erste Aufregung gelegt hatte, überraschte es sie, Lahib Zayed statt verschwörerisch oder abweisend durchaus zugänglich und leutselig anzutreffen. Er kam hinter der Ladentheke hervor, als sei Erica eine seit langem ersehnte Freundin. »Ich freue mich ja so, Sie wiederzusehen, Miss Baron. Ich kann Ihnen gar nicht sagen, wie ich mich freue.«

Anfangs traute Erica ihm nicht recht, aber Lahib sprach

offensichtlich aus voller Überzeugung, und so ließ sie sich von ihm leicht an die Brust drücken.

»Möchten Sie eine Tasse Tee?«

»Vielen Dank, nein. Nach Erhalt ihrer Nachricht bin ich so schnell wie möglich gekommen.«

»Aha, ja«, sagte Lahib. Fröhlich klatschte er in die Hände. »Wegen der Statue. Sie haben wirklich großes Glück, denn Sie dürfen sich ein wundervolles Stück anschauen. Eine Statue Sethos' I., so groß wie Sie.«

Erica konnte kaum glauben, daß er diese Herzlichkeit nur spielte. Dadurch wirkten alle ihre Sorgen und Befürchtungen melodramatisch und kindisch.

»Ist die Statue hier?« fragte Erica.

»O nein, meine Liebe. Wir zeigen Sie Ihnen ohne Erlaubnis des Department of Antiquities.« Er zwinkerte ihr zu. »Deshalb müssen wir ein Mindestmaß an Vorsichtsmaßnahmen beachten. Und weil es so ein großes und wunderschönes Stück ist, können wir's nicht wagen, es hier in Luxor zu lagern. Die Statue befindet sich am Westufer, aber wir können sie liefern, wohin Ihre Auftraggeber es wünschen.«

»Wie kriege ich sie zu sehen?« fragte Erica.

»Ganz einfach. Aber zunächst müssen Sie sich damit einverstanden erklären, die Besichtigung allein vorzunehmen. Aus offenkundigen Gründen können wir diese Art von Antiquität nur wenigen Menschen zeigen. Wenn jemand Sie begleitet oder Ihnen auch nur folgt, geht Ihnen die Möglichkeit der Besichtigung verloren. Ist das klar?«

»Vollkommen«, antwortete Erica.

»Ausgezeichnet. Sie brauchen lediglich über den Nil zu setzen und ein Taxi nach einem kleinen Dorf namens Kurna zu nehmen. Es liegt…«

»Ich kenne die Ortschaft«, sagte Erica.

»Um so besser.« Lahib lachte. »Das vereinfacht die Sache. Im Dorf steht eine kleine Moschee.«

»Kenne ich auch«, sagte Erica.

»Ach, das ist ja hervorragend. Dann dürften Sie eigentlich gar keine Schwierigkeiten haben. Seien Sie heute bei Anbruch der Dunkelheit vor der Moschee. Ein Antiquitätenhändler, also jemand wie ich, wird sich dort mit Ihnen treffen und Ihnen die Statue zeigen. Die ganze Sache ist ganz einfach.«

»Na gut«, meinte Erica.

»Noch etwas«, fügte Lahib hinzu. »Wenn Sie am Westufer angelangt sind, ist es am besten, Sie mieten ein Taxi, das vor dem Dorf auf Sie wartet. Bieten Sie dem Fahrer ein Pfund extra. Andernfalls haben Sie nachher Schwierigkeiten, zur Fährstelle zurückzukommen.«

»Vielen Dank«, sagte Erica, von Lahibs Fürsorge echt gerührt.

Lahib blickte Erica hinterher, wie sie über die Shari el Muntazah die Richtung zum Winter Palace Hotel einschlug. Einmal drehte sie sich um, und er winkte. Dann schloß er eilig die Ladentür und verriegelte sie mit einem Holzbalken. In einer unter den Dielen verborgenen Grube verstaute er seine besten Antiquitäten und ältesten Töpferwaren. Anschließend verschloß er die Hintertür von außen und machte sich auf den Weg zum Bahnhof. Er war überzeugt, daß er den Neunzehn-Uhr-Zug nach Aswan noch bekommen konnte.

Während Erica am Ufer entlang zu ihrem Hotel spazierte, fühlte sie sich erheblich wohler als vor ihrem Besuch im Curio Antique Shop. Ihre Erwartung auf ein Mantel-und-Degen-Stück war anscheinend haltlos. Lahib Zayed war offen, freundlich und umsichtig gewesen. Ihre einzige Enttäuschung war, daß sie die Statue nicht sofort, sondern erst am Abend sehen durfte. Erica blickte zum Himmel und schätzte, wieviel Zeit ihr noch bis zum Sonnenuntergang blieb. Sie hatte noch eine Stunde Zeit, völlig ausreichend, um ins Hotel zu gehen und für die Fahrt nach Kurna die Jeans anzuziehen.

In der Nähe des majestätischen Tempels von Luxor, der nun von einer modernen Stadt eingekreist wurde, blieb Erica unvermittelt stehen. Sie hatte überhaupt keinen Gedanken mehr an ihren wandelnden Schatten verwandt. Falls der Mann ihr immer noch folgte, konnte das ihren ganzen schönen Plan verderben. Ruckartig drehte sie sich um und suchte die Straße nach ihm ab. Sie hatte ihren Verfolger vollkommen vergessen. Zahlreiche Fußgänger waren in Sichtweite, aber kein hakennasiger Mann in schwarzem Anzug. Erica schaute erneut auf die Uhr. Sie mußte wissen, ob er ihr immer noch nachstellte. Sie strebte hinüber zum Tempel, kaufte rasch eine Eintrittskarte und durchquerte das Eingangstor des Tempels. Als sie den majestätischen Hof Ramses' II. betrat, der mit einer Doppelreihe von Schriftsäulen ausgestattet war, bog sie sofort nach rechts ab und suchte die kleine Kapelle des Gottes Amun auf. Von dort aus konnte Erica sowohl den Eingang wie auch den Hof beobachten. Ungefähr zwanzig Leute waren in ihrer Nähe, zumeist damit beschäftigt, eifrig die Standbilder Ramses' II. zu fotografieren. Erica setzte sich eine Wartezeit von fünfzehn Minuten. Falls sich innerhalb dieser Frist niemand zeigte, wollte sie ihren Anhang vergessen.

Sie spähte ins Innere der Kapelle, um sich einen Eindruck von den Reliefs zu verschaffen. Sie stammten aus der Zeit von Ramses II. und waren weniger kunstvoll bearbeitet als die in Abydos. Sie erkannte Darstellungen von Amun, Mut und Khonsu. Als Erica ihre Aufmerksamkeit wieder dem Hof widmete, fuhr sie zusammen. Khalifa war in einer Entfernung von nur fünf Metern vor ihr um die Ecke des Eingangstors gebogen. Er war genauso überrascht wie sie. Seine Hand zuckte in die Jackentasche nach der Pistole, aber in letzter Sekunde besann er sich, und sein Gesicht verzerrte sich zu einem verlegenen Halblächeln. Dann entschwand er ihren Blicken.

Erica blinzelte. Sobald sie sich vom Schrecken erholt

hatte, stürmte sie aus der Kapelle und lugte in den Korri-dor zwischen den Säulenreihen. Khalifa war verschwun-den.

Erica rückte den Gurt ihrer Tasche auf der Schulter zu-recht und verließ eilig das Tempelgelände. Sie wußte, daß sie in Schwierigkeiten war und dieser Mann ihr alles verderben konnte. Sie erreichte die Esplanade am Nil und schaute in beide Richtungen. Sie mußte ihn unbedingt abhängen, und als sie erneut auf ihre Armbanduhr sah, merkte sie, daß sich bereits die Zeit verknappte.

Das einzige Mal, bei welchem Khalifa ihr nicht folgte, war ihr Besuch im Dorf Kurna mit ihrer anschließenden Wanderung über den Hügelkamm der Wüste ins Tal der Könige gewesen. Erica überlegte, daß sie diesen Weg nun in umgekehrter Richtung gehen könnte. Sie konnte ins Tal der Könige fahren, dann den Pfad nach Kurna nehmen, wäh-rend ihr Taxi sie unterhalb der Ortschaft erwartete. Aber dann sah sie die Lächerlichkeit des Tricks ein. Der einzige Grund, warum Khalifa ihr nicht ins Tal der Könige gefolgt war, mußte wohl darin gelegen haben, daß er von ihrer Wanderung wußte und sich die Mühe und die Hitze erspa-ren wollte. Das war kein Mann, der sich zum Narren hal-ten ließ. Beabsichtigte sie ernsthaft, Khalifa abzuhängen, dann mußte es in einer Menschenmenge geschehen.

Als sie von neuem auf die Uhr sah, hatte sie eine Idee. In-zwischen war es fast neunzehn Uhr geworden. Um neun-zehn Uhr dreißig fuhr ein Schnellzug nach Kairo, eben je-ner, den sie am vorherigen Abend genommen hatte. Der Bahnsteig, der gesamte Bahnhof war voller Menschen ge-wesen. Da kam ihr eine Erleuchtung! Der einzige Nachteil war, daß sie dadurch nicht zu Yvon konnte. Vielleicht fand sich aber noch eine Gelegenheit, ihn vom Bahnhof aus an-zurufen. Erica winkte eine Droschke heran.

Erwartungsgemäß wimmelte es im Bahnhof von Reisen-den, und sie konnte sich nur mit Mühe zu den Fahrkarten-

326

schaltern durchkämpfen. Sie kam an einem riesigen Stapel von Käfigen aus Weidenruten vorüber, in denen sich Küken tummelten und glucksten. An eine Säule waren mehrere Ziegen und Schafe angebunden, und ihr klägliches Blöken und Meckern vermengte sich mit dem Krawall der vielen Stimmen, die durch die staubige Bahnhofshalle schallten. Erica kaufte eine einfache Fahrkarte der ersten Klasse nach Nag Hamdi. Es war neunzehn Uhr siebzehn.

Auf dem Bahnsteig voranzukommen war noch strapaziöser als der Erwerb der Fahrkarte. Erica sah sich nicht um. Sie zwängte und drängte sich durch laut schnatternde Familienverbände, bis sie die Wagen der ersten Klasse erreichte, wo vergleichsweise wenig Andrang herrschte. Sie stieg in Wagen zwei, ließ den Schaffner ihre Fahrkarte entwerten. Jetzt war es neunzehn Uhr dreiundzwanzig. Erica begab sich direkt zur Toilette. Sie war zu und von innen verschlossen. Ebenso die Toilette gegenüber. Erica vergeudete keine Sekunde und eilte in den Wagen drei, hastete den Gang hinab. Eine Toilette war frei, und sie huschte hinein. Hinter sich schloß sie die Tür ab und versuchte, so wenig wie möglich von der verpesteten Luft einzuatmen. Erica öffnete den Bund ihrer baumwollenen Hose und schlüpfte heraus. Dann zog sie die Jeans an und rumpelte dabei mit dem Ellbogen gegen das Waschbecken, als sie sich hineinwand. Es war neunzehn Uhr neunundzwanzig. Sie vernahm von draußen einen Pfiff.

In nahezu panikartiger Hast streifte sie eine blaue Bluse über, kämmte ihr volles Haar nach oben und stülpte den Khakihut darüber. Sie betrachtete sich im Spiegel und hoffte, ihr Aussehen genügend verändert zu haben. Dann verließ sie die Toilette und durchquerte buchstäblich im Dauerlauf den Gang bis zum nächsten Wagen. Er gehörte zur zweiten Klasse und war voller. Die meisten Fahrgäste saßen noch nicht, sondern waren dabei, ihr Gepäck in den Gepäcknetzen über ihren Köpfen zu verstauen.

Erica eilte vom einen zum nächsten Wagen. Als sie in die dritte Klasse geriet, sah sie zwischen den Bänken die Küken und auch die Ziegen und Schafe wieder. Es war unmöglich, den Weg fortzusetzen. Sie schaute hinaus, um festzustellen, ob das Gedränge auf dem Bahnsteig in diesem Abschnitt des Zuges dicht genug sei. Es war neunzehn Uhr zweiunddreißig. Der Zug ruckte an und begann bereits zu rollen, als Erica auf den Bahnsteig sprang. Das Getöse des Stimmengewirrs verstärkte sich, viele Leute fingen an, zu rufen und zu winken. Erica kehrte vom Bahnsteig zurück in die Bahnhofshalle und schaute sich dort erstmals wieder nach Khalifa um.

Das Gedränge begann sich zu lichten. Erica ließ sich vom Strom der Menschen auf die Straße hinaustreiben. Sobald sie das Bahnhofsgebäude hinter sich hatte, lief sie zu einem kleinen Café hinüber und setzte sich an einen Tisch mit Ausblick auf den Bahnhof. Sie bestellte einen Kaffee und behielt den Bahnhofseingang im Auge.

Sie brauchte nicht lange zu warten. Die Passanten schroff zur Seite stoßend, kam Khalifa aus dem Bahnhof gestürzt. Selbst aus der Entfernung konnte Erica seine Wut in seinem Gesicht lesen. Dann sprang er in ein Taxi und verschwand über die Shari el Mahatta in der Richtung zum Nil. Erica trank den Kaffee aus. Die Sonne sank, und allmählich begann es zu dämmern. Sie war spät dran. Sie raffte ihre Segeltuchtasche an sich und eilte zum Café hinaus.

»Allmächtiger Gott!« schrie Yvon. »Wofür zahle ich Ihnen eigentlich zweihundert Dollar am Tag? Können Sie mir das verraten?«

Khalifa starrte mit finsterer Miene die Fingernägel seiner linken Hand an. Eigentlich brauchte er sich eine derartige Behandlung nicht gefallen zu lassen, aber dieser Auftrag übte auf ihn eine gewisse Faszination aus. Erica Baron hatte ihn hereingelegt, und er war es nicht gewohnt,

Schlappen einzustecken. Andernfalls wäre er schon längst tot gewesen.

»Na schön, lassen wir's«, sagte Yvon angewidert. »Was sollen wir jetzt machen?«

Raoul, der Khalifa vorgeschlagen hatte, fühlte sich in seiner Ehre mehr gekränkt als Khalifa selbst.

»Jemand sollte zur Stelle sein, wenn der Zug einläuft«, sagte Khalifa nichtsdestotrotz. »Sie hat eine Fahrkarte nach Nag Hamdi gekauft, aber ich bezweifle, daß sie wirklich abgefahren ist. Nach meiner Ansicht war das alles nur ein Trick, um mich abzuhängen.«

»Na gut«, entschied Yvon. »Raoul, jemand soll in Nag Hamdi den Zug abwarten.«

Raoul ging ans Telefon, froh, etwas tun zu können.

»Hören Sie zu, Khalifa«, sagte Yvon, »daß Sie Erica aus den Augen verloren haben, gefährdet das ganze Unternehmen. Sie hat ihre Anweisung im Curio Antique Shop erhalten. Gehen Sie dorthin und versuchen Sie rauszufinden, wohin sie geschickt worden ist. Wie Sie das fertigbringen, ist mir egal, wenn Sie's bloß schaffen.«

Ohne ein Wort stieß sich Khalifa von der Kommode ab, an die er sich gelehnt hatte, und verließ das Hotel. Falls der Ladeninhaber ihm irgendeine Information vorenthalten sollte, würde er ihn umbringen.

Am Fuße der turmhohen Sandsteinklippen lag das Dorf Kurna bereits im Dunkeln, als Erica von der Straße her den Hügel erklomm. Das für den ganzen Abend gemietete Taxi wartete unten mit offener Tür.

Sie wanderte an den trostlosen Häusern aus Lehmziegeln vorüber. In den Höfen sah man Kochstellen, in deren Feuer getrockneter Dung brannte. Die Flammen zuckten und beleuchteten die grotesken Schlafgestelle. Erica entsann sich, weshalb man sie errichtete wegen, der Kobras und Skorpione –, und sie fror trotz der abendlichen Wärme.

Die Moschee, die im Dunklen lag, schimmerte mit ihrem weißen Minarett silbern. Sie stand ungefähr in hundert Meter Entfernung. Erica verharrte für einen Augenblick, um Atem zu schöpfen. Sie schaute zurück ins Tal und sah die Lichter Luxors, unter denen sich vor allem das neue, sehr hohe New Winter Palace Hotel hervorhob. Die Gegend der Abul-Haggag-Moschee fiel durch bunte Lichterketten auf, einer Weihnachtsbeleuchtung ähnlich.

Erica wollte gerade weitergehen, als es sich im Trüben zu ihren Füßen plötzlich bewegte. Sie stieß einen Schreckensschrei aus und sprang rückwärts, fiel beinahe der Länge nach in den Sand. Sie wollte schon fortlaufen, da ertönte ein Bellen, dem sich ein verdrossenes Knurren anschloß. Auf einmal sah sie sich von einem kleinen Rudel Köter umgeben, die mit den Zähnen fletschten. Sie bückte sich und ergriff einen Stein. Allein diese Gebärde mußte den Hunden schon wohlbekannt sein, denn sie zerstreuten sich, ehe sie überhaupt zum Werfen kam.

Etwa einem Dutzend Personen begegnete Erica auf ihrem Weg durchs Dorf. Alle trugen schwarze Gewänder und schwarze Tücher, waren in der Finsternis stumm und gesichtslos. Erica fand, daß sie sich, wäre sie nicht schon am Tag in Kurna gewesen, im Dunkeln wahrscheinlich nicht im Ort zurechtgefunden hätte. Das plötzliche heisere Geschrei eines Esels brach die Stille und verstummte mit ebensolcher Plötzlichkeit. Erica konnte hoch droben am Hang die Umrisse von Aida Ramans Haus erkennen. Hinter den Fenstern glomm der schwache Lichtschein einer Öllampe. Dicht hinter dem Haus sah Erica den Pfad zum Tal der Könige an dem Hügel sich entlangwinden.

Nur fünfzehn Meter trennten sie jetzt noch von der Moschee. Es brannte kein Licht. Ihre Schritte verlangsamten sich; sie wußte, daß sie reichlich spät zur Verabredung kam. Die Abenddämmerung war in nächtliches Dunkel übergegangen. Vielleicht hatte man schon angenommen, sie käme gar nicht mehr. Möglicherweise war es besser, sie kehrte zurück ins Hotel oder stattete Aida Raman einen Besuch ab, um ihr zu erzählen, was auf dem Papyrus stand. Erica blieb stehen und musterte das Gebäude. Es machte einen verlassenen Eindruck. Da erinnerte sie sich an Lahib Zayed und sein harmloses Gehabe, zuckte mit den Schultern und ging zur Tür.

Sie öffnete sich nur langsam und gab den Blick auf den Innenhof frei. Die Fassaden der Moschee schienen den Sternenglanz anzuziehen und widerzuspiegeln, denn im Innenhof war es heller als auf der Dorfstraße. Erica sah keinen Menschen.

Sie trat über die Schwelle und schloß hinter sich die Tür. Nichts regte sich in der Moschee, kein Laut ließ sich vernehmen. Nur gelegentliches Hundegebell aus dem Dorf war zu hören. Schließlich tat Erica unter einem der Bogengänge ein paar Schritte. Die Tür zu den Räumen der Moschee war verschlossen. Erica folgte dem Verlauf des kurzen Säulengangs und klopfte an die Tür zur Unterkunft des Imam. Nichts rührte sich; das Gebäude war menschenleer.

Erica betrat wieder den Hof. Man mußte tatsächlich mittlerweile zu der Auffassung gekommen sein, daß sie nicht mehr käme. Sie blickte hinüber zum Ausgang. Doch anstatt ohne Umstände wieder zu gehen, kehrte sie unter den Säulengang zurück und setzte sich, den Rücken ans Gemäuer der Moschee gelehnt. Vor ihr umrahmte ein Bogen einen Ausschnitt des Innenhofs. Jenseits der Mauern konnte Erica den östlichen Himmel sehen, der in Ankündigung des Mondaufgangs hell schimmerte.

Erica kramte in der Segeltuchtasche, bis sie die Zigaretten fand. Um sich Mut zu machen, zündete sie sich eine an und schaute, solange das Streichholz noch brannte, auf ihre Armbanduhr. Inzwischen war es zwanzig Uhr fünfzehn.

Während der Mond aufging, wurde es paradoxerweise im Innenhof dunkler. Je länger Erica dort saß, um so öfter

331

spielte ihre Phantasie ihr Streiche. Jedes Geräusch aus dem Dorf ließ sie hochfahren. Nach einer Viertelstunde hatte sie vom Herumsitzen die Nase voll. Sie stand auf und klopfte sich den Staub hinten von ihrer Hose ab. Sie überquerte den Hof und riß die hölzerne Tür zur Dorfstraße auf.

»Miss Baron«, sprach eine Gestalt in schwarzem Burnus sie an. Der Mann stand gleich vor der Tür zum Moscheegebäude auf der ungepflasterten Dorfstraße. Da der Mond dicht hinter seiner Schulter schwebte, vermochte Erica sein Gesicht nicht zu erkennen. Er verbeugte sich, ehe er weitersprach. »Ich bitte die Verspätung entschuldigen zu wollen. Bitte kommen Sie mit.« Er lächelte und entblößte große Zähne.

Es wurde nicht weiter gesprochen. Der Mann, den Erica für einen Nubier hielt, führte sie hügelauf über das Dorf hinaus. Sie folgten dabei dem Verlauf eines von vielen Trampelpfaden, und im Widerschein des Mondlichts von den hellen Felsen und dem Sand kamen sie gut voran. Sie passierten einige rechteckige Graböffnungen.

Der Nubier schnaufte allerdings stark, und als er endlich vor einem schrägen Einschnitt in der Felswand stehenblieb, war er merklich erleichtert. Am Fuß der Felswand befand sich ein von einem schweren Eisengitter versperrter Zugang. Am Gitter hing ein Schild mit der Nummer 37.

»Verzeihen Sie bitte, aber Sie müssen hier ein paar Augenblicke warten«, sagte der Nubier. Bevor Erica irgendwie reagieren konnte, trat er den Rückweg nach Kurna an.

Erica blickte der Gestalt nach, die sich entfernte, dann betrachtete sie die eiserne Gittertür. Sie drehte sich um und wollte etwas sagen, aber der Nubier war bereits so weit entfernt, daß sie hätte schreien müssen.

Erica schritt den kurzen Zugang hinab, packte die Eisengitter und rüttelte daran. Das Schild mit der Zahl 37 klapperte, ansonsten jedoch gab das Gittertor nicht nach; es war abgeschlossen. Erica konnte gerade noch ein paar altägyptische Wandverzierungen erkennen.

Sie drehte sich um und kehrte an ihren vorherigen Standort zurück. Sie verspürte wieder jene starke Unruhe, unter der sie vor ihrem Besuch im Curio Antique Shop gelitten hatte. Sie stand am Rande des Grabzugangs und sah den Nubier drunten im Dorf verschwinden. In der Ferne bellten einige Hunde. In ihrem Rücken spürte sie die unheilvolle Nähe der überhängenden Felswand.

Plötzlich hörte sie hinter sich ein helles metallisches Klikken. Furcht ließ ihre Knie weich werden. Dann vernahm sie ein gräßliches Scharren von Stahl auf Stahl. Am liebsten wäre sie Hals über Kopf davongelaufen, aber sie war zu jeder Regung außerstande, während ihre Phantasie ihr die fürchterlichsten Dinge vorgaukelte, die aus dem Grab zum Vorschein kommen mochten. Das eiserne Gittertor schloß sich wieder, und sie hörte Schritte sich nähern. Langsam zwang sie sich zum Umwenden.

»Guten Abend, Miss Baron«, begrüßte sie die Gestalt, die auf sie zukam. Sie trug wie der Nubier einen schwarzen Burnus, hatte jedoch die Kapuze über den Kopf gezogen. Unter der Kapuze bemerkte sie einen weißen Turban. »Mein Name ist Mohammed Abdulal.« Er vollführte eine Verbeugung, und Erica errang ihr inneres Gleichgewicht wieder. »Ich muß mich für diese Verzögerung entschuldigen, aber bedauerlicherweise war sie unvermeidlich. Die Statuen, die wir Ihnen zeigen möchten, sind sehr wertvoll, und wir fürchteten, die Behörden könnten Sie beschatten lassen.«

Erneut wurde Erica deutlich gemacht, wie wichtig es gewesen war, daß sie ihren Aufpasser abgehängt hatte.

»Bitte folgen Sie mir«, sagte Mohammed, schritt an ihr vorüber und begann, den Rest des Abhangs zu ersteigen.

Erica warf dem Dorf einen letzten Blick zu. Ganz schwach ließ sich noch das Taxi erkennen, das auf der asphaltierten

333

Straße auf sie wartete. Dann beeilte sie sich, um Mohammed einzuholen.

Sobald sie sich unmittelbar unter der steilen, kahlen Felswand befanden, wandte er sich nach links. Als Erica an der Felswand emporzublicken versuchte, wäre sie fast hintenüber gefallen. Gemeinsam legten sie ungefähr dreißig Meter zurück und umrundeten dann einen gewaltigen Felsklotz. Sie hatte Mühe, hinter Mohammed zu bleiben, der ohne Rücksicht schnell ausschritt. Auf der anderen Seite des Felsens gerieten sie auf einen gleichartigen Zugang wie vor dem Grab 37. Auch hier versperrte ein schweres Eisengitter den Eingang, jedoch fehlte die Nummer. Erica stand hinter Mohammed, während er mit einem großen Schlüsselring klirrte. Ihre Kaltblütigkeit war verflogen, aber ihre Angst wollte sie auch nicht zeigen.

Sie hatte sich nicht vorgestellt, daß die Statue an einem so entlegenen Ort lagern würde. Das eiserne Gittertor knarrte in seinen Angeln; anscheinend wurde es selten geöffnet.

»Bitte schön«, sagte Mohammed schlicht und winkte Erica, einzutreten.

Es war ein schmuckloses Grab. Im Innern drehte sie sich um und sah zu, wie Mohammed das Tor wieder abschloß. Das Schloß rastete mit einem lauten Klicken ein. Durch die eisernen Gitterstäbe fiel das bleiche Mondlicht.

Mohammed zündete ein Streichholz an und schob sich an Erica vorüber, ging durch einen schmalen Stollen voraus. Ihr blieb keine andere Wahl, als sich dicht hinter ihm zu halten. Sie bewegten sich innerhalb eines kleinen Lichtkreises. Erica fühlte sich völlig hilflos; sie hatte den Eindruck, daß jede weitere Entwicklung außerhalb ihres Einflusses lag.

Sie kamen in eine Vorkammer. Erica sah verwaschene Umrisse von Wandmalereien. Mohammed bückte sich und hielt sein Streichholz an eine Öllampe. Eine Flamme loderte

334

auf, so daß der Schatten seines Körpers zwischen den Darstellungen alter ägyptischer Gottheiten an den Wänden tanzte.

Ein heller Goldglanz zog Ericas Blick an. Da stand sie, die Sethos-Statue! Das blanke Gold strahlte eine größere Helligkeit aus als die Lampe. Augenblicklich machte Ericas bisherige Besorgnis ehrfürchtiger Bewunderung Platz, und sie trat vor die Statue. Die Augen aus Alabaster und grünem Feldspat schienen eine hypnotische Wirkung auszuüben, und Erica mußte regelrecht mit Gewalt ihren Blick abwenden, um sich mit den Hieroglyphen befassen zu können. Dort waren die Kartuschen von Sethos I. und Tutanchamun. Der Wortlaut war der gleiche wie an der Statue in Houston: »Ewige Ruhe sei gegeben Sethos I., der nach Tutanchamun herrschte.«

»Sie ist großartig«, sagte Erica. »Wieviel wollen Sie dafür?«

»Wir haben noch andere«, entgegnete Mohammed. »Warten Sie mit Ihrer Entscheidung, bis Sie die anderen auch gesehen haben.«

Erica wandte sich ihm zu, in der Absicht, ihm zu versichern, sie sei mit diesem Stück vollauf zufrieden. Aber sie brachte kein Wort heraus. Von neuem war sie aus Furcht wie gelähmt. Mohammed hatte sich die Kapuze in den Nacken geschoben und dadurch seinen Schnurrbart und die zahlreichen Goldkronen seiner Zähne enthüllt. Er war einer der Mörder Abdul Hamdis!

»Wir lagern ein wunderschönes Sortiment von Statuen im Nebenraum«., sagte Mohammed. »Bitte.« Er machte eine halbe Verbeugung und deutete hinüber zu einer schmalen Türöffnung.

Erica fror; ihr war plötzlich der kalte Schweiß ausgebrochen. Das Gittertor des Grabes war abgeschlossen. Sie mußte unbedingt Zeit gewinnen. Sie wandte sich um und näherte sich der Türöffnung; ihr lag keineswegs daran, noch tiefer in das Grab einzudringen, aber Mohammed war schon hinter ihr. »Bitte«, sagte er und schob sie sanft vorwärts.

Ihre Schatten huschten in unheimlichen Formen über die Wände, während sie den leicht schrägen Korridor hinabschritten. Vor sich und zu beiden Seiten konnte Erica in der Dunkelheit nichts sehen. Vom Boden ragte plötzlich ein dicker Balken empor zur Decke. Im Vorbeigehen bemerkte Erica, daß der Balken eine schwere steinerne Verschlußplatte stützte.

Unmittelbar dahinter endete der Korridor, und eine aus dem Gestein gehauene Treppe führte steil ins Finstere hinunter.

»Wie weit ist es noch?« fragte sie. Ihre Stimme klang heller als gewöhnlich.

»Nur noch ein Stückchen.«

Mohammeds Licht war genau hinter Erica, so daß ihr Schatten voraus auf die Treppe fiel und ihr die Sicht behinderte. Sie tastete mit dem Fuß nach den Stufen. In diesem Moment fühlte sie etwas in ihrem Rücken. Zuerst dachte sie, es sei Mohammeds Hand. Dann merkte sie, daß es sein Fuß war, der sie von hinten stieß. Ihr blieb gerade noch soviel Zeit, um die Arme gegen die glatten Wände beiderseits der Treppe zu stemmen. Doch die Wucht des Tritts riß ihr die Beine weg, und sie stürzte. Sie prallte aufs Gesäß, aber die Treppe war so steil, daß sie immer weiter hinabrutschte und den Sturz in die vollkommene Schwärze nicht aufhalten konnte.

Rasch stellte Mohammed die Öllampe ab und holte aus einem finsteren Winkel einen steinernen Hammer. Mit mehreren sorgfältig gesetzten Hieben fällte er den Stützbalken und löste damit die Verschlußplatte. Langsam sank der fünfundvierzig Tonnen schwere Granitblock ein Stück weit herab, dann krachte er mit ohrenbetäubendem Donnerschlag vollends in den Korridor und verschloß das uralte Grab.

»In Nag Hamdi ist keine Amerikanerin aus dem Zug gestiegen«, verkündete Raoul, »und außerdem war überhaupt keine Frau im Zug, die Erica Barons Beschreibung auch nur entfernt nahekam. Sieht aus, als wären wir ausgetrickst worden.« Er stand unter der Tür zum Balkon. Jenseits des Stroms schien das Mondlicht hell auf die Berge über der Nekropole.

Yvon saß im Zimmer und rieb sich die Schläfen. »Steht es denn in meinen Sternen, daß ich einer Sache immer so nahe komme, bloß damit mir der Erfolg in letzter Minute aus den Fingern gleitet?« Er wandte sich an Khalifa. »Und was hat der großmächtige Khalifa in Erfahrung gebracht?«

»Im Curio Antique Shop war niemand. Die anderen Läden waren noch geöffnet, und es schwärmten jede Menge Touristen durch die Gegend. Anscheinend ist der Laden geschlossen worden, gleich nachdem Erica Baron wieder fort war. Der Ladeninhaber heißt Lahib Zayed, und niemand weiß, wohin er sich verpißt hat. Und dabei habe ich sehr hartnäckig nachgefragt.« Khalifa lächelte böse.

»Ich wünsche, daß der Curio Antique Shop und das Winter Palace Hotel unter Beobachtung bleiben, und wenn ihr beide die ganze Nacht damit zubringen solltet.«

Als Yvon allein war, schlurfte er hinaus auf den Balkon. Der Abend war lau und friedlich. Durch die Palmwipfel drang der Klang des Pianos im Speisesaal herauf. Nervös begann er hin und her zu schlendern.

Erica kam sitzend am Fuß der Treppe an, ein Bein unter ihrem Rumpf geknickt. Ihre Hände waren übel aufgeschürft, aber ansonsten war sie unversehrt. Aus ihrer Segeltuchtasche war nahezu alles herausgefallen. Sie versuchte, sich in der geradezu höllischen Finsternis zurechtzufinden, aber sie sah buchstäblich nicht einmal die Hand vor den Augen. Wie eine Blinde tappte sie in der Tasche nach ihrer Lampe. Sie war nicht da.

Sie stützte sich auf Hände und Knie und tastete die steinernen Bodenplatten ab. Sie fand die Kamera, anscheinend unbeschädigt, und den Reiseführer, aber nicht die Taschenlampe. Ihre Hand stieß gegen eine Wand, und sie zuckte furchtsam zurück. Aller Ekel, den sie jemals gegen Schlangen, Skorpione und Spinnen empfunden hatte, überwältigte sie nun mit einem Schlag. Die Erinnerung an die Kobra in Abydos ging ihr nach. Sie kroch an der Wand entlang, bis sie in eine Ecke geriet, dann tastete sie sich zurück zur Treppe und entdeckte dort ihre Schachtel mit den Zigaretten. Unter der Cellophanhülle steckte das Zündholzheftchen.

Sie strich ein Streichholz an und hielt es in die Höhe. Sie befand sich in einem Raum von etwa drei Metern im Quadrat mit zwei Türöffnungen sowie der Treppe. An den Wänden sah sie farbenprächtige Darstellungen aus dem Alltagsleben im alten Ägypten. Sie war in einem der Fürstengräber.

An der jenseitigen Wand konnte Erica gerade noch einen schwachen Schimmer auf ihre Taschenlampe fallen sehen, ehe das Zündhölzchen erlosch und ihr die Fingerspitzen versengte. Sie zündete ein anderes Streichholz an und bemächtigte sich in seinem unsteten Schein der Taschenlampe. Die Glasscheibe war zerbrochen, aber die Glühbirne noch intakt. Hoffnungsvoll drückte Erica den Schalter, und die Glühbirne leuchtete auf.

Ohne sich überhaupt die Zeit zu lassen, um über ihre Situation nachzudenken, eilte sie zur Treppe hinauf und ließ den Lichtkegel über die Verschlußplatte wandern. Der Granitblock paßte mit geradezu unglaublicher Präzision an den vorgesehenen Platz. Sie stemmte sich dagegen. Aber der Stein war kalt und unbeweglich, so wie der ganze Berg.

Erica stieg wieder die Treppe hinab und begann mit der Erkundung der Gruft. Die beiden Türöffnungen führten aus der Vorkammer in eine Grabkammer zur Linken und

338

rechts in einen Lagerraum. Zuerst schaute sie sich in der Grabkammer um. Sie war leer bis auf einen recht grobschlächtig gearbeiteten Sarkophag. Die Decke war dunkelblau gestrichen, und im Dunkelblau saßen etliche hundert goldene fünfeckige Sterne; die Wände waren mit Szenen aus dem Buch der Toten verziert. An der rückwärtigen Wand konnte Erica nachlesen, in wessen Gruft sie stand: Es war die Grabstätte von Ahmose, Schreiber und Wesir unter Pharao Amenhotep III.

Als sie ihr Licht auf den Sarkophag richtete, sah Erica am Boden inmitten eines Haufens von Lumpen einen Schädel liegen. Widerwillig trat sie näher. Die Augenhöhlen waren nur noch schwarze Löcher, und der Unterkiefer hatte sich gelöst, so daß er der Kieferpartie einen Ausdruck erstarrter Qual verlieh. Die Kiefer besaßen noch alle Zähne. Der Schädel stammte keinesfalls aus dem Altertum.

Während sie über den Totenschädel gebeugt stand, erkannte Erica, daß sie es mit den Überresten eines kompletten Leichnams zu tun hatte. Die Leiche lag neben dem Sarkophag wie zum Schlaf zusammengekrümmt. Durch die zerfallenen Kleidungsstücke ließen sich die Rippen und die Wirbelsäule erkennen. Direkt unterm Schädel sah Erica Gold glitzern. Zaghaft langte sie hin und hob den Gegenstand auf. Es handelte sich um einen 1975er Ring von der Yale University. Behutsam legte Erica ihn zurück und richtete sich auf.

»Also schauen wir uns mal nebenan um«, sagte Erica laut zu sich selbst und hoffte, der Klang ihrer eigenen Stimme könne ihr Mut einflößen. Sie wollte nicht nachdenken, jetzt noch nicht, und solange es hier unerforschte Räumlichkeiten zu erkunden gab, beabsichtigte sie, sich ihnen zu widmen, um ihren Verstand von der harten Wirklichkeit ihrer Lage abzulenken. Sie spielte Touristin und ging in die nächste und letzte Kammer. Sie besaß die gleichen Ausmaße wie die Grabkammer, war allerdings bis auf einige Steine und

339

etwas Sand vollkommen leer. Die Malereien stellten ägyptisches Alltagsleben dar, so wie in der Vorkammer, aber sie waren unvollendet. An der rechten Wand hatte man eine großflächige Ernteszene angefangen; die Figuren waren in rötlichem Ocker gehalten. In Bodenhöhe verlief ein breiter Streifen von weißem Putz quer über die Wand, wahrscheinlich für Hieroglyphen gedacht. Nachdem sie den Raum rundum ausgeleuchtet hatte, kehrte Erica zurück in die Vorkammer. Allmählich fehlte es ihr an Beschäftigung, und die eiskalte Furcht drohte übermächtig zu werden. Sie sammelte ihre verstreut herumliegenden Habseligkeiten vom Boden auf und packte sie wieder in die Segeltuchtasche. Weil sie dachte, es könnte ihr vielleicht doch etwas entgangen sein, erklomm sie nochmals die Treppe bis zum Granitblock. Plötzlich packte sie das pure Entsetzen, und obwohl sie ihre Angst zu bändigen versuchte, hämmerte sie im nächsten Augenblick mit beiden Fäusten gegen den Stein.

»Hilfe!« schrie sie mit voller Kraft. Der Schrei hallte von den steinernen Flächen wider und echote durch die Abgründe der Gruft. Dann hüllte sie wieder Schweigen ein, erneut umgab sie absolute Stille. Ihr war zumute, als benötigte sie dringend frische Luft. Sie atmete mühsam. Sie klatschte mit einer Handfläche an den Granitklotz, immer wieder und immer kraftvoller, bis die Hand schmerzte. Tränen stiegen ihr in die Augen, und sie drosch weiter auf den Granit ein, während Schluchzen ihren Körper schüttelte.

Dieser Verzweiflungsausbruch ermüdete sie, und zuletzt sank sie langsam auf die Knie, weinte dabei noch immer hemmungslos. Alle Ängste von Verlassenheit und Tod drangen plötzlich in ihr Bewußtsein, und sie zitterte und schluchzte noch stärker. Mit einem Mal hatte sie begriffen: Sie war lebendig begraben!

Nachdem sie sich mit der unerbittlichen Realität ihrer Lage abgefunden hatte, begann allmählich Ericas gesunder

340

Menschenverstand wieder zu arbeiten. Sie hob die Taschenlampe auf und stieg die lange Treppe in die Vorkammer wieder hinunter. Sie fragte sich, wann Yvon wohl anfing, sich Sorgen zu machen. Sobald er erst einmal mißtrauisch geworden war, würde er wahrscheinlich den Curio Antique Shop aufsuchen. Aber die Frage war, ob Lahib Zayed überhaupt wußte, wo sie sich nun befand? Ob ihr Taxifahrer jemals auf den Gedanken kam, der Polizei zu melden, daß er eine Amerikanerin nach Kurna gefahren, sie jedoch nie wiedergesehen hatte? Erica wußte auf diese Fragen keine Antworten. Aber allein schon die Überlegungen darüber gaben ihr wieder etwas Kraft. Plötzlich merkte sie, daß das Licht ihrer Taschenlampe nachließ.

Sie knipste sie aus und kramte nochmals in ihrer Segeltuchtasche, bis sie drei Zündholzheftchen beisammen hatte. Das war kein großartiges Ergebnis, aber dabei geriet ihr ein Filzstift in die Finger. Dieser Fund gab ihr eine Idee ein. Damit konnte sie an der Wand der unvollendeten Kammer eine Botschaft hinterlassen, in der sie erklärte, was aus ihr geworden war; sie konnte sie in Hieroglyphen verfassen, so daß die Leute, die sie hier eingesperrt hatten, ihre Bedeutung mit einiger Wahrscheinlichkeit nicht begriffen. Sie wußte, daß es nur darum ging, sich zu beschäftigen. Aber das war immerhin schon etwas. Ihre Furcht war bitterem Bedauern und der Verzweiflung gewichen. Diese Tätigkeit würde sie wenigstens ablenken.

Mit Hilfe einiger Steine brachte sie die brennende Taschenlampe am Boden in eine Schräglage, damit sie die Hände frei hatte. Dann begann Erica eine Mitteilung zu entwerfen. Je einfacher, dachte sie, um so besser. Dann begann sie die Symbole zu zeichnen. Sie war etwa zur Hälfte fertig, als das Licht der Taschenlampe erheblich schwächer wurde. Die Glühbirne flackerte noch einmal kurz auf, aber danach glomm nur noch ein kleiner roter Draht.

Auch diesmal weigerte sich Erica, sich ins Gegebene zu

341

schicken. Sie zündete ein Streichholz nach dem anderen an, um die Arbeit am Hieroglyphentext fortsetzen zu können. Sie kauerte am Boden vor der rechten Wand; ihr Text war in Spalten gefaßt, die jeweils vom Fußboden aufwärts bis unter die unfertige Ernteszene reichten. Nach wie vor überfielen sie gelegentlich Weinkrämpfe, weil sie sich mit all ihrer Klugheit selbst in diese mißliche Lage gebracht hatte. Alle hatten sie davor gewarnt, sich in den Schwarzhandel einzumischen, aber sie hatte auf niemanden gehört. Sie war eine Närrin gewesen. Ihre Kenntnisse der Ägyptologie hatten sie nicht dazu befähigt, sich mit Kriminellen zu messen, vor allem nicht mit einem von der Sorte Mohammed Abdulals.

Als ihr nur noch ein Zündholzheftchen zur Verfügung stand, wollte Erica erst recht nicht darüber nachdenken, wieviel Zeit ihr selbst noch bleiben mochte... wie lange der Sauerstoff noch reichte. Sie beugte sich tief zum Fußboden hinab, um einen Vogel zu malen. Doch bevor sie den Umriß der Figur vollenden konnte, erlosch plötzlich das Zündholz. Erica fluchte laut in die Finsternis, denn es war zu schnell ausgegangen. Sie zündete ein anderes Streichholz an, aber als sie sich wieder vorbeugte, um weiterzumachen, ging es ebenfalls aus. Erica zündete noch eines an und untersuchte sehr genau den Bereich des Fußbodens, über dem sie gerade arbeitete. Das Streichholz brannte zunächst gleichmäßig, dann flakkerte es plötzlich wie in einem Windstoß. Erica befeuchtete mit der Zunge ihre Finger und fühlte auf einmal aus einem kleinen vertikalen Riß im Gipsmörtel direkt überm Fußboden einen Luftzug kommen.

Im Dunkeln glomm noch ganz schwach die Glühbirne der Taschenlampe, und Erica orientierte sich an dem Flimmern, um sich einen der Steine zu holen, zwischen die sie die Lampe geklemmt hatte. Sie erwischte ein Stück Granit, vermutlich ursprünglich Bestandteil des Sarkophagdeckels. Erica begab sich damit zurück zu der Stelle, wo der Luftzug eindrang, und strich ein weiteres Streichholz an.

Sie hielt das kleine Flämmchen im Schutz ihrer linken Hand und schlug mit der Rechten den Granitbrocken gegen den Gipsmörtel. Nichts geschah. Sie schlug wiederholt auf dieselbe Stelle, bis das Zündholz erlosch. Dann ertastete Erica den Spalt im Dunkeln mit der Hand und hämmerte ungefähr eine Minute lang blind darauf ein.

Schließlich hörte sie auf und zündete wieder ein Streichholz an. Wo zuvor nur ein Riß gewesen war, befand sich jetzt ein kleines Loch, so groß, daß sich ein Finger hindurchschieben ließ. Dahinter lag ein Hohlraum, und sie spürte – das war noch wichtiger – einen kühlen Luftstrom. Erica schlug weiterhin, erneut im Finstern, auf die kleine Öffnung ein, bis sie plötzlich unter ihrem Granitbrocken eine Bewegung wahrnahm. Wieder entzündete sie ein Streichholz. Im Winkel von Fußboden und Wand verlief ein Riß und endete in einem kurzen Bogen in der mittlerweile etwas erweiterten Lücke. Erica konzentrierte die Schläge auf diese Zwischenstelle, hielt dabei das Zündholz in der Linken. Plötzlich löste sich ein großes Stück Gipsmörtel und verschwand. Einen Moment später hörte Erica es aufprallen. Das Loch durchmaß nun etwa dreißig Zentimeter. Als Erica erneut ein Streichholz anzünden wollte, löschte der Luftstrom es sofort aus. Behutsam streckte sie ihre Hand durch die Öffnung, als fasse sie ins Maul eines Raubtiers. Sie spürte auf der anderen Seite der Wand eine glatte, verputzte Oberfläche. Sie strich mit der Handfläche nach oben und ertastete eine Decke. Sie hatte eine andere Räumlichkeit entdeckt, diagonal unter jenem Raum gebaut, in dem sie sich befand.

Langsam, aber sehr aufgeregt erweiterte Erica die Öffnung. Sie arbeitete im Dunkeln, da sie keine weiteren Zündhölzer mehr opfern wollte. Endlich war das Loch groß genug, um den Kopf durchzustecken. Sie suchte sich eine

Handvoll Steinchen zusammen, streckte sich der Länge nach am Fußboden aus und schob den Kopf in die Öffnung. Sie ließ die Steine hinunterfallen und lauschte auf ihren Aufprall. Der andere Raum war anscheinend nicht ungewöhnlich tief und besaß einen Sandboden.

Erica nahm das Papier aus ihrer Zigarettenschachtel und zündete es an. Das brennende Papier warf sie durch das Loch. Die Flamme erlosch, aber die restliche Glut trudelte in einer Spirale abwärts. In rund zweieinhalb Meter Entfernung blieb sie still liegen. Erica sammelte noch einige Steine und warf sie in verschiedene Richtungen durch die Öffnung, um sich einen Begriff von den Ausmaßen des jenseitigen Raumes zu verschaffen. Allem Anschein nach war der Raum viereckig. Und was Erica besonders freute, war der beständige Luftstrom.

Eine Zeitlang saß sie in der tintenschwarzen Dunkelheit und überlegte, was sie nun anfangen sollte. Wenn sie in den neu entdeckten Raum hinabkletterte, verbaute sie sich womöglich die Rückkehr in das Grab, worin sie sich gegenwärtig aufhielt. Aber was machte das schon für einen Unterschied? Das wirkliche Problem bestand darin, soviel Mut aufzubringen, um durch das Loch zu steigen. Nebenbei verfügte sie bloß noch über ein halbvolles Zündholzheftchen.

Erica ergriff ihre Segeltuchtasche. Sie zählte bis drei und warf die Tasche durch das Loch. Dann rutschte sie auf allen vieren näher und schob ihre Beine in die Lücke. Ihr war zumute, als werde sie verschluckt. Langsam wand sie sich immer weiter ins Dunkel des anderen Raumes, bis die Kappen ihrer Schuhe gegen die glatte, verputzte Wand des unteren Raums stießen. Wie ein Taucher, der sich zum Sprung ins kalte Wasser erst durchringen muß, schob Erica ihren Körper langsam durch das Loch ins schwarze Nichts. Als sie letztlich fiel, ruderte sie mit den Armen, damit sie mit den Füßen zuerst aufkam, weil der Sturz ihr unheimlich

344

lange vorkam. Sie prallte unten auf und fiel rücklings auf einen sandigen, mit Geröll übersäten Untergrund. Sie war unverletzt.

Der Schrecken vor dem Unbekannten brachte sie sofort auf die Beine, aber sie geriet erneut aus dem Gleichgewicht und stolperte diesmal vornüber. Eine dicke Staubwolke verschlug ihr den Atem. Ihre vorgestreckte rechte Hand fiel auf einen Gegenstand, der ihr ein Stück Holz zu sein schien. Sie hielt es fest, in der Hoffnung, sie könnte es als Fackel benutzen.

Endlich konnte sie aufstehen. Sie packte ihren Fund mit der linken Hand, um mit der Rechten die Streichhölzer aus der Tasche ihrer Jeans zu klauben. Aber da fühlte sich der Gegenstand nicht länger wie ein Stück Holz an. Sie tastete ihn mit beiden Händen, ab und erkannte, daß es sich um einen mumifizierten Unterarm samt Hand handelte; Reste von Binden baumelten daran, schleiften im Dunkeln nach. Angeekelt warf Erica das scheußliche Ding weg.

Zitternd holte Erica die Streichhölzer heraus und zündete eines an. Als das Licht des Flämmchens den aufgewirbelten Staub durchdrang, sah Erica, daß sie sich in einer Katakombe mit kahlen, schmucklosen Wänden und voller teilweise eingewickelter Mumien befand. Die Leichname waren teilweise ihrer Hüllen entledigt und sämtlicher Wertgegenstände beraubt worden, und die Reste lagen rücksichtslos verstreut herum.

Erica drehte sich langsam auf der Stelle und erkannte, daß die Decke des Gewölbes zum Teil eingestürzt war; in einer Ecke erspähte sie eine niedrige, finstere Türöffnung. Sie hob ihre Segeltuchtasche auf und stieg durch die kniehohen Trümmer. Das Zündholz verbrannte ihr die Fingerkuppen, und sie schüttelte es aus, tastete mit den Armen nach der Mauer, dann nach dem Durchlaß. Sie betrat den benachbarten Raum. Als sie von neuem ein Streichholz anzündete, konnte sie erkennen, daß sie in einer Räumlichkeit stand, die einen gleichartigen grotesken Anblick bot. Eine Nische in der Wand war ganz mit abgetrennten mumifizierten Köpfen angefüllt. Auch hier war das Deckengewölbe eingestürzt.

In der Wand gegenüber sah Erica zwei weit auseinanderliegende Türöffnungen. Vorsichtig begab sich Erica in die Mitte des Raumes, hielt das brennende Streichholz vor sich ausgestreckt; sie bemerkte, daß der Luftzug aus dem schmaleren Durchgang kam. Das Zündholz erlosch, und sie strebte mit tastenden Armen hinüber.

Plötzlich entstand ein gewaltiger Lärm. Ein Einsturz! Erica warf sich vorwärts an die Wand, spürte Bruchstücke ihre Haare und Schultern streifen.

Aber nichts krachte herab. Statt dessen belebte immer stärkerer Aufruhr die Luft; dicke Staubwolken und schrille Kreischlaute wurden laut. Dann landete etwas auf Ericas Schulter. Es lebte und hatte kleine Krallen. Als sie das Tier mit der Hand von ihrer Schulter fegte, bemerkte sie Schwingen. Sie hatte es nicht mit einem Einsturz zu tun, sondern mit zahllosen aufgescheuchten Fledermäusen. Sie schützte ihren Kopf mit einem Arm und duckte sich an der Wand nieder, versuchte zu atmen, so gut es noch ging. Nach und nach beruhigten sich die Fledermäuse, und sie konnte den nächsten Raum aufsuchen.

Allmählich begriff Erica, daß sie in einen wahren Irrgarten von Grabstätten geraten war. Es war der Friedhof der einfachen Bevölkerung des alten Theben; beim fortlaufenden Ausbau der Katakomben im Innern des Berges hatte man ein Labyrinth geschaffen, das Millionen von Toten Platz gewähren konnte. Manchmal waren dabei unbeabsichtigt Durchbrüche zu anderen Grüften entstanden, in diesem Fall zum Grab des Ahmose, in das man Erica eingesperrt hatte. Die Verbindung war leicht zugegipst und dann vergessen worden.

Erica wanderte weiter. Obwohl ihr die Gegenwart der

346

Fledermäuse zuwider war, bekam sie dadurch aber wieder neuen Mut. Es mußte einen Durchgang nach draußen geben. Zwischendurch versuchte sie, Mumienbinden anzuzünden, und stellte fest, daß sie ausgezeichnet brannten. Auch Mumienbruchstücke mit Binden brannten genausogut wie Fackeln, und sie überwand sich, sie aufzuheben. Die Unterarme eigneten sich am besten zu diesem Zweck, weil sie sich am günstigsten halten ließen. Mit dieser besseren Beleuchtung durchquerte sie zügig zahlreiche Gänge und überwand mehrere Ebenen, bis sie am Ende frische Luft atmete. Erica löschte die Fackel und legte die letzten Meter im Mondschein zurück. Als sie in die laue ägyptische Nacht hinaustrat, befand sie sich nur einige hundert Meter von jenem Stollen entfernt, durch den Mohammed Abdulal sie in den Berg geführt hatte. Direkt unter ihr lag das Dorf Kurna. Nur noch sehr wenige Lichter waren im Dorf zu sehen.

Für eine Weile stand Erica im Zugang der Katakomben, schaute mit so inniger Freude zum Mond und den Sternen auf, wie sie es noch nie bei ihrem Anblick empfunden hatte. Sie lebte, und sie war sich darüber im klaren, daß das ein gewaltiger Glücksfall war. Was sie nun benötigte, war eine Zuflucht zum Verschnaufen, zum Wiedergewinnen ihrer Fassung und um etwas zu trinken. Ihre Kehle war rauh vom vielen Staub. Sie hatte auch das Bedürfnis, sich gründlich zu waschen, denn das furchtbare Erlebnis klebte an ihr wie Schmutz, aber vor allem anderen verlangte es sie danach, ein freundliches Gesicht zu sehen. Der nächstbeste Ort, wo sich das alles finden ließ, war Aida Ramans Haus. Sie konnte es am Abhang liegen sehen, weil darin noch Licht brannte.

Erica trat aus dem Schatten der Katakomben und schritt mit großer Vorsicht am Fuß der Klippen entlang. Bis sie wieder in Luxor war, durfte sie es nicht riskieren, von Mohammed Abdulal oder dem Nubier gesehen zu werden. Am allerliebsten wäre sie sofort zu Yvon geeilt und hätte ihm mitgeteilt, wo er die Statue finden konnte, um anschließend sofort aus Ägypten zu verschwinden. Sie hatte die Nase gestrichen voll.

Als sie sich in gerader Linie oberhalb von Aida Ramans Haus befand, begann Erica den Abstieg. Auf den ersten hundert Metern mußte sie durch tiefen Sand stapfen, danach durch lockeres Geröll, das bei jedem Geräusch ihr einen Schrecken einjagte. Endlich erreichte sie die Rückseite des Hauses.

Einige Minuten lang wartete Erica noch im Schatten, beobachtete das Dorf. Nichts tat sich. Davon überzeugt, daß die Luft rein sei, ging sie um das Haus herum und pochte an die Tür.

Aida Raman rief ein paar arabische Worte. Erica antwortete, indem sie ihren Namen nannte und hinzufügte, daß sie mit ihr zu sprechen wünsche.

»Gehen Sie«, rief Aida durch die geschlossene Tür.

Erica war verblüfft. Aida war doch so herzlich und freundlich gewesen? »Bitte, Mrs. Raman«, flehte sie durch die verschlossene Tür, »ich muß unbedingt einen Schluck Wasser trinken.«

Ein Riegel schnarrte, und die Tür schwang auf. Aida Raman trug dasselbe Baumwollkleid wie bei ihrer ersten Begegnung.

»Vielen Dank«, sagte Erica. »Ich bedaure es sehr, Sie stören zu müssen. Aber ich bin ungeheuer durstig.«

Aida sah älter aus als vor zwei Tagen. Ihre ganze wohlgelaunte Fröhlichkeit schien verflogen zu sein. »Nun gut«, maulte sie. »Aber warten Sie hier an der Tür. Sie können nicht bleiben.«

Während die Greisin ihr etwas zu trinken holte, sah sich Erica im Zimmer um. Der vertraute Anblick übte eine tröstliche Wirkung aus. Die Schaufel mit dem langen Stiel steckte in ihren Klemmen. Säuberlich hingen die eingerahmten Fotos an den Wänden. Viele zeigten Howard Carter neben

348

einem Araber mit Turban; Erica nahm an, daß dieser Araber Raman war. Zwischen den Fotos hing ein kleiner Spiegel, und Erica erschrak über ihr eigenes Aussehen.

Aida Raman brachte etwas von dem Fruchtsaft, mit dem sie Erica schon bei ihrem ersten Besuch bewirtet hatte. Erica trank langsam. Das Schlucken schmerzte.

»Meine Familie war sehr böse«, begann Aida, »als ich erzählte, daß Sie mich dazu verleitet haben, Ihnen den Papyrus zu zeigen.«

»Familie?« wiederholte Erica; das Getränk belebte sie. »Ich dachte, Sie hätten gesagt, Sie seien die letzte Raman.«

»Das bin ich auch. Meine beiden Söhne sind tot. Aber ich habe auch zwei Töchter, und die sind inzwischen verheiratet. Ich habe einem meiner Schwiegersöhne von Ihrem Besuch erzählt. Er war sehr zornig und hat den Papyrus mitgenommen.«

»Was hat er damit gemacht?« fragte Erica voller Unruhe.

»Ich weiß es nicht. Er sagte, man müsse äußerst vorsichtig damit umgehen, und er wolle ihn an einem sichereren Ort aufbewahren. Er meinte, es läge ein Fluch darauf, und nun müßten Sie, weil Sie ihn gelesen haben, bestimmt sterben.«

»Glauben Sie das?« Erica wußte, daß Aida Raman für so etwas nicht genug Einfalt besaß.

»Ich weiß es nicht. Mein Mann hat etwas anderes gesagt.«

»Mrs. Raman«, bemerkte Erica, »ich habe den Papyrustext vollständig übersetzt. Ihr Mann hatte recht. Das Schriftstück hat nichts mit einem Fluch zu tun. Ein Architekt hat diesen Papyrus im Altertum für Pharao Sethos I. geschrieben.«

Im Dorf kläffte laut ein Hund. Ein Mensch brüllte zurück. »Sie müssen jetzt gehen«, drängte Aida. »Sie müssen fort sein, falls mein Schwiegersohn zurückkommt. Bitte!«

»Wie heißt Ihr Schwiegersohn?« erkundigte sich Erica.

»Mohammed Abdulal.«

349

Diese Neuigkeit traf Erica wie ein harter Schlag ins Gesicht.
»Sie kennen ihn?« fragte Aida.

»Ich bin ihm heute abend begegnet. Wohnt er im Ort...
hier in Kurna?«

»Nein, er wohnt in Luxor.«

»War er heute abend schon hier?« fragte Erica nervös.

»Während des Tages schon, aber heute abend noch nicht.
Bitte, Sie müssen jetzt gehen.«

Erica drehte sich eilig zum Gehen um. Sie war weit nervöser als Aida. Aber auf der Schwelle verharrte sie noch einmal. Lose Enden begannen sich zusammenzufinden. »Was
für eine Tätigkeit übt Mohammed Abdulal aus?« Erica erinnerte sich daran, daß zuständige Beamte in den Schwarzhandel verwickelt sein sollten.

»Er ist Chef der Wache in der Nekropole, und außerdem
hilft er seinem Vater, den Verkaufspavillon im Tal der Könige zu führen.«

Erica nickte; nun blickte sie durch. Vorgesetzter der Wache im Tal der Könige, das war genau die richtige Position,
von welcher aus ein kluger Kopf Schwarzmarktgeschäfte
betreiben konnte. Dann sah Erica plötzlich die Verkaufsbude und Raman im Zusammenhang. »Ist das dieselbe
Bude, die Ihr verstorbener Mann, Sarwat Raman, gebaut
hat?«

»Ja, ja. Bitte, Miss Baron, gehen Sie jetzt.«

Mit einem Mal fiel es Erica wie Schuppen von den Au-
gen. Auf Anhieb gab es jetzt für alles eine Erklärung. Der
Dreh- und Angelpunkt des Ganzen war die Bude im Tal der
Könige.

»Aida«, sagte Erica in fieberhafter Erregung, »hören Sie
zu. Wie schon Ihr Mann gesagt hat, gibt es keinen ›Fluch
der Pharaonen‹, und ich kann es beweisen, aber nur, wenn
Sie mir helfen. Aber bitte verraten Sie niemandem, auch
nicht Ihren Verwandten, daß ich noch einmal bei Ihnen gewesen bin. Man wird bestimmt nicht danach fragen, das

dürfen Sie mir glauben. Ich bitte Sie nur, daß Sie nicht von sich aus über meinen zweiten Besuch reden. Bitte!« Erica packte Aida an den Oberarmen, um sie von der Dringlichkeit ihrer Bitte zu überzeugen.

»Sie können beweisen, daß mein Mann recht hatte?«

»Hundertprozentig«, antwortete Erica.

Aida nickte. »Also gut.«

»Ach, noch was«, sagte Erica. »Ich brauche eine Taschenlampe.«

»Ich habe bloß eine Öllampe.«

»Die wird genügen«, sagte Erica.

Als sie sich verabschiedete, umarmte Erica die Greisin, aber Aida blieb gleichgültig und unzugänglich. Erica stand für ein Weilchen im Schatten des Hauses, in ihren Händen die Öllampe sowie einige Zündholzheftchen, und beobachtete das Dorf. Totenstille herrschte rundum. Der Mond hatte den Zenit überschritten und hing nun am westlichen Himmel. In Luxor zeugten noch helle Lichter vom Nachtleben.

Erica nahm denselben Pfad wie zwei Tage zuvor und schleppte sich zum Hügelkamm hinauf. Trotz allem fiel der Aufstieg im Mondschein leichter als unter der glutheißen Sonne.

Sie wußte, daß sie ihre neu gefaßten Vorsätze umstieß, das ganze Geheimnis Yvon und die Polizei aufklären zu lassen. Aber die Unterhaltung mit Aida hatte ihre Begeisterung für die Vergangenheit erneut angefacht. Der unvermutete Durchgang von der Gruft Ahmoses in die öffentlichen Katakomben hatte ihr unerwartet eine zusammenfassende Erklärung für die verschiedenen Geschehnisse geliefert, und ebenso eine Lösung für die Inschrift der Sethos-Statuen und des Papyrustextes. In Anbetracht der Erkenntnis, daß Mohammed Abdulal nicht einmal im Traum darauf käme, daß sie frei herumlief, fühlte sich Erica einigermaßen sicher. Selbst wenn er ins Grab des Ahmose einmal einen Blick tun wollte, würde es Tage beanspruchen, die schwere Verschlußplatte zu heben. Erica meinte, genügend Zeit zu haben, um zuerst dem Tal der Könige und Ramans Verkaufsstand einen Besuch abzustatten. Wenn ihre Vermutung sich bestätigte, würde sie ein Geheimnis entdecken, angesichts dessen Tutanchamuns Grab nebensächlich erschien.

Auf der Höhe des Hügelkamms blieb sie stehen, um zu verschnaufen. Leise pfiff der Wüstenwind um die kahlen Gipfel und erhöhte das Gefühl der Einsamkeit. Von ihrem Standpunkt aus konnte sie ins dunkle, abweisende Tal der Könige hineinblicken und das Gewirr ausgetretener Pfade erkennen.

Erica konnte ihr Ziel sehen. Verkaufsbude und Rasthaus hoben sich deutlich von der kleinen felsigen Erhöhung ab, auf der sie standen. Der Anblick ermutigte sie, und sie setzte ihren Weg ohne Umschweife fort, machte sich behutsam an den Abstieg, um nicht kleine Geröllawinen auszulösen. Sie wollte nicht die Aufmerksamkeit von Leuten erregen, die sich vielleicht im Tal aufhielten. Sobald sie die Richtung zum alten Arbeiterdorf der Nekropole eingeschlagen hatte, ebnete sich der Pfad zusehends, und sie kam leichter und schneller voran. Ehe sie einen der sorgfältig angelegten, von Steinen gesäumten Wege betrat, die zwischen den Gräbern verliefen, hielt Erica nochmals inne, um zu lauschen. Sie konnte nichts hören als die Geräusche des Windes und gelegentlich den Schrei einer Fledermaus im Flug.

Geschwind und lautlos suchte Erica die Mitte des Tals auf und stieg die Stufen zum Verkaufsstand hinauf. Wie erwartet, war die Tür verrammelt und verschlossen. Erica ging nun auf die Veranda, und von dort aus ließ sie ihren Blick durch das Dreieck schweifen, das Tutanchamuns Grab, die Gruft Sethos' I. und die Verkaufsbude bildeten. Dann schlich sie an die Rückseite des Steinbaus und in die übelriechende Damentoilette. Sie hielt ein Streichholz an Aidas Öllampe und unterzog nun den Raum einer genauen

Prüfung, untersuchte seinen Grundriß. Die Bauart wies keine Absonderlichkeiten auf.

In der Männertoilette war der Uringestank noch aufdringlicher. Schuld daran war ein langes, aus gebrannten Ziegeln gemauertes Pissoir entlang der Außenmauer. Über dem Pissoir befand sich ein ungefähr sechzig Zentimeter hoher Einstieg zur Kanalisation, der bis unter die Veranda reichte; die Herrentoilette paßte nicht in den Grundriß des Gebäudes. Erica trat vor die Pißrinne. Die Öffnung des Einstiegs war etwa in Schulterhöhe. Sie hielt die Öllampe hoch, um hineinzuschauen, aber das Licht leuchtete bloß etwas über einen Meter weit. Sie konnte gerade noch eine offene Sardinenbüchse und ein paar leere Flaschen auf dem lehmigen Boden erkennen.

Erica stieg auf einen Abfalleimer und kletterte dann in den Einstieg hinein. Ihre Segeltuchtasche ließ sie am Rand zurück. Wie ein Krebs krabbelte sie vorwärts, wobei sie vermied, den hineingeworfenen Unrat zu berühren, bis sie ans Mauerwerk stieß. In dieser Enge war der Gestank der Toilette fast unerträglich, und Ericas Begeisterung erhielt einen merklichen Dämpfer. Aber da sie nun schon so weit war, nahm sie das Gemäuer vom einen bis zum anderen Ende in Augenschein. Nichts!

Erica stützte den Kopf in die Hände und gestand sich ein, daß sie sich geirrt hatte. Dabei wirkte alles so gut durchdacht. Sie stieß einen schweren Seufzer aus und versuchte, sich umzudrehen. Das erwies sich als zu schwierig, und sie wand sich rückwärts wieder hinaus. Die Öllampe in der einen Hand, schob sie sich, indem sie sich mit der anderen Hand abstemmte, zurück zur Einstiegsöffnung, aber die Erde unter ihr war locker und bereitete ihr Schwierigkeiten. Sie bemühte sich, einen besseren Ansatzpunkt zu finden, und als sie im Dreck schabte, fühlte sie etwas Glattes unter der Erde.

Erica verdrehte den Hals und schaute näher hin. Ihre

rechte Hand ruhte auf einer Metallfläche. Sie scharrte etwas vom Schmutz beiseite und entblößte ein Stück einer metallenen Platte. Sie stellte die Lampe ab und räumte mit beiden Händen das lockere Erdreich fort. An den Rändern des Metallstücks konnte sie sehen, daß es sich um eine in den Felsen eingelassene Metallplatte handelte; sie mußte die Platte völlig von Erde befreien, ehe sie den Rand anheben und sie über das angehäufte Erdreich fortschieben konnte. Die Metallplatte hatte einen senkrecht ins Muttergestein getriebenen Schacht verborgen.

Erica hielt das Licht über das dunkle Loch und erkannte, daß es etwa achtzig Zentimeter tief und der Anfang eines Tunnels war, der zur Vorderseite des Gebäudes führte. Sie hatte doch recht! Langsam hob sie den Kopf und starrte versonnen vor sich in die Düsternis. Erregung und ein Gefühl der Befriedigung packten sie. Nun konnte sie sich vorstellen, wie Carter im November 1922 zumute gewesen sein mußte.

Schließlich zerrte sie ihre Segeltuchtasche ins Innere des Einstiegs. Dann ließ sie sich in den kurzen Schacht rutschen und hielt die Öllampe in die Mündung des Tunnels. Er verlief abwärts und erweiterte sich unmittelbar hinter dem Zugangsschacht. Erica atmete tief ein und setzte sich in Bewegung. Zuerst mußte sie praktisch auf allen vieren kriechen, aber kurz darauf vermochte sie schon in gebückter Haltung zu gehen. Unterwegs versuchte sie, die Länge des Tunnels zu schätzen. Er führte direkt in die Richtung von Tutanchamuns Grab.

Nassif Boulos schlenderte über den dunklen leeren Parkplatz im Tal der Könige. Er war siebzehn Jahre alt und der jüngste der drei Nachtwächter. Im Laufen rückte er den Gurt seines alten Gewehrs, das im Ersten Weltkrieg in Ägypten zurückgelassen worden war, auf der Schulter zurecht. Diesmal hatte er nicht die gute Route erwischt, den

Kontrollgang zur anderen Seite des Tals und zurück zur Wachstube, wo man seine Ruhe hatte und einen Schluck trinken konnte; und deshalb war er sauer. Wieder hatten seine Kollegen seine Jugend und den Umstand, daß er an Rang und Würde unter ihnen stand, ausgenutzt.

Die helle Mondnacht besänftigte seinen Ärger, und nach einer Weile verspürte er bloß noch Unruhe und das Bedürfnis nach irgend etwas, das die Langweiligkeit des Wachdienstes unterbrach. Aber im Tal herrschte Ruhe, jedes Grab war mit einem starken Eisengitter versperrt Nassif hätte zu gerne einmal sein Gewehr gegen einen Dieb benutzt, und in Gedanken malte er sich aus, wie er das Tal gegen eine Räuberbande verteidigte.

Vorm Eingang zum Grab Tutanchamuns blieb er stehen. Er wünschte, die Gruft wäre heute entdeckt worden, nicht vor einem halben Jahrhundert. Er schaute hinauf zum Verkaufspavillon, denn dort oben hätte er zu Carters Zeit auf Wache gestanden. Er wäre hinter der Brüstung der Veranda in Deckung gegangen, und niemand hätte sich dem Grab nähern können, ohne sich seinem mörderischen Feuer auszusetzen.

Als er so nach oben blickte und sann, bemerkte Nassif, daß die Tür zu den Toiletten offenstand. Ihm fiel auf, daß sie noch nie offengelassen worden war, und überlegte, ob er einmal hinaufgehen solle. Dann richtete er seinen Blick hinüber zur anderen Seite des Tals und beschloß, auf dem Rückweg in den Toiletten nach dem Rechten zu sehen. Auf dem weiteren Wege bildete er sich ein, wie er mit einer Gruppe von ihm persönlich verhafteter Banditen nach Kairo reiste.

Erica schätzte, daß sie Tutanchamuns Grab sehr nahe sein mußte. Wegen des nach oben gewölbten, unebenen Tunnelbodens war sie nur langsam vorangekommen. Sie erspähte voraus eine scharfe Biegung nach links, hinter die sie erst sehen konnte, nachdem sie um die Ecke gegangen war. Dahinter führte der Stollen ein Stück weit steil abwärts und endete dann in einem Raum. Die Hände gegen die rauhen, aus dem Fels gehauenen Wände des Tunnels gestemmt, schlitterte sie langsam über die Schräge hinab, bis ihre Füße wieder auf ebenem Untergrund standen. Sie befand sich jetzt in einer unterirdischen Kammer.

Erica schätzte, daß sie direkt unter der Vorkammer von Tutanchamuns Grab lag. Sie hob die Öllampe weit über ihren Kopf, und der Schein fiel auf glatte, aber schmucklose Wände. Der Raum war etwa zehn Meter lang und sechs Meter breit; die Decke bestand aus einer einzigen riesigen Kalksteinplatte. Als Erica den Blick auf den Boden richtete, sah sie sich einem unfaßbaren Gewirr von Skeletten gegenüber, von denen manche noch Reste natürlich mumifizierten Gewebes aufwiesen. Sie hielt das Licht tiefer und erkannte, daß sämtliche Schädel mit einem schweren stumpfen Gegenstand eingeschlagen worden waren.

»Mein Gott«, flüsterte Erica. Sie wußte, was hier vorgegangen war. Dies waren die Überbleibsel des Massakers an den Arbeitern, die im Altertum an dieser Kammer gearbeitet hatten.

Langsam durchquerte sie den Raum und gedachte der Grausamkeiten im Altertum. Dann stieg sie eine ausgedehnte Treppenflucht hinunter, die vor einer Mauer endete. Raman hatte ein großes Loch geschlagen, und Erica konnte ohne Mühe in einen anderen, viel größeren Raum treten. Als ihr Licht die Dunkelheit durchdrang, schnappte Erica nach Luft und lehnte sich rücklings ans Gemäuer. Vor ihr lag ein archäologisches Märchenland ausgebreitet. Vier dicke eckige Säulen stützten den Hohlraum. Die Wände waren mit außerordentlich kunstvollen Darstellungen des altägyptischen Pantheons bemalt. Vor jeder einzelnen Gottheit war Sethos I. abgebildet. Erica hatte den Schatz des Pharao gefunden! Nenephta hatte in der Tat erkannt, wo für einen Schatz der sicherste Aufbewahrungsort war: nämlich unter einem anderen Schatz.

Scheu trat Erica vor, hielt ihre Öllampe in die Höhe, so daß der unruhige Lichtschein über die zahllosen Beigaben flackerte, die man hier angehäuft hatte. Im Gegensatz zu Tutanchamuns kleiner Gruft herrschte hier keinerlei Unordnung. Alles war an seinem Platz. Vollständige vergoldete Streitwagen standen bereit, als warteten sie nur darauf, daß man die Rösser einspanne. An der rechten Wand waren große Kästen und schwere hochgekantete Truhen aufgereiht, vornehmlich aus mit Ebenholz verstärkter Zeder hergestellt.

Nur eine kleine Truhe aus Elfenbein stand offen, und der Inhalt – Edelsteinschmuck von unvergleichlicher Eleganz – lag ordentlich davor am Boden ausgebreitet. Offenbar hatte sich Raman daraus bedient.

Erica umkreiste die in der Mitte angeordneten Säulen und entdeckte eine weitere Treppe. Sie führte wieder in einen anderen Raum von den gleichen Ausmaßen, ebenfalls angefüllt mit Schätzen. Hier zweigten einige Gänge in andere Gemächer ab.

»Mein Gott«, seufzte Erica nochmals, diesmal nicht aus Entsetzen, sondern vor fassungslosem Staunen.

Sie machte sich klar, daß sie sich in einer weitverzweigten Anlage aufhielt, die sich mit ihren Gängen und Kammern labyrinthartig in die Tiefe und nach verschiedenen Seiten erstreckte. Sie sah sich hier einem Schatz gegenüber, der das gewöhnliche Begriffsvermögen überforderte. Während sie umherstreifte, dachte sie an die berühmte Deir-el-Bahri-Grabstätte, die gegen Ende des neunzehnten Jahrhunderts von der Familie Rasul entdeckt und über einen Zeitraum von zehn Jahren ausgeplündert worden war; hier hatte die Familie Raman und später die Familie Abdulal allem Anschein nach das gleiche vor.

Erica betrat einen anderen Raum und blieb ruckartig ste-

357

hen. Sie war in eine vergleichsweise kahle Kammer geraten. Sie sah vier aufeinander abgestimmte Truhen aus Ebenholz, Osiris-Nachbildungen. Die Wandmalereien entstammten dem Buch der Toten. Die gewölbte Decke war schwarz gestrichen und mit goldenen Sternen verziert. Voraus entdeckte Erica eine vermauerte Türöffnung, versiegelt mit dem alten Siegel der Totenstadt. Beiderseits der Türöffnung standen zwei alabasterne Sockel, deren Vorderseiten in Hochrelief gearbeitete Hieroglyphen besaßen. Erica verstand den Text auf den ersten Blick »Ewige Ruhe sei gegeben Sethos I., der unter Tutanchamun ruht.«

Nun war Erica auf Anhieb klar, daß das Verb »ruht« hieß, nicht »herrscht«, und die Präposition lautete »unter«, nicht »nach«. Zugleich begriff sie, daß sie sich am ursprünglichen Standort der beiden Sethos-Statuen befand. Dreitausend Jahre lang hatten sie einander gegenüber beiderseits der vermauerten Türöffnung Wache gehalten.

Plötzlich vergegenwärtigte sich Erica, daß sie vor der noch ungeöffneten Grabkammer des mächtigen Pharao Sethos I. stand. Sie hatte nicht bloß das Versteck eines Schatzes gefunden, sondern eine ganze Pharaonengruft. Die Sethos-Statuen waren die Wächter der Grabkammer gewesen, so wie die beiden mit Erdpech bestrichenen Statuen Tutanchamuns vor dessen Grabkammer. Sethos I. war nicht in jenem Grab bestattet worden, das sich im Dreieck mit Gräbern anderer Pharaonen des Neuen Reiches befand. Das war Nenephtas letzter Trick gewesen. Er hatte einen Ersatzleichnam in dem Grab bestatten lassen, von dem man im allgemeinen behauptete, es sei das Grab Sethos' I. Aber in Wirklichkeit war Sethos I. in einer geheimen Gruft unter der Grabstätte Tutanchamuns beigesetzt worden. Nenephta hatte alle Beteiligten zufriedengestellt. Er hatte den Grabräubern eine Gruft zum Ausrauben geliefert und gleichzeitig dem Grab seines Pharao einen zuverlässigen Schutz, wie ihn kein anderes Pharaonengrab erhielt. Nenephta war davon ausgegangen, daß niemand, sollte nochmals jemand in Tutanchamuns Grab eindringen, auf den Gedanken käme, es könne als Tarnung für einen viel gewaltigeren Schatz darunter dienen. Er hatte »die Wege der Habgierigen und Übeltäter« verstanden.

Erica schüttelte die Lampe, um zu prüfen, wieviel Öl noch darin war, und entschied, lieber den Rückzug anzutreten. Widerwillig machte sie kehrt und durchquerte die Grabanlage in der Richtung, aus der sie zuvor gekommen war. Sie konnte nur noch staunen über Nenephtas Plan. Er war tatsächlich sehr klug gewesen. Aber er war auch überheblich. Das Hinterlassen des Papyrus in Tutanchamuns Grab war der schwächste Punkt seines ausgeklügelten Plans gewesen. Der Papyrus hatte dem nicht minder gerissenen Raman den Hinweis gegeben, mit dessen Hilfe er das Geheimnis entschleiern konnte. Erica fragte sich, ob der Araber, so wie sie, die Große Pyramide besichtigt und dabei festgestellt hatte, daß die Kammern übereinander gebaut worden waren, oder ob er einmal unter einem der Fürstengräber ein anderes Grab gefunden hatte.

Während des Rückzuges durch den engen Gang dachte Erica über die Großartigkeit ihrer Entdeckung nach, aber auch daran, was alles auf dem Spiel stand. Kein Wunder, daß man sogar vor Mord nicht zurückschreckte. Bei dieser Überlegung blieb Erica wie angewurzelt stehen. Sie fragte sich, wie viele Menschen deswegen schon ihr Leben lassen mußten. Das Geheimnis des Grabes war über fünfzig Jahre lang bewahrt worden. Der junge Mann von der Yale University... Auf einmal sah Erica Zusammenhänge mit dem sogenannten »Fluch der Pharaonen«. Möglicherweise waren seine angeblichen Opfer in Wahrheit ermordet worden, um das Geheimnis zu hüten? Vielleicht sogar Lord Carnarvon selbst?

Als sie die oberste Kammer erreichte, blieb Erica bei den Schmuckstücken der elfenbeinernen Truhe stehen. Sie hatte es sorgsam vermieden, irgend etwas anzufassen, um nicht die archäologischen Aspekte der Gruft zu beeinträchtigen, aber etwas anzurühren, das schon jemand angetastet hatte, bereitete ihr kein schlechtes Gewissen. Sie hob einen Anhänger aus massivem Gold mit der Kartusche Sethos' I. hoch. Sie wollte ein Beweisstück haben für den Fall, daß Yvon und Achmed ihr die Geschichte nicht glauben mochten. Sie steckte den Anhänger ein und stieg die Treppe zu dem Raum hinauf, in der die Skelette der unglücklichen Arbeiter des Altertums lagen.

Der Rückmarsch durch den Tunnel nach oben war entschieden leichter als in umgekehrter Richtung. Endlich stellte sie die Öllampe auf den Erdboden des Einstiegs im Keller der Verkaufsbude und kroch selber hinterdrein. Nun mußte sie entscheiden, auf welche Weise sie am besten nach Luxor zurückgelangte. Da es mittlerweile kurz nach Mitternacht war, bestanden nur geringe Aussichten, daß sie Mohammed Abdulal oder dem Nubier in die Arme lief. Ihre hauptsächliche Sorge galt den amtlich bestellten Wächtern, die Mohammed Abdulal unterstanden. Sie entsann sich, daß an der asphaltierten Straße ins Tal eine Wachstube stand. Infolgedessen durfte sie nicht an der Straße entlanggehen, sondern mußte wieder den Pfad nach Kurna nehmen.

In der Enge der Einstiegsöffnung war es recht mühsam, die Metallplatte zu bewegen. Erica schob sie über den angehäuften Dreck und ließ sie schließlich an ihren Platz rutschen. Dann bedeckte sie die Platte mit Hilfe der leeren Sardinendose, die sie schon vorher bemerkt hatte, wieder mit Erde.

Nassif trennten noch einige Dutzend Meter von dem Pavillon, als er das Kratzen von Metall auf Stein vernahm. Unverzüglich riß er das Gewehr von der Schulter und stürzte zu der halboffenen Toilettentür. Mit dem Gewehrkolben stieß er die Tür vollends auf. Mondschein fiel durch den schmalen Eingang nach innen.

Erica hörte das Knarren der Tür und löschte flink die Öllampe mit der bloßen Hand. Sie kauerte ungefähr drei Meter von der Wand zum Pissoir entfernt in einer Ecke. Ihre Augen paßten sich der Dunkelheit rasch an, und gleich darauf konnte sie die Tür des Vorraums sehen. Ihr Herz fing an zu hämmern, sowie in der Nacht, als sich Richard in ihr Hotelzimmer geschlichen hatte.

Während sie das Innere der Toilette beobachtete, huschte eine dunkle Gestalt herein. Trotz der Finsternis vermochte Erica das Gewehr zu erkennen. Panische Angst stieg in ihr auf, als der Mann direkt zu der Öffnung kam. Er näherte sich in geduckter Haltung, bewegte sich wie eine Katze, die ihre Beute beschleicht.

Erica, die keinerlei Vorstellung davon besaß, was der Mann sehen konnte, preßte sich auf den Boden. Er schien sie geradewegs anzustarren, als er sich näherte. Vor der Pißrinne blieb er stehen und stierte, wie es Erica vorkam, stundenlang in den Einstieg. Schließlich hob er einen Arm und klaubte eine Handvoll Erde zusammen. Er holte aus und schleuderte sie in die Tiefe der Öffnung. Erica schloß die Augen, als sie davon getroffen wurde. Der Mann wiederholte seinen Wurf. Ein paar Steinchen klirrten auf den noch unbedeckten Teil der Metallplatte.

Nassif straffte sich, »*Karrah*«, murmelte er, darüber verärgert, daß nicht einmal eine Ratte zum Vorschein kommen wollte, um sich von ihm abknallen zu lassen.

Ericas Angst verflüchtigte sich etwas, aber der Mann wollte sich noch immer nicht entfernen. Er stand da und glotzte im Dunkeln zu ihr herein, das Gewehr auf der Schulter. Erica war ratlos, bis sie das Plätschern von Urin hörte.

Das helle Segel der Feluke spiegelte gerade so viel Mondlicht wider, daß Erica auf die Armbanduhr blicken konnte. Es war kurz nach ein Uhr. Die Überfahrt auf dem Nil verlief so ruhig, daß sie hätte einnicken können. Der Strom war die letzte Hürde gewesen, und sie durfte jetzt ihrem Körper Entspannung und Erholung gönnen. Sie war davon überzeugt, daß ihr in Luxor keine weitere Gefahr drohte. Der Erfolg ihrer Entdeckungsreise stellte nun ihre scheußlichen Erlebnisse in den Grüften in den Hintergrund, und die Ungeduld, anderen ihren Fund zu enthüllen, hielt sie wach.

Erica schaute zurück ans Westufer und war sehr mit sich zufrieden. Sie war aus dem Tal der Könige gestiegen, hatte sich durchs verschlafene Dorf Kurna geschlichen und schließlich die Felder in Richtung Flußufer durchquert, alles ohne Schwierigkeiten. Einer Begegnung mit ein paar Hunden konnte sie entgehen, indem sie sich bloß nach einem Stein bückte. Sie streckte ihre müden Beine aus.

Das Boot schwankte leise im Wind, und Erica hob den Blick zu dem gewölbten Segel vor dem mit Sternen übersäten Himmel. Sie wußte nicht genau, wem sie ihre Entdeckung mit der größten Freude mitteilen würde: Yvon, Achmed oder Richard. Yvon und Achmed wüßten den Fund zweifelsfrei mehr zu würdigen, aber Richard wäre bestimmt starr vor Staunen. Selbst ihre Mutter würde sich freuen: Endlich brauchte sie sich im Country Club einmal nicht für die Berufswahl ihrer Tochter zu entschuldigen.

Am Ostufer angekommen, war es ihr nur angenehm, daß sich im Foyer des Winter Palace Hotel niemand aufhielt. Sie mußte an der Rezeption laut rufen, um einen Hotelangestellten hervorzulocken.

Der schläfrige Ägypter überreichte ihr wortlos den Schlüssel und einen Briefumschlag, obwohl ihr Aussehen ihn merklich wunderte. Erica stieg die breite, mit einem Läufer ausgelegte Treppe hinauf, während der Angestellte ihr nachblickte und sich offensichtlich fragte, was sie wohl getrieben haben mochte, daß sie so verdreckt war. Erica betrachtete den Umschlag. Es war ein hauseigener und in kräftiger, schwerfälliger Schrift an sie adressiert. Als sie ihren Korridor betrat, schob sie einen Finger in die Ecke des Umschlags und riß ihn auf, während sie über das zum Hotelumbau bestimmte Baumaterial stieg. Sie stand vor ihrer Tür und wollte gerade den Schlüssel ins Schloß stecken, als sie den Brief entfaltete. Der Briefbogen war nur sinnlos bekritzelt. Erneut betrachtete Erica den Umschlag, diesmal von allen Seiten, und fragte sich, ob das irgendein Scherz sein solle. Falls ja, dann fehlte es ihr dafür an Verständnis und Humor. Das glich einem Anruf, bei dem der Anrufer auflegte, ohne etwas zu sagen, sobald man abnahm. Irgendwie beunruhigte sie dieser Fetzen.

Erica heftete ihren Blick auf die Zimmertür. Wenn sie im Laufe ihrer Reise etwas dazugelernt hatte, dann ganz bestimmt, daß Hotels keine Sicherheit boten; sie erinnerte sich daran, Achmed in ihrem Zimmer angetroffen zu haben, an Richards Ankunft und daß man ihr Zimmer durchsucht hatte. Mit schwankenden Gefühlen schob sie den Schlüssel in die Tür.

Plötzlich meinte sie ein Geräusch zu hören. In ihrer gegenwärtigen Verfassung brauchte es nicht mehr zur augenblicklichen Flucht. Sie ließ den Schlüssel im Schloß stecken und rannte den Korridor hinab. Durch ihre Hast prallte die Segeltuchtasche mit vernehmlichem Krachen gegen einen Stapel von Ziegelsteinen. Sie hörte, wie hinter ihr jemand eilig die Zimmertür von innen aufschloß.

Als Evangelos das Geräusch von Ericas Schlüssel vernommen hatte, war er augenblicklich zur Tür gesprungen. »Mach sie kalt«, schnauzte Stephanos, den der Lärm weckte. Evangelos stieß mit gezogener Beretta die Tür auf und sah gerade noch, wie Erica im Treppenhaus verschwand.

Sie besaß keine Ahnung, wer sich in ihrem Zimmer aufhalten mochte, aber sie machte sich keine Illusionen, daß der lahme Hotelangestellte sie vor einer Gefahr schützen könnte. Außerdem befand er sich gar nicht am Anmeldeschalter. Sie mußte zu Yvon ins New Winter Palace Hotel fliehen. Sie lief an der Rückseite des Hotels in den Garten.

Trotz seines wuchtigen Körperbaus konnte Evangelos sich verblüffend schnell bewegen, vor allem, wenn er sich Mühe gab. Und sobald er erst einmal eine Anweisung erhalten hatte, die seiner gewalttätigen Neigung entgegenkam, benahm er sich wie ein Bluthund.

Erica rannte quer durch ein Blumenbeet und erreichte den Swimming-pool. Als sie um ihn herumlief, glitt sie auf den feuchten Fliesen aus und stürzte auf die Seite. Sie rappelte sich wieder hoch, ließ ihre Segeltuchtasche liegen und flüchtete weiter. Hinter ihr kamen schnelle Schritte näher.

Evangelos war nahe genug für einen zielsicheren Schuß. »Halt!« brüllte er und richtete die Pistole auf Ericas Rükken.

Erica sah ein, daß ihre Lage hoffnungslos war; noch fünfzig Meter trennten sie vom New Winter Palace Hotel. Erschöpft blieb sie stehen, völlig außer Atem, wandte sich ihrem Verfolger zu. Er war nur zehn Meter hinter ihr. Sie kannte ihn aus der El-Azhar-Moschee. Die lange Schnittwunde, die er dort an jenem Tag erhalten hatte, war inzwischen vernarbt, und er sah nun aus wie Frankensteins Monster. Er hatte seine Pistole mit Schalldämpfer auf sie gerichtet.

Evangelos überlegte, wie er sie am besten erschießen könnte. Schließlich hielt er die Waffe auf Armlänge, zielte auf Ericas Hals und begann langsam den Abzug durchzudrücken.

Erica sah ihn seinen Arm heben, und ihre Augen weiteten sich vor Entsetzen, als sie erkannte, daß er, obwohl sie wunschgemäß stehengeblieben war, zu schießen beabsichtigte. »Nein!«

Erica vernahm einen dumpfen Laut: ein von einem Schalldämpfer unterdrückter Schuß. Erica verspürte keinen Schmerz, und ihr Blickfeld blieb klar. Dann geschah etwas

Merkwürdiges. In der Mitte von Evangelos' Stirn schien sich eine kleine rote Blume zu öffnen, und er stürzte vornüber aufs Gesicht, die Waffe fiel aus seiner Hand.

Erica stand wie versteinert. Ihre Arme hingen schlaff herab, und sie hörte, wie sich hinter ihrem Rücken etwas in den Sträuchern rührte. Dann sprach eine Stimme sie an. »Sie hätten sich mal lieber nicht so viel Mühe geben sollen, mich abzuhängen.«

Erica drehte sich langsam um. Vor ihr stand der Mann mit der Hakennase und dem abgebrochenen spitzen Zahn. »Das war echt knapp«, sagte Khalifa und deutete auf Evangelos. »Ich vermute, Sie sind unterwegs zu Monsieur de Margeau. Beeilen Sie sich. Es wird noch mehr Ärger geben.«

Erica versuchte zu sprechen, aber sie brachte keinen Ton hervor. Sie nickte nur und wankte an Khalifa vorbei, als wären ihre Beine aus Gummi. Später erinnerte sie sich nicht mehr, wie sie in Yvons Zimmer gelangte.

Der Franzose öffnete die Tür, und sie brach in seinen Armen zusammen, murmelte etwas von einem Schuß, über das Gefängnis in der Gruft, über den Fund der Statue. Yvon blieb ganz ruhig, streichelte ihr Haar, drückte sie auf einen Stuhl und bat sie, von Anfang an zu erzählen.

Gerade wollte sie anfangen, als es an die Tür klopfte. »Ja«, rief Yvon, nervös sich umdrehend.

»Ich bin's, Khalifa.«

Yvon machte ihm die Tür auf, und Khalifa drängte Stephanos in den Raum.

»Sie haben mir den Auftrag erteilt, das Mädchen zu beschützen und die Person zu schnappen, die es umzubringen versucht. Hier ist der Kerl.« Khalifa wies auf Stephanos.

Stephanos musterte Yvon, dann Erica. Sie war fassungslos, als sie begriff, daß Yvon Khalifa zu ihrem Schutz angeworben hatte, denn ihr gegenüber hatte er stets die Gefahr heruntergespielt. Erica wurde es allmählich unbehaglich.

»Hör mal, Yvon«, sagte Stephanos nach einem Weilchen. »Es ist ja lachhaft, daß wir uns in die Haare geraten. Du bist sauer auf mich, weil ich die erste Sethos-Statue dem Mann in Houston verkauft habe. Aber ich habe nicht mehr getan, als die Statue aus Ägypten in die Schweiz transportiert. In Wirklichkeit sind wir gar keine Konkurrenten. Du möchtest im gesamten Schwarzhandel die Vormachtstellung haben. Na schön, von mir aus. Ich will nur meinen kleinen Anteil behalten. Ich kann dein Zeug auf seit lange bewährten Wegen aus Ägypten schaffen. Wir sollten zusammenarbeiten.«

Schnell sah Erica zu Yvon hinüber, damit ihr nicht die kleinste Reaktion entging. Sie wünschte, er würde laut lachend Stephanos entgegnen, daß alles eine Täuschung sei und er vielmehr den Schwarzhandel drosseln wolle.

Yvon wühlte in seinem Haar. »Warum hast du Erica bedroht?« fragte er.

»Weil sie von Abdul Hamdi zuviel wußte. Ich wollte meine Route geheimhalten. Aber wenn ihr zwei zusammenarbeitet, ist ja alles in Ordnung.«

»Dann hast du also gar nichts mit Abdul Hamdis Tod und dem Verschwinden der zweiten Sethos-Statue zu tun?« fragte Yvon.

»Nein«, antwortete Stephanos, »ich schwöre es. Ich hatte überhaupt nichts von der zweiten Sethos-Statue gewußt. Das machte mir ja eben solche Sorgen. Ich habe befürchtet, daß man mich aus dem Geschäft drängt und Hamdis Brief der Polizei in die Hände spielt.«

Erica schloß die Augen, um mit der ganzen Wahrheit fertig zu werden. Yvon war kein Kreuzritter. Sein Ziel, den Schwarzmarkt in den Griff zu bekommen, galt nur seinen eigenen Interessen, nicht der Wissenschaft, Ägypten oder der Welt. Seine Leidenschaft für Altertümer erstickte alle moralischen Bedenken. Erica war zur Närrin gemacht worden, und was noch schwerer wog, sie hätte das Leben verlieren können. Sie krallte ihre Fingernägel in die Couch. Sie mußte hier heraus. Sie mußte Achmed über Sethos' Gruft informieren.

»Stephanos hat Abdul Hamdi nicht umgebracht«, sagte Erica plötzlich. »Abdul Hamdi ist von den Leuten in Luxor ermordet worden, die die Hand auf der Quelle der Antiquitäten haben. Die Sethos-Statue ist wieder in Luxor. Ich habe sie gesehen und kann uns hinführen.« Absichtlich sagte sie »uns«.

Yvon sah sie an, ein wenig verdutzt, daß sie sich so schnell erholt hatte. Erica lächelte ihm aufmunternd zu. Ihr Selbsterhaltungstrieb verlieh ihr ungeahnte Kräfte. »Außerdem ist Stephanos' Route durch Jugoslawien«, fügte Erica hinzu, »weit besser als der Transport in Baumwollballen über Alexandria.«

Stephanos nickte und wandte sich an Yvon. »Eine kluge Frau. Und sie hat recht. Mein Verfahren ist viel besser, als die Antiquitäten in Baumwollballen zu verstecken. War das wirklich dein Plan? Meine Güte, das kann doch bloß ein- oder zweimal gutgehen!«

Erica räkelte sich. Ihr war klar, daß sie Yvon davon überzeugen mußte, sie hätte ein rein persönliches Interesse an den Altertümern. »Morgen kann ich euch zeigen, wo die Sethos-Statue aufbewahrt wird.«

»Wo denn?« erkundigte sich Yvon.

»In einem unnumerierten Fürstengrab auf dem Westufer. Die Lage ist sehr schwierig zu beschreiben. Ich muß es euch zeigen. Es liegt oberhalb des Dorfes Kurna. Außerdem werden dort noch eine ganze Menge anderer schöner Stücke aufbewahrt.« Erica holte den goldenen Anhänger mit Sethos' Kartusche aus der Tasche ihrer Jeans. Sie warf ihn lässig auf einen Tisch. »Meine Belohnung dafür, daß ich die Sethos-Statue wiedergefunden habe, soll sein, daß Stephanos für mich diesen Anhänger außer Landes bringt.«

367

Yvon begutachtete den Halsschmuck. »Ein exquisites Stück«, bemerkte er.

»Es gibt dort noch viel mehr von der Sorte, manche sind noch wesentlich besser als das da. Aber ich konnte mir's nicht leisten, mehr einzustecken. Aber nun möchte ich erst mal ein Bad nehmen und mich gründlich ausruhen. Falls das noch niemandem aufgefallen sein sollte: Ich habe einen anstrengenden Abend hinter mir.« Erica trat zu Yvon und küßte ihn auf die Wange. Das war das Schwerste, was sie sich auferlegte. Sie dankte Khalifa für seine Hilfe im Garten. Dann marschierte sie hocherhobenen Hauptes zur Tür.

»Erica…«, sagte mit ruhiger Stimme Yvon.

Sie drehte sich um. »Ja?«

Für einen Moment herrschte Schweigen. »Vielleicht willst du lieber hier bei mir bleiben?« fragte Yvon. Anscheinend war er sich noch unschlüssig, wie er sich verhalten sollte.

»Heute nacht bin ich einfach zu müde«, antwortete Erica. Der Sinn von Yvons Bitte schien offenkundig zu sein. Stephanos grinste hinter vorgehaltener Hand.

»Raoul«, rief Yvon, »du sorgst mir heute nacht für Miss Barons Sicherheit.«

»Ich glaube, ich komme alleine klar«, sagte Erica und öffnete die Tür.

»Ich möchte, daß Raoul dich begleitet«, beharrte Yvon. »Nur sicherheitshalber.«

Evangelos' Leichnam lag noch im Mondschein neben dem Swimming-pool, als Erica und Raoul zum alten Winter Palace Hotel hinübergingen. Der Tote sah aus, als schliefe er, wenn man von dem Blut unter seinem Kopf absah, von dem ein wenig ins Wasser geronnen war. Erica wandte den Blick ab, als Raoul hinzutrat, um sich von Evangelos' Tod zu überzeugen. Plötzlich sah sie Evangelos' halbautomatische Pistole noch auf den Fliesen liegen.

Erica warf Raoul einen verstohlenen Blick zu. Er war gerade dabei, Evangelos umzudrehen. »Herrgott« murmelte er, ohne Erica anzuschauen, »Khalifa ist einfach phantastisch! Genau zwischen die Augen.«

Erica bückte sich und hob die Pistole auf. Sie war schwerer als angenommen. Ihr Zeigefinger legte sich um den Abzug. Das Mordwerkzeug war ihr zuwider und flößte ihr Furcht ein. Noch nie zuvor hatte sie eine Pistole in der Hand gehalten, und das Wissen um die tödliche Wirkung der Waffe ließ sie beben. Sie machte sich nichts vor. Niemals würde sie wirklich abdrücken können. Dennoch drehte sie sich um und sah Raoul zu, wie er sich aufrichtete und die Hände abwischte. »Er war tot, ehe er auf die Schnauze fiel«, bemerkte Raoul und wandte sich Erica zu. »Ah, ich sehe, Sie haben seine Pistole gefunden. Geben Sie sie mir, ich lege sie ihm in die Hand.«

»Keine Bewegung«, sagte Erica langsam und deutlich.

Raouls Blick flog zwischen Ericas Gesicht und der Pistole hin und her. »Erica, was … ?«

»Mund halten. Zieh die Jacke aus.«

Raoul gehorchte und ließ seinen Blazer auf die Fliesen fallen.

»Jetzt zieh dir das Hemd über den Kopf«, befahl Erica.

»Erica …«, begann Raoul erneut.

»Los!« Sie hielt die Waffe mit gestrecktem Arm auf ihn gerichtet. Raoul riß sich das Hemd aus der Hose und zog es sich umständlich über den Kopf. Darunter trug er ein ärmelloses Unterhemd. Unter der linken Achselhöhle hatte er eine kleine Pistole geschnallt. Erica trat hinter ihn und nahm die Waffe aus dem Halfter, warf sie in den Swimming-pool. Als sie die Pistole ins Wasser klatschen hörte, zögerte sie einen Moment, aus Sorge, Raoul könne wütend sein. Aber dann wurde sie sich der Absurdität dieser Erwägung bewußt. Natürlich war Raoul wütend. Schließlich zielte sie ja auf ihn!

Sie hieß Raoul das Hemd wieder anziehen, damit er

etwas sehen konnte. Dann befahl sie ihm, zur Vorderseite des Hotels voranzugehen. Wieder versuchte er, sie in ein Gespräch zu verwickeln, aber sie wies ihn an, den Mund zu halten. Erica dachte daran, wie lächerlich einfach in Gangsterfilmen ein Mann außer Gefecht gesetzt wurde, indem man ihn auf den Hinterkopf schlug. In der rauhen Wirklichkeit war das nicht zu machen. Hätte sich Raoul umgedreht, hätte er ihr die Waffe mühelos aus der Hand winden können. Aber er tat es nicht, und sie strebten im Gänsemarsch durch die Schatten zur Frontseite des Hotels.

Die alten Straßenlaternen warfen ein geisterhaftes Licht auf einige Taxis, die am Bordstein der geschwungenen Zufahrt parkten. Die Taxifahrer waren längst gegangen, weil sie in der Hauptsache zwischen dem Hotel und dem Flugplatz verkehrten und die letzte Maschine bereits um einundzwanzig Uhr eingetroffen war, so daß es für sie nichts mehr zu tun gab. Für Fahrten innerhalb und durch die Umgebung der Stadt bevorzugten die Touristen sowieso die romantischeren Pferdedroschken.

Evangelos' Pistole in ihrer zittrigen Hand, trieb Erica Raoul vor sich her, an der Reihe der abgestellten Taxis entlang, und sah sich unterwegs die Armaturenbretter an. Die meisten Zündschlüssel steckten. Sie wollte zu Achmed, aber zuvor mußte sie sich entscheiden, was sie mit Raoul machen sollte.

Das erste Taxi sah aus wie alle anderen, nur war sein Rückfenster mit Troddeln geschmückt. Die Schlüssel steckten im Zündschloß.

»Hinlegen«, befahl Erica. Sie befürchtete, jemand könnte aus dem Hotel kommen.

Mit sichtlichem Widerwillen trat Raoul zur Seite auf den gemähten Rasen.

»Ein bißchen flotter«, herrschte Erica ihn an und bemühte sich, ihrer Stimme einen barschen Tonfall zu verleihen.

370

Raoul stützte sich auf die Handflächen und streckte sich auf dem Rasen aus. Er behielt die Hände unter sich, um gleich wieder aufspringen zu können; seine Verblüffung wich nun immer deutlicherer Wut.

»Arme nach vorn strecken«, wies Erica ihn an. Sie öffnete die Fahrertür des vordersten Taxis und rutschte hinter das mit Vinyl bezogene Lenkrad. Am Armaturenbrett baumelten ein paar Würfel aus rotem Weichplastik.

Der Motor begann fürchterlich langsam zu rumoren, spie schwarzen Rauch aus, lief endlich. Die Pistole durchs Seitenfenster auf Raoul gerichtet, suchte Erica den Schalter für die Scheinwerfer; endlich fand sie ihn und knipste die Scheinwerfer an. Dann warf sie die Pistole auf den Beifahrersitz und legte den ersten Gang ein. Der Wagen rollte im Schneckentempo vorwärts, schüttelte sich heftig, so daß die Pistole vom Sitz auf den Boden fiel.

Im Augenwinkel sah Erica, wie Raoul aufsprang und auf das Taxi zustürzte. Sie gab Gas und kuppelte, versuchte das Gerucke des Fahrzeugs mit höherer Geschwindigkeit zu übergehen, da sprang Raoul bereits auf die hintere Stoßstange und klammerte sich an den Kofferraumdeckel.

Der Wagen fuhr im zweiten Gang, als Erica ihn auf den großzügig beleuchteten Boulevard lenkte. Es herrschte so gut wie kein Straßenverkehr, und sie tuckerte so schnell wie möglich am Tempel von Luxor vorbei.

Als der Motor endlich kräftig brummte, legte sie den dritten Gang ein. Sie konnte die Geschwindigkeit nicht feststellen, weil der Tachometer nicht funktionierte. Im Rückspiegel sah sie Raoul sich noch hinten festklammern. Sein dunkles Haar wehte wild im Fahrtwind. Erica wollte ihn loswerden.

Sie drehte das Lenkrad von der einen zur anderen Seite hin und her; das Taxi schleuderte und schlingerte im Zickzack, die Reifen quietschten. Aber Raoul drückte sich ans Heck des Autos, und es gelang ihm, sich festzuhalten.

Erica legte den vierten Gang ein und trat das Gaspedal durch. Das Taxi schoß vorwärts, aber zugleich begann auch das rechte Vorderrad zu flattern. Die Erschütterung entwikkelte eine solche Gewalt, daß Erica das Lenkrad mit beiden Händen und unter Aufbietung aller Kraft halten mußte, während sie an den Wohnhäusern der hohen Staatsbeamten vorüberbrauste. Die Soldaten, die dort auf Wache standen, grinsten bloß, als sie das Taxi mit einem Mann auf dem Kofferraum vorbeischeppern sahen.

Erica trat aufs Bremspedal und brachte das Taxi jäh zum Stehen. Raoul rutschte bis ans Heckfenster hoch. Erica schaltete in den ersten Gang hinunter und fuhr wieder an, aber Raoul ließ buchstäblich nicht locker; er hatte sich nun an die Rahmen der hinteren Türen gekrallt. Erica konnte ihn noch im Rückspiegel sehen, also fuhr sie absichtlich aufs Bankett der Straße, und durch Schlaglöcher, die den Wagen gräßlich durchschüttelten. Die Beifahrertür sprang auf. Die roten Würfel lösten sich vom Armaturenbrett.

Raoul lag auf dem Kofferraum, die Arme über der Heckscheibe ausgebreitet, jede Hand an einen Türrahmen geklammert; er hatte Glück, denn die beiden hinteren Seitenscheiben fehlten. Bei jedem Stoß, den ein Schlagloch dem Auto versetzte, prallte er mit Rumpf und Kopf aufs Heck des Wagens. Aber er war fest dazu entschlossen, bei Erica zu bleiben. Er nahm an, sie hätte vollkommen durchgedreht.

An der Abzweigung zu Achmeds Haus erhellten die Scheinwerfer eine Mauer aus Lehmziegeln neben der Straße. Erica bremste scharf und haute brutal den Rückwärtsgang ein. Der plötzliche Ruck warf Raoul bis aufs Autodach. Er griff umher, suchte einen Halt, und seine Linke umfaßte den Türrahmen neben Ericas Kopf.

Erica gab Gas, und das Auto holperte heftig, ehe es mit dem Heck gegen die Mauer rammte. Der Anprall warf Ericas Kopf mit Wucht zurück. Die rechte Vordertür schwang bis zum Anschlag auf, flog beinahe aus den Angeln. Doch Raoul hielt sich noch immer fest.

Erica schaltete wieder in den ersten Gang, und der Wagen sauste erneut vorwärts. Die plötzliche Beschleunigung schlug die rechte Vordertür zu und auf Raouls Hand.

Er schrie vor Schmerz auf und riß die Hand reflexartig heraus. Im selben Moment rollte der Wagen gegen den Asphaltrand der Straße, und durch den Stoß wurde Raoul in den Sand an der Straße geworfen. Nahezu noch in derselben Sekunde, in welcher er aufschlug, kam er wieder auf die Beine. Er hielt sich die Hand, die stark schmerzte, und lief Erica nach, bis er sah, daß sie an einem flachen Haus aus weiß getünchten Lehmziegeln vorfuhr. Er blieb stehen, als Erica aus dem Wagen zur Haustür stürmte. Nachdem er sich genau gemerkt hatte, wo er sich befand, machte er kehrt und trat den Rückweg an, um Yvon zu benachrichtigen.

Erica befürchtete, Raoul könnte dicht hinter ihr sein, als sie Achmeds Haustür erreichte. Sie war unverschlossen, und sie polterte rücksichtslos hinein, ließ die Tür offen. Sie mußte Achmed schnellstmöglich von den Machenschaften in Kenntnis setzen und ihn davon überzeugen, daß man jetzt Polizei einsetzen mußte.

Sie lief direkt ins Wohnzimmer und war überglücklich, Achmed noch wach anzutreffen, im Gespräch mit einem Bekannten. »Ich werde verfolgt«, rief Erica.

Achmed sprang auf und stand wie versteinert, als er sie erkannte.

»Schnell«, keuchte sie. »Wir benötigen Hilfe.«

Achmed überwand seine Fassungslosigkeit so weit, daß er an ihr vorbei zur offenen Haustür eilen konnte. Erica wandte sich an Achmeds Gast, um ihn zu bitten, er möge die Polizei verständigen. Sie öffnete den Mund, aber dann blieb ihr vor Staunen und Entsetzen das Wort im Halse stecken. Achmed kam zurück und schloß hinter sich die

Tür; er trat rasch zu Erica und nahm sie in seine Arme. »Es ist alles in Ordnung, Erica«, beruhigte er sie. »Alles ist in Ordnung, Sie sind in Sicherheit. Lassen Sie sich anschauen. Ich kann's kaum glauben. Das ist wahrhaftig das reinste Wunder.«

Aber Erica reagierte nicht, sie reckte nur den Hals, um über Achmeds Schulter hinweg den anderen Mann anzustarren. Ihr Blut schien zu gerinnen. Es war Mohammed Abdulal! Nun würde nicht nur sie, sondern auch Achmed sterben müssen. Sie merkte, daß Mohammed ebenso verblüfft war wie sie, aber er nahm sich zusammen und sprudelte einen unmißverständlich zornigen arabischen Wortschwall hervor.

Anfangs achtete Achmed nicht weiter auf das Gezeter Mohammeds. Er fragte Erica, wer sie verfolgt habe, aber ehe Erica antworten konnte, fuhr Mohammed wieder dazwischen. Darüber verlor Achmed so die Nerven, daß er einen ähnlichen Wutanfall bekam wie seinerzeit, als er die Teetasse zerschmetterte. Sein Blick verfinsterte sich, er wirbelte herum, wandte sich Mohammed zu. Er sprach arabisch, zuerst nur langsam und bedrohlich, aber nach und nach steigerten sich Lautstärke und Tonhöhe, bis er mit voller Stimmgewalt brüllte.

Erica schaute zwischen den beiden Männern hin und her, rechnete jeden Moment damit, daß Mohammed eine Waffe zog. Zu ihrer Erleichterung sah sie, daß er statt dessen immer kleinlauter wurde. Anscheinend duldete er es, daß Achmed ihm Befehle erteilte, denn als Achmed auf einen Stuhl deutete, setzte er sich hin; dann mischte sich unter Ericas Erleichterung wieder Furcht. Als Achmed sich erneut Erica zuwandte, blickte sie in seine glühenden Augen. Was ging hier eigentlich vor?

»Erica«, sagte Achmed leise, »es ist tatsächlich ein Wunder, daß Sie zurückgekehrt sind...«

Allmählich registrierte Ericas Verstand, daß irgend etwas

hier nicht stimmte. Was redete Achmed da? Was meinte er damit, »zurückgekehrt«?

»Es muß Allahs Wunsch sein, daß wir zwei zusammenbleiben«, ergänzte Achmed, »und meine Bereitschaft, sich seinem Willen zu fügen, ist nur zu groß. Ich habe viele Stunden lang mit Mohammed über Sie gesprochen. Ich wollte zu Ihnen, mit Ihnen reden, Sie anflehen ...«

Ericas Herz pochte laut; ihr gesamtes Gefühl für Wirklichkeit begann zu schwinden. »Sie wußten, daß man mich in dem Grab eingeschlossen hatte?«

»Ja. Es war eine schwere Entscheidung für mich, aber Sie mußten irgendwie aufgehalten werden. Ich hatte die Absicht, zu Ihnen ins Grab zu steigen und Sie davon zu überzeugen, daß Sie auf unsere Seite gehören. Ich liebe Sie, Erica. Damals mußte ich die Frau aufgeben, die ich liebte. Mein Onkel verlangte es so. Aber diesmal mache ich nicht mit. Ich will, daß Sie ein vollwertiges Mitglied der Familie werden – meiner Familie und Mohammeds Familie.«

Erica schloß die Augen und versuchte, Klarheit in ihrem Kopf zu schaffen. Sie konnte einfach nicht glauben, was hier geschah und was sie hörte. Heirat? Familie? Ihre Stimme schwankte, als sie endlich sprach. »Sie sind mit Mohammed verwandt?«

»Ja«, antwortete Achmed. Langsam geleitete er sie zur Couch, und sie setzte sich. »Mohammed und ich sind Vettern. Unsere Großmutter ist Aida Raman. Sie ist die Mutter meiner Mutter.« Achmed erläuterte ihr sorgsam den Stammbaum der Familie, angefangen bei Sarwat und Aida Raman.

Als er schwieg, schenkte Erica Mohammed einen furchtsamen Blick.

»Erica ...«, sagte Achmed und zog von neuem ihre Aufmerksamkeit auf sich. »Sie haben etwas geschafft, was seit fünfzig Jahren niemand fertiggebracht hat. Kein Mensch außerhalb unserer Familie hat jemals Ramans Papyrus zu sehen bekommen, und jeder, der auch nur eine entfernte Ahnung von seiner Existenz besaß, ist beseitigt worden. Und die Massenmedien haben diese Todesfälle einem geheimnisumwitterten Fluch zugeschrieben. Das war uns nur recht.«

»Und alle diese Umstände dienten nur dem einen Zweck«, fragte Erica, »die Gruft geheimzuhalten?«

Achmed und Mohammed tauschten einen Blick aus. »Welche Gruft meinen Sie denn?« erkundigte sich Achmed.

»Die wirkliche Gruft Sethos' unter dem Grab Tutanchamuns«, erwiderte Erica.

Mohammed sprang auf und überschüttete Achmed mit einem neuen Schwall schroffer arabischer Reden. Diesmal hörte Achmed zu, ohne ihn zu unterbrechen. Als Mohammed verstummte, wandte sich Achmed wieder Erica zu. Noch immer klang seine Stimme ruhig. »Sie sind in der Tat selber ein Wunder, Erica. Nun wissen Sie, warum so viel auf dem Spiel steht. Ja, wir hüten ein unangetastetes Grab eines der großen ägyptischen Pharaonen. Mit Ihrer Ausbildung dürfte Ihnen klar sein, was das bedeutet. Unerhörter Reichtum. Sicherlich begreifen Sie aber auch, daß Sie uns in eine sehr peinliche Situation gebracht haben. Aber wenn Sie mich heiraten, gehört Ihnen ein Teil davon, und Sie können uns dabei helfen, diesen größten aller archäologischen Funde zu bergen.«

Erneut überlegte Erica fieberhaft, wie sie hier am schnellsten wegkäme. Erst hatte sie vor Yvon fliehen müssen, nun vor Achmed. Und Raoul war wahrscheinlich schon auf dem Weg zu Yvon. Es mußte zu einer entsetzlichen Konfrontation kommen. Die Welt war verrückt geworden. »Warum ist das Grab denn noch nicht geräumt worden?« fragte sie, um Zeit herauszuschinden.

»Die Gruft ist mit so reichen Schätzen angefüllt, daß ihre Verwertung eine sorgfältige Planung erfordert. Mein Großvater Raman wußte, daß es eine ganze Generation dauern

376

würde, um die Voraussetzungen zur Vermarktung der Reichtümer eines solchen Grabes zu schaffen und um der Familie eine Position zu besorgen, in der sie die Ausfuhr solcher Kostbarkeiten aus Ägypten fest in der Hand hat. Während der zweiten Hälfte seines Lebens entnahmen wir der Gruft nur so viel, um der nächsten Generation eine anständige Ausbildung zu gewährleisten. Erst im vergangenen Jahr war es soweit, daß ich Direktor des Department of Antiquities geworden bin und Mohammed zum Leiter der Wachabteilung in der Nekropole Luxors aufgestiegen ist.«

»Also verhält es sich ähnlich wie bei der Familie Rasul im neunzehnten Jahrhundert«, stellte Erica fest.

»Es besteht eine oberflächliche Ähnlichkeit«, bestätigte Achmed. »Selbstverständlich arbeiten wir mit wesentlich verfeinerten Methoden. Die archäologischen Aspekte werden sorgsam beachtet. In dieser Hinsicht könnte Ihnen eine wichtige Rolle zufallen.«

»Zählte Lord Carnarvon auch zu den Leuten, die man ›beseitigen‹ mußte?« fragte Erica.

»Ich weiß es nicht genau«, antwortete Achmed. »Das ist schon zu lange her, aber ich glaube, ja.« Mohammed nickte. »Erica«, fügte Achmed hinzu, »wie haben Sie das alles überhaupt herausgefunden? Ich meine, wie sind Sie nur...?« Plötzlich erlosch im Haus das Licht. Der Mond war bereits untergegangen, und es herrschte deswegen absolute Dunkelheit, es war schwarz wie in einem Grab. Erica bewegte sich nicht. Sie hörte, wie jemand den Telefonhörer abhob und dann wieder auf den Apparat knallte. Sie vermutete, daß Yvon und Raoul die Leitung durchgeschnitten hatten.

Sie hörte Achmed und Mohammed in arabischer Sprache eine hastige Unterhaltung führen. Ihre Augen gewöhnten sich allmählich an die Finsternis, und sie konnte schemenhafte Umrisse wahrnehmen. Eine düstere Gestalt kam auf sie zu, und sie schrak zurück. Es war Achmed; er packte ihr

377

Handgelenk und zog sie hoch. Sie konnte nur seine Augen und die Zähne sehen.

»Ich frage Sie noch einmal, wer hat Sie verfolgt?« Er flüsterte eindringlich auf sie ein.

Erica versuchte zu antworten, brachte jedoch nur ein Stammeln zustande, so groß war ihr Entsetzen. Sie befand sich zwischen zwei Parteien. Ungeduldig ruckte Achmed an ihrem Handgelenk »Yvon de Margeau«, vermochte Erica endlich zu stottern.

Achmed ließ Ericas Handgelenk nicht los, während er sich mit Mohammed verständigte. Erica sah in Mohammeds Hand den Lauf einer Pistole schimmern. Wieder überkam sie jenes Gefühl der Hilflosigkeit, weil sich die gesamte Entwicklung völlig außerhalb ihrer Einflußnahme abspielte.

Ohne ein Wort zerrte Achmed Erica durchs Wohnzimmer und durch den langen Flur zur Rückseite des Hauses. Sie versuchte, ihre Hand zu befreien, weil sie nicht richtig sehen konnte und fürchtete, sie könnte stolpern und fallen. Aber Achmeds Griff war eisenhart. Mohammed kam nach.

Gemeinsam betraten sie hinterm Haus den Hof, wo es etwas heller war. Sie eilten am Stall entlang zum Hintertor. Achmed und Mohammed unterhielten sich hastig; dann öffnete Achmed das hölzerne Tor. Die Gasse, die hinterm Haus vorbeiführte, lag verlassen da, und durch eine Doppelreihe Dattelpalmen war es noch dunkler als im Hof. Vorsichtig beugte sich Mohammed mit schußbereiter Waffe hinaus und spähte in die Schatten. Beruhigt trat er beiseite, ließ Achmed vorbei. Ohne Ericas Handgelenk freizugeben, schob Achmed sie vorwärts, drängte sie zum Tor hinaus in die Gasse. Er blieb dicht hinter ihr.

Zuerst bemerkte Erica eine plötzliche Verstärkung von Achmeds Griff um ihr Handgelenk. Dann erst hörte sie den Schuß. Es war wieder so ein dumpfer Laut, den Erica schon vernommen hatte, als sie dem mordlüsternen Evangelos gegenüberstand. Der Schuß war aus einer Pistole mit Schalldämpfer gekommen. Achmed fiel seitwärts auf die Schwelle des Hintertors, riß Erica mit sich, so daß sie auf ihn niedersackte. Im schwachen Licht konnte sie sehen, daß er wie Evangelos getroffen worden war, genau zwischen die Augen. Fetzchen von Gehirn waren auf Ericas Wange gespritzt.

Erica stemmte sich auf die Knie hoch, nahezu in katatonischem Zustand. Mohammed stürmte an ihr vorbei, überquerte die Gasse und suchte Deckung zwischen den Stämmen der Palmen. Erica sah gleichgültig, wie er sich umdrehte und aus seiner Pistole in die Gasse feuerte. Dann machte er kehrt und flüchtete in die entgegengesetzte Richtung.

Benommen richtete sich Erica auf; ihr Blick streifte die leblose Gestalt Achmeds. Sie wich zurück in die Schatten, bis sie mit dem Rücken gegen den Stall stieß. Ihr Mund stand offen, und ihr Atem ging stoßweise. Aus dem vorderen Teil des Hauses hörte sie Holz splittern, dann ein Krachen, das von der Haustür stammen mußte. Sie merkte, wie im Stall Sawda unruhig stampfte. Sie war wie gelähmt.

Unmittelbar vor sich sah Erica eine geduckte Gestalt am Tor zur Gasse laufen. Fast unverzüglich peitschten weitere Schüsse durch die Nacht. Dann hörte sie von hinten Schritte im Haus, und pures Entsetzen begann ihre Betäubung abzulösen. Sie wußte, daß sie es war, nach der Yvon suchte.

Er handelte in Verzweiflung.

Die Hintertür des Hauses schwang auf. Sie hielt den Atem an, als eine lautlose Gestalt in ihr Blickfeld geriet. Es war Raoul. Sie beobachtete, wie er sich über Achmed beugte und dann in der Gasse verschwand. Erica wartete noch etwa fünf Minuten lang; schließlich stieß sie sich vom Stall ab, schwankte zurück durchs dunkle Haus und verließ es durch die Vordertür. Der Lärm der Schüsse entfernte sich.

Sie überquerte die Straße und rannte durch eine enge

Gasse. Sie lief durch einen Hinterhof, durch noch einen, ohne sich darum zu kümmern, daß aufgrund ihres lauten Verhaltens in den benachbarten Häusern etliche Lichter aufleuchteten. Sie warf Müllkübel um, polterte gegen einen Hühnerstall und durchquerte laut platschend eine offene Abflußrinne. Aus der Ferne vernahm sie weitere Schüsse und hörte jemanden brüllen. Sie hetzte dahin, bis sie glaubte, zusammenbrechen zu müssen. Aber erst, als sie ans Ufer des Nils stolperte, erlaubte sie sich eine Verschnaufpause. Sie versuchte, einen klaren Gedanken zu fassen. Wohin sollte sie sich wenden? Man konnte niemandem trauen. Da Mohammed Abdulal Leiter der Wache in der Nekropolis war, fürchtete sie sogar die Polizei.

In diesem Moment entsann sich Erica jener Wohnhäuser hoher Regierungsbeamter, die am Nil standen und von nachlässigen Soldaten bewacht wurden. Mit letzter Kraft raffte sich sich auf und wandte sich südwärts. Sie blieb in den Schatten am Straßenrand, bis sie die entsprechenden Grundstücke erreichte. Dort betrat sie wie ein willenloser Automat die beleuchtete Straße und stolperte auf die vordere Mauer des ersten Hauses zu. Die Soldaten waren noch da und unterhielten sich laut von Gartentor zu Gartentor. Sie drehten sich um und schauten Erica entgegen, die direkt auf einen Soldaten zuging. Er war jung und trug eine weite braune Uniform und blitzblanke Stiefel. An der Schulter hing eine Maschinenpistole. Er schwang die Waffe herum, und als Erica fast vor ihm war, wollte er sie anrufen.

Erica verspürte nicht die geringste Lust, sich anhalten zu lassen, und schritt an dem verdutzten jungen Mann vorbei direkt auf das Grundstück des Hauses. »O af andak«, rief der Soldat und folgte ihr.

Erica blieb stehen. Sie holte tief Luft und schrie aus vollem Halse »Hilfe!«, so laut sie nur konnte, und das tat sie so lange, bis im Haus ein Licht aufflammte. Etwas später kam aus der Haustür eine Gestalt im Nachthemd – kahlköpfig, rundlich und ohne Schuhe.

»Sprechen Sie englisch?« erkundigte Erica sich atemlos.

»Natürlich«, sagte der Mann überrascht und leicht gereizt.

»Sind Sie für die Regierung tätig?«

»Ja. Ich bin stellvertretender Verteidigungsminister.«

»Haben Sie irgendwas mit Antiquitäten zu tun?«

»Nichts.«

»Ausgezeichnet«, sagte Erica. »Ich muß Ihnen eine ganz unglaubliche Geschichte erzählen...«

Boston

Die TWA 747 legte sich sanft in die Kurve und steuerte gravitätisch den Logan Airport an. Die Nase ans Flugzeugfenster gepreßt, blickte Erica aus der Vogelperspektive über das spätherbstliche Boston. Ihr gefiel dieser Anblick. Die Heimkehr erfüllte sie mit aufrichtiger und freudiger Erregung.

Das Fahrwerk der großen Düsenmaschine setzte auf, und ein schwaches Beben durchlief den Flugzeugkörper. Ein paar Passagiere klatschten gutgelaunt, heilfroh darüber, daß der lange Flug über den Atlantik endlich ein Ende fand. Während die Maschine zu den Abfertigungsgebäuden der internationalen Fluglinien rollte, schwelgte Erica noch einmal in Erinnerung ihrer Erlebnisse in Ägypten. Sie war jetzt ein anderer Mensch als vorher; nach den gemachten Erfahrungen glaubte sie, den Übergang von der akademischen in die reale Welt geschafft zu haben. Und da die ägyptische Regierung ihr das Angebot unterbreitet hatte, bei der Erschließung der Gruft Sethos' I. maßgeblich mitzuarbeiten, konnte sie einer vielversprechenden Laufbahn entgegensehen.

Ein letzter Ruck fuhr durch die Maschine, als sie am Laufgang hielt. Die Düsen verstummten, und die Passagiere begannen die Gepäcknetze auszuräumen. Erica blieb auf ihrem Platz sitzen und betrachtete die dahinziehenden Wolken über New England. Sie erinnerten sie an Leutnant Iskanders makellos weiße Uniform, die er auch bei ihrem Abschied in Kairo getragen hatte; er hatte ihr noch schnell das Ergebnis jener schicksalshaften Nacht in Luxor mitgeteilt: Achmed Khazzan war erschossen worden – eine Tatsache, die Erica allerdings schon in der Sekunde bewußt geworden war, als ihn der Schuß traf; Mohammed Abdulal lag noch im Koma; Yvon de Margeau war ins Ausland geflohen und galt nun in Ägypten als unerwünschte Person; und Stephanos Markoulis war wie von der Bildfläche verschwunden.

Alles schien jetzt so unwirklich zu sein, da sie sich wieder in Boston befand. Der Gedanke an ihre Abenteuer stimmte sie aber auch traurig, vor allem, wenn sie an Achmed dachte. Menschen zu beurteilen schien nicht ihre Stärke zu sein. Daß sie sich in Yvon so hatte täuschen können! Nach alldem, was geschehen war, hatte er sogar noch die Unverfrorenheit besessen, sie von Paris aus in Kairo anzurufen und ihr größere Summen für Informationen über die Gruft Sethos' I. zu bieten. Sie schüttelte noch immer betroffen den Kopf, als sie ihr Handgepäck zusammenraffte.

Erica ließ sich von der Menge der Passagiere treiben. Sie durchquerte die Einreisekontrolle und holte ihr Gepäck ab. Dann schlenderte sie in den Wartesaal.

Sie sahen einander im gleichen Augenblick. Richard lief ihr entgegen und drückte sie an sich; Erica ließ ihr Gepäck fallen, so daß die Nachfolgenden darübersteigen mußten. Sie hielten sich wortlos in den Armen. Schließlich lehnte sich Erica zurück »Du hattest recht, Richard. Ich war der Sache von Anfang an nicht gewachsen. Ich kann froh sein, daß ich noch mit dem Leben davongekommen bin.«

Richards Augen füllten sich mit Tränen; so etwas hatte Erica bei ihm noch nie gesehen. »Nein, Erica. Wir hatten beide recht, und zugleich haben wir uns beide geirrt. Wir müssen noch viel über einander lernen. Und glaube mir, ich bin ehrlich bereit dazu.«

Erica lächelte. Sie wußte nicht genau, was er damit meinte, aber sie hatte ein gutes Gefühl.

»Ach, übrigens«, sagte Richard, als er ihr Gepäck aufnahm. »Ein Mann aus Houston ist hier, der sich mit dir unterhalten möchte.«

»Tatsächlich?« meinte Erica.

»Ja. Anscheinend ein Bekannter von Dr. Lowery, denn von ihm hatte er meine Telefonnummer. Da drüben steht er.« Richard deutete nach vorn.

»Mein Gott«, rief Erica. »Das ist ja Jeffrey John Rice.«

Als hätte er seinen Namen rufen hören, kam Jeffrey Rice auf sie zu und schwang zum Gruß seinen Stetson.

»Entschuldigen Sie, daß ich Sie beide gerade jetzt störe, Miss Baron, aber hier ist Ihr Scheck als Belohnung für die Entdeckung der Sethos-Statue.«

»Ich verstehe nicht, was Sie meinen«, stammelte Erica. »Die Statue ist Eigentum der ägyptischen Regierung. Sie können sie nicht kaufen.«

»Das ist es ja eben. Dadurch ist meine Statue die einzige Sethos-Statue außerhalb Ägyptens und darum jetzt noch viel wertvoller als vorher. In Houston freut man sich ganz gewaltig.«

Erica senkte ihren Blick auf den Scheck über zehntausend Dollar und lachte laut heraus. Richard, der nicht alles begriff, was eigentlich los war, sah ihre Überraschung und begann ebenfalls zu lachen. Rice zuckte mit den Achseln und geleitete die beiden, den Scheck noch immer in der Hand, hinaus in den hellen Bostoner Sonnenschein.

Das Werk einschließlich aller seiner Teile ist urheberrechtlich geschützt. Jede Verwertung außerhalb des Urhebergesetzes ist ohne Zustimmung des Verlages unzulässig und strafbar. Dies gilt insbesondere für Vervielfältigungen, Übersetzungen, Mikroverfilmungen und die Einspeicherung und Verarbeitung in elektronischen Systemen.

Weltbild Buchverlag – Originalausgaben –
Genehmigte Lizenzausgabe 2007 für
Verlagsgruppe Weltbild GmbH,
Steinerne Furt, 86167 Augsburg
Copyright © 1979 by Robin Cook
Lizenzausgabe mit Genehmigung der Robin Cook
c/o William Morris Agency
4. Auflage 2007
Alle Rechte vorbehalten

Projektleitung: Julia Kotzschmar
Übersetzung: Horst Pukallus
Umschlag: Hauptmann & Kompanie
Werbeagentur GmbH, München – Zürich
Umschlagabbildung: © masterfile/Allan Davey
Satz: Uhl und Massopust GmbH, Aalen
Gesetzt aus der Sabon 10,5/12,5 pt
Druck und Bindung: GGP Media GmbH, Pößneck
Gedruckt auf chlorfrei gebleichtem Papier

Printed in the EU

ISBN 978-3-89897-668-8